DESEJO INSACIÁVEL

SÉRIE IMORTAIS

VOLUME 1

Tradução
Renato Motta

KRESLEY COLE

Nº 1 DA LISTA DE BEST-SELLERS DO *NEW YORK TIMES*

DESEJO INSACIÁVEL

valentina
Rio de Janeiro, 2016
1ª Edição

TÍTULO ORIGINAL
A Hunger Like No Other

CAPA
Beatriz Cyrillo sob original de Damon Freeman

FOTO DE CAPA
Sebastian Cross

FOTO DE 4ª CAPA
Zacarias da Mata / Adobe Stock

FOTO DA AUTORA
Deanna Meredith Studios

DIAGRAMAÇÃO
Kátia Regina Silva | Babilonia Cultura Editorial

Impresso no Brasil
Printed in Brazil
2016

CIP-BRASIL. CATALOGAÇÃO NA PUBLICAÇÃO
SINDICATO NACIONAL DOS EDITORES DE LIVROS, RJ

C655d

Cole, Kresley
Desejo insaciável / Kresley Cole; tradução Renato Motta. – 1. ed. – Rio de Janeiro: Valentina, 2016.
352p. ; 23 cm. – (Imortais; 1)

Tradução de: A hunger like no other

ISBN 978-85-65859-84-4

1. Romance americano. 2. Ficção americana. I. Motta, Renato. II. Título. III. Série.

CDD: 813
16-33456 CDU: 821.111 (73)-3

Todos os livros da Editora Valentina estão em conformidade com
o novo Acordo Ortográfico da Língua Portuguesa.

EDITORA VALENTINA
Rua Santa Clara 50/1107 – Copacabana
Rio de Janeiro – 22041-012
Tel/Fax: (21) 3208-8777
www.editoravalentina.com.br

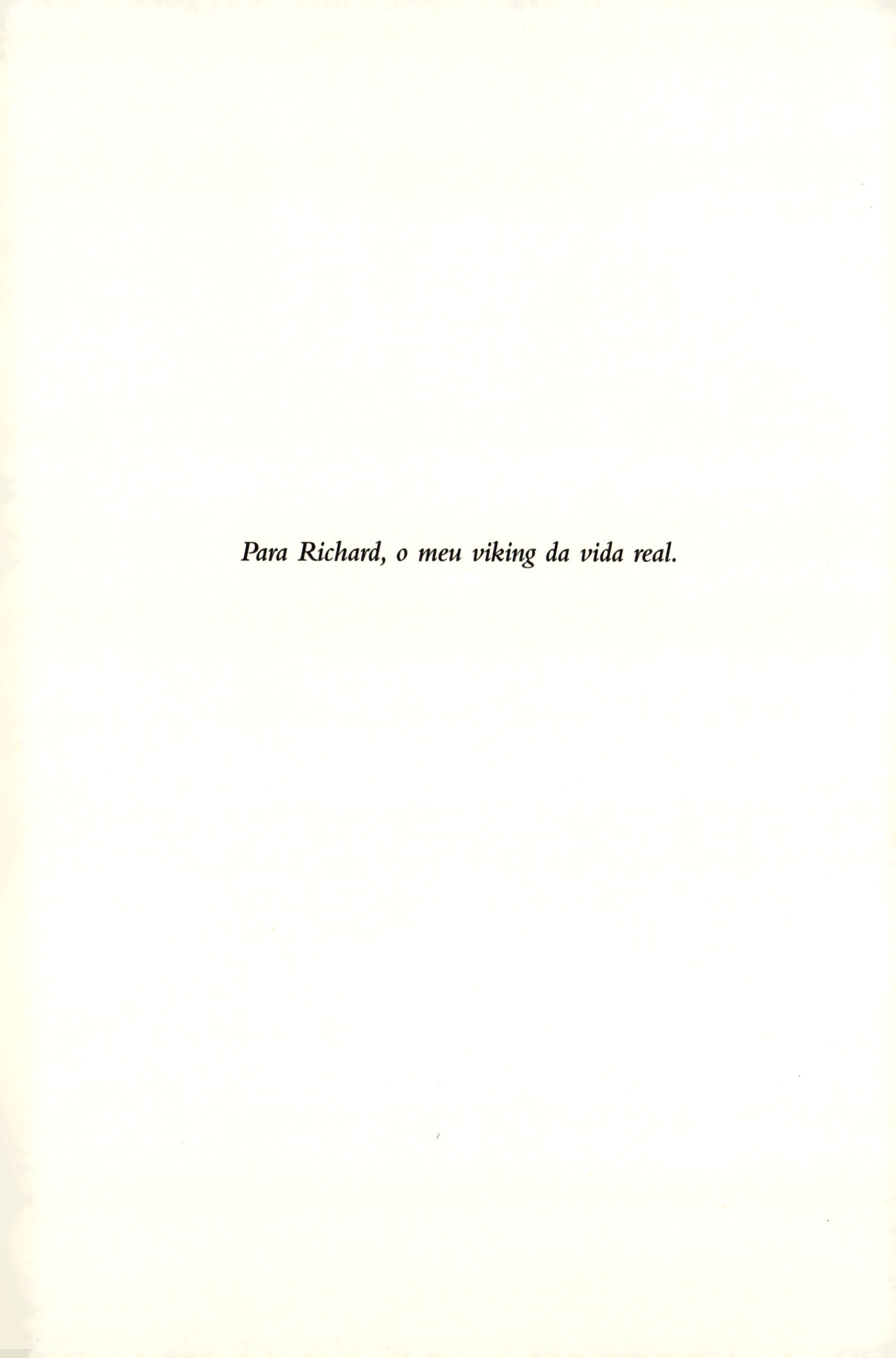

Para Richard, o meu viking da vida real.

Agradecimentos

Numerosos e entusiasmados agradecimentos a Beth Kendrick, que conseguiu expulsar minhas frustrações e inseguranças. Sem você e seus muitos telefonemas de incentivo, não haveria história alguma para ser contada. Obrigada à maravilhosa Sally Fairchild pelo seu apoio constante e muito estimado. Minha gratidão profunda também vai para Megan McKeever, da Pocket Books, que com certeza está, neste exato momento, tentando me salvar de alguma crise relacionada com livros.

Prólogo

Às vezes, o fogo que lambe e descola a pele que cobre os ossos dele se apaga.

É o fogo *dele*. No longínquo recesso oculto de sua mente ainda capaz de um pensamento racional, ele acredita nisso. O fogo é dele porque foi ele que o alimentou durante séculos com seu corpo destruído e sua alma decaída.

Há muitos e muitos anos – não dá para saber ao certo quanto tempo se passou –, a Horda dos Vampiros aprisionou-o nas catacumbas dos subterrâneos mais profundos sob as ruas de Paris. Ele está acorrentado a uma rocha, preso nela por dois pregos poderosos que atravessam argolas em torno de seus braços e outra mais no pescoço. Diante dele, um poço profundo transborda fogo e mais parece a entrada do inferno.

Ali ele espera e sofre, como uma oferenda colocada diante de uma coluna de fogo que às vezes esmorece, mas nunca se apaga, exatamente como a sua vida. Sua existência se resume em queimar até a morte repetidas vezes, quando então sua teimosa imortalidade o faz reviver.

Fantasias elaboradas de vingança têm-no mantido em estado de alerta até o momento. Alimentar essa fúria em seu coração é tudo que lhe resta.

Até quando ela aparecer.

Às vezes, ao longo dos séculos, ele ouvia sons misteriosos, coisas novas que vinham das ruas acima dele. Às vezes, sentia os perfumes das estações do ano que se sucediam em Paris. Mas, dessa vez, está sentindo o cheiro dela, da sua parceira, da mulher que nasceu com o único propósito de ser dele.

A mulher por quem procurava de forma incessante fazia mais de mil anos – até o dia em que foi capturado.

As chamas diminuíram. Nesse exato instante, ela circula pelas ruas em algum lugar acima dele. Isso já foi longe demais! Com um dos braços, ele força a pele contra as correntes até que o metal grosso corta sua carne. Sangue começa a gotejar e depois jorra. Todos os músculos do seu corpo enfraquecido trabalham em harmonia, lutando para fazer o que nunca antes foi capaz. Por causa dela conseguirá ir até o fim dessa vez. *Terá* de conseguir. Seu urro de dor se transforma numa tosse sufocante quando ele arrebenta as duas correntes que prendem um de seus braços.

Não há tempo para ele se espantar com o feito que acabou de alcançar. Ela está tão perto que ele quase consegue senti-la. *Ele precisa dela.* O outro braço consegue se soltar em meio a muita dor.

Com as duas mãos livres, ele aperta com força a argola em torno do seu pescoço, lembrando-se vagamente do dia em que o pino grosso e comprido foi colocado no aro que a fecha. Sabe que as duas pontas estão chumbadas na parede até um metro distante dele. Sua força está enfraquecendo, mas nada conseguirá impedi-lo, ainda mais agora que ela está tão perto. Num caos de pedras e poeira, o metal se solta e ele é lançado para frente no espaço cavernoso.

Puxa a corrente que ainda lhe aperta a coxa com firmeza. Luta contra o metal para arrancar também o aro em torno de seu tornozelo. Faz o mesmo para soltar a outra perna. Visualizando a fuga daquele inferno, sequer olha para baixo e torna a puxar com força. Nada. Perplexo e confuso, força mais uma vez. Puxa, tenta arrancar tudo, geme e se desespera. Nada.

O cheiro dela está sumindo. *Não há mais tempo.* Com ar impiedoso, observa a perna ainda acorrentada. Imaginando como se enterraria dentro de sua parceira para esquecer aquela dor, apalpa a região acima do joelho com as mãos trêmulas. Ansiando pelo momento de esquecimento e prazer que encontraria dentro dela, tenta quebrar o próprio osso. Sua fraqueza extrema indica que aquilo ainda poderá lhe exigir uma meia dúzia de tentativas.

Suas garras arrebentam a pele e os músculos da perna, mas o nervo que acompanha todo o comprimento do fêmur está esticado e é duro como a corda de um piano. Só de tocar nele, uma sensação inimaginável parece rasgar sua perna de cima a baixo, e a dor explode na parte superior de seu corpo, embaçando-lhe a visão até ela escurecer por completo.

Está fraco demais. Sangra muito. O fogo tornará a aumentar muito em breve. Os vampiros retornam periodicamente à masmorra. Será que irá perdê-la justamente agora que ela está tão perto?

– Nunca – urra com ódio, deixando-se dominar pela fera que tem dentro de si; a mesma fera que é capaz de conseguir retomar sua liberdade com a força mítica de suas presas; o monstro que o leva até mesmo a beber água das sarjetas e se recusa a desistir de lutar pela própria sobrevivência. Encara a frenética autoamputação que ocorre em seguida como um drama distante.

Arrastando-se para longe da dor e deixando para trás a perna decepada, segue pelas sombras da catacumba úmida até encontrar uma passagem. Sempre atento à possível chegada dos inimigos, rasteja sobre os ossos que cobrem o chão para alcançar a saída. Não faz ideia de quanto falta para escapar, mas descobre o caminho certo e consegue novas forças para seguir o cheiro da mulher que lhe é destinada. Lamenta a dor que provocará nela. Sua parceira ficará tão conectada a ele que sentirá tudo pelo que ele passou. Também sofrerá as dores dele como se tivessem acontecido com ela.

Isso não poderá ser evitado. Ele está escapando. Fazendo a sua parte. Será que ela conseguirá salvá-lo das lembranças terríveis enquanto sua pele ainda queima?

Por fim, consegue alcançar dolorosamente a superfície da cidade e entra num beco envolto por total escuridão. Mas o cheiro dela está mais tênue agora.

O destino trouxera-a até onde ele estava no momento mais crucial, quando mais precisava dela. Que Deus o ajudasse – *e àquela cidade* –, se ele não conseguisse mais encontrá-la. Sua brutalidade era lendária, e ele estava disposto a libertar sua fúria sem nenhum tipo de limite.

Com esforço, senta-se no chão e se encosta numa parede. Procurando pistas dela entre os paralelepípedos, luta para acalmar sua respiração ofegante e tenta sentir, mais uma vez, o cheiro dela no ar.

Precisa dela. Tem de se enterrar dentro dela. Esperou tanto por aquele momento...

Mas o cheiro de sua parceira desaparecera do ar.

Os olhos dele se enchem de lágrimas, e ele estremece violentamente ao perceber que a perdeu. Um urro apavorante de angústia e dor faz toda a cidade tremer.

"Meu homem ideal? Ele teria de ser atencioso, tranquilo e muito educado. Acima de tudo, precisaria me tratar como uma rainha."

EMMALINE TROY, também conhecida como Emma, a Tímida,
metade Vampira e metade Valquíria

"Nunca fuja de alguém da minha espécie, mulher. Você não conseguirá escapar... e nós gostamos disso."

LACHLAIN MACRIEVE, Rei dos Lykae

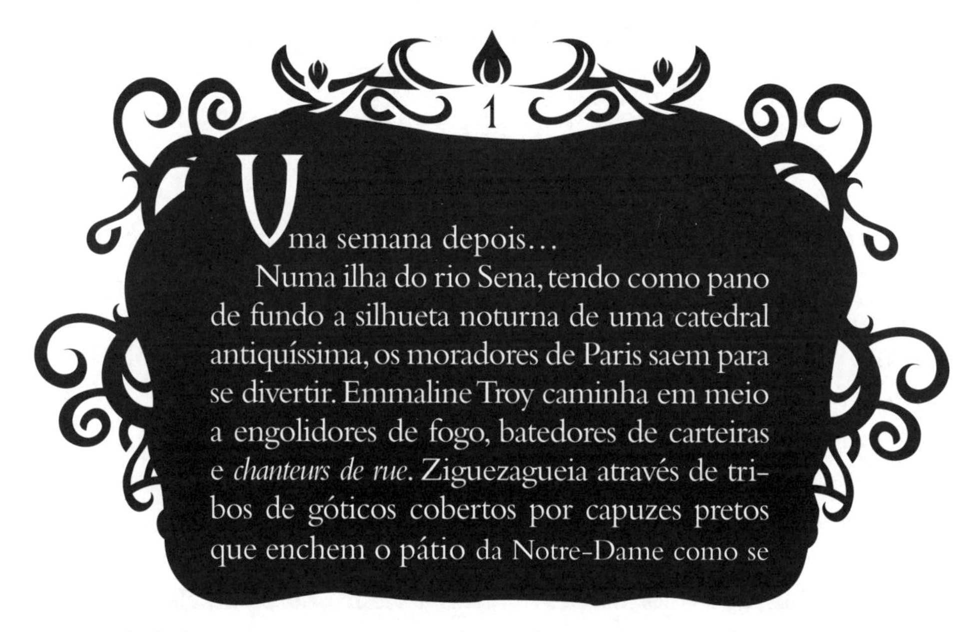

1

Uma semana depois...

Numa ilha do rio Sena, tendo como pano de fundo a silhueta noturna de uma catedral antiquíssima, os moradores de Paris saem para se divertir. Emmaline Troy caminha em meio a engolidores de fogo, batedores de carteiras e *chanteurs de rue*. Ziguezagueia através de tribos de góticos cobertos por capuzes pretos que enchem o pátio da Notre-Dame como se a catedral fosse a sua nave-mãe gótica chamando-os para entrar em casa. Mesmo assim, ela atrai a atenção.

Os espécimes masculinos da raça humana diante dos quais ela desfila giram a cabeça lentamente à sua passagem, sobrancelhas unidas, sentindo algo no ar que não identificam. Provavelmente uma memória genética de muito tempo atrás; algo que lhes sinaliza que ela é a sua fantasia mais selvagem ou os seus pesadelos mais obscuros.

Emma não é nada disso.

É uma simples aluna recém-formada na Universidade de Tulane, sozinha em Paris e morrendo de fome. Cansada de mais uma busca infrutífera por sangue, joga-se sobre um banco rústico debaixo de uma cerejeira, os olhos grudados numa garçonete que serve espressos num café em frente. Se o sangue corresse assim tão facilmente, pensa Emma. Ahhh... Se ele saísse sempre quente e encorpado de uma torneira inesgotável, seu estômago não se contorceria de fome diante dessa ideia.

Faminta em Paris. E sem amigos. Poderia existir apuro pior?

Os casais que circulam de mãos dadas pelo caminho coberto de cascalho parecem zombar de sua solidão. Somente ela acha isso, ou os amantes realmente parecem trocar olhares mais apaixonados nessa cidade? Especialmente na primavera. *Morram, desgraçados!*

Suspira. Não é culpa deles o fato de serem desgraçados que um dia morrerão.

Emma tinha sido levada até ali e entrado naquela furada graças aos ecos no seu quarto de hotel e à ideia de que poderia encontrar algum traficante de sangue na Cidade Luz. Seu antigo contato tinha ido para o sul; literalmente, voara de Paris para Ibiza. Dera poucas explicações para sua atitude, dizendo apenas que, devido à "ascensão iminente do novo rei", uma "merda absurdamente épica" estava se formando em "gay Paree". O que quer que isso significasse.

Na qualidade de vampira, ela era um membro do Lore, o grupo de seres que conseguira convencer os humanos de que só existiam na imaginação deles. Apesar de o Lore estar bem representado ali, Emma não tinha conseguido encontrar um outro fornecedor de sangue. Todas as criaturas que sondava em busca de informações fugiam na mesma hora, só pelo fato de ela ser uma vampira. Corriam apavoradas sem descobrir que ela nem mesmo era uma vampira de raça pura; não passava de uma fracote que nunca tinha mordido outro ser vivo. Como suas cruéis tias adotivas gostavam de dizer: "Emma é uma tola que derrama suas lágrimas cor-de-rosa até quando esbarra em asas de mariposa."

Emma não tinha realizado nada de bom na viagem que insistira tanto em fazer. Sua busca por informações sobre os pais falecidos – sua mãe, uma Valquíria, e o vampiro desconhecido que era seu pai – tinha sido um fracasso completo. Uma derrota que culminaria em breve com o telefonema que daria para suas tias, pedindo-lhes que viessem buscá-la. Porque a verdade é que nem mesmo conseguia se alimentar de forma apropriada. Que situação patética! Suspirou longamente. Seria zoada por causa disso por uns 70 anos, pelo menos...

Ouviu um estrondo e, antes de ter tempo de sentir pena da garçonete que viu ser atingida por algo, ouviu mais outro estrondo, seguido de um terceiro. Virou a cabeça de lado, curiosa, no instante em que uma mesa era erguida do chão com o guarda-sol e tudo, para em seguida ser lançada cinco metros acima e descer suavemente sobre o rio Sena como um paraquedas que se abria. Um barco apitou com fúria e vários palavrões encheram o ar.

Iluminado de leve pelos lampiões da calçada, um homem alto e forte revirava as mesas do café, os cavaletes dos pintores de rua e as bancas de livros usados que vendiam pornografia do século passado. Turistas gritavam e fugiam da onda de destruição. Emma se levantou de um pulo, arquejou em sobressalto e lançou sobre os ombros sua capa de chuva.

Ele estava abrindo caminho na direção dela, com a capa de chuva preta esvoaçando atrás de si. Seu tamanho monumental e seus movimentos de uma fluidez pouco natural levaram-na a questionar se ele poderia ser humano. Seus cabelos volumosos e compridos escondiam metade do rosto. Vários dias de barba por fazer cobriam seu maxilar como uma sombra.

Ele apontou um dedo trêmulo direto para ela.

– *Você!* – rosnou.

Emma lançou olhares furtivos para os lados e para trás dos ombros, em busca da infeliz a quem ele se dirigia. *Era ela.* Puta merda, aquele louco estava com os olhos vidrados nela!

Ele virou a palma da mão e a chamou para vir em sua direção – como se tivesse certeza de que ela faria exatamente isso.

– Nem pensar! Eu não conheço você – disse ela em voz alta, quase num grasnido, enquanto tentava dar um passo para trás. Suas pernas, porém, bateram no banco.

Ele continuou vindo em linha reta, ignorando as mesas entre eles, jogando-as para o lado e para o ar como se fossem brinquedos, em vez de se desviar. Uma determinação furiosa parecia queimar seus olhos azul-claros. Emma sentiu sua raiva aumentar ainda mais à medida que ele se aproximava, e isso a deixou perturbada, pois os seres da sua espécie eram considerados predadores da noite – nunca presas. E também porque, no fundo, ela era uma covarde.

– *Venha até aqui!* – ordenou ele, quase mordendo as palavras como se tivesse dificuldade em proferi-las, e tornou a caminhar na sua direção.

Com os olhos arregalados, ela balançou a cabeça e pulou para trás por sobre o banco, descrevendo um arco no ar. Caiu de costas para ele e saiu correndo pelo cais. Estava fraca, depois de mais de dois dias sem ingerir sangue, mas o terror lhe deu forças para correr, e ela conseguiu atravessar a Pont de l'Archevêché para sair da ilha.

Correu por três... quatro quarteirões. Percebeu que havia uma chance de escapar dele ao olhar para trás. Não o via. Será que conseguira fugir...? A música estridente e inesperada que saiu da sua bolsa a fez gritar alto.

Quem, diabos, teria programado o toque "Crazy Frog" em seu celular? Seus olhos se estreitaram. Tia Regin. A imortal mais imatura do mundo, que tinha a aparência de uma sereia, mas se comportava como uma caloura idiota.

Os celulares de seu coven existiam para serem usados apenas em caso de emergência. Os toques estridentes costumavam atrapalhar as caçadas nos becos escuros de Nova Orleans, e somente a vibração emitida por eles já seria suficiente para despertar a atenção de alguma criatura inferior.

Abriu o celular. Falando no diabo: Regin, a Radiante.

– Estou meio ocupada agora – reclamou Emma, dando mais uma olhada sobre o ombro.

– Largue suas coisas. Não há tempo para fazer as malas. Annika quer que você vá imediatamente para o aeroporto. *Você está em perigo*.

– Não diga!

Click. Aquilo era um aviso, uma narração do que estava acontecendo.

Ela perguntaria os detalhes quando estivesse no avião. Como se precisasse de um motivo para voltar para casa! Bastava mencionar a palavra perigo que ela voltava correndo para seu coven, para suas tias Valquírias, que matariam qualquer coisa que a ameaçasse e sempre mantinham o perigo a distância.

Enquanto tentava se lembrar do caminho para o aeroporto onde desembarcara, a chuva começou a cair, morna e leve a princípio – os namorados de abril ainda riam enquanto corriam para debaixo dos toldos –, mas logo foi ficando mais forte e gelada. Emma chegou a uma avenida apinhada de gente e se sentiu mais segura ao circular pelo trânsito. Desviava de carros com os para-brisas ligados, fugia das buzinas barulhentas e perdeu de vista seu perseguidor.

Levando apenas a bolsa pendurada no ombro e cruzando o peito, andou mais depressa; percorreu vários quilômetros antes de avistar um parque aberto e, logo adiante, a pista de pouso. Dava para sentir o ar difuso em torno dos jatinhos que esquentavam o motor, e viu sombras dos passageiros em cada uma das minúsculas janelas, já baixadas para a decolagem. Estava quase lá.

Emma se convenceu de que o havia despistado simplesmente porque *era* rápida demais. Era muito boa na arte de se convencer de coisas que talvez não fossem do jeito que imaginava – ótima em fingir. Sabia fingir que estudava à noite por opção, por exemplo, e que enrubescer não lhe provocava sede...

Um rosnado terrível fez-se ouvir. Seus olhos se arregalaram, mas ela não se virou, simplesmente começou a correr. Sentiu garras se enterrando em seus tornozelos um segundo antes de ser arrastada pela terra enlameada e jogada de costas no chão. A mão de alguém cobriu-lhe a boca, embora ela tivesse sido treinada para nunca gritar.

– Nunca fuja de um ser como eu. – Seu agressor não soava humano. – Você não conseguirá escapar. *E nós gostamos disso.* – O som que saía da sua garganta era gutural, como o de um animal, e muito áspero. Mas tinha um sotaque... escocês, talvez?

Enquanto o observava com mais atenção por entre a chuva, ele a examinou com olhos que eram dourados num momento, mas logo em seguida exibiam um fantasmagórico tom de azul. Não, não eram humanos.

Bem de perto, ela reparou que os traços do rosto dele eram perfeitos, masculinos. Queixo e maxilares fortes complementavam as feições com linhas retas e angulosas. Era tão lindo que ela imaginou que poderia ser um anjo caído. Talvez fosse, mesmo. Como *ela* poderia saber essas coisas com certeza?

A mão que lhe cobrira a boca com um jeito rude apertou-lhe o queixo com força. Ele fixou os olhos na boca de Emma – em seus caninos grandes, mas não muito perceptíveis.

– *Não* – gritou, com voz rouca. – Não é possível... – Virou o rosto dela de um lado para o outro, esfregou o nariz ao longo do maxilar dela, inspirando fundo, para depois explodir em fúria: – *Maldita!*

Quando os olhos dele assumiram um tom penetrante de azul, ela gritou alto, e todo o ar abandonou subitamente seus pulmões.

– Você consegue se teletransportar? – grunhiu o estranho, como se tivesse dificuldade para se expressar. – Responda!

Ela balançou a cabeça, fazendo-se de desentendida. O teletransporte era o método pelo qual os vampiros desapareciam em pleno ar para reaparecer em outro local. *Será que ele sabe que eu sou uma vampira?*

– *Consegue?* – insistiu ele.

– Nã... não. – Emma nunca fora suficientemente forte ou habilidosa para isso. – Por favor! – Piscou depressa por causa da chuva e implorou com o olhar. – Você perseguiu a mulher errada.

– Pensei que fosse perceber de imediato, caso isso acontecesse. Vou me certificar, já que você insiste.

Ele ergueu a mão. Para tocá-la?... Agredi-la? Emma se debateu, gemendo de desespero.

A palma da mão dele, calosa e rude, agarrou-a pela nuca, enquanto a outra mão prendia-lhe os dois punhos e ele se inclinava na direção de seu pescoço. O corpo de Emma estremeceu ao sentir a língua áspera em sua pele. A boca do estranho era quente em contraste com o ar frio e úmido, e ela estremeceu ainda mais até seus músculos ficarem quase rígidos. Ele gemeu enquanto a beijava, e sua mão lhe apertou os punhos com mais força ainda. Por baixo da saia dela, gotas de chuva escorriam pelas coxas e o frio lhe causava arrepios.

– Não faça isso. *Por favor*... – Quando essas últimas palavras saíram como um choramingo fraco, ele olhou para ela como que retornando de um transe. Franziu as sobrancelhas demonstrando estranheza quando os olhos de ambos se fitaram, mas ele não lhe soltou as mãos.

Girou a garra sob a blusa dela e a rasgou, o delicado sutiã se abrindo com o impacto. Lentamente, afastou para os lados os bojos para ver seus seios. Ela lutou, mas aquilo era inútil contra uma força tão grande. Ele a analisou com um olhar sedento, enquanto a chuva pinicava os seios desnudos dela. Emma tremia descontroladamente.

A dor dele parecia tão forte que a deixou enjoada. Ele poderia possuí-la ali mesmo ou abrir com as garras sua barriga desprotegida e matá-la...

Em vez disso, rasgou a própria camisa com um golpe, colocou as imensas palmas das mãos sobre as costas dela e a puxou com força, colando seu peito no dela. Rosnou quando suas peles se tocaram, e o corpo dela foi percorrido como que por uma descarga elétrica. Um clarão rasgou o céu.

Ribombou palavras estrangeiras no ouvido dela. Para Emma, pareceram expressões de... *ternura*, e isso a fez pensar que estivesse enlouquecendo. Sentiu o corpo amolecer, e seus braços se largaram soltos enquanto ele se esfregava nela com os lábios muito quentes sob uma chuva cada vez mais forte que escorria por suas pálpebras, rosto e pescoço. De repente, ele se agachou e a pegou no colo. Ela se deixou ficar, zonza e largada como se não tivesse ossos, e observou os relâmpagos que continuavam a cortar o céu com fúria.

A mão do estranho a segurou com cuidado pela nuca e virou o rosto dela na direção do dele.

Ele parecia atormentado, olhando para ela com uma expressão forte e marcante. Emma nunca tinha visto nada tão... intenso. Sentiu-se ainda mais confusa. Será que ele a atacaria ou a libertaria? *Deixe-me ir embora...*

Uma lágrima escorreu lentamente pelo rosto de Emma, o calor se misturando aos pingos frios da chuva.

O olhar de ternura desapareceu.

– *Lágrimas de sangue?* – rugiu ele, obviamente revoltado ao notar o tom rosado de suas lágrimas. Virou o rosto de lado, como se não suportasse olhar para aquilo, e apalpou as pontas da blusa dela, às cegas, para tornar a fechá-las. – Leve-me até a sua casa, vampira!

– Eu... Eu não moro aqui – explicou Emma, com a voz engasgada, completamente atônita pelo que acabara de acontecer e por ele saber o que ela era.

– Leve-me ao lugar onde você fica, então – ordenou ele, colocando-a no chão e aprumando o corpo ao fitá-la.

– Não! – Ela mesma se espantou com o tom determinado.

Ele também pareceu surpreso.

– Porque não quer que eu pare? Ótimo! Vou colocar você de quatro e comê-la aqui mesmo, na grama, até amanhecer. – Forçou os ombros dela sem dificuldade até deixá-la de joelhos. – Pensando bem, até *bem depois* do sol nascer.

Ele deve ter notado o ar de resignação que surgiu no rosto dela porque tornou a erguê-la e a empurrou para frente, forçando-a a caminhar.

– Quem cuida de você?

Meu marido, ela teve vontade de jogar na cara dele. *O jogador de futebol americano que vai encher você de porrada.* Mas ela não podia mentir, nem tinha coragem de provocá-lo.

– Estou sozinha.

– Seu homem deixa você viajar sozinha? – quis saber ele, em meio ao temporal que aumentara. Sua voz estava começando a soar humana novamente. Como Emma não respondeu, ele completou, com ar de deboche: – Se você tem um macho descuidado, azar o dele!

Ela tropeçou num buraco do caminho e ele a amparou com gentileza, mas logo em seguida pareceu arrependido. Quando surgiu um carro diante deles, ele a puxou com força para longe da rua e pulou de susto ao ouvir a buzina. Estendeu as garras e rasgou a lateral do veículo como se ela fosse feita de papel de alumínio, fazendo-o derrapar na pista molhada. Quando o carro finalmente parou, o motor despencou sobre o asfalto com um baque surdo. O motorista abriu a porta e saiu correndo, desesperado.

Boquiaberta com o choque, Emma recuou um passo e caiu ao perceber que seu raptor parecia... *nunca ter visto um carro na vida!*

Ele ficou furioso e se agigantou novamente diante dela. Num tom baixo e mortífero, grunhiu:

– Tente fugir de novo e verá o que vai acontecer! – Agarrou-a pela mão e a colocou de novo em pé. – Ainda estamos muito longe?

Com um dedo sem força, ela apontou para o Crillon, na Place de la Concorde.

Ele a fitou com ódio e afirmou:

– Gente da sua laia sempre teve muita grana. – O tom era mordaz. – Nada mudou, pelo visto.

Ele sabia que ela era uma vampira. Será que também sabia quem ou o que suas tias eram? Provavelmente sim. De que outro modo Regin teria conhecimento dele para tentar avisá-la pelo celular? Por outro lado... Como ele poderia saber que o coven ao qual ela pertencia era abastado?

Depois de dez minutos sendo arrastada por avenidas largas, Emma entrou com ele no hotel, atraindo olhares curiosos quando passaram pelo porteiro e colocaram os pés no saguão suntuoso. Pelo menos, a iluminação era discreta. Emma cobriu sua blusa rasgada com a jaqueta ensopada e manteve a cabeça baixa, grata por ter feito duas tranças grossas que lhe cobriam as orelhas.

Ele aliviou um pouco a força com que lhe segurava o braço ao se ver diante de tanta gente. Devia saber que não era desejável que ela atraísse atenção. *Nunca grite nem atraia a atenção de humanos.* No fim das contas, eles eram muito mais perigosos do que qualquer dos milhares de criaturas do Lore.

Quando o estranho colocou o braço pesado sobre os ombros dela, como se estivessem juntos, Emma olhou para ele por trás de uma mecha de cabelo molhado. Embora caminhasse com os ombros largos para trás, como se fosse dono do lugar, ele examinava tudo com atenção, como se fosse uma novidade para ele. O toque de um celular deixou-o tenso. As portas giratórias surtiram o mesmo efeito. Embora escondesse bem, Emma percebeu que ele nunca tinha visto um elevador e por isso hesitara ao entrar. Dentro da cabine, seu tamanho e sua energia fizeram o generoso espaço parecer apertado.

A curta caminhada ao longo do corredor até a porta do quarto foi a mais longa da vida de Emma, enquanto arquitetava planos de fuga que eram sucessivamente rejeitados. Ela parou diante da porta, e levou um bom tempo tentando pegar o cartão magnético no fundo da bolsa, que parecia uma poça de água da chuva.

– A chave! – exigiu ele, com autoridade.

Expirando com força, ela lhe entregou o cartão. Quando seus olhos se estreitaram, ela achou que ele fosse gritar "chave" novamente, mas ele estudou o dispositivo da porta e devolveu o cartão para Emma, dizendo:

– Abra você mesma.

Com a mão trêmula, ela enfiou o cartão na ranhura da porta. O zumbido mecânico e os cliques da liberação da tranca foram como uma badalada de sinos anunciando terríveis presságios.

Assim que se viu do lado de dentro, ele vasculhou cada centímetro do lugar para se certificar de que estava realmente sozinha. Olhou debaixo da cama coberta por uma colcha de brocado; depois, abriu as pesadas cortinas de seda com violência para revelar uma das vistas mais belas de Paris. Caminhava como um animal, exibindo seu ar agressivo a cada movimento, notou que ele mancava de leve de uma das pernas.

Quando ele veio lentamente pelo corredor, na direção dela, os olhos de Emma se arregalaram e ela recuou dois passos. Mesmo assim, ele não se deteve, olhando-a e avaliando-a com muito cuidado... até que seus olhos se fixaram nos lábios dela.

– Esperei por você durante muito tempo.

Ele continuava a se comportar como se a conhecesse, mas ela *nunca* esqueceria um homem como aquele se algum dia tivesse encontrado.

– Preciso de você. Não me importa o que você é e não pretendo esperar mais tempo.

Diante dessas palavras desconcertantes, o corpo de Emma inexplicavelmente se suavizou e relaxou. As garras dela se encolheram, como se estivessem se preparando para receber um beijo dele. Desesperada, arranhou a parede às suas costas com as unhas e esfregou a língua na presa esquerda. Suas defesas continuavam adormecidas. Estava apavorada diante dele. Por que seu corpo não se sentia assim?

Ele colocou as mãos dos dois lados da parede, junto do rosto dela. Sem a menor pressa, roçou a boca nos lábios de Emma. Gemeu com o contato suave e pressionou mais um pouco, forçando a língua. Ela congelou, sem saber o que fazer.

Ainda colado nela, tornou a rosnar:

– Beije-me também, bruxa, enquanto decido se vou ou não poupar a sua vida.

Chorando, ela movimentou os lábios contra os dele. Quando ele permaneceu imóvel, como que forçando-a a fazer todo o trabalho, ela virou a cabeça de lado e roçou os lábios contra os dele, quase sem tocá-los.

– Beije-me como quem quer continuar viva.

Ela o fez. Não porque desejasse tanto assim continuar viva, mas porque sabia que ele tornaria sua morte lenta e torturante. *Nada de dor. Dor, nunca.*

Quando ela pressionou a língua contra a dele, como ele fizera um pouco antes, ele rosnou mais uma vez e assumiu o controle, segurando-lhe a cabeça pela nuca e virando-a de lado para dominá-la. Sua língua se atracou com a dela de forma violenta, e Emma ficou chocada ao perceber que aquilo não era exatamente... desagradável. Quantas vezes tinha sonhado com seu primeiro beijo, apesar de saber que nunca o receberia? Mas isso estava acontecendo. Naquele momento.

E ela nem mesmo sabia o nome dele.

Quando recomeçou a tremer, ele parou e se afastou, afirmando:

– Você está com frio.

Ela realmente estava congelando. A baixa taxa de sangue em seu organismo provocava esse efeito. Ser arrastada pela terra molhada e se sentir ensopada até os ossos não ajudara muito. Mas ela suspeitava que não era por isso que tremia.

– Estou, si-sim.

Ele a examinou atentamente de cima a baixo, com ar de nojo.

– E imunda. Está com lama no corpo todo.

– Mas foi você que... – Parou de falar ao perceber o olhar letal que ele lhe lançou.

Ele descobriu onde ficava o banheiro, arrastou-a até lá e olhou com a cabeça meio de lado para os equipamentos.

– Lave-se! – rosnou.

– Qu-que tal um pouco de privacidade? – sussurrou ela.

Ele exibiu um ar divertido.

– Você não terá isso. – Encostando o ombro no portal, cruzou os braços musculosos como se esperasse o show começar e ordenou: – Agora, tire a roupa lentamente e deixe-me ver o que é meu.

Meu? Indignada, ela estava prestes a protestar mais uma vez, mas ele ergueu a cabeça como se tivesse ouvido algo estranho e saiu dali correndo. Emma aproveitou para fechar a porta com força e se trancou – um gesto inútil, é claro – então, ligou o chuveiro.

Sentou-se no chão com as pernas encolhidas e as mãos na cabeça; perguntou a si mesma como faria para escapar daquele lunático. O hotel Crillon se orgulhava de ter paredes de trinta centímetros de espessura. Uma banda de rock se hospedara alguns dias no quarto ao lado, e ela não tinha ouvido um ruído sequer. Claro que não considerou a possibilidade de pedir ajuda a alguém – *nunca peça ajuda a um humano* –, mas pensou em abrir um buraco na parede e escapar.

Paredes à prova de som, décimo andar. O quarto suntuoso tinha sido um bom refúgio e a protegera do sol e dos humanos bisbilhoteiros, mas agora se transformara numa jaula dourada. Ela estava encurralada por um ser desconhecido, e só Freya saberia quem era ele.

Como seria possível escapar dali se não havia ninguém por perto para ajudá-la?

Lachlain ouviu uma roda rangendo, sentiu cheiro de carne e foi mancando até a porta do quarto. No corredor, um velho que empurrava um carrinho de serviço de quarto ganiu de susto ao vê-lo. E observou, petrificado, quando Lachlain roubou as duas tigelas tampadas que carregava no carrinho.

Lachlain tornou a entrar e fechou a porta com um chute. Encontrou bifes e devorou-os em segundos. Depois, atingido por uma recordação dolorosa, com um murro fez um buraco na parede.

Abrindo e fechando a mão e olhando para os dedos que sangravam, sentou-se na beira da cama estranha e refletiu que estava num lugar desconhecido e numa época estranha. Sentia-se fraco, e sua perna doía depois de ter perseguido a vampira. Ergueu um pouco a parte de baixo da calça roubada e inspecionou a perna, que já se regenerava. A carne exposta tinha uma depressão feia. A pele que a cobria parecia arrancada.

Tentou afastar as lembranças daquela derrota, mas que outras recordações recentes possuía? Só as imagens em que se via sendo queimado até a morte repetidas vezes. *Durante um período de tempo que, ele sabia agora, chegava a 150 anos...*

Estremeceu, suando frio, teve ânsias de vômito e colocou a cabeça entre os joelhos, para evitar pôr tudo para fora, pois precisava muito da comida que acabara de colocar no estômago. Em vez disso, arranhou a mesa de cabeceira com as garras, formando sulcos profundos, só para se impedir de destruir tudo à volta.

Na última semana desde que conseguira escapar, parecia estar indo bem, totalmente focado na caça a ela e na sua recuperação, e parecia se adaptar com facilidade aos novos ambientes; só que sentia súbitos acessos de raiva. Invadira uma casa suntuosa para roubar roupas – e acabara destruindo tudo. Todas as coisas e objetos que não reconheceu ou compreendeu foram destruídos.

Naquela noite, ele se sentira fraco e não conseguia raciocinar com clareza. Sua perna se regenerava lentamente, e ele continuava aguentando firme até que, inesperadamente, percebeu no ar o cheiro dela outra vez.

Entretanto, em vez da companheira que buscava, tinha encontrado uma *vampira*. Aliás, uma vampira pequena e frágil. Fazia séculos que não ouvia falar de alguma fêmea viva. Os machos deviam tê-las escondido, mantendo-as enclausuradas durante tantos anos. Pelo visto, a Horda não conseguira eliminar todas as suas mulheres, como ordenara o Lore.

Porém, que Cristo o ajudasse, seus instintos lhe diziam que aquela criatura etérea de cabelos muito claros era... dele.

O instinto animal gritava dentro dele, exigindo que a tocasse, que a possuísse. Afinal, ele esperara por aquilo durante tanto tempo...

Segurou a cabeça entre as mãos mais uma vez, tentando não perder o controle – colocar o animal feroz dentro da jaula. Mas como o destino pudera ser tão cruel com ele, mais uma vez? Afinal, ele a procurara por mais de mil anos...

Acabara encontrando-a sob uma forma que desprezava e, agora, sentia um ódio tão intenso e virulento que não conseguia controlar.

Uma vampira! O simples fato de ela existir já o repugnava. Sua fraqueza o deixava enojado. Seu corpo pálido era muito pequeno, ela era muito magra e provavelmente se quebraria como um cristal fino na primeira vez que trepassem com ferocidade.

Ele esperara por mais de um milênio por uma parasita inútil.

Ouviu o carrinho que rangia se afastar pelo corredor com mais rapidez quando tornou a passar pela porta do quarto, mas o fato é que a sua fome estava saciada pela primeira vez desde que seu suplício começara. Com comida de qualidade como aquela, ele acabaria com qualquer traço físico das torturas que padecera. Em compensação, a sua mente...

Estava na companhia da fêmea fazia uma hora. No entanto, já tinha sido obrigado a mandar o instinto bestial de volta à jaula por duas vezes. Isso era um progresso considerável, pois sua existência consistia em um constante estado de vazio e desolação interrompido por breves acessos de fúria. Todos diziam que somente a verdadeira companheira de um Lykae conseguiria amenizar suas dores e mágoas. Se aquela vampira realmente estivesse designada para ele, haveria muitas dificuldades pela frente.

Não poderia ser ela. Ele devia estar delirando. Agarrou-se a essa ideia. A única coisa da qual se arrependia profundamente antes de ter sido atirado ao fogo era nunca tê-la encontrado. Talvez sua mente estivesse lhe pregando peças. Claro, só podia ser isso. Ele sempre imaginara que a sua parceira para toda a vida seria uma ruiva de seios grandes e curvas generosas, com sangue de lobo, que conseguiria aguentar e acompanhar seus acessos de luxúria e sentiria prazer com a ferocidade em estado bruto que existia nele. Nunca aquela amostra medrosa de... *vampira*. Ele tinha enlouquecido. Claro.

Mancou até a porta do banheiro e a encontrou trancada. Balançou a cabeça, quebrou a maçaneta com facilidade e se viu num lugar tão cheio de vapor que mal conseguiu avistá-la encolhida em posição fetal, junto da parede do fundo. Ergueu-a do chão e exibiu uma cara feia ao ver que ela continuava molhada e imunda.

– Você ainda não se lavou? – Ao ver que ela permanecia olhando fixamente para o chão, exigiu saber: – Por quê?

Ela encolheu os ombros, sentindo-se infeliz.

Ele olhou para a cascata de água que escorria dentro de uma câmara de vidro, abriu a porta e estendeu a mão. Agora sim! Aquilo lhe pareceu excelente. Empurrou Emma para o lado e se despiu.

Os olhos dela se arregalaram, fixados no membro dele, e ela cobriu a boca com a mão. Até parecia que nunca tinha visto o pênis de um homem. Ele deixou que ela olhasse o quanto quisesse e até se encostou contra a parede, cruzando os braços sobre o peito enquanto ela o olhava.

Diante do olhar arrebatado que ela exibiu, seu órgão enrijeceu e seu comprimento aumentou consideravelmente. Seu corpo, pelo menos, parecia achar que ela lhe pertencia, até Emma soltar um grito e baixar os olhos. A perna dele, muito ferida, tinha capturado a atenção dela e pareceu assustá-la ainda mais. Isso o deixou embaraçado, e ele entrou debaixo do chuveiro para evitar os olhares.

Fechando os olhos com prazer, sentiu a água correr generosa sobre seu corpo, mas percebeu que sua ereção não diminuíra. A vampira ficou mais tensa, parecendo pronta a fugir dali, e abriu os olhos. Se estivesse se sentindo mais forte, teria até torcido para ela tentar escapar.

– Por que você está olhando para a porta? – quis saber ele. – Posso alcançá-la antes mesmo de você conseguir sair deste cômodo.

Ela se virou, notou que a ereção dele ficara ainda maior e reprimiu um grito.

– Tire suas roupas, vampira.

– Eu... Não!

– Quer entrar aqui vestindo tudo isso?

– É melhor do que ficar aí dentro nua com você!

Ele se sentiu mais relaxado pelo efeito da água e até um pouco magnânimo, graças à excelente comida que devorara.

– Vamos fazer um trato – propôs a ela. – Você me dá um presente e eu, em troca, atendo a um pedido seu.

Ela ergueu os olhos por trás de uma mecha que escapara das tranças que fizera com tanto cuidado.

– O que você quer?

Ele apoiou as mãos no boxe e se inclinou um pouco para fora da água.

– Quero você aqui dentro sem roupa. E você, o que vai querer de mim?

– Nada que tenha a ver com isso – murmurou ela.

– Você vai ficar comigo por um tempo indeterminado. Até eu resolver libertá-la. Não quer entrar em contato com o seu... povo? – Ele quase cuspiu a palavra. – Certamente tem muito valor para eles, já que é tão rara.

Na verdade, mantê-la longe dos seus parentes vampiros seria apenas o início da sua vingança. Sabia que eles achariam a ideia de ela ser possuída repetidas vezes por um Lykae tão revoltante quanto o clã dele. Emma mordeu o lábio com a ponta do seu canino minúsculo, e isso desencadeou nele um novo acesso de ira.

– Não sou obrigado a lhe oferecer nada! – esbravejou. – Posso muito bem simplesmente comer você aqui mesmo e depois outra vez na cama.

– E... E não fará isso caso eu concorde em entrar aí com você?

– Venha de livre e espontânea vontade, e eu não farei nada com você aqui dentro – mentiu.

– E o que... fará, então?

– Quero colocar as mãos em você. Aprender sobre o seu corpo. E você vai colocar as mãos em mim.

Numa voz tão fraca que ele mal conseguiu ouvir, Emma perguntou:

– Você vai me machucar?

– Vou tocar você, não machucá-la.

As finas sobrancelhas louras da vampira se ergueram juntas, enquanto ela analisava a oferta. Depois, como se aquilo lhe fosse muito doloroso, agachou-se para desamarrar as botas e puxou os laços com um zumbido agudo. Ficou em pé e pegou as pontas da jaqueta e da blusa rasgadas, mas pareceu incapaz de ir em frente. Balançou a cabeça com violência, e seus olhos azuis ficaram duros. Mas viu-se aceitando. Num flash de percepção interna, entendeu que não estava concordando com aquilo por alguma razão que pudesse compreender. Seus olhos pareciam expressar algo, mas ele não conseguiu perceber o que poderia ser.

Ao se aproximar dele, Emma desgrudou do corpo a jaqueta molhada, a blusa e o sutiã rasgado, mas cobriu os seios com um dos braços magros.

Tímida?, refletiu ele consigo mesmo. Já tinha visto orgias regadas a sangue onde os vampiros se refestelavam.

– Por favor. Eu... Eu não sei quem você acha que eu possa ser, mas...

– Eu acho... – Antes de ela ter chance de piscar, ele rasgou-lhe a saia com força e a atirou longe. – ... que, pelo menos, deveria saber seu nome antes de tocá-la.

Ela balançou a cabeça com mais força ainda, e seu braço se apertou contra os seios.

Ele a analisou longamente, como se a saboreasse. Sua pele era um alabastro perfeito, coberta unicamente por uma estranha roupa de seda preta em forma de V que lhe descia e entrava por entre as pernas. A frente era feita de renda transparente e mal tapava os caracóis louros que lhe cobriam o espaço entre as pernas. Lembrou-se do sabor dela nas duas vezes que a lambera, sob a chuva inclemente e de relâmpagos sobrenaturais, e seu pênis latejou ainda mais, a ponta cresceu e ficou lustrosa de antecipação. Outros homens a achariam atraente. Os vampiros, com toda certeza. Os machos humanos matariam por ela.

Seu corpo trêmulo era pequeno demais, mas seus olhos... grandes, límpidos, tinham o mesmo tom forte de azul do céu que ela nunca conheceria.

– Me... Meu nome é Emmaline.

– *Emmaline* – rosnou ele, esticando a mão lentamente e exibindo uma garra, que usou para rasgar a pouca seda que ainda lhe cobria o corpo.

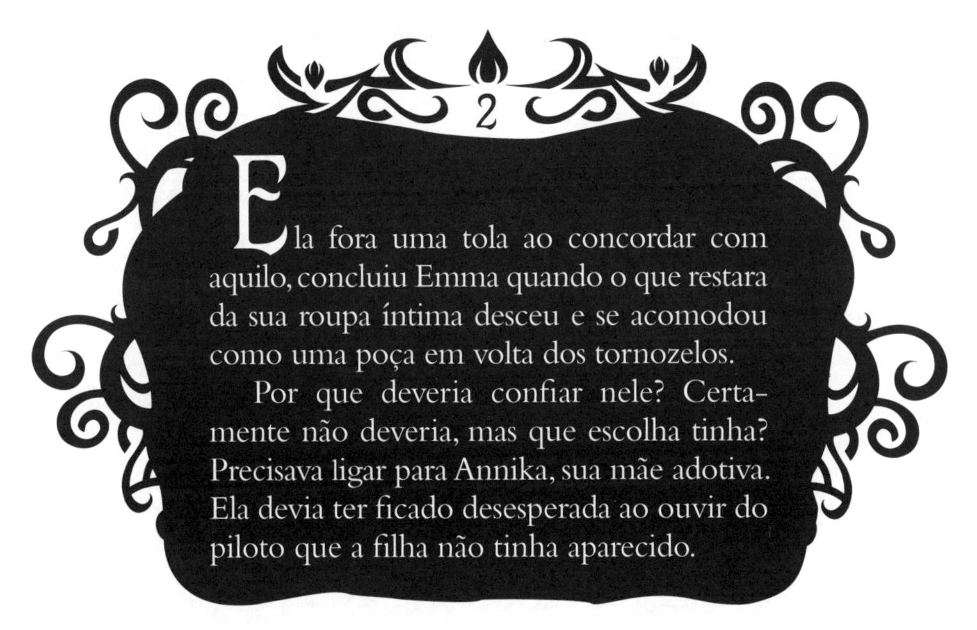

2

Ela fora uma tola ao concordar com aquilo, concluiu Emma quando o que restara da sua roupa íntima desceu e se acomodou como uma poça em volta dos tornozelos.

Por que deveria confiar nele? Certamente não deveria, mas que escolha tinha? Precisava ligar para Annika, sua mãe adotiva. Ela devia ter ficado desesperada ao ouvir do piloto que a filha não tinha aparecido.

Mas será que essa tinha sido realmente a razão de ela ter concordado com tudo? Emma temia que esse motivo não fosse assim tão altruísta. Ao longo de toda a sua vida, os homens haviam solicitado coisas a ela – coisas que a sua natureza oculta de vampira tornava impossíveis. Mas não aquele espécime masculino. Ele sabia exatamente o que ela era e não pedia o impossível, simplesmente *exigia*...

Um banho de chuveiro.

No entanto...

Ele estendeu-lhe a mão. Não foi um gesto agressivo ou impaciente, mas sim acompanhado de uma longa e cuidadosa observação de seu corpo totalmente nu, com olhos intensos, e que agora também pareciam quentes e dourados. Emitiu um gemido forte que ela percebeu ser involuntário. Como se a achasse linda.

Seu tamanho avantajado ainda era aterrorizante. O estado da perna dele provocava muitas náuseas nela, mas, respirando fundo e reunindo mais coragem do que conseguira em toda a sua vida, Emma colocou sua mão na dele.

No instante em que ele apertou a mão dela com força, Emma entendeu que estava completamente nua dentro de um boxe ao lado de um macho louco de dois metros de altura e de uma espécie indeterminada. O estranho puxou-a para baixo dos jatos d'água e virou-a de costas para ele.

Segurando a mão esquerda dela, colocou-a contra o mármore da parede. A outra ele apoiou contra o vidro. A cabeça dela estava a mil por hora. O que ele faria? Emma não poderia estar mais despreparada para uma situação como aquela. Uma situação claramente sexual. Ele poderia fazer o que quisesse ali. Ela não conseguiria impedi-lo.

Olhou por sobre o ombro com ar de surpresa quando ele, muito concentrado, começou a espalhar gel de banho pelas suas costas e nádegas com as palmas das mãos imensas. Estava envergonhada por um estranho vê-la completamente nua daquele jeito, mas também se viu muito intrigada com o corpo *dele*. Esforçou-se para não olhar diretamente para a ereção gigantesca que ele exibia enquanto se inclinava e se movia em torno dela, mas o cenário era muito... atraente. Tentou não reparar nos pelos de seus braços, pernas e peito, dourados nas pontas; nem que sua pele, com exceção da camada nova que nascia em torno da ferida da perna, era cor de bronze.

Ele se agachou para lavar a parte da frente e de trás das pernas dela, e tirou com muito cuidado os restos de grama e lama que tinham ficado grudados nos joelhos. Quando esfregou a parte alta das suas coxas, ela fechou as pernas. Ele soltou um grunhido de frustração, ergueu-se novamente e tornou a colar as costas dela contra a frente de seu corpo, para que ela sentisse a força de seu membro estimulando-a. Ajeitou-a novamente e voltou a esfregá-la, agora pela frente, com uma das mãos passeando pelo seu quadril e a outra apertando-lhe o ombro.

Subitamente, a palma da mão dele envolveu-lhe um dos seios. Ela podia lutar, ou gritar...

– Sua pele é tão deliciosamente macia – murmurou ele, no ouvido dela. – Tão macia quanto a seda que você usava.

Ela estremeceu. Bastou um elogio, e Emma – que nunca suspeitou que seria uma mulher *fácil* – relaxou um pouco mais. Quando ele passou o polegar lentamente por cima do seu mamilo, indo e voltando, ela sugou o ar com força, feliz por estar de costas e ele não poder ver suas pálpebras se fecharem por alguns segundos. Como uma sensação podia ser tão boa quanto aquela?

– Coloque seu pé ali – ordenou ele, apontando para um banco estreito encostado na parede do boxe.

E abrir as pernas? – Ahn... Acho melhor eu não...

Ele ergueu o joelho dela e colocou o pé no local determinado. Quando ela começou a movê-lo, ele avisou:

– Nem tente! Agora, jogue a cabeça para trás e apoie-a no meu ombro.

Então, as duas mãos dele voltaram a trabalhar nos mamilos dela, friccionando-os com mais força, agora que o sabão tinha saído com a água. Ela mordeu o lábio inferior quando sentiu os mamilos endurecerem de forma quase dolorosa. Devia estar apavorada. Será que estava tão desesperada para ser tocada – em qualquer lugar – a ponto de se submeter àquilo?

Os dedos dele começaram a descer lentamente.

– Mantenha as pernas abertas para mim.

Emma estava quase fechando-as novamente. Nunca tinha sido tocada ali. Ou em qualquer outro lugar, na verdade.

Nunca sequer tinha segurado a mão de um homem.

Engolindo em seco, nervosa, ela observou, impotente, quando a mão dele desceu na direção de seu sexo.

– Ma... mas... você disse...

– Que não iria foder você. Pode acreditar, você vai perceber quando eu estiver prestes a fazer isso.

Ela soltou um gemido ao primeiro toque e, involuntariamente, tentou se afastar dos braços dele, assustada pela intensidade da sensação. Dois dedos acariciaram sua intimidade sensível, apertando-a e excitando-a, e tudo pareceu ainda mais prazeroso porque ele estava sendo... gentil. Lento e suave. Quando a sentiu molhada por dentro, ele grunhiu palavras estrangeiras e roçou os lábios lentamente sobre o pescoço dela, como se estivesse satisfeito com sua resposta.

Tentou enfiar um dedo dentro dela, mas o corpo de Emma recuou diante do toque pouco familiar.

– Apertada como um punho – reclamou ele. – Você tem de relaxar.

Emma se perguntou se deveria ou não contar a ele que nem todas as técnicas de relaxamento que existiam no mundo poderiam mudar aquilo.

Ele a agarrou com mais força pelas costas. Quando começou a trabalhar com o dedo médio, enfiando-o em sua vagina enquanto a firmava por trás, ela arquejou, balançou para a frente e se colocou na ponta dos pés, como se tentasse escapar. Mas a outra mão dele a encurvou de leve, ajeitou-a melhor e tornou a acariciá-la mais uma vez. Ela ouviu um gemido e assustou-se ao perceber que ela mesma o emitira.

Aquele estranho estava acariciando seu corpo – lá dentro, na verdade –, e ela estava excitada.

O ar se carregou de eletricidade? Por causa dela? *Por favor, tomara que isso seja por minha causa...*

Ele começou a se agitar cada vez mais enquanto a tocava. Ela percebeu que estava perdendo o controle... Deveria ser mais prudente, sentir medo. Mas os dedos dele trabalhavam nela, e o que entrara bem devagar em sua vagina parecia mais quente. Era um prazer desconhecido, pouco familiar. A urgência de gemer aumentou dentro dela.

Emma nunca tinha gemido de prazer. Em toda a sua vida, nunca fora levada até aquele limite...

Suas garras se encurvaram como nunca tinha acontecido e, ao gemer baixinho, imaginou-se enfiando-as nas costas dele enquanto ele a penetrava com os dedos, cada vez mais depressa. O que estava acontecendo?

– Isso... Boa menina – rosnou ele no ouvido dela, segundos antes de virá-la de frente, erguê-la em seus braços e ordenar: – Coloque as pernas em volta da minha cintura.

Os olhos dela estavam quase fechados de luxúria, mas se arregalaram de espanto mais uma vez.

– Vo... Você me disse que não faria isso.

– Mudei de ideia ao ver você toda molhada e carente. – Ela o *desejava* de verdade, exatamente como deveria ser.

Foi por isso que ele franziu o cenho, sem compreender direito quando ela começou a se debater. Mesmo enfraquecido como estava, dominá-la por completo lhe custaria menos do que segurar um gato selvagem.

Pressionou-a de frente para ele contra a parede e com os pés no ar. Manteve-a ali e entregou-se à tarefa de sugar lentamente seus mamilos pequenos e latejantes. Fechou os olhos de prazer, gemendo baixinho enquanto sua língua girava em torno deles. Quando tornou a abrir os olhos, viu que ela fechara os dela com força, os punhos cerrados, pousados sobre seus ombros.

Ele a colocou em pé novamente e acariciou com mais vigor no espaço entre suas pernas. Ela estava com a musculatura rígida novamente. Se tentasse fodê-la assim mesmo, ele a despedaçaria – mas não se importava. Depois de tudo que enfrentara para chegar tão longe e, no fim, encontrar uma vampira, nada o impediria agora.

– Relaxe – ordenou ele, entredentes, mas o oposto aconteceu: ela começou a sentir os mesmos tremores inúteis de antes.

Preciso entrar nela. Está tudo enevoado.

Será que ela o faria esperar ainda mais tempo pelo abono lascivo com o qual tanto sonhara?

Está me torturando como os outros da sua laia fizeram.

Soltou um rugido feroz. Suas mãos passaram a centímetros dos dois lados da cabeça dela e atingiram o mármore da parede com violência.

Os olhos dela tornaram a ficar vidrados. Por que ela não poderia ser alguém da sua espécie? Se fosse, estaria louca para que ele a penetrasse e preenchesse, estaria *implorando* por isso. Certamente o teria tomado por inteiro e suspirado de alívio quando ele se balançasse e rebolasse dentro dela. A imagem mental de uma criatura lhe proporcionando tanto prazer o fez rugir de desespero pela sua perda. Ele queria que ela o desejasse intensamente, mas teria de se contentar com o que o destino lhe trouxera.

– Vou me fartar dentro de você esta noite. É melhor relaxar.

Ela olhou assustada para ele com as sobrancelhas unidas, numa expressão de desespero.

– Você disse que não me machucaria. Você pro... prometeu!

Será que a bruxa achava que uma simples promessa seria suficiente para salvá-la? Ele agarrou o pênis com força e ergueu a perna dela até a altura do quadril...

– Mas você disse! – murmurou ela, devastada por ter acreditado nele. Detestava que lhe mentissem, especialmente por saber que nunca conseguiria mentir de volta. – Você prometeu...

Ele parou. Com um rosnado forte, soltou-lhe a perna e atingiu a parede mais uma vez com o punho. Os olhos dela se arregalaram quando ele a pegou e girou de costas para ele, colocando-a na posição anterior. Justamente quando ela estava disposta a arranhá-lo e mordê-lo, ele a puxou e embalou-a com as costas coladas em seu peito. Levou a mão dela até seu pênis ereto e inspirou fundo ao primeiro contato. Sua voz pareceu gutural quando ele ordenou:

– Faça-me gozar.

Satisfeita com aquele adiamento, ela o agarrou com hesitação, mas não conseguiu envolvê-lo por completo com os dedos. Ao ver que ela não começou a trabalhar de imediato, ele empinou os quadris com força. Por fim, ela conseguiu envolvê-lo com a mão aberta e pôs-se a massageá-lo em movimentos longos, olhando para o outro lado.

– Mais forte!

Ela apertou os dedos, o rosto vermelho de vergonha. Será que não era óbvio que ela não tinha ideia de como fazer aquilo?

Como se lesse sua mente, ele reagiu, com voz rouca:

– Você está se saindo bem, garota. – Ele lhe massageava um dos seios, a boca colada em sua nuca, e sons de respiração ofegante vinham do seu peito. Ela sentiu os músculos dele se retesando cada vez mais. O braço dele a apertou com mais força até ela achar que não conseguiria mais respirar. Sua outra mão mergulhou e apalpou sua vagina.

Ele grunhiu e anunciou:

– *Vou gozar!*

Depois, com um gemido primitivo que atraiu a atenção dela novamente para a cena, o sêmen dele explodiu bruscamente em jatos que se espalharam pelo chão do boxe.

– *Ó Deus, siiim!* – Ele apalpou-lhe o seio mais uma vez, mas ela mal sentiu, pois continuava espantada com a ejaculação vigorosa dele, que não acabava nunca.

Quando ele terminou, ela percebeu que continuava, estupefata, a bombear seu membro ainda ereto. Ele impediu-lhe o movimento enquanto ainda estremecia, com os músculos do seu torso parecendo latejar.

Ela estava enlouquecendo. Continuava atônita, sem dúvida, mas percebeu que seu corpo ansiava por algo. Por ele? Pela mão firme que ele removera do espaço entre suas pernas?

Ele a empurrou contra a parede que ficava debaixo do chuveiro. Mantendo o peito colado no dela. Pousou o queixo sobre sua cabeça e emoldurou-lhe o rosto com as duas mãos até paralisá-la.

– Toque-me.

– Tocar?... Onde? – Era a voz dela que parecia assim tão... rouca?

– Não importa o lugar.

Ela começou a esfregar as mãos pelas costas dele, e então ele beijou o alto da cabeça dela de forma quase distraída, como se não percebesse que estava sendo carinhoso.

Os ombros dele eram largos e grandes, como todo o resto... Duros, volumosos e com músculos bem definidos. Aparentemente com vida própria, suas mãos passearam pelo corpo dele com mais sensualidade do que ela teria desejado. A cada movimento que fazia seus mamilos dolorosos roçavam as saliências do torso dele. Os pelos dourados de seu peito fizeram cócegas em seus lábios, e, para sua tristeza, ela se imaginou beijando aquela pele bronzeada. Sua vagina continuava a vibrar devido à proximidade do pênis dele, ainda semiereto e pressionado contra a sua barriga, e ela o desejou, mesmo depois de ter visto o quanto ele aumentara de tamanho.

No instante exato em que ela imaginou que ele estava cochilando, ele murmurou em seu ouvido:

– Dá para sentir pelo seu cheiro que você continua excitada. E muito!

Ela sugou o ar com força. O que, exatamente, ele *era*?

– Vo...você diz essas coisas só para me chocar. – Ela percebeu que ele dizia tudo de forma tão direta porque notara com rapidez o quanto aquilo a deixava desconfortável, e isso fez com que ela ficasse ressentida.

– Peça para eu fazer você gozar.

Ela ficou tensa. Poderia ser uma covarde sem grandes atributos ou talentos; naquele momento, porém, sentiu-se ferozmente orgulhosa.

– Nunca!

– Quem perde é você. Agora, desfaça essas tranças. Você vai manter os cabelos soltos.

– Não quero...

Quando ele esticou a mão para desfazer as tranças do seu jeito, ela se desvencilhou dele e tentou manter ocultas suas orelhas pontudas.

Ele prendeu a respiração por alguns segundos até que, por fim, expirou com força.

– Deixe-me vê-las.

Ela permaneceu calada quando ele afastou os cabelos dela para trás.

– Elas são como as orelhas de fadas. – Ele passou a parte de trás dos dedos contra as pontas levemente pontiagudas, e ela estremeceu. Pelo olhar que lançou, ela percebeu que ele notara sua reação. – Essa é uma característica das vampiras fêmeas?

Ela nunca conhecera um vampiro de raça pura, macho ou fêmea, e encolheu os ombros, sem saber responder.

– Interessante – declarou ele.

Ele enxaguou os cabelos dela, analisando-lhe o rosto com uma expressão insondável. Ao terminar, ordenou:

– Desligue a água.

Puxou-a para fora do boxe. Pegando uma toalha, enxugou-a por completo. Manteve-a quieta, enlaçando-a pela cintura enquanto passava a toalha lentamente entre suas pernas. Os olhos dela tornaram a se arregalar enquanto ele continuava a inspecioná-la como se fosse um produto no qual estivesse interessado. Apalpou suas nádegas com as palmas das mãos abertas, depois alisou-lhe os quadris fazendo sons de... aprovação?

Deve ter notado sua expressão de espanto, pois disse:

– Você não quer que eu aprenda tudo sobre você?

– Claro que não! – protestou ela.

– Permitirei que você faça o mesmo comigo. – Colocou a palma da mão dela sobre seu peito e a arrastou lentamente para baixo com um olhar de desafio.

– Dispenso isso! – ela conseguiu dizer com a voz esganiçada, recolhendo a mão.

Antes de ela ter chance de gritar de susto, ele a pegou no colo e a carregou até a cama, jogando-a sem delicadeza sobre o colchão.

Ela engatinhou para fora e correu para perto da cômoda. Num salto, ele estava atrás dela, pressionando-a com o corpo todo, o pênis novamente se intumescendo em contato com as nádegas dela. Ele escolheu uma camisola de dormir de renda vermelha e reveladora, e pegou-a pela alça, com um único dedo.

– Vermelho. Para eu me lembrar do que você é.

Vermelho era a cor favorita dela. Emma queria se lembrar disso também.

– Levante os braços.

Chega!

– Eu-sei-me-vestir-sozinha! – reclamou ela, ressaltando cada palavra.

Ele a girou de repente, obrigando-a a olhar de frente para ele, e seu tom de voz ficou mais ameaçador.

– Não me desagrade, vampira. Você não imagina quantos anos de ódio eu tenho represados dentro de mim, prontos para serem libertados.

Ela olhou para um ponto atrás dele e reparou nas fortes marcas de garras que ele deixara na mesinha de cabeceira.

Ele é louco!

Impotente, ergueu os braços. Suas tias diriam para ele que... As sobrancelhas dela se uniram. Na verdade, suas tias não teriam dito nada para ele, pois ele já estaria morto pelo que fizera com ela. Assustada, Emma ergueu os braços. Estava com nojo de si mesma. Emma, a Tímida.

Quando ele alisou a camisola sobre o corpo dela, também afagou, de forma insolente, seus mamilos, que continuavam duros como se esperassem pelo toque dele. Deu um passo para trás, passeou com os olhos sobre ela da ponta dos pés até a fenda da camisola, que ia até a coxa, e se deteve no corpete de renda.

– Gosto de você usando seda. – Sua voz foi um grunhido profundo, seu olhar tão forte quanto o toque, e, mesmo depois de tudo que acontecera entre ambos, ela ainda reagia sem querer.

Ele lançou um cruel sorriso de afetação. Sabia disso.

Ela ficou ruborizada e olhou para o outro lado.

– Agora, deite-se na cama.

– Eu não vou *dormir* com você.

– Vamos fazer alguma coisa nesta cama, pode ter certeza. Estou muito cansado e pensei em dormirmos um pouco, mas se você tem outras ideias...

Emma sempre se perguntara como seria dormir com outra pessoa.

Nunca tinha passado por essa experiência; nunca tinha sentido outra pele tocar a dela por mais que alguns instantes. Quando ele se colocou na cama e pressionou o corpo contra o dela, deitado de conchinha, ela se viu chocada ao perceber o quanto ele era quente. O corpo dela, que tinha empalidecido um pouco e esfriado muito por causa da fome, acabou se esquentando também. Emma teve de admitir que aquela intimidade pouco familiar era... muito marcante. Os pelos da perna dele fizeram cócegas nela, e os lábios firmes dele se mantiveram colados no seu pescoço quando ele pegou no sono. Dava até para ela ouvir a batida forte do coração dele contra suas costas.

Finalmente tinha compreendido o imenso apelo de uma situação como aquela. E, sabendo o que sabia agora, perguntou-se como alguém poderia *não querer* um parceiro de cama. Sem saber, ele estava respondendo a muitas perguntas dela e realizando muitos de seus sonhos secretos.

E ainda assim poderia matá-la num estalar de dedos.

A princípio, ele a tinha apertado contra o peito com tanta força que ela mal conseguira resistir à vontade de chorar. Não achava que tivesse feito isso para machucá-la – certamente teria batido nela se essa fosse a sua intenção. Portanto, continuou confusa pela evidente necessidade de ele mantê-la presa junto do seu corpo.

Por fim, quando ele adormeceu profundamente, sua respiração ficou mais lenta e ritmada. Emma reuniu as últimas reservas de coragem e, pouco a pouco, ao longo do que lhe pareceu uma hora, abriu os braços dele.

Se ao menos conseguisse se teletransportar, escaparia dali com muita facilidade. Pensando bem, nunca teria sido capturada por ele, para início de conversa. Annika havia ensinado a Emma a arte do teletransporte, o meio de viagem preferencial de todos os membros da Horda. Ela lhe explicara que os vampiros podiam se teletransportar para qualquer lugar onde já tivessem estado antes. Os mais fortes conseguiam até mesmo teletransportar outros seres, e só uma luta feroz e sugadora de forças poderia impedi-lo. Annika queria que Emma aprendesse a fazer. Emma tinha tentado com muita determinação, mas falhara e fora desencorajada a continuar tentando. Diante disso, deixara de se importar...

Quando finalmente conseguiu se agachar e escapar suavemente dos braços dele, ergueu o corpo aos poucos, centímetro por centímetro, quase escorregando do colchão. Livre da cama, voltou-se, olhou para ele e ficou impressionada mais uma vez ao notar o quanto ele era bonito. Entristeceu-se por ele ter de ser daquele jeito. Entristeceu-se por não ser capaz de aprender mais sobre si mesma, e até mesmo sobre ele.

No instante em que virou o corpo para se afastar, as mãos dele surgiram do nada e a enlaçaram pela cintura. Ele a puxou de volta para a cama e se posicionou por cima dela.

Ele está brincando comigo.

– Você não conseguirá escapar de mim. – Ele a pressionou um pouco mais e se ajeitou até se encaixar novamente entre as pernas dela, sem penetrá-la. – Isso só serve para provocar a minha raiva.

Embora os olhos dele cintilassem ao dizer isso, era como se não enxergasse nada. Comportava-se como se ainda estivesse dormindo, e parecia um sonâmbulo.

– Eu... Eu não quis enfurecer você – explicou Emma, com a respiração falha. – Eu só queria ir ao...

– Você sabe quantos vampiros eu já matei? – murmurou ele, ignorando as palavras dela ou simplesmente não as ouvindo.

– Não – sussurrou ela, perguntando a si mesma se ele a estava vendo de verdade.

– Matei milhares. Caçava-os por esporte, perseguindo-os até seus covis. – Passou a parte de trás da sua garra escura pelo pescoço dela. – Com um simples golpe da minha garra eu os degolava; arrancava a cabeça deles antes mesmo de acordarem. – Seus lábios roçaram a nuca de Emma, percorrendo o mesmo caminho que a garra seguira instantes antes, e isso a fez estremecer. – Para mim, matar você seria tão simples quanto respirar. – Sua voz era um rufar profundo e rouco como o de um amante; falava com ternura, de um jeito inconsistente com as palavras e ações cruéis que descrevia.

– Você vai me ma... matar?

Ele afastou uma mecha de cabelo que se prendera sobre o lábio dela.

– Ainda não decidi. Até hoje, nunca tinha hesitado sequer por um segundo. – Seus músculos tremeram quando ele tentou se manter por cima dela apoiado nos cotovelos. – Quando eu me livrar dessa névoa e quando a sensação de loucura se dissipar, se eu ainda acreditar que você é quem realmente é... Quem sabe?

– O que eu sou?

Ele pegou a mão dela e a levou até seu pênis, que parecia de pedra.

– Você sente o quanto eu estou duro, não sente? Saiba que o único motivo de eu não estar dentro de você neste exato momento é por ainda me sentir fraco. Não é porque me importo com você.

Fechando os olhos de embaraço por alguns segundos, ela tentou afastar a mão dali, até que ele finalmente permitiu.

– Você me machucaria usando isso?

– Sem pensar duas vezes – garantiu ele. Seu olhar continuou focado no rosto dela, mas sua expressão era de alguém distante. – Isso é apenas o início das coisas que vou fazer com você, vampira.

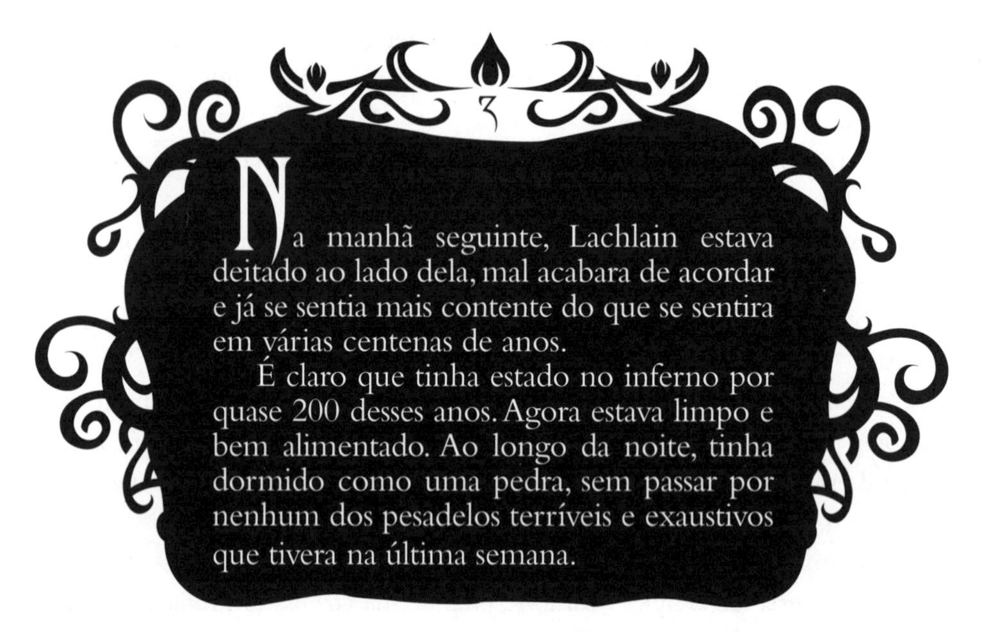

3

Na manhã seguinte, Lachlain estava deitado ao lado dela, mal acabara de acordar e já se sentia mais contente do que se sentira em várias centenas de anos.

É claro que tinha estado no inferno por quase 200 desses anos. Agora estava limpo e bem alimentado. Ao longo da noite, tinha dormido como uma pedra, sem passar por nenhum dos pesadelos terríveis e exaustivos que tivera na última semana.

Reparou que Emma permanecera quietinha e tensa ao longo de quase toda a noite. Era como se suspeitasse que o mínimo movimento que fizesse poderia despertar nele o desejo de gozar mais uma vez. E tinha razão. Por cortesia de sua mão macia, ele ejaculara com muita força, de forma chocante e libertadora. Ela certamente aliviara a tensão quase dolorosa de seus testículos cheios, mas ele continuava a querer penetrá-la.

A noite toda apertava-a mais para perto. Não conseguia evitar. Nunca tinha passado a noite inteira com uma fêmea – essa experiência estava reservada para viver junto de sua parceira –, mas sentiu que havia gostado. Muito, até. Lembrava-se de ter conversado com ela, mas não o que dissera exatamente. Também se lembrava de sua reação. Ela lhe parecera sem esperanças, como se finalmente tivesse percebido a situação em que se encontrava.

Tentara escapar mais uma vez ao longo da noite, e ele novamente curtira deixá-la achando que conseguiria, antes de puxá-la de volta e apertá-la para junto de si. Ela acabara ficando com o corpo sem forças e apagara. Ele não sabia se ela chegara a desmaiar ou não. E não se importava muito com isso.

Supôs que as coisas poderiam ser piores. Já que iria ter a posse de uma vampira, era bom que ela fosse linda. Era uma inimiga odiada, *uma bebedora de sangue*, mas linda. Perguntou-se se conseguiria colocar algumas carnes naquele corpo que era só pele e osso. Será que isso era possível, no caso de vampiros? Ainda sonolento, esticou o braço para tocar-lhe os cabelos. Na noite anterior, depois que os fios secaram, ele percebera que haviam se soltado em cachos rebeldes, volumosos, mais claros do que imaginara. Agora, ele se maravilhava ao observar os mesmos cachos brilhantes à luz do sol. Lindíssima, mesmo para uma vampira...

Sol.

Santa Mãe de Cristo. Ele pulou da cama, fechou todas as cortinas com força e voltou correndo até onde ela estava, pegando-a nos braços.

Ela mal respirava, não conseguia falar, e algumas lágrimas ensanguentadas, cor-de-rosa, lhe escorriam dos olhos vidrados. Sua pele queimava como se ela tivesse febre. Levou-a às pressas para o banheiro. Atrapalhou-se um pouco com as torneiras pouco familiares, até que a água correu em jatos frios como gelo. Entrou sob a ducha junto com ela. Depois de vários minutos, ela tossiu forte e inspirou com força, mas logo seu corpo afrouxou. Ele a apertou com força contra o peito, com o braço dobrado, e franziu o cenho. Não se importava se ela tivesse se queimado com o sol. *Ele* também queimara vivo! Por causa de gente como ela. Pretendia mantê-la viva até descobrir, com certeza, se ela era ou não a companheira que lhe fora determinada.

As evidências de que não era cresciam exponencialmente. Se ela realmente lhe fosse destinada, ele jamais teria pensado *Veja como é passar por isso*, como acabara de acontecer. Sua finalidade na vida sempre tinha sido encontrá-la, a fim de protegê-la de todos os males. Ele devia estar muito doente da cabeça. Sua mente estava lhe pregando peças. Só podia ser...

Manteve-a debaixo dos jatos d'água até o corpo dela esfriar um pouco. Só então tirou a camisola de seda encharcada que estava colada em seus seios e enxugou sua pele macia. Antes de voltar com ela para a cama, vestiu a vampira com outra camisola – dessa vez num tom ainda mais profundo de vermelho. Como se ele precisasse ser lembrado o tempo todo do que ela era.

Em seguida, vestiu suas roupas surradas e vagou pela suíte, perguntando-se o que poderia fazer com aquela mulher. Não levou muito tempo para a respiração dela voltar ao normal e suas bochechas readquirirem um pouco de cor. Um exemplo da típica resistência dos vampiros. Ele sempre amaldiçoara isso e tornou a odiá-la mais uma vez diante daquela demonstração de força.

Com desprezo, virou o rosto para o outro lado, e seu olhar pousou no aparelho de tevê. Ele o analisou com atenção, tentando descobrir como ligar aquilo. Balançou a cabeça ao se lembrar das simplicidades dos aparelhos modernos e deduziu que bastava apertar o botão onde se lia "on".

Ao longo da última semana, pareceu-lhe que os habitantes de todas as casas nos arredores de Paris se reuniam diante de uma daquelas caixas estranhas ao final de cada dia. Com sua visão e audição privilegiadas, Lachlain conseguira assistir a alguns programas do lado de fora das casas. Geralmente arrastava alguma comida roubada até o alto de uma árvore e se recostava no tronco para se maravilhar com as muitas e diferentes informações que saíam daqueles objetos desconhecidos. Agora tinha uma máquina daquelas só para si. Depois de alguns minutos apertando botões de forma aleatória, conseguiu descobrir um lugar que passava notícias lidas por pessoas em inglês – a língua dela e um dos muitos idiomas que ele conhecia, embora fizesse mais de um século que não o usasse.

Enquanto remexia nas coisas dela, prestava atenção aos discursos esquisitos e ao novo vocabulário, aprendendo tudo muito depressa. Os Lykae tinham esse talento – a habilidade de se misturar com as pessoas, aprender novas línguas, dialetos e palavras atuais. Isso era um mecanismo de sobrevivência. O Instinto comandava: *Misture-se. Aprenda tudo. Nenhum detalhe deve passar despercebido. Ou morra!*

Analisou os pertences dela. Voltou às gavetas da cômoda onde estavam as sedas, é claro. As roupas íntimas da época em que se encontrava eram muito menores e, portanto, preferíveis às das eras passadas. Imaginou o corpo dela dentro de cada uma das peças minúsculas que mal passavam de retalhos de seda. Imaginou-se arrancando cada um deles a dentadas, mas algumas peças o deixaram atônito. Quando percebeu onde a calcinha fio dental deveria ficar, gemeu de prazer e quase gozou na calça de xadrez.

Em seguida, foi para o closet, a fim de examinar as demais roupas estranhas de Emma, muitas delas vermelhas e de tamanho reduzido. Certamente, não permitiria que a vampira saísse do quarto usando algumas delas.

Esvaziou no chão a bolsa que ela usara na noite anterior e percebeu que o couro ficara destruído. Na pilha molhada havia uma geringonça prateada com números parecidos com os que ele vira – franziu o cenho – *no telefone*. Balançou o aparelho e, ao ver a água que escorreu de dentro dele, descartou-o, atirando-o por sobre o ombro.

Uma bolsa menor, também de couro, continha um cartão de material duro onde se lia "Carteira de Habilitação do Estado de Louisiana".

Vampiros em Louisiana? Desconhecia.

O cartão informava que o nome dela era Emmaline Troy. Parou por um instante, rememorando todos os anos durante os quais implorara ao menos por um nome, uma única pista de como encontrar sua companheira. Fez novamente uma expressão de estranheza, tentando se lembrar se tinha informado à vampira o seu nome, em meio às loucuras da noite anterior...

A altura dela estava marcada como um metro e sessenta e três centímetros, seu peso era 47 quilos – nem completamente encharcada ela poderia pesar isso – e seus olhos, azuis. Se bem que azul era uma palavra suave demais para descrever os lindos olhos dela.

Havia uma pequena imagem de Emma sorrindo com ar tímido e os cabelos trançados para lhe esconder as orelhas. A imagem, por si só, era surpreendente, mas também intrigante. Era como um daguerreótipo antigo, mas aquele tinha *cores*. Havia tanta coisa para aprender.

Seu ano de nascimento informado era 1982, mas ele sabia que isso era falso. Fisicamente, ela, de fato, não parecia mais velha do que os poucos anos que apareciam na carteira, como se estivesse congelada para sempre no instante em que era mais forte e mais capaz de sobreviver ao futuro. Cronologicamente, porém, com certeza, era muito mais velha. A maioria dos vampiros tinha nascido havia séculos.

E por que diabos aqueles sanguessugas estariam em Louisiana? Será que haviam conquistado mais que a Europa? E, se assim era, o que teria acontecido ao seu clã?

Pensar no seu clã o fez olhar fixamente para a vampira, que dormia imóvel como um cadáver. Se ela estava destinada a ser sua parceira, seria também sua rainha e governaria o povo de Lachlain. Impossível! O clã a destruiria na primeira oportunidade. Os Lykae e os vampiros eram inimigos naturais – desde o primeiro caos nebuloso do Lore.

Eram adversários de sangue. Fora por isso que ele, com toda a paciência do mundo, voltara a atenção para as coisas dela – como se estudasse o inimigo, e não por estar louco de curiosidade pelos pertences da fêmea.

Abriu um passaporte fininho e encontrou outra imagem, esta com um sorriso que pareceu a Lachlain que lhe fora arrancado com persuasão. Ao lado, um cartão de "alerta médico" informava que ela sofria de uma condição especial: "alergia ao sol e fotossensibilidade extrema".

Enquanto ponderava sobre o alerta ser uma brincadeira, achou um "cartão de crédito". Ele já vira aquilo em anúncios na tevê. Provavelmente, já tinha aprendido mais coisas com os comerciais do que com as pessoas sisudas que ficavam sentadas e apresentavam as notícias. Sabia que aquele cartão era capaz de comprar tudo.

Lachlain precisava de tudo. Ia recomeçar a vida do zero, mas suas necessidades mais urgentes eram roupas e transporte para longe dali. Apesar de ainda se sentir fraco, não queria continuar num lugar onde os vampiros sabiam da presença de Emma. E até resolver tudo, seria forçado a carregar a criatura com ele. Precisaria arrumar um jeito de mantê-la viva durante as viagens.

Depois de tantos anos gastos em planos para matá-los, agora teria de descobrir como proteger uma vampira?

Sabendo que ela iria dormir até o crepúsculo – e não poderia sair do quarto, mesmo que acordasse –, ele desceu até o saguão.

Aos olhares de curiosidade que certamente iria atrair, ele responderia com uma atitude arrogante. Mesmo se demonstrasse alguma ignorância de como o mundo funcionava nessa época, esconderia isso com um olhar tão firme e penetrante que as pessoas pensariam ter-se enganado. Os humanos sempre se acovardavam diante de um olhar desse.

A audácia criava reis, e chegara o momento de ele recuperar sua coroa.

Apesar de se ver pensando o tempo todo em seu novo prêmio, Lachlain conseguiu reunir muitas informações em sua investida. A primeira lição que ele aprendeu foi que o cartão de crédito de Emma – um American Express Black – revelava uma pessoa extremamente rica. Isso não era surpresa, porque os vampiros sempre tinham sido ricos.

A segunda lição foi que o concierge de um hotel luxuoso como aquele sabia como facilitar as coisas para os clientes especiais, mesmo achando que a pessoa parecia confusa ou excêntrica. E que talvez tivesse tido a bagagem extraviada. É claro que, a princípio, houve alguma hesitação por parte do sujeito. Ele perguntou se o "sr. Troy" tinha algum tipo de identificação para apresentar.

Lachlain se inclinou alguns centímetros sobre o balcão e olhou de cima para o homem por longos instantes, com uma expressão que ficava a meio caminho entre a ira e o embaraço pela pergunta.

– Não.

A resposta casual, ameaçadora e sucinta colocou um ponto final nos questionamentos.

O sujeito pulou na cadeira e se mostrou em estado de alerta, como se alguém tivesse encostado uma arma na sua cabeça. Engoliu em seco e não hesitou mais, mesmo diante de exigências bizarras. Sequer ergueu as sobrancelhas de espanto quando Lachlain exigiu receber uma tabela com os horários precisos do nascer e do pôr do sol. Nem demonstrou estranheza quando o hóspede fez questão de analisar a tabela com muita atenção enquanto devorava um bife de mais de meio quilo.

Em poucas horas, o homem conseguiu roupas elegantes e adequadas ao tamanho descomunal de Lachlain, bem como transporte, dinheiro vivo e mapas. Também confirmou reservas para as noites seguintes. Além disso, forneceu todas as coisas essenciais que Lachlain pudesse precisar.

Lachlain achou divertida a noção que o homem tinha sobre o que eram coisas "essenciais". Cento e cinquenta anos antes, os humanos tinham aversão a banhos, e isso se tornara um embaraço para os habitantes do Lore, que normalmente eram seres exigentes e muito difíceis de agradar. Até os demônios que saqueavam túmulos mergulhavam na água com mais frequência que os humanos do século 19. Agora, no entanto, a limpeza e os instrumentos necessários para isso eram considerados *essenciais*.

Já que ele teria de se acostumar com a velocidade estonteante em que tudo acontecia nessa nova época, pelo menos poderia aproveitar seus benefícios.

Perto do fim do dia, quando finalmente conseguiu terminar todas as tarefas que se impusera, Lachlain percebeu que não perdera o controle nem precisara lutar contra acesso algum de raiva durante as várias horas em que tinha estado fora. Os Lykae costumavam ter ataques de fúria – na verdade, passavam grande parte da vida aprendendo a controlá-los. Somando essa tendência às agruras pelas quais passara, ficou chocado ao perceber que sentira somente um ou dois lampejos de raiva ao longo do dia. Para se acalmar em cada um desses momentos, ele imaginara a vampira dormindo tranquilamente no quarto dele, no que agora passara a ser a cama dele. Ela lhe pertencia, e ele poderia fazer o que bem entendesse com ela. Esse pensamento ajudou-o a se proteger das más lembranças.

Na verdade, agora que sua mente clareara um pouco mais, pretendia interrogá-la. Impaciente para voltar, considerou a ideia de pegar o elevador. Aquelas cabines já existiam desde a última vez em que tivera oportunidade de caminhar em liberdade pelas ruas, mas, naquela época, tais máquinas eram exclusividade dos ricos indolentes. Agora era algo comum, e utilizá-las era o que se esperava que as pessoas fizessem. Diante disso, foi até o seu andar.

Assim que entrou no quarto, tirou o novo paletó e se dirigiu à cama, onde ficou à espera do pôr do sol. Observou atentamente a criatura que descansava, e que ele, talvez por equívoco, considerava sua.

Afastando os pesados cachos louros da testa dela, analisou seu rosto delicado, as maçãs do rosto proeminentes e o queixo delicadamente pontiagudo. Passou o dedo na orelha pontuda da fêmea, que se contraiu de leve na cama.

Ele nunca vira um ser como ela, e sua aparência etérea era obviamente distinta dos vampiros machos imensos com olhos muito vermelhos. Aqueles que ele exterminaria um a um.

Assim que estivesse forte o bastante para fazê-lo.

Franzindo o cenho, ergueu o braço que repousava suavemente sobre o peito dela. Examinando-o de perto, viu um fino conjunto de cicatrizes nas costas da mão. A rede de linhas brancas e finas parecia uma cicatriz de queimadura, mas não seguia até os dedos, nem alcançava o pulso. Ela fora queimada de uma forma especial, como se alguém a tivesse puxado pelos dedos e segurasse apenas a parte de trás da mão contra o fogo – ou contra a luz do sol. Certamente, passara por isso ainda bem jovem, antes de ser congelada em sua imortalidade. Uma punição tipicamente vampiresca, sem dúvida. Que espécie desprezível!

Antes de se ver tomado por um novo ataque de fúria, permitiu que seu olhar percorresse outras partes do corpo dela e resolveu puxar a colcha que a cobria. Ela não protestou e continuou profundamente adormecida.

Não, ele não costumava ser atraído por tipos femininos como aquele, mas a camisola sensual que puxara até o umbigo e deixara solta na cintura revelara os seios pequenos mas firmes que tinham encaixado com perfeição em suas mãos; e os mamilos que, na véspera, haviam-no deixado fora de si de tanta excitação.

A parte de trás de um dos seus dedos pontilhou o caminho ao longo da cintura fina, e então mergulhou sobre a seda ondulada até chegar ao sexo louro.

Teve de admitir que gostou do que viu e sentiu vontade de saboreá-la bem naquele ponto.

Devia ter algum desvio doentio para alimentar pensamentos desse tipo sobre uma vampira, para achar uma delas tão atraente. Por outro lado, merecia um desconto, certo? Não via uma fêmea Lykae fazia quase dois séculos. Esse fora o único motivo de sua boca se encher de saliva quando sentira vontade de beijá-la.

Sabia que o sol estava quase se pondo e que a vampira acordaria em seguida. Por que não despertá-la com o prazer que ela negara a si mesma na noite anterior?

Quando abriu suas coxas brancas e macias como seda e se posicionou entre elas, ela gemeu baixinho, ainda dormindo. Na noite anterior, ela devia ter concluído que seu medo ou orgulho eram mais fortes que o desejo, mas seu corpo quase gemera, pedindo liberação. Ela *precisava* de um orgasmo.

Com esse pensamento em mente, nem se deu ao trabalho de começar devagar; simplesmente se lançou sobre ela, com sofreguidão. À primeira lambida, gemeu alto, levado pelo prazer intenso. Lambeu com mais força no ponto onde ela estava mais molhada, roçando os próprios quadris nos lençóis. Como era possível ela parecer tão perfeita para ele? Como ele poderia estar experimentando tamanho prazer? Era como se ela realmente fosse a parceira por quem ele tanto esperara.

Quando as coxas dela se apertaram com mais força em torno do rosto dele, ele a tomou com a língua pontuda e firme, e sugou seu clitóris. Uma olhada para cima revelou que os mamilos dela já estavam duros e pontudos, e sua respiração ficou descompassada. Os braços dela subiram até a própria cabeça e se colocaram sobre a testa.

Ele sabia que ela estava quase gozando, embora continuasse a dormir. Uma estranha carga de energia encheu o ar, deixando-o desconfortável e eriçando seus pelos da nuca. Mas o sabor dela o fez esquecer tudo. Ele se banqueteou enquanto ela foi ficando cada vez mais úmida contra seus lábios.

Ele a sentiu tensa, quase despertando.

– *Goze para mim* – grunhiu ele, com o rosto enterrado em sua vagina.

Ela ergueu os joelhos até o peito e os descansou sobre os ombros dele. Uma reação interessante que o deixou pronto para...

De repente, ela o chutou com tamanha violência que ele voou alguns metros pelo quarto.

Uma fisgada de dor lhe disse que ela conseguira distender alguns músculos do seu ombro. Uma névoa vermelha cobriu-lhe a visão e deixou sua mente confusa. Ele rugiu e se lançou sobre ela, lançando-a de volta na cama e prendendo-a ali. Livrou-se da calça de xadrez e agarrou o próprio membro com força, pronto para penetrá-la, enlouquecido de raiva e luxúria, e ignorando os avisos do Instinto: *A mente dela não se curvará aos seus desejos, e ela vai se despedaçar. Você destruirá o que recebeu de presente...*

Reparou nas presas dela no instante em que ela ofegou de medo, e teve vontade de feri-la. Uma vampira dada a ele de presente? Um ser que ficaria ligado a ele por toda a eternidade? Mais tortura. Mais ódio.

Os vampiros tinham-no vencido mais uma vez.

Rugiu alto, tomado pela fúria, e ela soltou um guincho agudo. O som de alta frequência estilhaçou a lâmpada da luminária, a tela da tevê e a porta de vidro da varanda. Os tímpanos dele quase estouraram, e ele pulou para trás, colocando as mãos sobre as orelhas para abafar o som. Que diabo era aquilo?

O grito foi emitido numa frequência tão elevada que ele não sabia ao certo se os humanos seriam capazes de ouvi-lo.

Ela pulou da cama, ajeitou a camisola para se recompor e lançou para ele um olhar de... traição? Resignação? Voou pelo ar até a varanda, passando pela abertura entre as grossas cortinas.

Está escuro agora, não há mais perigo. Deixe-a ir.

Bateu na parede com as mãos e, depois, esmurrou-a com os punhos cerrados, louco de desejo. E de ódio! Recordações do fogo que o envolveu e das torturas que sofreu feriram-no como um punhal. *Sentiu mais uma vez a dor extrema do osso da perna que se rompera sob suas mãos trêmulas...*

Se ele estava amaldiçoado a carregar aquelas lembranças vívidas consigo para todo o sempre e aguentar aquele fardo insuportável, isso era pouco melhor do que continuar no passado, aprisionado no meio do fogo. Era preferível morrer.

Talvez a resposta fosse trepar regularmente com aquela vampira, descontando a dor nela. Sim, era isso que ele deveria fazer. Claro! Sentiu-se mais calmo com esse pensamento. Sim, uma vampira lhe fora designada unicamente para seu prazer e vingança.

Perseguiu-a até a varanda, massageando o ombro, e arrancou as cortinas com força.

O que viu deixou-o sem respirar.

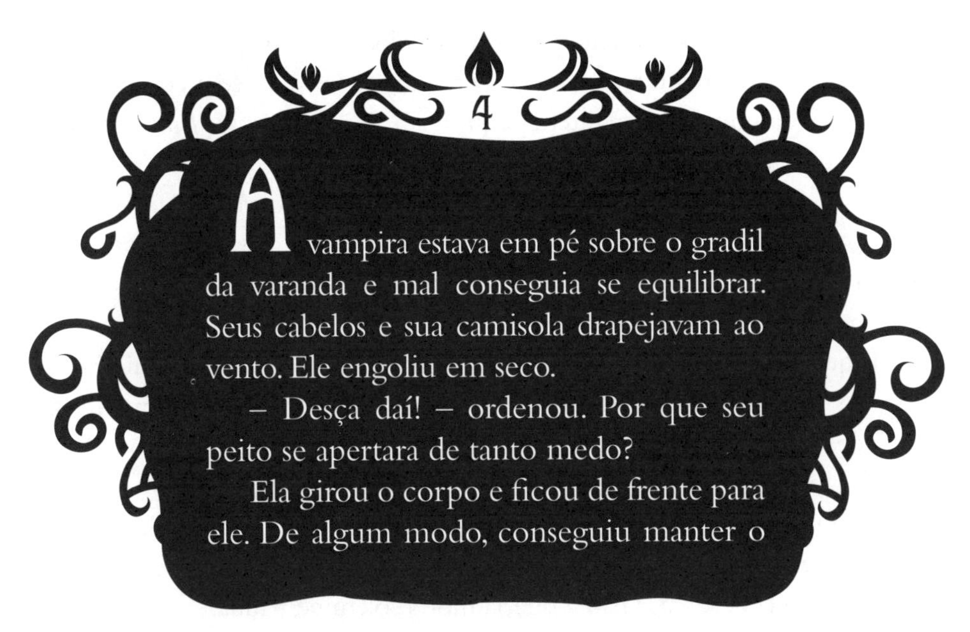

4

A vampira estava em pé sobre o gradil da varanda e mal conseguia se equilibrar. Seus cabelos e sua camisola drapejavam ao vento. Ele engoliu em seco.

– Desça daí! – ordenou. Por que seu peito se apertara de tanto medo?

Ela girou o corpo e ficou de frente para ele. De algum modo, conseguiu manter o equilíbrio. Parecia magoada, os olhos luminosos cheios de dor. Ele resistiu a aceitar aquilo em sua mente desordenada.

– O que você está fazendo comigo? – sussurrou ela.

Só estava tomando posse do que é meu. Preciso de você e também a odeio profundamente.

– Desça daí agora mesmo! – tornou a ordenar.

Ela balançou a cabeça para os lados, lentamente.

– Você não pode morrer por causa da queda – argumentou ele. – Pode ser morta pela ação do sol ou se alguém a decapitar, mas não por causa de uma queda. – Ele manteve um tom casual na voz, embora não tivesse certeza absoluta disso. Estavam muitos andares acima da rua. Se ela estivesse fraca... – Além do mais, posso persegui-la com facilidade até lá embaixo e trazê-la para cima novamente.

Ela olhou por sobre o ombro para a rua lá embaixo.

– Não! Eu poderia morrer, sim, no estado em que me encontro.

Por algum motivo, ele acreditou nela, e um sinal de alarme soou em sua cabeça.

– O estado em que você se encontra? Por causa do sol que você pegou? Droga, conte-me!

Ela girou o corpo novamente para a rua e colocou um pé para fora do gradil.

– Espere! – Ele ficou tenso, louco para pular e salvá-la, sem compreender como ela ainda conseguia manter o equilíbrio. *Não se curvará. Está destroçada.* – Não vou tornar a fazer isso. Pelo menos, até que você queira. – O vento aumentava, fazendo a camisola de seda colar em seu corpo. – Ainda agora, quando você acordou... Aquilo foi com intenção de lhe dar prazer, e não em proveito próprio.

Ela recolheu o pé e olhou para ele.

– E quando eu recusei o seu *presente*? – gritou ela. – O que foi aquilo?

Se ela morresse... O medo de perdê-la trouxe o primeiro momento de clareza desde o fogo que o consumira. Ele havia esperado 1.200 anos. Por... *ela*.

Não importava o motivo, o mundo lhe dera uma vampira e ele a levara àquele momento de desespero? *Você vai destruir o que lhe foi dado*. Sentiu-se devastado pelo que ela era – mas não a queria morta. Nem destruída.

Pensar no inferno que tinha enfrentado deixava-o ainda mais enraivecido. Falar sobre o assunto seria ainda pior, mas ele precisava tentar tudo.

Preciso me livrar desse sentimento... desse pavor.

– Escute... Entenda que eu fiquei trancafiado, afastado do mundo durante 150 anos. Sem conforto, sem uma fêmea. Consegui escapar menos de uma semana antes de encontrar você e ainda não me... adaptei bem à situação.

– Por que continua agindo como se me conhecesse?

– Tenho andado desorientado. Confuso. Sei muito bem que nunca nos encontramos.

– Quem é você?

Poucos minutos atrás, ele estava determinado a reclamar a posse do corpo dela sem sequer lhe dizer seu nome.

– Sou Lachlain, líder do clã dos Lykae.

Ela pareceu ouvir o coração disparar de medo.

– Vo... você é um lobisomem? Precisa me deixar ir embora!

Ela pareceu etérea, como se pertencesse a outro mundo, os cabelos ao vento e a pele mais pálida do que nunca. Não pertencia à sua espécie, e ele não tinha ideia de como deveria se comportar ao seu lado.

– Farei isso. Depois da próxima lua cheia. Prometo.

– Quero que você vá embora.

– Preciso de você para... voltar para minha casa – explicou ele, misturando verdade com mentira. – Não tornarei a magoá-la. – Provavelmente outra mentira.

Ela riu, com ar amargo.

– Você ia me forçar ainda agora, e quase morri hoje de manhã. Por causa do *sol* – completou, quase sussurrando. – Você imagina como é isso? Tem noção da minha dor?

Ele tinha uma ideia bem precisa.

A expressão dela subitamente se tornou horrorizada, como se tivesse se lembrado de um pesadelo.

– Não sinto o sol bater na minha pele desde... – balançou para frente e para trás sobre o gradil – ... desde que tinha três anos.

Aproximando-se dela mais alguns centímetros, com a boca subitamente seca, ele disse:

– Não sei como cuidar de você, mas você pode me ensinar. Isso não vai tornar a acontecer.

– Não quero seus cuidados. Você... você me *apavora*.

É claro que ele a deixara apavorada. Seus acessos de fúria assustavam até ele mesmo.

– Eu compreendo. Agora, desça daí. Sei que você não quer morrer.

Ela olhou por sobre o ombro para a lua em quarto crescente que se elevava no céu e exibiu para ele o perfil impecável. Um golpe de ar jogou alguns fios dos seus cabelos contra o pescoço. Em todos aqueles anos, ele nunca presenciara uma cena tão sobrenatural quanto a pele branca dela em contraste com a camisola vermelho sangue e tendo como pano de fundo o luar.

Ela não respondeu. Simplesmente expirou com ar penoso e se voltou, oscilando de leve.

– Olhe para mim. – Ela não o fez e, em vez disso, olhou para baixo. – Olhe para mim!

Ela pareceu despertar de um devaneio profundo, as sobrancelhas unidas e os olhos sem expressão.

– Eu só quero ir para casa – disse ela, baixinho.

– Você irá. Juro que você irá para casa. – *Sua nova casa*. – Mas preciso que me ajude a retornar para a minha.

– Se eu ajudar, promete que me liberta?

Nunca.

– Prometo.

– E não vai me machucar?

– Não, não vou machucá-la.

– Consegue transformar isso numa promessa? Parece que você não consegue... se controlar.

– Cada hora que passa eu ganho mais controle sobre mim mesmo. – Por causa dela? – Sei que *não quero* ferir você. – Essa parte, pelo menos, era verdade agora.

– E você não vai mais fazer essas... co-coisas comigo novamente?

– Prometo não fazer, a não ser que você queira que eu faça. – Estendeu a mão para ela. – Estamos combinados?

Ela não aceitou a mão estendida, mas, depois de alguns momentos de agonia, desceu do gradil com um movimento quase indescritível. *Flutuou* pelo ar, como se caminhasse, e pulou subitamente do gradil sem perder a graça e a leveza.

Ele a sacudiu pelos ombros.

– Nunca mais faça isso. – Sentiu uma estranha vontade de apertar a vampira de encontro ao peito, mas afastou isso da cabeça.

Ela olhou para baixo e concordou.

– Não farei. A não ser que seja a melhor alternativa.

Ele amarrou a cara ao ouvir isso.

– Estamos combinados ou não?

Quando ela fez que sim com a cabeça, ele se perguntou se ela concordara por pressão ou se havia algo mais por trás daquilo. Pensou ter visto *compaixão* nos olhos dela por um curto instante, quando contou que ficara preso durante tantos anos.

– Muito bem, então – concluiu ele. – Hoje à noite, partimos para a Escócia.

Ela abriu a boca de espanto.

– Eu não posso *ir* até a Escócia! Pretendia apenas ajudar você a *descobrir o caminho* de volta para casa. Pelo menos, iria consultar o MapQuest – acrescentou, num murmúrio. – Como é que você planeja me levar até lá sem que eu seja queimada viva? – Estava obviamente em pânico. – E-eu tenho dificuldades para viajar. Nada de jatos comerciais. Nem trens. *O sol*...

– Consegui um carro. Vamos dirigindo até lá. – Ele ficou satisfeito ao ver que disse isso de forma casual, embora uma semana atrás sequer soubesse que diabos era um carro. – Podemos parar todos os dias bem antes do nascer do sol. Um sujeito que trabalha na recepção já marcou tudo para mim, nos mapas.

– Você sabe dirigir? Pensei que nunca tivesse visto um carro na vida até...
– Não, eu não sei dirigir, mas aposto que você sabe.
– Eu só dirigi em curtas distâncias, e sempre perto de casa.
– Já visitou as Highlands?
– Ahn, não...
– Já sentiu vontade de ir lá?
– Quem nunca...?
– Então, vampira, você irá comigo.

Emma ergueu a mão trêmula até os cabelos e deixou uma mecha cair sobre o rosto. Olhou para a mão, horrorizada.

Viu-se marcada. Pelo *sol*.

Ele a deixara tomar uma ducha e se vestir. Sozinha no banheiro, ela reparou, assustada, na prova do quanto estivera perto da morte. Deixando os cabelos caírem novamente, tirou camisola e girou o corpo diante do espelho para analisar o estado de sua pele.

Estava incólume, agora. Pálida e curada – diferentemente da última vez. Olhou para as costas da mão e sentiu ânsias de vômito. Graças a Freya, a marca de sua cicatriz era quase imperceptível, como de costume.

Embora não se lembrasse da cena com detalhes, aprendera muito bem a lição e evitava o sol fazia quase 67 anos. Mesmo assim, pouco antes do nascer do dia, tinha desmaiado antes de tentar escapar daquele tal de Lachlain e nem tivera tempo de implorar para que ele fechasse as cortinas.

Tremendo muito, Emma abriu a ducha e entrou no boxe, evitando encostar no mármore quebrado. Ainda sentia a presença dele ali, na noite anterior; ainda sentia as mãos dele passeando por sua pele molhada; seu dedo pressionando sua parte mais íntima; seu corpo poderoso estremecendo e tenso de prazer quando ela o masturbara.

No instante em que abriu o chuveiro, a água bateu em cheio sobre seus seios sensíveis, endurecendo-lhe os mamilos. Na mesma hora, a lembrança de acordar sentindo as carícias da língua dele atingiu-a como um raio.

Ela o chutara com tanta violência porque se sentira confusa e assustada. Mesmo assim, o fato é que nunca na vida estivera tão perto de experimentar um orgasmo. Certamente era uma mulher fraca, pois, durante breves instantes, a tentação de se deixar largada ali, de forma dócil, e afastar os joelhos para aceitar seus beijos intensos tinha sido quase incontrolável. Só de lembrar isso, sentia uma onda de desejo mais uma vez.

Por ele. Ficou perplexa com a reação. Perguntou-se como reagiria se ele *não estivesse* indeciso sobre matá-la ou não.

Pelo menos agora, ela sabia o porquê de ele ser tão selvagem. Além de ter claros *problemas* de autocontrole, era um Lykae; pertencia a uma raça considerada ameaçadora até pelos mais humildes habitantes do Lore. Lembrou-se do que suas tias haviam lhe ensinado a respeito deles.

Cada Lykae abrigava uma "fera semelhante a um lobo" dentro de si, como uma espécie de possessão. Isso os tornava imortais, e fazia com que apreciassem e ansiassem pelas necessidades mais elementares: comida, contato físico, sexo. Entretanto, como ela percebera naquela noite, assim como na véspera, aquilo também tornava um Lykae incapaz de controlar sua ferocidade. Uma ferocidade que todos os seres da espécie exibiam *deliberadamente* durante o sexo, e que se traduzia em arranhões, mordidas e um louco frenesi de marcas na carne da parceira. Isso sempre parecera a Emma uma coisa diabólica – ainda mais se considerarmos que ela pertencia a uma espécie amaldiçoada pela própria fragilidade e por um medo à dor que era paralisante.

Como um ser tão atraente poderia esconder atrás da bela aparência um animal tão indomável? Isso estava além da sua compreensão. Ele era um verdadeiro animal oculto por uma bela fantasia. Seu corpo, exceto pelo medonho ferimento na perna, era simplesmente... divino. Seus cabelos eram grossos e muito lisos, num rico tom de castanho-escuro que Emma imaginou que pareceria dourado sob o sol. Reparou que, em algum momento durante o dia, ele mandara cortar o cabelo, seu rosto estava limpo e bem barbeado, exibindo suas feições perfeitas. Analisando superficialmente, um ser *divino*; por baixo da pele... uma fera.

Como ela poderia se sentir *atraída* por um ser do qual deveria estar *fugindo*?

Sua excitação era involuntária, de certo modo embaraçosa, e ela ficou contente ao conseguir reprimi-la devido à exaustão. Sentia-se mais debilitada a cada instante, e a ideia de dirigir até a Escócia deixava-a ainda mais tensa.

Recostou-se na parede do boxe e tentou imaginar como Annika deveria estar se sentindo naquele exato momento. Provavelmente guinchando como uma louca, cheia de preocupações e furiosa. Certamente, estava fazendo com que

Nova Orleans, sua cidade natal, fosse açoitada por uma tempestade de raios e relâmpagos, sem falar nos alarmes dos carros em três bairros em torno da propriedade, que deveriam estar disparando a todo instante.

Emma também pensou se não teria sido mais eficaz ter saltado da varanda. Certamente, refletiu, se Lachlain continuasse a se comportar de forma insana e monstruosa, rugindo sem parar como fizera na véspera... e se seus olhos não tivessem se suavizado lentamente, assumindo um tom dourado, ela teria arriscado tudo e pulado.

Refletiu sobre a forma como ele teria ferido a perna e se perguntou em que lugar fora "trancafiado" durante tanto tempo. E por quem...

Na mesma hora, balançou a cabeça, como se tentasse afastar do pensamento todas aquelas perguntas.

Não queria saber. Não precisava saber.

Annika, certa vez, contara-lhe que os vampiros eram frios e sem paixão, capazes de usar sua lógica poderosa, como ninguém mais no Lore. Somente eles conseguiam ignorar qualquer detalhe que não fosse essencial aos seus objetivos.

Emma tinha um trabalho a fazer. Simples assim. E, quando essa tarefa estivesse concluída, reconquistaria sua liberdade. Bastava manter a atenção na bola durante todo o jogo.

Logo ela, que nunca tinha jogado nada na vida. Puxa, como era esquisita!

Nada disso importava agora. Termine sua tarefa... e *leve a vida em frente, numa boa.*

Enquanto aplicava xampu e enxaguava os cabelos, refletiu um pouco mais sobre como era uma semana típica da sua vida, antes de ela se lançar naquela viagem equivocada. De segunda a sexta, fazia pesquisas para o coven, treinava muito e assistia a um filme qualquer, tarde da noite, junto da mais notívaga de suas tias. Às sextas e sábados, as bruxas apareciam com seus consoles de Xbox e misturadores de coquetéis cheios de bebidas leves. Aos domingos à noite, cavalgava com os demônios bons que frequentemente vagavam pela propriedade. Se conseguisse deixar de lado alguns detalhes sem importância sobre a sua existência, poderia considerar sua vida quase perfeita.

Franziu o cenho ao pensar nisso. Na qualidade de vampira genuína, não conseguia mentir para ninguém. Se uma inverdade surgisse em seus pensamentos e o impulso para usá-la numa conversa vencesse, ela ficaria muito doente. Não, Emma não conseguia mentir para os outros, mas sempre tinha tido um talento especial quando se tratava de mentir para si mesma. Alguns detalhes sem importância? Na verdade, sofria de uma tediosa solidão, além de um medo terrível sobre sua natureza que a assaltava de forma constante...

Até onde sabia, ela era uma criatura única. Não pertencia a lugar algum, e, apesar de suas tias Valquírias amarem-na de verdade, sentia uma solidão cruel e penetrante, como uma espécie de lâmina cravada no coração o tempo todo.

Imaginava que, caso pudesse determinar como seus pais tinham vivido juntos e conseguido concebê-la, talvez encontrasse outras criaturas como ela. Talvez, a partir disso, tivesse condições de se sentir *conectada* a algo mais. E se conseguisse descobrir outras coisas sobre a sua metade vampira, talvez isso tranquilizasse seus medos de um dia se tornar uma delas.

Ninguém deveria ter de se preocupar, dia após dia, com a possibilidade de se transformar em um assassino...

Se Emma imaginou que o Lykae lhe daria um pouco de privacidade por ter aprendido uma boa lição, enganara-se. Ele entrou no banheiro sem bater e abriu a porta do boxe. Ela pulou, assustada, fez um malabarismo para não deixar cair o frasco de condicionador e conseguiu isso com a ponta do indicador.

Ao ver que os punhos dele se fechavam e abriam, seu dedo acabou perdendo as forças, e o frasco caiu com um baque surdo.

Foi como uma pancada. Veio-lhe à mente a imagem da mesinha de cabeceira destruída, e, logo em seguida, reviu a cena em que ele rasgara e amassara a lateral do carro como um pedaço de papel de alumínio. Restos do mármore que não tinham sido pulverizados ainda estavam espalhados pelo piso do boxe. Tola. Ela fora uma tola em imaginar que ele não iria feri-la. De todas as coisas apavorantes que existiam, *a que mais assustava* Emma era a dor. E, naquele momento, um *Lykae* apertava o punho com raiva. Olhando para ela!

Ela se virou de lado, mostrando para ele apenas a lateral de seu corpo, numa tentativa de proteger sua nudez. Aquela posição também seria útil, caso ele a atacasse, pois ela poderia se agachar e puxar os joelhos para junto do peito. Ele, porém, depois de praguejar algo numa língua desconhecida, saiu do banheiro.

Depois de tomar banho, ela voltou ao quarto e reparou que quase todas as suas coisas haviam desaparecido. Será que ele tinha levado tudo para o carro? Seria capaz de apostar dez euros como ele guardara o notebook *debaixo* de tudo. Mas nada disso importava agora, já que ela não conseguia descobrir nada sobre seus pais naquele computador. Só porque conseguia navegar pelo sistema interno da biblioteca da

Universidade de Tulane, não significava que seria fácil pesquisar sobre o Lore num país estrangeiro – ainda por cima no restrito horário entre o pôr do sol e o amanhecer.

Ela não conseguira nada com aquela viagem, afinal de contas. E ainda tinha sido raptada, é claro.

Por que deveria se sentir surpresa?

Expirou com força e analisou os itens que ele lhe *deixara* – um conjunto estendido sobre a cama. Obviamente, escolhera a menor e mais transparente peça de lingerie que ela levava na bagagem. Tentou imaginá-lo revisando suas roupas íntimas e escolhendo uma peça específica para ela vestir, e enrubesceu pela enésima vez desde que o encontrara. Já devia ter desperdiçado vários litros de sangue só de corar por causa dele.

Ele também lhe deixara uma calça comprida, uma blusa de gola rulê, um suéter e um casaco. Será que ele planejava enterrá-la debaixo de um monte de roupas?

Nesse instante, ele tornou a aparecer. Ela deu um pulo para trás, arrastou-se sobre o colchão e parou junto da cabeceira da cama. Mesmo com a audição apurada, ela não percebera sua aproximação.

Ele ergueu as sobrancelhas diante do movimento rápido.

– Isso tudo é medo de mim?

Ela agarrou a toalha com mais força. *Tenho medo até da minha sombra, o que dirá de um Lykae gigantesco!* Mas a voz dele não demonstrava crueldade, e ela reuniu coragem para analisá-lo melhor com os olhos entreabertos. Seus olhos exibiam o mesmo tom dourado muito quente e ele vestira roupas novas. Parecia um milionário de trinta e poucos anos. Ou, para ser mais precisa, um modelo fitness posando de milionário.

O canalha era simplesmente lindo! E obviamente sabia disso, o que era irritante.

– Você me atacou duas vezes e não me deu motivos para não sentir medo.

Ele também se mostrou irritado.

– Isso foi antes de eu lhe dar a minha palavra que não machucaria você. – Então, como se tentasse controlar a raiva, completou: – Está tudo pronto. Tenho um carro alugado à nossa espera e já paguei a conta desse quarto.

Ela podia imaginar o valor altíssimo que ele pagara. E, embora tivesse destruído o tampo da mesinha de cabeceira, isso certamente não seria acrescentado à conta do hotel.

– Eu fiquei hospedada aqui durante várias semanas. Posso pagar tudo com o meu próprio...

– Já pagou. Agora saia da cama!

Quando ele estendeu a mão para ela, Emma girou o corpo e saiu pelo outro lado, sentindo-se zonza e temendo o pior – ele usara e abusara do seu cartão de crédito.

– Imagino que eu também tenha bancado seu novo vestuário – ousou dizer, ainda com a cama entre eles. Emma conhecia coisas caras e de alta qualidade... todas as Valquírias conheciam, já que haviam herdado o consumismo de Freya... e o corte perfeito daquelas roupas mostrava o quanto deviam ter sido caras.

Ele vestia um casacão de couro preto com acabamento feito à mão e calça de corte reto cor de camelo, muito justa no corpo. Sob o casacão aberto, um pulôver de caxemira preta moldava-lhe o corpo como uma segunda pele. Entre as lapelas do casacão dava para ver o rígido contorno de seu peito. Aquelas roupas pareciam dizer: *Sim, sou muito rico e meio perigoso*.

As mulheres iriam adorá-lo.

– Bancou, sim – confirmou ele. – O sujeito lá embaixo tem muitos recursos, e nosso cartão não tem limites. – Seu tom insinuava algo mais.

Nosso cartão? O cartão American Express Centurion de Emma tinha recebido autorização para liberar até mesmo compras estranhas e *incomuns*. Além disso, fora avisado de que a usuária iria viajar muito, e as instruções eram para não bloquear nada. Uma salvaguarda que se transformara numa arma financeira nas mãos dele.

Como todos no coven, Emma tinha direito a uma generosa pensão anual para roupas e atividades de lazer, mas vinha economizando cada centavo, pois planejava adquirir algo grande que pertencesse somente a ela – uma antiguidade, seu próprio cavalo ou qualquer coisa que não precisasse dividir com suas tias. Esse plano teria de ser revisto.

Além de todos os problemas que trouxera, aquele Lykae parecia determinado a levá-la à falência.

– Você não me deixou nada para cobrir as orelhas – reclamou ela, olhando para baixo e evitando encará-lo, como sempre.

Esse comentário o fez olhar de cenho franzido para as roupas que estavam sobre a cama. Ela queria esconder algo que *ele* achava atraente, mas não se incomodava de usar roupas tão reveladoras para os outros? Sua calça de xadrez preto mal lhe cobria os quadris e se agarrava às curvas do seu traseiro. Sua blusa vermelha, embora tivesse gola alta, tinha cortes estranhos e assimétricos que atraíam os olhares para o relevo dos seios. Quando ela andava, dava para ver sua barriga lisa. Ele escolhera aquelas roupas justamente para cobri-la, e não para exibi-la. Compraria novas peças para ela na primeira oportunidade, usando sem controle o dinheiro da vampira enquanto conseguisse. Pretendia descobrir quanto poderia gastar.

– Preciso de um lenço ou algo para prender minhas tranças, senão as pessoas irão vê-las e...

– Você vai deixar os cabelos soltos.

– M-mas os humanos...

– Não vão fazer nada enquanto eu estiver por perto. – Quando ele atravessou o quarto, ela deu três passos para trás, apavorada.

Lachlain lembrava pouca coisa do que acontecera no campo e no resto da noite anterior, mas sabia que tinha sido... pouco gentil com sua companheira. No início da noite, atirara-se sobre ela e a pregara na cama, prestes a penetrá-la, mesmo sabendo que iria feri-la. Depois, percebera a desconfiança com que ela olhara para seus punhos cerrados, no chuveiro. Emma estava certa – tinha motivos de sobra para temê-lo.

Na varanda, ele descobrira que ela sofria calada. Era isso que ela mostrava nos olhos. Ele também, mas tinha sofrido demais para poder ajudá-la. Tinha ódio demais para *querer* ajudá-la.

– Pelo menos, posso ligar para a minha família? – perguntou ela. – Como você prometeu?

Ele franziu o cenho. Disse que a deixaria "entrar em contato com a família", mas através de uma carta, por exemplo. Vira o sujeito na recepção usando o telefone. Na televisão, já tinha visto isso também, mas nunca pensara que ela conseguiria ligar daquele aparelho para outro país.

– Seja rápida, então. Temos de viajar muito esta noite.

– Por quê? Vamos para muito longe? – Sua voz estremeceu de pânico. – Você prometeu que uma hora antes de o sol nascer...

– Está nervosa por causa disso?

– Claro que estou!

– Pois não fique. Vou protegê-la – garantiu ele, irritando-se ao ver que isso não a acalmou em nada. – Faça a sua ligação. – Ele se virou, foi até o saguão de entrada do aposento, abriu a porta e tornou a fechá-la.

Mas não saiu dali.

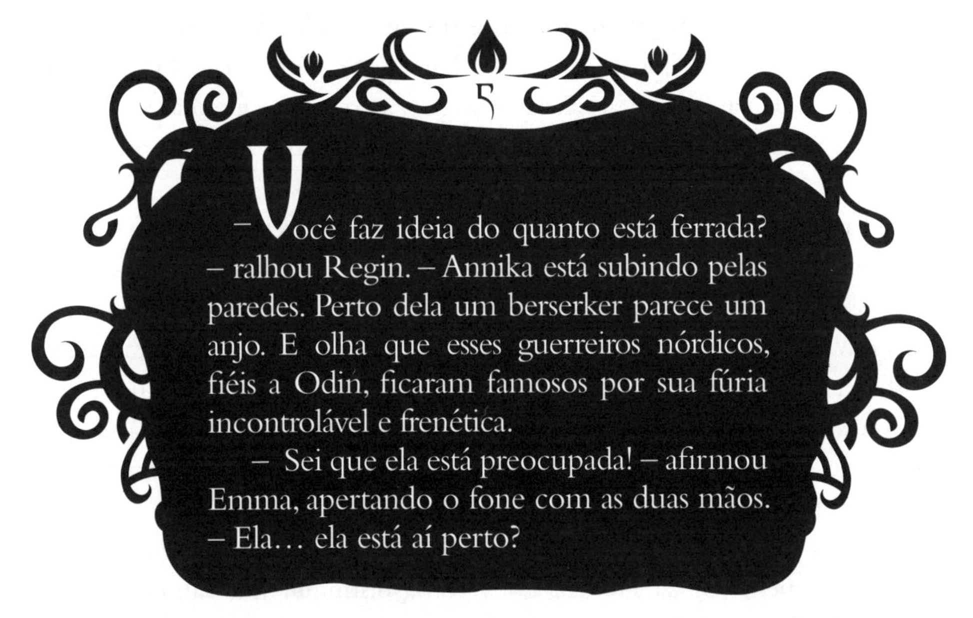

5

– Você faz ideia do quanto está ferrada? – ralhou Regin. – Annika está subindo pelas paredes. Perto dela um berserker parece um anjo. E olha que esses guerreiros nórdicos, fiéis a Odin, ficaram famosos por sua fúria incontrolável e frenética.

– Sei que ela está preocupada! – afirmou Emma, apertando o fone com as duas mãos. – Ela... ela está aí perto?

– Não. Foi cuidar de uma emergência. Por que diabos você não estava naquele avião? E por que não atende o celular?

– O celular já era. Molhou na chuva...

– Mas por que você não estava no avião? – insistiu Regin.

– Resolvi ficar, tá legal? Vim aqui por um objetivo que ainda não foi alcançado. – Não era mentira.

– Mas não poderia retornar, pelo menos, uma das nossas mensagens? Qualquer uma das muitas que o gerente tentou repassar para o seu quarto hoje?

– Eles devem ter batido na porta, sei lá, vai entender... De repente, foi de dia e eu estava dormindo.

– Annika está enviando um grupo de busca para localizar você – avisou Regin. – Estão no aeroporto nesse exato momento.

– Pois então ordene que deem meia-volta, porque não vão me encontrar lá.

– Você não quer nem mesmo saber qual é o perigo que a ameaça?

Emma olhou para a mesinha de cabeceira.

– Disso eu sei muito bem, obrigada.

– Você avistou algum vampiro? – berrou Regin. – Ele abordou você?

– Um *o quê*? – Emma berrou de volta.

– Do que você imaginou que eu estivesse falando? Vampiros costumam seguir Valquírias por todos os cantos do planeta, até mesmo *aqui*. Há vampiros em *Louisiana*, dá para acreditar? E não é só isso, a coisa parece piorar a cada instante: Ivo, o Cruel, o número dois do reino dos vampiros, foi visto na *Bourbon Street*.

– Tão perto de casa? – Annika tinha mudado o coven para Nova Orleans alguns anos atrás para escapar do reino da Horda de Vampiros da Rússia.

– Isso mesmo, e Lothaire também estava com ele. Pode ser que você nunca tenha ouvido falar nele, é um ancião da Horda que, às vezes, age sozinho, mas é assustador demais, você nem imagina! Acho que ele e Ivo não vieram até aqui para provar os pratos da gastronomia local. Annika tem saído muito à procura deles. Não sabemos suas intenções e por que não têm matado pessoas como costumam fazer, mas se descobrirem o que você é...

Emma pensou em seus passeios noturnos por Paris. Será que estava sendo seguida por membros da Horda? Conseguiria distinguir um vampiro de um humano? Do mesmo modo que suas tias lhe tinham ensinado que os Lykae eram monstros, também tinham lhe contado e recontado, a cada dia da sua vida, quanto os membros da Horda eram cruéis.

Os vampiros tinham capturado Furie, a rainha Valquíria, fazia mais de 50 anos, e ela desaparecera. Havia rumores de que tinha sido acorrentada a uma pedra no fundo do oceano, sofrendo a maldição de uma eternidade de afogamentos dolorosos que sua imortalidade anulava em seguida e a trazia de volta à vida, para então ter início um novo ciclo de sofrimento.

Eles tinham exterminado praticamente toda a espécie de Regin – ela era a última das Radiantes –, e isso dera origem a uma relação conflituosa entre ela e Emma, para dizer o mínimo. Emma sabia que Regin a amava muito, mas achava-a rigorosa demais. Annika, sua mãe adotiva, tinha como hobby matar vampiros e dizia o tempo todo que "sanguessuga boa é a sanguessuga *morta*".

E agora os vampiros poderiam descobrir onde Emma estava. Durante 70 anos, esse tinha sido o maior receio de Annika – pelo menos, desde que Emma tentara mordê-la em público com suas presas de bebê...

– Annika acha que esses são sinais de que o Acesso ao trono teve início – disse Regin, sabendo que isso iria encher Emma de medo. – E, mesmo assim, você está longe da segurança do coven?

O Acesso. Um calafrio subiu pela espinha de Emma.

Ao trazer prosperidade e poder aos vitoriosos, o Acesso não era uma guerra do tipo Armagedom. Não era como se as facções mais fortes do Lore se encontrassem num campo neutro após um convite para um "confronto". Depois de mais de uma década, os eventos começavam a se desdobrar, como se o destino estivesse semeando o futuro por meio de conflitos mortais envolvendo todos os participantes em uma velocidade espantosa. Como as pás enferrujadas de moinhos de vento que começavam a ranger, voltando à vida, para em seguida ganhar força e girar numa velocidade espantosa após 500 anos.

Alguns diziam que isso era uma espécie de equilíbrio cósmico de forças para uma crescente população de imortais, pois os levava a eliminar uns aos outros.

No fim, a facção que perdesse menos elementos da sua espécie seria a vencedora.

Mas as Valquírias não conseguiam aumentar sua população, como a Horda e os Lykae faziam; a última vez que as Valquírias tinham vencido e conseguido um Acesso fazia mais de dois milênios. A Horda tinha vencido sempre, desde então. Essa seria a primeira luta de Emma. Droga, Annika prometera a Emma que ela poderia ficar debaixo da cama até passar a parte pior do conflito!

A voz de Regin soou presunçosa:

– E então...? Suponho que você esteja querendo aquela carona de volta para casa, agora que sabe de tudo.

Não posso mentir, não posso mentir.

– Não, ainda não. Conheci uma pessoa. Um homem. E pretendo ficar algum tempo com ele.

– Um homem? – Regin quase se engasgou. – Ahhh, e você quer mordê-lo, não quer? Ou já fez isso? Oh, Freya, eu sabia que isso iria acabar acontecendo.

– Como assim, você sabia que isso iria acabar acontecendo? – O coven tinha proibido Emma de beber sangue diretamente de uma fonte viva porque não queria que ela matasse alguém sem querer. Além do mais, julgava que o sangue tinha poderes místicos quando estava dentro de um ser vivo e acreditava que esses poderes, e também os efeitos colaterais, acabavam quando ele estava fora. Isso nunca fora um problema para Emma. Em Nova Orleans, recebia sangue de um banco administrado pelo Lore, bastando para isso digitar uma senha, como se estivesse pedindo uma pizza.

– Emma, isso é controlado por lei! Você deveria saber que não é aconselhável sair por aí enterrando os dentes nas pessoas.

– Mas eu...

– Ei, Lucia – gritou Regin, nem se dando ao trabalho de tapar o bocal do telefone. – Escute esta novidade, sua palerma: Emma enterrou os dentes num idiota qualquer...

– Não enterrei, não! – retorquiu Emma, apressando-se a esclarecer. – Não enterrei os dentes em ninguém! – Quantas Valquírias estariam em casa naquele momento ouvindo Regin? – Vocês fizeram apostas sobre o meu comportamento, por acaso? – Lutou para não demonstrar o quanto se sentia desiludida com aquilo. Será que Regin era a única a achar que Emma se comportaria como os outros vampiros? Que acabaria cometendo um deslize e regressando à sua verdadeira natureza vampírica? Será que todas elas compartilhavam aquele mesmo receio de que Emma pudesse se transformar numa assassina?

– Se você não sugou o sangue desse sujeito, então o que poderá desejar de um homem? O quê?

Com a voz tremendo de raiva, Emma respondeu:

– O que qualquer mulher quer! Não sou diferente de você...

– Você quer... ahn... dormir com ele, por acaso?

Por que a voz dela demonstrava tanta *descrença* nisso?

– Talvez eu queira!

Regin inspirou profundamente.

– Quem é você e o que fez com o corpo da minha sobrinha, ser maligno? – brincou ela. – Ora, deixe de histórias, Em! Você nunca teve um *encontro amoroso* em toda a sua curta vida, e agora, de repente, está se encontrando com um "homem" e pensando em deitar e rolar com ele? Logo você, uma "menininha" de 70 anos que nunca foi beijada? Não acha muito mais provável que esteja simplesmente com vontade de sugar o sangue dele?

– Não, isso não tem nada a ver – insistiu ela. Os vampiros da Horda sublimavam os desejos sexuais. Eram comandados pela sede de sangue e pela necessidade de matar. Durante todos aqueles anos, porém, Emma nunca dera muita importância ao sexo. Nunca se envolvera numa situação de caráter sexual.

Até a noite anterior.

Sentira uma fisgada de esperança. E tinha se excitado muito com Lachlain. Sentira um desejo normal – e não *só* por sangue. E chegara tão perto do *orgasmo*! Depois, naquela noite, chegara ao limite com ele. Será que poderia usá-lo para responder a essa pergunta íntima de uma vez por todas? Mordeu o lábio inferior, avaliando a possibilidade.

– Você se meteu em algum apuro? – quis saber Regin. Emma quase conseguiu *vê-la* franzindo o cenho em sinal de estranheza. – Tem alguém com você agora, neste exato momento?

– Não. Estou sozinha no meu quarto. Isso é assim tão difícil de acreditar?

– Tudo bem, eu finjo que acredito. Quem é esse sujeito? Como foi que você o conheceu?

Aquilo poderia se tornar complicado.

– Era um desconhecido. Eu o encontrei na parte de fora da Catedral de Notre-Dame, entre os quiosques de vendedores ambulantes.

– E depois?... Quer parar de ser a vampe misteriosa que sempre foi e me contar outros detalhes? *Se é* que isso tudo é verdade...

– Até parece que eu consigo mentir! Está bem, você quer mesmo saber? Acho que ele é... bonito e atraente, de um jeito selvagem! – Colocou uma ênfase exagerada na palavra *selvagem*. – Ele sabe o que sou e vamos deixar Paris juntos.

– Por Freya, você está falando sério mesmo, então? Como ele é?

– Muito forte. Disse que me protegeria. – Beija de um jeito fantástico, demonstra momentos de loucura extrema e tem um peito largo e musculoso que ela gostaria de lamber como se fosse sorvete.

Com tom de deboche, Regin pergunta:

– É forte o suficiente para derrubar uma vampira?

– Você *não faz* ideia. – Deixar a cidade com um poderoso Lykae, o inimigo nato dos vampiros. Aquilo estava lhe parecendo cada vez mais uma ideia maluca. Emma fez cara de estranheza. Se Lachlain não se revelara o perigo para o qual ela havia sido alertada, então quais eram as suas reais motivações? O que pretendia dela? Por que não se limitara a simplesmente matar a vampira que tinha acabado de capturar?

Uma suspeita começou a se desenhar em sua mente, mas Emma resolveu afastá-la. *Ele não sabe dirigir um automóvel e obviamente precisa de ajuda. Além do mais, eu sou do Lore e...*

– Quando vocês vão embora de Paris?

– Hoje à noite. Na verdade, neste exato momento.

– Pelo menos, essa é uma boa notícia. Quero que me conte para onde vocês vão.

– Contar? E me arriscar a que Annika apareça e me arraste pelas orelhas de volta para casa? – E travar uma luta mortal com Lachlain? – Nem pensar! Diga a ela que eu voltarei, no máximo, daqui a duas semanas, e avise que, se ela tentar me achar, eu ficarei sabendo que ela não acredita que eu sou capaz de tomar conta de mim mesma e...

Regin deu mais uma risada de deboche.

– Eu *sei* tomar conta de mim! – reafirmou Emma. A reação de Regin deixou-a magoada, e ela perguntou: – Qual é a graça?

A risada se intensificou.

– Para de me amolar, Regin! Sabe de uma coisa? Vou lhe mandar um cartão-postal!

Desligou o telefone na cara dela e pegou as botas. Ao se calçar, bateu violentamente com o pé no chão enquanto resmungava, furiosa:

– *Agora mesmo* é que eu vou! – Enfiou o outro pé na bota. – E não pretendo contrair a Síndrome de Estocolmo.

Quando, alguns segundos mais tarde, o telefone tornou a tocar, ela pegou o fone e perguntou, com raiva:

– Que foi, agora?!

– Tudo bem, faça como quiser. A partir desse momento você está oficialmente por sua própria conta e risco – anunciou Regin, e fungou com força, como se estivesse quase chorando de tanto rir. – Agora, se encontrar uma sanguessuga pela frente, não se ofenda por eu lembrar que você não deve se esquecer do seu treinamento.

– Eu não me ofendi. A qual dos treinamentos você está se referindo? Trata-se do exercício de espada em que você voou sobre as minhas defesas e me deu um tapa forte na bunda enquanto guinchava: "Morreu!"? E depois mais outro tapa: "Morreu"? Sim, vou me lembrar disso!

– Não, estava me referindo ao treino em que você fugia como o diabo da cruz sempre que descobria que eu estava à sua procura para nos exercitarmos.

Assim que ela voltou a desligar o telefone, Lachlain entrou no aposento com passadas largas, sem nem se dar ao trabalho de fingir que não estava ouvindo a conversa.

Ela deu mais um pulo de susto e franziu as sobrancelhas.

– Você estava ouvindo tudo escondido aí atrás, não estava?

– Estava – respondeu ele, sem se mostrar incomodado.

– Descobriu alguma novidade? – perguntou Emma, com um tom nervoso.

Não exatamente, pensou Lachlain.

– Seu sotaque é esquisito e você fala rápido demais – retorquiu ele, com honestidade. E sorriu com ar de deboche ao acrescentar: – Mas ouvi você dizer que me achava bonito e atraente de um jeito *selvagem*. – Tentou entender o que o levara a sentir uma pontada de prazer com aquilo. Como se ele se importasse com o que ela pensava sobre ele.

Emma desviou o olhar, mas não antes de ele perceber que ela ficara enrubescida. E também pensou tê-la ouvido sussurrar: *"Com ênfase no selvagem."*

– Por que você não contou à sua família o que eu sou?

– Porque não queria deixá-las preocupadas à toa.

– E saber que você está com um Lykae as deixaria preocupadas? – perguntou ele, sem imaginar o quanto elas se tornariam violentas se soubessem dessa notícia.

– Claro que sim. Já me contaram de você e falaram sobre o que você é.

Ele cruzou os braços sobre o peito.

– E o que eu sou?

Pela primeira vez desde que a apanhara, ela o fitou longa e deliberadamente antes de responder.

– Bem no fundo, você não passa de um monstro.

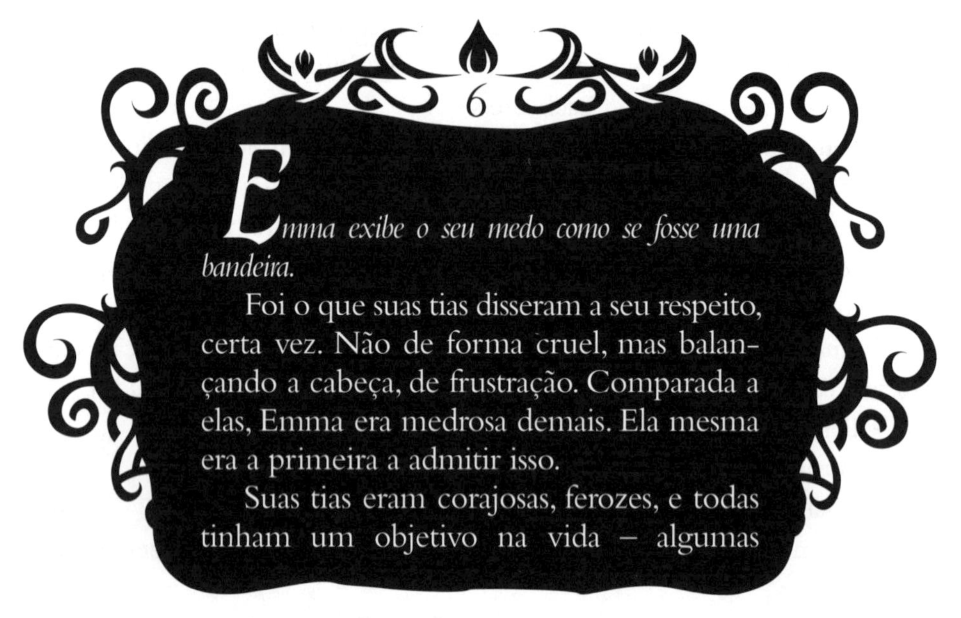

6

Emma exibe o seu medo como se fosse uma bandeira.

Foi o que suas tias disseram a seu respeito, certa vez. Não de forma cruel, mas balançando a cabeça, de frustração. Comparada a elas, Emma era medrosa demais. Ela mesma era a primeira a admitir isso.

Suas tias eram corajosas, ferozes, e todas tinham um objetivo na vida – algumas recebiam a missão de guardar armas indestrutíveis que jamais poderiam cair em mãos erradas. Outras vigiavam a linhagem de uma família humana muito forte ou nobre. Eram consideradas anjos da guarda.

Quanto a Emma... Bem, Emma abraçara o desafio épico de enfrentar... a universidade. Em *Tulane*. Não tinha nem mesmo se aventurado a sair da cidade onde nascera para tentar conquistar sua identidade como Emma, a estudante com diploma em cultura pop.

Lembrava-se de uma vez, quando ainda era menina e brincava numa noite em sua caixinha de areia: pelo canto do olho, vira o brilho amarelo de um bando de espíritos que viera descendo até a propriedade.

Emma tinha voado desesperada para dentro de casa, escancarando a porta, apavorada, gritando: "Fujam!"

Houve uma troca de olhares entre as tias. Annika pareceu ficar envergonhada, e um ar de decepção e estranheza surgiu em seu rosto belíssimo.

– Emma, minha querida, o que você quer dizer, exatamente, com "Fujam!"? Nunca *fugimos* de nada. Nós é que somos as criaturas de quem eles fogem, lembra?

Tinham se mostrado muito surpresas quando Emma quisera fazer uma viagem até um país estrangeiro. E ficariam ainda mais chocadas se a vissem ali, apertando com tanta determinação o botão do elevador que a levaria até o saguão onde um Lykae estava à sua espera. Depois que ela o chamara de monstro cara a cara, os olhos dele tinham vacilado por um segundo e ele saíra de forma intempestiva do quarto, ordenando que ela o encontrasse no carro em frente à entrada do hotel.

Um carro na entrada do hotel. Minha nossa, será que ela ia mesmo encarar algo assim? Enquanto descia, criou mentalmente uma pequena lista dos prós e contras de aceitar cooperar com ele e ir embora dali em sua companhia.

Prós: ela poderia se aproveitar dele para, finalmente, aprender um pouco mais sobre si mesma e sua natureza. Além disso, ele poderia aniquilar qualquer outro vampiro que se aproximasse, protegendo-a.

Contras: ele ainda não contara a ela se pretendia matá-la ou não quando chegasse ao fim da viagem. O Lykae poderia protegê-la dos vampiros, mas quem a protegeria dele?

Suas tias talvez nunca fugissem de nada, mas Emma era especialista nisso. Até o momento em que entrasse no carro em companhia dele, refletiu, ainda tinha uma chance…

Quando saiu do elevador, avistou-o na calçada do lado de fora. Já tinha o olhar colado nela. Emma inspirou profundamente para se acalmar, satisfeita por, pelo menos uma vez na vida, ter discutido com Regin; isso a deixara empolgada a ponto de baixar a guarda e ficar à margem dos problemas, como acontecia quando se apresentava como animadora de torcida.

Ele estava em pé ao lado de um sedã preto. Aquilo era um… *Mercedes*? Emma ergueu uma sobrancelha. Pelo visto, ele tinha realmente escolhido um Mercedes 500. Sairia uma fortuna alugar um carro caro como aquele para devolver em outro país. *Aquele lobisomem não poderia ter escolhido um Audi S6?*

Sim, ele era um Lykae. Ao vê-lo assim, porém, ela percebeu que ninguém iria reparar que ele pertencia a uma espécie diferente. Quando se encostou casualmente contra a porta e cruzou os braços sobre o peito, parecia humano, apenas um pouco mais alto do que a média, mais forte e com um inexplicável poder de atração.

Embora parecesse descontraído, seus olhos estavam vigilantes, e a iluminação pública dos postes ressaltava a expressão determinada que nunca o abandonava. Emma reprimiu a vontade de olhar para trás em busca de alguma outra mulher que ele parecia estar devorando com os olhos.

Será que valia a pena enfrentar uma situação assustadora como aquela só para experimentar a novidade de ser apreciada daquele jeito? Para ter a sensação de ser analisada como se ela fosse a última mulher sobre a face da Terra?

Durante toda a sua vida, Emma tinha vivido à sombra das tias, tão espantosamente lindas e amorosas que antigos poemas nórdicos haviam sido escritos para exaltá-las. Embora a mãe de Emma tivesse morrido, sua filha sempre fora inundada, desde criança, por histórias universais que louvavam a lendária beleza dela.

Emma era magra, pálida e tinha... duas presas.

Mesmo assim, um homem tão atraente quanto aquele lhe dirigia um olhar capaz de derreter metal. Se ele não a tivesse aterrorizado e atacado... Se conseguisse ser sempre o amante gentil que lhe cobrira os seios com as mãos e lhe murmurara ao ouvido que sua pele era macia, será que Emma aceitaria partir em sua companhia? Seus olhos se encontraram com os dele. Aquele espécime masculino tocara-a e conseguira que ela sentisse algo que nunca experimentara antes, algo que costumava invejar nos outros. Só aconchegar a cabeça ao seu peito forte e nu tinha se revelado uma experiência nova que não trocaria por nada nesse mundo.

Sentindo-se mais ousada, permitiu-se percorrer com o olhar o corpo dele, antes de lentamente se fixar no rosto. Ele não exibia agora o sorriso de deboche, nem o olhar emburrado, mas parecia estar partilhando os mesmos pensamentos dela.

Emma deu por si absurdamente atraída por ele, como se sua mente e pensamentos tivessem sido desconectados da realidade. À medida que o som de seus saltos altos clicavam no piso de mármore do saguão ao caminhar na direção dele, seu corpo pareceu readquirir vida. Ele, por sua vez, estava mais tenso a cada segundo.

Os seios dela pareciam ter crescido. Exibia as orelhas descobertas em público, e só os cabelos compridos e soltos as escondiam. Sentiu-se como se tivesse saído sem sutiã. Percebeu-se um pouco... atrevida. Quando sentiu um desejo estranho de saborear os próprios lábios, não hesitou e passou a língua sobre eles. Como resposta, ele cerrou os punhos.

Emma queria algo dele, e, se ele pudesse lhe proporcionar isso, ela não estaria disposta a arriscar o resto? Tinha se arriscado, pelos mesmos motivos, a tomar um banho de chuveiro em sua companhia, e ele não a machucara. No final das contas, tinha cumprido o que prometera.

O feitiço foi quebrado quando uma Ferrari com a embreagem cheirando a queimado guinchou ao frear bruscamente atrás do Mercedes. Saltaram duas mulheres tipicamente europeias que pareciam atrizes ou modelos em início de carreira, com corpos perfeitos, cobertos por minúsculos vestidos justos. Perplexa com a visão daquilo, Emma ficou desanimada ao entender que ele as apreciaria, tal como tinha feito com ela. As louras de pernas longas e peitos imensos e redondos o viram e se detiveram por alguns instantes sobre os sapatos de salto agulha. Logo em seguida, recuperaram a pose e soltaram gargalhadas fortes para chamar a atenção dele.

Como não obtiveram nenhum resultado, mudaram de tática. Fizeram beicinho, e uma delas "deixou cair" um batom, que rolou pela calçada até os pés de Lachlain. O queixo de Emma quase caiu de espanto quando ela viu a dona do batom se inclinar diante dele empinando o traseiro para, em seguida, avaliar sua reação.

Tudo isso aconteceu no espaço entre ela e Lachlain, mas Emma foi a única a reparar na cena. Ele não desgrudou os olhos dela, embora Emma tenha tido a impressão de que ele tivera consciência da atitude escandalosa das mulheres. Mesmo assim, seus olhos continuaram fixos nos dela, como se dissessem: *Estou olhando para aquilo que quero*. Emma estremeceu.

Tendo sido completamente ignoradas, as duas mulheres finalmente desistiram e fulminaram Emma com um olhar venenoso. Como se ele lhe pertencesse? Como se ela o estivesse roubando delas? Ora, mas Emma era a prisioneira ali – ou quase isso!

– Podem ficar com ele, gatinhas – sussurrou Emma baixinho, para que só elas ouvissem.

As duas empalideceram antes de se afastarem quase correndo. Emma podia ser covarde em relação às criaturas do Lore, mas os humanos não a assustavam nem intimidavam, muito menos duas vadias.

Mas e agora...? Como é que ela iria se sair viajando com um lobisomem?

Lachlain observou Emmaline quando ela veio quase flutuando pelo saguão, movendo-se de forma graciosa demais para ser humana. Ficou desnorteado ao ver quanto ela parecia bem-cuidada, rica e com tudo sob controle – como uma aristocrata. Ninguém imaginaria sua natureza medrosa, pois ela parecia usar um manto de autoconfiança.

E, então, ela se transfigurou.

Ele não notou a causa da mudança, mas o olhar dela se tornou mais quente. Passou-lhe a impressão de que precisava de um homem – e ele respondeu a isso. *Tudo nele* respondeu. Mas os outros homens também. Apesar de aparentemente ela não ter percebido, seu andar e seus movimentos sensuais seduziram *todos* os homens à sua volta. Eles interromperam suas conversas e viraram a cabeça para olhá-la fixamente, como se tivessem sido enfeitiçados. Até as mulheres tiveram a mesma reação. Lachlain identificou o foco de cada um dos olhares. As mulheres fixavam a atenção nas roupas dela e nos cabelos sedosos; os homens devoravam--lhe os seios, os lábios, os olhos, com o coração e a respiração acelerados diante daquela beleza hipnotizante.

Será que cada um daqueles tolos se considerava o parceiro ideal para dar a ela exatamente o que ela desejava? Lachlain sentiu a raiva consumi-lo. Ela lhe dissera, olhando-o com firmeza, que, no fundo, ele era um monstro. Em parte estava certa e, naquele exato momento, o monstro queria matar todos os homens que tinham se atrevido a olhá-la antes de ele reclamá-la para si. Era um momento difícil, de vulnerabilidade, e seu Instinto gritava em sua cabeça para que a levasse daquele lugar...

Tomou consciência da realidade. As fêmeas vampiras sempre nasciam belas – uma espécie de ferramenta defensiva e predatória. Elas faziam uso dessa beleza para manipular e matar. Naquele momento, essa ferramenta estava em pleno funcionamento; ela fazia aquilo para o que tinha nascido. E Lachlain reagira exatamente como ela sabia que faria.

Quando Emma parou à sua frente, ele a brindou com um olhar sombrio. Ela franziu o cenho, engoliu em seco e disse:

– Vou com você e não tentarei fugir.

A voz dela era meiga e sedutora, uma voz mais indicada para murmúrios maliciosos na cama.

– Vou ajudar você – completou ela –, mas peço que não me faça nenhum mal.

– Eu prometi que a protegeria.

– Na noite passada, o que você disse foi que talvez me matasse.

Seu olhar carrancudo ficou mais pesado.

– Por favor... ahn... Você poderia, pelo menos, tentar *não fazer isso*? – pediu Emma, e olhou para cima, para o rosto dele, com seus olhos azuis que pareciam tão sinceros.

Estaria pensando em recorrer às suas manobras para dominá-lo? Para domar a fera que ele transportava dentro de si? Na verdade, nem *ele* conseguia domar essa fera.

Um vento gelado e estranho soprou, fazendo com que um cacho solto de cabelo acariciasse o rosto de Emma. Ela apertou os olhos. Um segundo depois, arregalou-os, e suas mãos voaram até o peito dele. Lachlain olhou para baixo e avistou as garras rosa bebê, desenrolando e estendendo-se como pequenos punhais.

Ela percebera alguma ameaça ali perto. Seus olhos percorreram a área em torno. Ele também sentiu algo estranho. Mas foi uma sensação fugaz, os sentidos dele não estavam tão aguçados como de hábito. Pelo menos, por enquanto. De qualquer modo, não era surpresa haver ameaças junto dela. Na condição de vampira, tinha muitos inimigos de sangue – algo que, um dia, ele apreciara. Agora, no entanto, teria de combatê-los e destruiria qualquer coisa que tentasse feri-la.

Em vez de lhe revelar isso, Lachlain retirou-lhe as mãos do próprio peito com uma expressão de repugnância.

– Aposto que você estará melhor comigo do que andando sozinha por aí.

Ela assentiu em sinal de *concordância*.

– Podemos ir, então?

Ele fez que sim com a cabeça de forma brusca, afastou-se dela e seguiu para a porta do carona. Nesse momento, o porteiro do hotel abriu a porta do motorista e ajudou Emma a entrar. Lachlain retraiu-se com uma expressão de frustração no rosto por não tê-la ajudado a entrar no veículo, e a raiva tornou-se maior que a humilhação.

Após uma pequena luta contra a maçaneta da porta, ele se juntou a ela, deixando-se afundar no assento macio e confortável. O interior do carro era luxuoso – até mesmo *ele* era capaz de perceber isso –, e achou estranho o fato de os detalhes do painel parecerem madeira, mas não exalarem qualquer odor orgânico.

Ela olhou rapidamente para o banco de trás e reparou na pilha de revistas que Lachlain certamente pedira ao *concierge* que reunisse para ele. Sem lançar um único olhar questionador para aquilo, Emma fitou a frente do carro e disse:

– Consigo chegar a Londres – apertou num botão onde se lia *OnStar* –, mas depois disso vou precisar de ajuda.

Ele assentiu com a cabeça e ficou observando-a enquanto ela puxava o banco para a frente e prendia uma espécie de arreio diante do corpo.

Ao ver que ele acompanhava seus movimentos com interesse, explicou:

– Isto é um cinto de segurança. Viajar assim é mais seguro.

A seguir, inclinou-se e colocou uma alavanca numa posição marcada com a letra D.

Ora, mas se o D significava "dirigir" e nada mais era necessário para colocar aquela máquina para funcionar, ele iria se sair muito bem. Quando ela deu uma olhada no cinto de segurança dele *solto*, Lachlain ergueu as sobrancelhas e limitou-se a explicar:

– Sou imortal.

Sabia que a deixaria irritada com aquilo. Emma colocou o pé sobre o mais comprido dos dois pedais que havia no chão, pressionou-o com determinação e o carro lançou-se subitamente em meio ao tráfego pesado. Olhou para ele com esperança de tê-lo surpreendido ou assustado com os movimentos bruscos, mas isso seria impossível. Já dava para ver que ele iria *adorar* carros velozes.

Em tom defensivo, ela disse:

– Por definição, eu também sou imortal, mas se eu me envolver num acidente grave e ficar desacordada até depois do amanhecer, naquele cartão que minhas tias me obrigam a trazer comigo, onde está escrito que sou alérgica ao sol, não me servirá de nada. Compreendeu?

– Entendi só cinquenta por cento do que você explicou – observou ele, com toda a calma do mundo.

– Eu não tenho dinheiro para pagar este carro – reclamou ela, agarrando a roda giratória com as duas mãos enquanto lançava o veículo por entre os outros carros.

Por que tanta preocupação com dinheiro? Quem ousaria se recusar a passar mais fundos e apoio financeiro para ela? Os vampiros sempre foram muito ricos e tinham começado a investir no negócio de óleo de alcatrão enquanto ele estivera preso. Obviamente, aquele mercado tinha crescido muito. O que não era de espantar, já que tudo em que o rei deles, Demestriu, tocava se transformava em ouro. Ou morria.

Pensar em Demestriu trouxe a raiva dele de volta e quase o engasgou. A dor espalhou-se pela perna e ele apertou com muita força a alça de mão que tinha sobre a cabeça, no teto do carro, esmagando-a.

Emma assustou-se e fixou o olhar na estrada, murmurando para si:

– Quanto será que custa uma alça de mão nova para Mercedes? Puxa vida!

Ele ficou irritado com a preocupação desnecessária dela com algo que não tinha a mínima importância na vida de nenhum dos dois. A riqueza dela – a riqueza deles – estava na casa dele... Na casa que seria *deles*. Tudo que precisavam fazer era chegar lá.

A casa deles. Ele estava regressando a Kinevane, sua propriedade ancestral nas Highlands, em companhia de sua mulher. Finalmente! Se não fosse o detalhe de ela ser uma vampira, ele poderia até mesmo estar satisfeito com a situação.

Em vez de se sentir ofendido.

Imaginou como o clã reagiria ao terrível insulto que a simples presença dela iria representar.

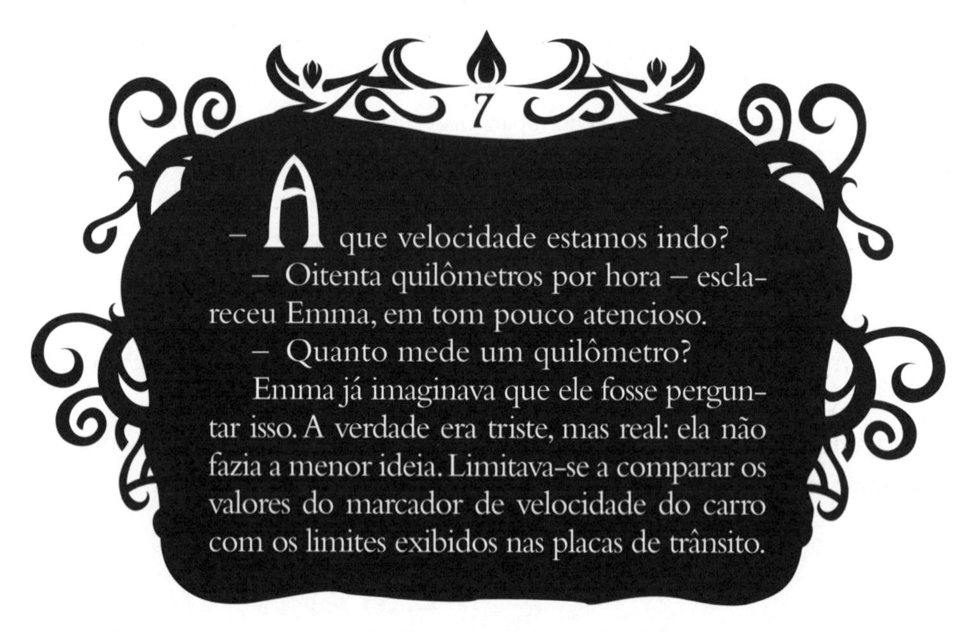

7

— A que velocidade estamos indo?

— Oitenta quilômetros por hora — esclareceu Emma, em tom pouco atencioso.

— Quanto mede um quilômetro?

Emma já imaginava que ele fosse perguntar isso. A verdade era triste, mas real: ela não fazia a menor ideia. Limitava-se a comparar os valores do marcador de velocidade do carro com os limites exibidos nas placas de trânsito.

Muitas perguntas que ele fizera ao longo da última meia hora tinham feito com que ela se sentisse burra. Por algum motivo, pareceu-lhe vital que ele não achasse isso a seu respeito.

As perguntas acompanhavam a pilha de revistas que ele comprara, sem dúvida "do homem lá de baixo", o mesmo que planejara o percurso daquela viagem. Emma viu Lachlain devorar as revistas e percebeu que ele lia tudo a grande velocidade para poder lhe fazer perguntas a cada dúvida que surgia. As siglas pareciam confundi-lo; apesar de Emma ter conseguido lhe explicar com facilidade o que era NASA, ONU e AIDS, ela se atrapalhou no MP3.

Depois de ler as revistas de cabo a rabo, ele pegou o manual de instruções do carro e voltou às perguntas. Como ela poderia explicar o que era "transmissão"?

Mesmo não conseguindo lhe dar muita ajuda, Emma *sentiu* que ele aprendia coisas novas e era muito inteligente. Suas perguntas indicavam que conseguia fazer muitas deduções, raciocinando e descobrindo sozinho várias respostas enquanto absorvia conhecimento de um modo que ela nunca imaginara ser possível.

Depois do manual, Lachlain examinou as regras de trânsito francesas que se encontravam no carro, mas, sem demonstrar interesse, deixou-as de lado, pouco impressionado. Ao ver que ela o olhava, ele explicou:

– Existem coisas que nunca mudam. Ainda temos que prender o veículo numa ladeira para ele não descer sozinho, quer seja uma carroça puxada a cavalos ou uma carruagem de metal.

Era irritante a arrogância dele, bem como a facilidade com que dispensava coisas que deveriam espantá-lo ou amedrontá-lo. Ela teria ficado aterrorizada com um carro se nunca tivesse visto algum até chegar à idade adulta. Com Lachlain isso não acontecia. Na estrada, parecia muito satisfeito consigo mesmo. Extremamente confortável no assento de couro do carro e muito curioso com a janela e com os comandos do ar-condicionado, ligava-os e desligava-os para cima e para baixo, maltratando a tecnologia alemã com suas "patas" imensas. Já que tinha ficado enclausurado durante tanto tempo, não deveria se sentir confuso e desconcertado? Não deveria estar abalado? Pois não parecia. Emma achou que nada poderia abalar sua colossal arrogância...

Ah, que maravilha! Agora ele tinha encontrado o controle do teto solar. A paciência dela estava no limite. Ele abria e fechava o teto... Abria e fechava. Abria...

À medida que o alvorecer se aproximava, Emma foi ficando mais tensa. Até então sempre fora muito cautelosa. Aquela viagem à Europa representava o seu primeiro ato genuíno de independência, e só conseguira autorização para fazê-la porque as tias tinham providenciado uma série de salvaguardas com antecedência. Mesmo assim, Emma conseguira a façanha de ficar sem sangue, fora raptada e forçada a enfrentar o mundo sem qualquer tipo de proteção contra o sol – a não ser o *porta-malas de um carro*, e se dirigia para um destino que só Deus sabia...

Apesar disso, talvez enfrentar as incertezas fosse mais seguro do que *não acompanhar* o Lykae. Porque havia algo ou alguém estranho naquele hotel – possivelmente vampiros.

Assim que entraram no carro, ela pensou em contar a Lachlain que a vida dela talvez estivesse em perigo. Dois motivos a impediram: primeiro, achou que não aguentaria se ele simplesmente encolhesse os ombros e dissesse: "Por que eu deveria me importar com isso?"; segundo, teria de lhe explicar o que ela era, na verdade.

As Valquírias também eram inimigas dos Lykae, e ela jamais perdoaria a si mesma, caso se permitisse ser usada como arma contra a sua família. Na verdade, não queria que Lachlain descobrisse coisa alguma que pudesse usar contra ela.

Felizmente não revelara nenhuma fraqueza pessoal na conversa com Regin – como a sua necessidade crítica por sangue. Ela já o imaginava dizendo "Posso conseguir algum sangue para você", bateria palmas e esfregaria as mãos antes de completar: ..."logo depois do nosso banho de chuveiro!" Além disso, ela conseguiria aguentar os três dias que levaria aquela viagem até a Escócia. Claro que aguentaria!

Fechou os olhos por um instante. O fato é que uma *fome extrema* a atormentava... Nunca na vida se sentira tentada a beber de outro ser vivo. Agora, porém, sem qualquer alternativa à vista, até Lachlain começava a lhe parecer apetitoso. Ela sabia exatamente onde atacá-lo no pescoço. Enterraria as garras nas costas dele para prendê-lo enquanto lhe aplicava uma leve mordida na...

– Você dirige bem.

Ela teve um acesso de tosse devido à surpresa de ouvir aquilo e se perguntou se ele notara seu olhar fixo e sua língua roçando a presa. Só então fez cara de estranheza e reagiu ao comentário.

– Ahn... Como você pode saber?

– Você me parece muito confiante. Está até desviando os olhos da estrada!

Fora apanhada em flagrante...

– Para sua informação, não sou uma motorista tão boa assim.

Os amigos dela se queixavam das suas hesitações e do costume de ficar paralisada de susto diante de qualquer pessoa que lhe aparecesse na frente.

– Se você não é boa motorista, o que sabe fazer *bem*?

Ela fixou o olhar na estrada durante muito tempo, pensando na resposta que poderia lhe dar. Ser boa em alguma coisa era bem relativo, certo? Emma adorava cantar, mas sua voz não podia ser comparada ao canto de uma sereia. E tocava piano, mas fora ensinada por demônios de doze dedos. Resolveu ser honesta.

– Estaria mentindo se dissesse que faço algo magnificamente bem.

– E você não consegue mentir.

– Não, não consigo.

Ela detestava aquilo. Por que será que os vampiros não tinham evoluído a ponto de poderem mentir sem qualquer sofrimento? Os humanos tinham conseguido. Agora eles quase não coravam ao contar mentiras, nem se sentiam desconfortáveis.

Seguiu-se mais uma série de brincadeiras com o teto solar do carro. Então, ele pegou alguns pedaços de papel no bolso do paletó.

– Quem é Regin? E Lucia? E Nïx?

Ela olhou meio de lado e seu queixo quase caiu.

– Você recolheu minhas mensagens pessoais no saguão do hotel?

– E também sua roupa *lavada a seco* – completou ele, em tom de tédio. – Lavar a seco... Isso me parece um paradoxo.

– É claro que você recolheu minhas mensagens pessoais! – reclamou com rispidez. – Por que você não faria isso? – *Você quer privacidade? Não terá nenhuma* tinham sido suas palavras de zombaria. Também tinha escutado às escondidas a sua conversa com Regin, como se tivesse o direito de fazer isso.

– Quem são elas? – insistiu. – Todas pediram para você ligar de volta, menos esta tal de Nïx, que lhe deixou uma mensagem muito estranha. Isso não faz sentido.

Nïx era a tia confusa e desorientada de Emma, a mais velha das Valquírias. A "proto-Valquíria", como gostava de ser chamada. Tinha a maravilhosa aparência de uma supermodelo, mas conseguia ver com mais clareza o futuro do que o presente. Emma nem imaginava que mensagem a tonta e destrambelhada Nïx poderia ter lhe deixado.

– Deixe-me ver.

Desdobrou a mensagem, alisando-a contra o volante e, antes de lê-la, deu mais uma olhada para a estrada.

Toc, Toc...
– Quem é?

Emma...
– Emma quem? Emma quem? Emma quem? Emma quem?

Nïx dissera a Emma, antes de sua partida para a Europa, que, na viagem, ela iria "realizar aquilo para o que tinha nascido".

Pelo visto, Emma nascera para ser raptada por um Lykae completamente pirado. Seu destino era uma piada.

Essa mensagem tinha sido uma forma de Nïx recordar a Emma a sua profecia. Apenas ela sabia o quanto Emma desejava adquirir uma identidade própria, ter uma página só sua no respeitável Livro das Grandes Guerreiras Valquírias.

– O que essa mensagem significa? – perguntou Lachlain quando ela amassou o papel e o deixou cair no chão do carro.

Emma estava furiosa por ele ter visto a mensagem, por ter tido contato com algo que poderia lhe proporcionar uma visão mais detalhada de sua vida. Da forma como ele observava tudo e aprendia depressa, já teria conseguido um retrato completo de Emma antes de chegarem ao túnel sob o Canal da Mancha.

– Essa tal de Lucia chamou você de "Em". É um apelido de família?

Aquilo já era demais. Chega! Era muita curiosidade, perguntas em demasia!

– Escute... ahn... sr. Lachlain. Eu me envolvi numa situação não planejada com a sua pessoa. Para me livrar desse problema, concordei em levá-lo de carro até a Escócia. – A fome estava tornando-a irritadiça. Essa irritabilidade, por sua vez, começava a fazê-la ficar mais imprudente diante de eventuais consequências, e isso, por vezes, parecia valentia. – *Não concordei* em ser sua amiga, nem em partilhar nenhuma cama com você, nem em recompensar a sua invasão de privacidade com mais informações pessoais a meu respeito.

– Se você quiser, também posso lhe responder qualquer pergunta sobre mim.

– Não tenho pergunta alguma para lhe fazer. Por acaso, eu sei qual foi o motivo de o senhor ter sido *encarcerado* durante... quanto tempo mesmo?... 15 décadas? Não, não faço ideia do que o levou à prisão e, sinceramente, não quero saber. De onde o senhor surgiu ontem à noite? Também não faço questão de descobrir.

– Você não tem a mínima curiosidade de saber por que tudo isso está acontecendo?

– Quando deixar você na Escócia, tentarei esquecer o "tudo isso". Portanto, por que diabos eu iria querer saber mais? Meu modo de ser sempre foi manter a cabeça baixa, ser discreta e não fazer muitas perguntas às pessoas. Até agora me dei muito bem assim.

– Então você espera que façamos toda essa viagem em silêncio completo, nesse compartimento fechado?

– Claro que não.

E ligou o rádio.

Lachlain, por fim, desistiu de não encará-la abertamente e descobriu que isso, afinal, era algo perturbadoramente agradável. Disse a si próprio que só o fazia por não ter nada melhor para distrair a mente. Já tinha esgotado o material de leitura e não prestava muita atenção ao rádio.

A música, tal como tudo naquela época, era bizarra e inexplicável, mas ele descobriu algumas canções que o irritavam menos que outras. Quando cantarolou as que apreciava mais, ela pareceu chocada e falou entredentes:

– Os lobisomens gostam de blues, afinal? Quem diria?

Ela deve ter sentido o olhar penetrante dele, pois virou o rosto meio de lado com um jeito tímido e mordiscou o lábio antes de desviar o olhar. Ele fez uma cara de desagrado ao perceber que cruzar o olhar com o daquela vampira lhe acelerava o ritmo cardíaco, tal como tinha acontecido com aqueles ridículos humanos.

Recordar o modo como os homens reagiram à presença dela e saber como ela era rara entre os vampiros fez com que Lachlain percebesse que Emma provavelmente era casada. Antes isso não o incomodara. Tinha até dito "azar o dele", referindo-se a um eventual marido, e fora sincero naquele momento, porque não seria um simples casamento que conseguiria detê-lo. Só que, agora, Lachlain se viu imaginando se ela amaria outra pessoa.

No mundo dos Lykae, se ela fosse sua parceira, então ele também seria só dela. O problema é que ela não era uma Lykae. Era bem possível que ela o odiasse para sempre – ou que ele tivesse de aprisioná-la eternamente –, sobretudo depois de levar a cabo sua vingança.

Planejara exterminar todas as sanguessugas, ou seja, o povo que lhe tinha trazido à vida.

Mais uma vez questionou o destino e seus instintos. Não havia um jeito plausível de eles ficarem juntos.

Enquanto pensava nela, sua mão sentiu vontade de tocar-lhe os cabelos. Ao refletir sobre isso, imaginava como seria um sorriso aberto dela. Parecia um menino atrevido olhando com interesse para as coxas daquela fêmea, apertadas em uma calça justa, e seu interesse percorria lentamente a costura saliente do tecido entre suas pernas.

Voltou a mudar de posição. Nunca estivera tão desesperado para acasalar. Daria tudo para atirá-la no banco de trás e percorrer cuidadosamente seu corpo com a boca, preparando-a com cuidado para, depois, prender-lhe os joelhos aos ombros e deixá-la pronta para recebê-lo. Droga, era isso mesmo que ele deveria estar fazendo.

Ao pensar em possuí-la, recordou a noite anterior, quando tinha tocado e trabalhado com as mãos dentro dela. Balançou a cabeça para os lados, lembrando-se do quanto ela era apertada. Devia estar sem homem havia muito tempo. Na primeira lua cheia, ele a abriria ao meio. Isso se ainda não estivesse trepando com ela regularmente...

Ela soprou o ar com irritação ao passar por um carro com o farol ainda muito mais intenso que os outros. Esfregou os olhos e piscou várias vezes.

Parecia cansada; ele imaginou se ela não estaria com fome, mas achou que não. Os vampiros que já tinha torturado aguentavam várias semanas sem sangue e raramente se alimentavam, tal como as cobras.

Mesmo assim, para ter certeza, perguntou:

– Você está com fome?

Percebendo que ela não respondia, insistiu:

– Está ou não está?

– Não é da sua conta.

Infelizmente era. Seu dever ali era cuidar bem dela. E se ela *precisasse* matar alguém? Para os da espécie de Lachlain, era imperativo encontrar um parceiro ou uma parceira. Para alguns demônios lendários, o mais importante era eles se multiplicarem por contágio. Será que a natureza vampiresca dela tornaria sua necessidade de matar alguém tão urgente a ponto de ela não conseguir mais se controlar? O que ele deveria fazer, nesse caso? Facilitar-lhe a tarefa? Protegê-la enquanto ela capturava um humano distraído? Outro... *homem*?

Por Cristo, ele não poderia fazer isso.

– Como você bebe?

Ela resmungou:

– O líquido entra na minha boca e eu o engulo.

– Quando foi a última vez que isso aconteceu? – questionou ele.

Como se a resposta tivesse sido arrancada dela, Emma suspirou:

– Se quer mesmo saber, foi na segunda-feira. – Olhou para ele abertamente, para ver como reagiria.

– Nessa segunda-feira você bebeu sangue de alguém? – Sua voz revelava uma repugnância que ele não se incomodou em esconder.

Ela fez cara de estranheza, mas foi novamente atingida por outro farol alto. Retraiu-se, e o carro derrapou de leve antes de ela retomar sua trajetória sobre o asfalto.

– Preciso me concentrar na estrada.

Se ela não queria discutir o assunto, ele não iria forçá-la. Não naquela noite.

Depois de se livrarem do trânsito engarrafado das ruas de Paris, o carro ganhou mais velocidade nas autoestradas. À medida que Lachlain via passar os campos, experimentava uma sensação semelhante à de correr. O prazer dessa experiência abafava a raiva que fervia o tempo todo dentro dele. Em breve, poderia correr de verdade. Porque estava livre e se curava aos poucos.

Merecia nem que fosse uma noite para viver isso, uma noite sem ter de pensar em sangue, violência e morte. Imaginou se tal coisa seria possível com uma vampira sentada ao seu lado.

Uma vampira disfarçada de anjo.

Amanhã. Amanhã ele teria de exigir as respostas que, no fundo, temia saber.

Mansão de Val Hall
Nos arredores de Nova Orleans

– Myst já voltou? – gritou Annika, entrando às pressas pela porta. – Ou Daniela?

Segurou-se à porta larga, apoiando-se nela para vasculhar a escuridão do lado de fora. A luz dos lampiões a gás fazia tremeluzir, ao longe, as sombras dos carvalhos. Ela se virou e viu Regin e Lucia na sala grande junto do saguão de entrada, pintando as unhas dos pés uma da outra enquanto assistiam a *Survivor* na televisão.

– Elas já voltaram? – tornou a perguntar.

Regin ergueu uma sobrancelha.

– Nós achávamos que elas estavam com você.

– E Nïx?

– Hibernando em seu quarto.

– Nïx! Desça aqui imediatamente! – gritou Annika à irmã, enquanto batia a porta da rua com força e a trancava.

Tornou a se virar para Regin e Lucia.

– Emma já regressou? – Colocou as mãos nos joelhos, ainda ofegante.

Elas olharam uma para a outra.

– Ela, bem... Acho que não vai chegar tão cedo.

– *O quê?* – tornou a gritar Annika, apesar de, naquele momento, sentir-se grata por Emma não estar ali.

– Ela conheceu um sujeito gostoso por lá e...

Annika ergueu a mão e avisou:

– Precisamos dar o fora daqui agora mesmo.

Lucia franziu o cenho.

– Não entendi o "precisamos". Até parece que você quer se livrar da gente.

– Está para cair um avião, por acaso? – perguntou Regin, obviamente confusa e com os olhos cor de âmbar exibindo muita curiosidade. – Isso vai ser *muito* doloroso.

Lucia uniu as sobrancelhas.

– Dá para fugir de um avião em queda...

– Vão embora daqui!... Alguma coisa está vindo para cá. – Elas não entenderam o porquê de tanta urgência. A ideia de fugir de alguma coisa lhes era muito estranha. – Tem de ser *agora*! – Annika viera correndo desde o Centro da cidade.

– Mas aqui nós estamos muito mais seguras – argumentou Regin, voltando a prestar atenção às unhas dos pés. – O encantamento gravado na placa lá fora mantém todo mundo distante do lugar. – Olhou para o teto de repente, e um sorriso tímido se espalhou em seu rosto. – Se bem que... Talvez eu não tenha renovado esse feitiço com as bruxas.

– Ora, mas eu pensei que as letras do encantamento se autorrenovavam! – exclamou Lucia. – Afinal de contas, elas nos cobraram uma nota!...

– Por Freya, eu disse *agora mesmo*! – tornou a gritar Annika, finalmente se sentindo em condições de se manter em pé.

Com olhos arregalados, as duas se levantaram de forma desordenada e correram para pegar as respectivas armas.

Nesse instante, a porta da frente se escancarou.

Um vampiro com imensos *chifres* apareceu diante delas, os olhos vermelhos fitando atentamente os rostos de Regin e Lucia. Esse era o tal que Annika não conseguira derrotar. Ela só tinha escapado dele por conhecer muito bem o emaranhado de ruas que formavam o Centro da cidade. Só que agora ele estava ali, dentro da casa delas.

– O que é *isso*, Annika? – perguntou Regin, fazendo deslizar um punhal da bainha que tinha no braço. – Um *demônio* transfigurado?

– Ele não pode ser real – explicou Lucia. – Isso não deveria passar de um mito.

– Tem de ser. – Annika tinha conseguido escapar dele a muito custo, apesar de matar vampiros de forma rotineira. – Eu nunca tinha visto um desses tão poderoso.

O único motivo de ela ter voltado ali fora o de verificar se alguma das velhas Valquírias estaria no local, pois só as mais experientes conseguiriam subjugá-lo. Regin e Lucia estavam entre as mais jovens.

– Esse é um dos subalternos de Ivo?

– Sim. Vi quando Ivo lhe repassou algumas ordens. Parece que andam em busca de alguém...

Dois novos vampiros se materializaram atrás dele no instante exato em que Lucia preparava o arco que era quase uma extensão de si mesma.

– Sumam daqui agora mesmo! – sussurrou Annika. – Vocês duas...

Ivo apareceu logo em seguida com olhos vermelhos muito brilhantes e a cabeça completamente raspada. Todos os vincos e relevos de seu crânio se destacavam com perfeição, tanto quanto as feições de seu rosto.

– Olá, Ivo.

– Valquíria! – suspirou ele para Annika, enquanto se deixava cair no sofá. Sem a menor cerimônia, colocou as botas em cima da mesinha de centro.

– Você continua tendo a arrogância de um rei, apesar de não o ser – desdenhou Annika, com um tom incisivo. – Aliás, nunca poderá se tornar um deles.

Regin inclinou a cabeça na direção do recém-chegado.

– Não passa de um reles subalterno. O cachorrinho baba-ovo do Demestriu.

Quando Lucia tentou reprimir uma gargalhada de sarcasmo, Annika deu um tapa forte na parte de trás da cabeça de Regin.

– *O que foi?* – reclamou ela. – O que foi que eu disse de errado?

– Pode rir das próprias piadinhas sem graça – disse Ivo, mostrando-se descontraído. – Porque serão as últimas. – Virou-se para o demônio que o acompanhava e disse: – Ela não está aqui.

– Quem? – quis saber Annika.

– Aquela que eu procuro – respondeu ele, exibindo um olhar divertido.

Pelo canto do olho, Annika manteve-se atenta a uma forma que tremia sem parar. Lothaire, outro antigo inimigo delas, saiu das sombras da sala, materializando-se de imediato atrás de Ivo. Tudo o que dizia respeito a Lothaire era assustador, desde os cabelos brancos até os olhos, mais cor-de-rosa do que vermelhos; sem falar no rosto com feições inexpressivas.

Annika ficou subitamente tensa; eles eram cada vez mais numerosos. Mas Lothaire levou um dedo aos lábios ao olhar para ela.

Ele não quer que Ivo saiba que está aqui?

Ivo girou a cabeça para trás a fim de ver o que tinha chamado a atenção de Annika, mas a figura de Lothaire se desfez em pleno ar. Ivo pareceu estremecer e ordenou ao demônio:

– Mate essas três!

Ao ouvir o comando, os outros dois saltaram na direção de Regin e de Lucia. O vampiro demônio materializou-se atrás de Annika *antes mesmo de a sua imagem desaparecer da frente dela.* Enquanto Annika girava o corpo, a mão dele tentou agarrar-lhe o pescoço, mas ela desviou e deu-lhe um golpe tão rápido quanto um feixe de luz, despedaçando-lhe o braço. Outro golpe estraçalhou a maçã de seu rosto e lhe quebrou o nariz. Enquanto ele rugia de dor, esguichando sangue do nariz quebrado, ela lhe deu um fortíssimo pontapé entre as pernas, com força suficiente para lhe quebrar o cóccix e lançá-lo em direção ao teto, onde bateu com forte impacto.

Contudo, veloz e poderoso como se tivesse acabado de entrar na luta, pulou sobre ela novamente e colocou-lhe as mãos em torno do pescoço. Ela se contorceu, tentando se libertar, mas ele a atirou contra a lareira, impulsionando-a com tal força, de cabeça, que a primeira camada de tijolos se transformou em pó devido ao impacto. A cabeça dela pareceu se recolher dentro do tronco e ela tombou imóvel, enquanto lhe caía sobre as costas uma segunda camada de tijolos, como numa cachoeira. Ela permaneceu imóvel, mas ainda deu para ver tudo através da poeira... *Relâmpagos. Que belos relâmpagos!* Não conseguia raciocinar direito.

Regin libertou-se a custo do vampiro com quem lutava para se colocar sobre Annika, protegendo-a. Lucia apressou-se e postou-se ao seu lado, conquistando espaço para um disparo certeiro com o arco. Regin implorou, ofegante:

– Lucia, grande arqueira! Lance tantas flechas quantas puder. Vou *arrancar* a cabeça dele.

Lucia assentiu e, numa velocidade sobrenatural, alinhou quatro setas. A lendária arqueira seria invencível se conseguisse algum espaço para lutar. Lançou flechas potentes capazes de atravessar carne e osso. Flechas capazes de *perfurar* até mesmo a parede de tijolos mais atrás.

O som da corda de seu arco parecia tão melodioso quanto o relampejar...

Sentado em seu canto, Ivo ria sem parar. Os músculos do demônio ficaram rígidos subitamente. Ele desviou de três setas e *pegou* a quarta em pleno ar.

Foi então que Annika percebeu que elas iriam morrer.

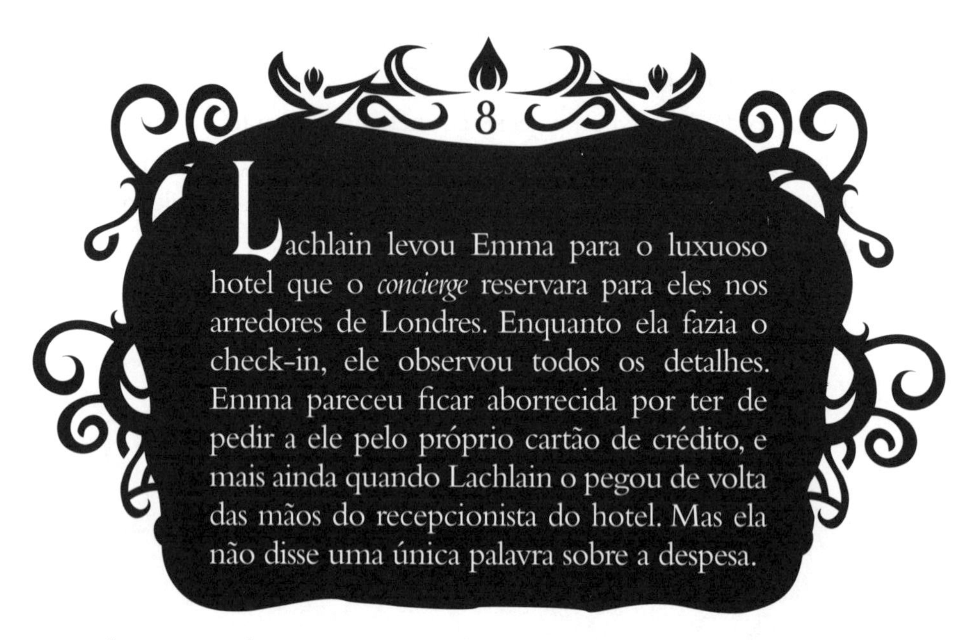

8

Lachlain levou Emma para o luxuoso hotel que o *concierge* reservara para eles nos arredores de Londres. Enquanto ela fazia o check-in, ele observou todos os detalhes. Emma pareceu ficar aborrecida por ter de pedir a ele pelo próprio cartão de crédito, e mais ainda quando Lachlain o pegou de volta das mãos do recepcionista do hotel. Mas ela não disse uma única palavra sobre a despesa.

Ele não acreditava que isso se devesse ao fato de ela achar que ele iria reembolsá-la pelo gasto. Simplesmente achou que Emma pretendia, a todo custo, parar de dirigir. Obviamente aquela viagem tinha sido muito dura para ela.

Ele é que deveria estar dirigindo o carro e assumindo o fardo de levá-los até Kinevane, mas se vira forçado a permitir que ela fizesse isso. Agora, graças à sua incapacidade, Emma estava exausta; as luzes fortes dos faróis tinham lhe machucado os olhos sensíveis repetidas vezes, a noite inteira.

Quando ela pediu dois quartos, ele bateu com a mão com toda a força no balcão, não se dando ao trabalho de retrair as garras escuras.

– Só um!

Ele já tinha notado que ela nunca fazia escândalo diante de humanos – poucos no Lore o fariam. E realmente ela não protestou. Mas, quando o carregador das malas indicou-lhes o caminho para o quarto, Emma colocou a mão na testa e disse disfarçadamente:

– Isso não fazia parte do acordo.

Provavelmente ainda estava aborrecida com o que acontecera na véspera. Tinham se passado apenas 24 horas desde o instante em que ela o olhara fixamente e sussurrara: *Você me assusta.*

Ele fez cara de estranheza ao ver o próprio braço se lançar para frente para lhe acariciar os cabelos, e, de repente, recolheu a mão.

Enquanto ele dava uma gorjeta ao carregador de malas, ela se adiantou e entrou na espaçosa suíte. Quando Lachlain fechou a porta, Emma já caíra na cama, ocupava mais da metade do leito e quase dormia.

Ele percebeu que ela estava cansada, e tinha notado que dirigir durante muitas horas era estafante, mas como ela poderia estar tão exaurida daquele jeito? Os imortais, por norma, eram muito poderosos e praticamente infatigáveis. Não tinha sido a isso que Emma se referira? Mas, se ela bebera na segunda-feira e não apresentava nenhum ferimento visível, o que estava acontecendo?

Será que a causa daquilo era o choque provocado pelo que ele tinha feito com ela? Talvez fosse tão frágil por dentro quanto sua aparência sugeria...

Tirou-lhe o casaco pela gola – foi fácil, pois ela estava com os braços frouxos – e constatou que seu pescoço e seus ombros estavam tensos. Certamente por causa da tensão muscular ao volante, e não por permanecer sentada ao seu lado durante horas.

Quando viu que a pele dela estava gelada, foi até a banheira abrir a água, mas logo voltou ao quarto para virá-la de frente e tirar-lhe a blusa.

Ela lhe deu um tapa fraco nas mãos, mas Lachlain a ignorou.

– Eu lhe preparei um banho. Não é bom que você durma nesse estado.

– Deixe que eu cuido disso sozinha, então.

Quando ele lhe descalçou a bota, os olhos de Emma se arregalaram para se manter acordada e se fixaram nele.

– Por favor, não quero que você me veja despida.

– Por quê? – quis saber ele, enquanto se espreguiçava ao seu lado. Então, pegou um dos cachos do cabelo dela e o passou em torno de seu queixo, enquanto tornava a fitá-la longamente. Perto dos cílios, a pele dela estava muito pálida, assim como no resto do rosto. Tão pálida que combinava com o branco dos olhos, restando apenas a franja formada pelos grossos cílios impondo-se no belo rosto. Lachlain estava fascinado.

Observá-la e analisar os cílios tão de perto lhe trouxe uma sensação estranhamente *familiar*.

– Por quê? – Ela franziu as sobrancelhas. – Ora, porque sou tímida em relação a essas coisas.

– Eu deixo você ficar com a lingerie, então.

Ela queria desesperadamente tomar um banho quente. Seria a única coisa que conseguiria aquecê-la.

Quando fechou os olhos e estremeceu, foi ele quem tomou a decisão por ela. Antes de Emma conseguir ensaiar um protesto, ele a despiu deixando-a ficar só com a roupa de baixo. A seguir, tirou *tudo*, pegou-a no colo com cuidado e levou-a até a enorme banheira com vapor fumegante. Entrou e colocou-a entre suas pernas.

Na água quente, a perna ferida de Lachlain roçou no braço de Emma e ela se retesou de terror. Ele estava nu e excitado, e a calcinha dela não era exatamente uma barreira, pois ele, como era de imaginar, tinha escolhido naquela manhã um modelo fio dental para ela usar. Pousou a mão pesada sobre o ombro dela. Um segundo mais tarde, ela sentiu um dedo da outra mão dele lhe percorrendo a calcinha, lentamente.

– *Isto me agrada* – rosnou ele.

No momento exato em que a percebeu tensa, já se preparando para sair da água, ele lhe afastou os cabelos do ombro e colocou as duas mãos junto da nuca de Emma. Começou, então, a fazer pressão com os polegares, numa massagem lenta.

Para sua grande vergonha, Emma não resistiu e gemeu muito alto.

– Relaxe, criatura!

Contrariando a resistência dela, ele a puxou pelas costas. Quando ela se encostou completamente em seu membro ereto, ele silvou entre os dentes e estremeceu, transmitindo-lhe uma onda de calor. Só que ela se afastou, temendo que ele quisesse fazer sexo com ela. Não era necessário um especialista em anatomia para constatar que eles não teriam condições de se encaixar um no outro.

– Calma! – disse ele, continuando a trabalhar de forma incansável nos nós que lhe provocavam a rigidez muscular, como se fosse um especialista. Quando a puxou de novo para junto de si, a única resistência que ela conseguiu esboçar foi a nível interno, e ficou satisfeita por ele não ter se apercebido dessa tentativa hesitante e ridícula. Por fim, obrigou-a a encostar-se por completo contra ele, relaxada e com o corpo frouxo.

O que ninguém sabia em relação a Emma era que ela gostava muito de ser tocada. *Adorava.* Ainda mais por ser um acontecimento extremamente raro.

Como a sua família, em questões afetivas, era muito racional, sempre quis que ela também fosse rígida e fria. Apenas uma das suas tias, Daniela, a Donzela de Gelo, parecia compreender por completo as necessidades de Emma, pois também era *incapaz* de tocar ou de ter sua pele gélida tocada sem que isso lhe causasse imensa dor. Daniela compreendia tudinho que estava se passando. Por algum motivo, porém, não sentia falta do toque físico e não tinha as mesmas necessidades da "sobrinha", enquanto Emma achava que, sem isso, acabaria por definhar lentamente.

As criaturas do Lore que poderiam ser amantes aceitáveis para ela, como os demônios bons, por exemplo, eram muito raras em Nova Orleans, e a maior parte deles já frequentava a propriedade desde que Emma era pequena. Para Emma, eles não passavam de irmãos maiores e mais velhos. Com chifres.

Os raros demônios *desconhecidos* que vinham de outros lugares não eram exatamente do tipo que faziam fila para cortejá-la no coven. E mesmo esses achavam que Val Hall, a casa delas no pântano, eternamente envolta em neblina, era apavorante demais, sempre rodeada de gritos assustadores e relâmpagos ofuscantes.

Fazia alguns anos que Emma finalmente entendera que iria ficar sozinha na vida, quando, numa de suas aulas noturnas, um espécime humano, bonito e disponível, a convidara para sair. O convite era para tomar *café* no dia seguinte *à tarde*. Emma detestava a rede Starbucks só por ela existir.

Percebeu, nessa ocasião, que nunca conseguiria estar com um homem que fosse da sua espécie, e também nunca poderia estar com a maioria dos que não eram porque, mais cedo ou mais tarde, eles descobririam o que ela era. E os motivos que a levavam a não ter encontrado alguém especial em sua vida... *Uma matinê...? Jantar e drinques...? Um piquenique...?* eram sempre os mesmos, portanto...

Mais à frente, ela havia se encontrado "acidentalmente" com humanos, e isso lhe permitira descobrir tudo que não estava aproveitando da existência. Um toque caloroso, um atraente aroma masculino. E percebera que estava perdendo *muita coisa.*

Isso a deixara magoada e arrasada.

Agora, Emma tinha junto de si um cruel e divinamente lindo e atraente Lykae que parecia não conseguir tirar as mãos dela. Emma receava não passar de um ímã para o toque dele, apesar de odiá-lo.

E temia que, em algum momento, ele a fizesse implorar por seu toque.

– E se eu adormecer? – perguntou Emma, em tom suave, com o sotaque levemente arrastado ainda mais forte.

– Simplesmente durma. Não se preocupe – respondeu Lachlain, enquanto lhe massageava o pescoço e os ombros magros.

Ela tornou a gemer e deixou tombar a cabeça para trás, contra o peito dele. Seus murmúrios pareciam mostrar que ela nunca tinha sido tocada daquela forma. Aquela rendição total não se relacionava com desejo sexual, mas ele achou que ela lhe acenava com algo positivo para que prosseguisse. Parecia estar *sedenta* daquilo.

Lachlain se lembrou dos tempos antigos no seu clã. Eram festas agitadas. Os homens sempre tentavam arrumar um pretexto para tocar as mulheres, e, quando faziam algo bem-feito, recebiam, literalmente, mais de cem tapinhas nas costas à guisa de cumprimento. Lachlain passava a maior parte dessas horas ao lado da família, sempre com uma criança empoleirada às suas costas e outros dois pirralhos a lhe trepar pelas pernas.

Imaginou Emma como uma menina tímida crescendo em Helvita, a fortaleza dos vampiros na Rússia. Apesar de revestida em ouro, Helvita era um lugar úmido e sombrio. Ele sabia disso muito bem, já que passara bastante tempo naquelas masmorras. Na verdade, ela poderia até mesmo ter estado lá numa das vezes em que estivera preso, caso ainda não tivesse se mudado para Nova Orleans.

Os vampiros que viviam naquele lugar eram tão frios quanto o seu lar. Provavelmente, não deviam tê-la tocado com afeição – ele nunca vira um vampiro demonstrar afeto. Se ela precisava tanto disso, como tinha conseguido sobreviver sem carinho?

Já havia suspeitado que Emma, havia muito tempo, estava sem um homem, mas agora Lachlain sabia que, se algum dia tivesse havido alguém em sua vida, esse homem praticamente não se aproximara dela, e ela certamente estaria bem melhor sem ele. Lembrou que, quando tinham estado debaixo do chuveiro, a rigidez e as reações dela haviam-no levado a questionar se ela *alguma vez* tivera um homem. Mas então, tal como agora, achara que não era possível ela ser virgem, já que poucos imortais teriam se aguentado na condição de abstinência durante tantos séculos. Não... Ela era apenas de compleição pequena, delicada e, como ela própria dissera, tímida.

Lembrar-se de sua vagina apertada fez com que seu membro enrijecesse de forma dolorosa. Ele a levantou no colo e a virou de lado sobre seu peito. Ela se retesou na mesma hora, sem dúvida por sentir seu membro duro latejando junto de sua nádega.

Ele sentiu uma onda impetuosa de desejo. Ela vestia apenas aquela seda minúscula, tão fina quanto um fio, e vê-la vestida com quase nada era bem melhor do que seus sonhos mais eróticos. Abriu a boca para informá-la, com simplicidade, que estava prestes a enfiar os dedos entre suas pernas, para depois acomodá-la de forma lenta e suave em seu mastro. Porém, antes de conseguir fazer isso, Emma pousou as mãos delicadas em seu peito, a palidez contrastando muito com a pele dele. Ela esperou alguns instantes ali, imóvel, como se experimentasse a profundidade da água onde se lançava. Vendo que ele não reagia ao toque, recostou o rosto ali, preparando-se para dormir.

Ele afastou a cabeça um pouco para trás e franziu o cenho, confuso. Será que aquilo significava que ela... confiava nele? A ponto de acreditar que ele não a possuiria enquanto estivesse dormindo? Maldição, por que ela estava fazendo aquilo?

Em meio a uma série de palavrões, ele a ergueu da água bem devagar. Ela ainda tinha as mãos pousadas no seu peito, apertando-o de leve. Ele a enrolou com uma toalha e a pousou sobre a cama, com os cabelos louros espalhados em leque e as pontas ainda úmidas. O maravilhoso aroma que exalava deixou-o zonzo. Com as mãos tremendo, retirou-lhe a calcinha. Gemeu em silêncio ao ver a nudez esplendorosa daquele corpo, e esteve a ponto de lhe abrir as pernas e se lançar lá dentro com toda impetuosidade.

Meio acordada e meio adormecida, Emma murmurou:

– Posso usar uma de suas camisas para dormir?

Lachlain recuou, cerrando os punhos e apertando as sobrancelhas. Por que ela iria querer vestir as roupas dele? E por que também lhe agradava aquela ideia tão estranha? Contorceu-se de dor, necessitando muito estar dentro dela. No entanto, foi até a sua mala. Se a coisa continuasse assim, ele teria de voltar ao chuveiro para se libertar daquela tensão acumulada. De que outro modo conseguiria aguentar o dia inteiro junto dela?

Vestiu-a com uma de suas camisetas, apesar de ter ficado grande demais nela, e depois a colocou embaixo das cobertas. No momento em que puxava a colcha até seu queixo, ela despertou e se sentou na cama. Olhou-o com os olhos apertados e virou-se para a janela. Em seguida, agarrou o lençol, a colcha, a almofada e se deitou no chão, acomodando-se ao lado da cama.

Longe do alcance da janela.

Quando ele tornou a pegá-la do chão, no colo, Emma sussurrou:

– Não. Preciso ficar aqui embaixo. Gosto de estar aqui, protegida pela sombra da cama.

Claro que gostava. Os vampiros necessitavam de locais escondidos, de dormir em cantos sem luz e debaixo das camas. Na condição de Lykae, ele sempre soubera exatamente onde procurá-los para decapitá-los antes mesmo de eles despertarem.

Uma sensação de raiva invadiu Lachlain mais uma vez.

– Você não precisa mais disso. – A partir daquele momento, ela dormiria com ele, e nem lhe passara pela cabeça aceitar aquele costume tão pouco natural, embora comum a seus inimigos. – Não permitirei que o sol torne a tocar sua pele, mas você terá de abrir mão desse hábito.

– Por que meus hábitos incomodam tanto você? – perguntou ela em tom tão suave que ele quase nem ouviu.

Porque você já esteve longe da minha cama durante tempo demais.

O corpo aparentemente destroçado de Annika estava preso entre os tijolos. Indefesa, nada mais restara fazer senão observar enquanto os vampiros se defendiam com agilidade das flechas de Lucia, como se estivessem espantando moscas.

Tal como Lucia, também Annika perdera toda a esperança. Amaldiçoada muitos anos atrás a sofrer dores insuportáveis caso errasse o alvo, Lucia tinha gritado e deixara o arco cair quando tombara. Ficara caída, estrebuchando com os dedos curvados, gritando alto até estraçalhar todas as janelas e explodir todas as lâmpadas da propriedade.

Ao longe, um *Lykae* uivou, um som profundo e gutural, cheio de ódio.

As trevas eram completas, à exceção dos relâmpagos que açoitavam a terra e de um lampião a gás que tremeluzia do lado de fora.

Os olhos vermelhos de Ivo exibiam um ar de divertimento e brilhavam à luz do lampião. Lothaire tornou a aparecer inesperadamente atrás dele, mas não fez nada. Lucia continuava a gritar. O Lykae rugiu mais alto, como que em resposta. Estaria se aproximando dali? Regin estava sozinha contra três.

– Vá embora e nos deixe, Regin! – gritou Annika.

De repente, uma sombra pareceu entrar na casa. Dentes e presas brancas. Olhos azul-claros que brilhavam no escuro. A criatura rastejou até o vulto em convulsão de Lucia. Annika nada podia fazer. Estava totalmente indefesa. Nas minúsculas tréguas entre um relâmpago e outro, ele parecia humano. Mas, nos clarões ofuscantes, era uma fera, um homem com a sombra de uma fera.

Annika quis ser forte como nunca o conseguira, nem que fosse para matá-lo *lentamente*. A fera aproximou a pata do rosto de Lucia. Annika não conseguia suportar aquilo...

Ele estava limpando as lágrimas de Lucia?

Ergueu-a no colo e foi até um canto da sala, onde a escondeu debaixo da mesa.

Por que não estava lhe rasgando a garganta?

Nesse momento, com uma fúria tremenda, ele recuou e se lançou contra os vampiros, lutando ao lado de uma Regin em choque, que rapidamente se recuperou e pronta, até que os dois vampiros que serviam de acompanhantes foram decapitados. Ivo e o ser chifrudo voltaram por onde tinham vindo, em uma fuga *alucinada*. O enigmático Lothaire simplesmente assentiu com a cabeça e desapareceu em seguida.

O Lykae saltou para junto de Lucia e se agachou ao lado dela, que olhou para cima tomada de pânico e horror. Quando Annika fechou os olhos e tornou, a abri-los, ele já havia desaparecido, deixando Lucia tremendo descontroladamente.

– Que porra foi essa? – gritou Regin, girando pela sala como uma sobrevivente traumatizada após uma batalha.

Nesse instante, surgiu a velha Kaderin, Coração Gelado, que chegou correndo pela varanda envidraçada. Abençoada por nunca sentir emoções fortes demais, ralhou com gentileza:

– Cuidado com o palavreado, Regin! – Então, entrou na zona de guerra e simplesmente ergueu uma sobrancelha enquanto tirava calmamente as duas espadas que transportava em bainhas presas às costas.

– Annika! – gritou Regin, escavando por entre os tijolos. Annika se esforçou para responder, mas não conseguiu. Nunca se sentira tão indefesa; nunca fora derrotada de forma tão humilhante.

– O que aconteceu aqui? – perguntou Kaderin, à procura de algo para matar e segurando as espadas com leveza, flexionando os pulsos enquanto as girava em círculos apertados. Quando Lucia saiu rastejando detrás da mesa, Kaderin foi até ela.

– Os vampiros atacaram, e você perdeu por muito pouco o Lykae que apareceu logo depois – disse Regin, atropelando as palavras enquanto escavava de forma frenética. – Aquele monstro esmagou… *Annika*?

Annika conseguiu esticar uma das mãos por entre os escombros. Regin a agarrou e libertou-a com alguns puxões.

A muito custo, devido à escuridão, Annika vislumbrou Nïx sentada na grade da escada no andar de cima. Em tom petulante, ela reclamou:

– Que falta de consideração não me acordar para receber as visitas!

Emma acordou precisamente quando o sol se punha, exibindo uma expressão de estranheza ao recordar os pormenores do que ocorrera de manhã. Lembrava-se vagamente das mãos grandes e quentes de Lachlain acariciando-a, dissolvendo a rigidez de seus músculos e fazendo-a gemer enquanto lhe massageava o pescoço e as costas.

Talvez Lachlain não fosse o animal insano e bruto que ela imaginara. Tinha percebido claramente o quanto ele queria fazer amor com ela – sentira o quanto se excitara. Mesmo assim, ele se contivera. Depois disso, lembrou-se de quando ele saíra do chuveiro e se deitara na cama ao seu lado. A pele dele ainda estava molhada e quente quando ele encaixou o traseiro dela de conchinha e pousou-lhe a cabeça sobre seu braço estendido. Sentira, latejando em suas costas, a ereção dele aumentar de forma preocupante. O Lykae exclamara algo numa língua estrangeira, como se amaldiçoasse o que acontecia ali, mas não dera vazão ao seu desejo.

Percebeu nitidamente que ele se deitara entre ela e a janela. À medida que a acomodara junto do seu peito, ela se sentira... protegida.

Justamente quando julgava estar começando a compreendê-lo, Lachlain fazia algo novo que a surpreendia.

Ela abriu os olhos, sentou-se na cama e piscou depressa, como se houvesse algo errado. Se ele reparou que Emma tinha acordado, não o demonstrou, limitando-se a permanecer sentado num canto, na sombra, observando-a com os olhos brilhantes. Sem acreditar no que estava vendo, Emma estendeu a mão e tentou alcançar o candeeiro da mesinha de cabeceira. Ele estava caído no chão, quebrado em mil pedaços.

Enfim, ela enxergou direito o que havia à sua volta. O quarto estava completamente destruído.

O que acontecera? O que o teria levado a fazer aquilo?

– Vista-se! – ordenou ele. – Vamos sair daqui a 20 minutos.

Ele se ergueu com dificuldade, quase caindo quando a perna pareceu ceder, e seguiu mancando até a porta.

– Mas, Lachlain...

Ele saiu e bateu a porta às suas costas.

Emma ficou olhando, confusa, para as marcas de garras que havia nas paredes, no chão e na mobília. Tudo ficara reduzido a pedaços.

Olhou para baixo. Bem, nem tudo. Os pertences dela estavam pousados atrás de uma cadeira despedaçada, como se ele os tivesse escondido ali, antecipando-se ao que estava para acontecer. O cobertor que ele colocara sobre as cortinas em algum momento da noite continuava no lugar, funcionando como uma proteção extra contra a luz do sol. E a cama?... Havia marcas de garras em toda parte. Pedaços da espuma do colchão e muitas penas cercavam-na, e Emma se sentiu como uma boia sobre um mar de destruição.

Mas ela estava intocada.

9

Se Lachlain não queria contar a Emma o motivo de ter praticamente destruído o quarto, melhor para ela. Depois de ter vestido uma saia, uma blusa, de ter calçado as botas e, de forma lenta e deliberada, ter colocado um cachecol cobrindo-lhe com muito cuidado as orelhas, pegou o iPod em uma das malas e o prendeu no braço.

Sua tia Myst dera um nome especial para o aparelho: ITE, ou "iPod Tranquilizador de Emma", pois, sempre que ela se irritava ou zangava, ouvia música para "evitar conflitos". Como se isso fosse uma coisa ruim.

Afinal de contas, se o seu ITE não fosse feito sob medida para momentos como aquele…

Emma estava revoltada. No momento em que concluíra que aquele Lykae poderia até mesmo ser um sujeito legal; no momento em que ele finalmente começava a entender a maneira certa de agir dentro daquele enigma *alarmantemente insano*, voltara a se comportar como um Lobo Mau para cima dela. *Mas essa menininha de vermelho sabe muito bem como isolar os problemas no fundo da mente*, pensou Emma, e Lachlain seguia a toda velocidade para um lugar onde ficaria esquecido e afastado de seus pensamentos para sempre.

A personalidade dele se modificava como um fogo rápido. Ele se alternava entre o abraço caloroso sob a chuva, quando apertara o peito despido dela contra o seu, passando pelos ataques com uivos apavorantes, até chegar ao amante em potencial que ela conhecera dentro da banheira, na véspera. Ele a mantinha sempre em um ponto de desassossego e desconfiança – um estado de espírito infeliz e fatigante para o qual ela já demonstrava uma tendência natural… e isso a deixava frustrada.

E agora aquilo. Ele a deixara naquele quarto destruído sem a mínima explicação. Ela própria poderia ter ficado no estado em que estava a pobre cadeira.

Soprou o cacho que lhe caíra sobre os olhos e descobriu, atônita, um pedaço de espuma de enchimento do colchão que ficara preso nos cabelos. Ao tirá-lo dali com raiva, percebeu que estava tão zangada consigo mesma quanto com ele.

Na primeira noite que tinham passado juntos, ele tinha deixado que o sol lhe queimasse a pele. Dessa vez permitira que as garras – as mesmas garras que tinham rasgado a lateral de um carro – se descontrolassem num frenesi de destruição enquanto ela dormia placidamente, alheia a tudo.

Por que ela superprotegera a si mesma durante toda a vida? Por que despendera tanto *esforço* nisso para depois jogar as precauções pela janela quando o assunto tinha relação com ele? Por que sua família se esforçara tanto para mantê-la a salvo, a ponto de mudar o coven para Nova Orleans, onde a presença do Lore era tão forte, rica e marcante? Por que elas tinham envolvido a propriedade na escuridão completa para agora ela morrer de forma tão tola e...

Envolver a propriedade na escuridão completa?... Ora, mas por que elas tinham feito isso? Emma nunca se levantava antes do pôr do sol e nunca ficava acordada depois do sol nascer. Por que, então, tinha lembranças de correr pelo meio da casa escurecida durante o dia?

O olhar dela pousou nas costas da mão, e ela começou a tremer. Pela primeira vez, desde que fora condenada à imortalidade, a memória da sua "grande lição" lhe surgia na mente com toda a clareza...

Havia uma bruxa tomando conta dela. Emma estava nos braços dessa mulher quando ouviu Annika chegando de volta à propriedade depois de uma semana de ausência, e remexeu o corpo para se desvencilhar dos braços da babysitter. Gritando o nome de Annika, Emma correu em sua direção.

Regin a viu e ouviu a tempo, correu e a escondeu nas sombras segundos antes de Emma dar de frente com o sol que brilhava com força e entrava pela porta recém-aberta.

Regin apertou-a no peito com os braços tremendo e sussurrou:

– Por que você fez isso?

Com outro abraço apertado, murmurou:

– Minha sanguessugazinha cabeça-dura.

A essa altura, todo mundo já tinha descido para ver o que acontecera. A bruxa desculpou-se muito, com ar servil, explicando:

– Emma sibilou, me deu tapas fortes e me assustou tanto que eu acabei soltando-a.

Annika ralhou com Emma, que tremia muito, até que soou a voz de Furie, que estava fora do círculo que se formara. A multidão se afastou para deixá-la passar. Furie, tal como o seu nome indicava, descendia das Fúrias e era uma figura assustadora.

– Mostre-me a mão dessa criança – exigiu ela.

O rosto de Annika se tornou ainda mais pálido do que o normal.

– Emma não é como nós. É muito delicada e...

– Ela sibilou e se debateu até conseguir o que queria – interrompeu Furie. – Eu diria que ela é exatamente como nós. E, assim como nós aprendemos, ela também deve aprender por meio da dor.

Cara, a irmã gêmea de Furie, assentiu com a cabeça, dizendo:

– Ela tem razão. – As duas sempre tomavam o partido uma da outra. – Não é a primeira vez que essa menina escapa por um triz. Quero a mão dela agora mesmo... ou o seu rosto... ou a sua vida mais tarde, o que será pior. Não adianta nada mantermos a propriedade envolta nas trevas, se vocês não conseguem que ela permaneça aqui dentro.

– Eu não farei isso – anunciou Annika. – Não conseguirei.

Regin arrastou Emma com determinação, embora a menina resistisse.

– Eu consigo!

Annika se manteve imóvel, com uma expressão dura e firme como mármore, enquanto lágrimas lhe deslizavam lentamente pelo rosto. Regin obrigou Emma a colocar a mão nos raios de luz que ainda entravam pela porta entreaberta. Ela urrou de dor, chamando por sua querida Annika, gritando sem parar enquanto repetia "Por quê?", até que sua pele pegou fogo.

Quando Emma acordou, Furie a fitava com seus olhos cor de lavanda, a cabeça levemente inclinada, como se estivesse confusa diante da reação da menina.

– Minha criança, você deve ter consciência de que, todos os dias, a Terra está saturada por uma energia que poderá matar você. Só se você tiver medo disso conseguirá escapar do perigo. Nunca se esqueça dessa lição, porque, da próxima vez que isso acontecer, sua dor será muito mais intensa.

Emma caiu de joelhos e apoiou as mãos no chão, ofegante, enquanto tentava recuperar o fôlego. Sentiu uma comichão na cicatriz delgada nas costas da mão. Não era de espantar que fosse uma covarde. Não era de espantar... não era de espantar... não era nem um pouco de espantar...

Emma entendia que elas tinham salvado sua vida naquele dia. Ao mesmo tempo, no entanto, sabia que também a tinham prejudicado. O mal menor pelo qual tinham optado acabara por moldar todos os dias que se seguiram na sua vida. Levantou-se e dirigiu-se aos tropeções até o banheiro, onde jogou muita água no rosto. Agarrou a pia com força e ralhou consigo mesma: *Recupere sua compostura, Em.*

Quando Lachlain voltou para pegar as malas, as emoções de Emma estavam novamente sob controle e tinham se transformado em raiva interna; Emma direcionou-a para o alvo adequado. Fez uma limpeza muito elaborada do revestimento acolchoado de cada mala, com movimentos largos e exagerados, enquanto o fitava com irritação. Ele, surpreso, uniu as sobrancelhas.

Emma o seguiu até o carro, bufando alto e sentindo vontade de lhe dar um pontapé na parte de trás do joelho. Ele se virou e abriu a porta para ela.

Assim que entraram no veículo e ela ligou o motor, Lachlain perguntou:

– Você ouviu o que aconteceu?

– Você quer saber se eu ouvi quando você se transformou num ninja enlouquecido? – esbravejou ela. Vendo que ele exibiu um olhar atônito, ela mesma respondeu: – Não, não ouvi nada.

Não lhe pediu explicações sobre aquilo porque acreditava que era exatamente isso que ele queria: que ela lhe perguntasse o que acontecera. Vendo que Lachlain continuava a fitá-la demoradamente, avisou:

– Não adianta jogar a bola de volta para o meu lado do campo.

– Você não quer falar sobre esse assunto?

Emma agarrou o volante com força.

– Você está zangada? Essa reação eu não esperava.

Ela o encarou. O autocontrole e o medo visceral que sentia dele não superaram a raiva por ela ter chegado tão perto da morte.

– Estou zangada porque a margem de erro que você calculou para me proteger das suas garras letais foi mínima. De repente, nem haverá margens de erro da próxima vez. Quando estou dormindo, eu fico extremamente vulnerável... *completamente sem defesas*. Foi *você* quem me colocou nessa situação, e isso me magoou.

Ele a olhou por longos momentos. Depois expirou e disse algo que ela não esperava.

– Você tem razão. E já que isso só acontece quando *eu* estou dormindo, não vou mais dormir perto de você.

A lembrança do corpo dele molhado e quente encostado ao dela surgiu-lhe na mente. Lamentou ter de desistir disso, e essa constatação deixou-a ainda mais furiosa.

Ele se sentou ereto no banco, com o corpo tenso, enquanto ela procurava no iPod a sua playlist de "Rock Feminino Furioso".

– O que é isso? – perguntou ele, sem conseguir superar a curiosidade.

– Um aparelho que toca música.

Ele apontou para o rádio.

– *Aquilo* é que toca música.

– Esse aqui toca a *minh*a música.

Admirado, ele ergueu as sobrancelhas.

– Você sabe *compor* música?

– Sei *programar* – esclareceu ela, colocando os fones e apagando a voz dele com infinita satisfação.

Depois de mais duas horas de estrada, Lachlain apontou para uma saída que dava na cidade de Shrewsbury.

– O que você precisa daqui? – perguntou ela, tirando os fones e pegando a saída indicada.

Mostrando-se desconfortável por admitir isso, ele respondeu:

– Ainda não comi hoje.

– Bem que eu reparei que você não quis fazer nem uma paradinha para almoço – rebateu ela, surpresa com o tom de irritação na voz. – O que vai querer? Fast food ou alguma outra coisa?

– Já vi esses lugares e já cheirei o que eles oferecem. Não tem nada lá que me faça ficar mais forte.

– Essa não é exatamente a minha especialidade.

– Sim, eu sei. Pode deixar que eu aviso quando cheirar algum local interessante – disse ele, indicando um caminho ao longo da estrada principal até um mercado ao ar livre onde havia lojas e restaurantes. – Deve ter alguma coisa de bom por aqui.

Ela avistou uma garagem subterrânea. Gostava desses lugares; adorava tudo que fosse subterrâneo... e entrou ali.

Assim que estacionaram, ela perguntou:

– Você vai pedir comida para viagem? Está muito frio.

Seu medo era que vampiros pudessem estar escondidos ali por perto, enquanto ela esperava do lado de fora do restaurante. Já que era obrigada a aturar aquele Lykae esquisito, podia, pelo menos, aproveitar para ficar mais protegida dos vampiros.

– Você vai *entrar* comigo – decretou ele.

Ela lhe lançou um olhar desinteressado.

– De que adiantaria isso?

– Você fica comigo – insistiu ele, enquanto lhe abria a porta e se colocava à sua frente. Ela reparou, preocupada, que ele não parava de olhar para todos os lados por trás dos próprios ombros, estreitando os olhos para analisar as ruas.

Quando a pegou pelo braço e começou a encaminhá-la na direção do restaurante, ela gritou:

– Eu não entro em restaurantes!

– Hoje à noite vai entrar.

– Oh, não, não, não – implorou ela. – Não me obrigue a entrar nesse lugar. Eu espero quietinha aqui fora. Prometo!

– Não vou deixar você sozinha. Além do mais, você precisa se habituar com esse tipo de coisa.

Ela fincou os pés no chão – um gesto inútil diante da força dele.

– Não, não preciso! Nunca tenho de ir a restaurantes e não preciso me habituar a isso.

Ele se deteve e a enfrentou.

– Do que você tem medo?

Ela desviou o olhar, evitando lhe dar uma resposta.

– Ótimo! Vai entrar comigo.

– Não, espere! Eu sei que ninguém vai reparar na minha presença, mas... Não consigo evitar imaginar que alguém pode me olhar e perceber que eu não estou comendo.

Ele ergueu as sobrancelhas.

– Ninguém vai reparar na sua presença? Só todos os machos entre os sete anos e a idade de morrer.

Com muita *determinação,* ele a levou para dentro.

– O que você está fazendo é uma crueldade. Não vou me esquecer disso.

Ele olhou para ela e percebeu a inquietação estampada em seu rosto.

– Você não tem com o que se preocupar. Não pode, pelo menos por alguns instantes, confiar em mim? – Ao ver o olhar fixo dela, Lachlain acrescentou: – Pelo menos dessa vez?

– Seu *objetivo* é me ver sofrer, não é?

– Você precisa se descontrair um pouco.

Mal ela abriu a boca para protestar, Lachlain a interrompeu com sua voz de trovão:

– Quinze minutos lá dentro. Se mesmo assim você continuar se sentindo desconfortável, nós vamos embora.

Emma sabia que, de um jeito ou de outro, teria de entrar. Sabia que ele só estava lhe oferecendo uma *ilusão* de escolha.

– Tudo bem, eu entro, mas só se me deixar escolher o restaurante – reagiu ela, tentando manter algum controle da situação.

– Combinado! – aceitou ele. – Mas tenho o direito de vetar um.

Assim que saíram na calçada, em meio a todos aqueles humanos, ela soltou a mão da dele na mesma hora, jogou os ombros para trás e empinou o queixo.

– Isso mantém as pessoas afastadas? – quis saber ele. – Essa capa de arrogância que você veste sempre que anda pela rua?

Ela o olhou meio de lado.

– Puxa, se pelo menos isso funcionasse com todas as pessoas... – Na verdade, *costumava* funcionar com todo mundo, com exceção *dele*. Sua tia Myst ensinara Emma a se comportar daquele jeito. Myst deixava as pessoas tão atônitas, imaginando que ela era uma megera esnobe e fria com a moral de uma gata de rua, que nunca lhes passaria pela cabeça que ela era uma pagã imortal com mais de mil anos de idade.

Emma olhou para a calçada e viu vários restaurantes para escolher. Com um risinho maléfico, apontou de imediato para um restaurante especializado em sushi.

Ele cheirou o ar discretamente e a olhou com ar carrancudo.

– Vetado. Escolha outro.

– Tudo bem.

Emma apontou para outro restaurante onde havia uma placa indicando que ali também funcionava uma boate. Tinha quase certeza de que havia um bom bar ali. Já estivera em alguns. Afinal de contas, morava em Nova Orleans, local que era líder mundial da produção de ressacas.

Ele, obviamente, também pretendia rejeitar essa segunda escolha dela, mas, assim que Emma ergueu as sobrancelhas, Lachlain lançou um olhar carrancudo e voltou a pegar na sua mão, arrastando-a consigo.

Lá dentro, um empregado os recebeu de forma calorosa e aproximou-se para ajudar Emma a tirar o casaco. Mas alguma coisa aconteceu quando ele se colocou atrás dela, algo que levou o empregado, muito pálido, a regressar ao seu palanque elevado na entrada do restaurante, deixando Lachlain sozinho atrás de Emma.

Ela percebeu que ele ficara muito tenso.

– *Onde está o resto da sua blusa?* – perguntou ele, num tom baixo e grave.

As costas da blusa estavam completamente desfiadas, presas apenas por um cordão que formava um laço. Ela não imaginou que fosse tirar o casaco e, se isso acontecesse, estaria usando um colete de couro.

Emma olhou por cima do ombro com uma expressão de completa inocência.

– O que foi? Oh, eu não sabia que a blusa estava rasgada! Acho que você deveria me mandar esperar lá fora.

Lachlain olhou para a porta, obviamente calculando se não seria melhor eles irem embora, e Emma não conseguiu suprimir um olhar presunçoso. Até que ele estreitou os olhos e sussurrou com voz rouca em seus ouvidos:

– É muito bom ver todo mundo ouriçado, sem conseguir tirar os olhos de você. – E percorreu as costas dela com a parte de trás das garras.

10

– Sua blusa é Azzedine Alaia? – perguntou a jovem que lhes indicou uma mesa.

– Não – respondeu Emma –, mas pode se dizer que é uma *autêntica* peça *vintage*.

Lachlain não estava interessado no que era; ela nunca mais iria usar uma daquelas peças de roupa inacabadas em público.

O laço que balançava na parte baixa de suas costas elegantes enquanto ela caminhava quase deslizando funcionava como um ímã para os olhos de todos os homens do lugar. Lachlain sabia que todos se imaginavam desembaraçando aquelas pontas. Ele mesmo pensava nisso. Mais de um deles deu cotoveladas no amigo ao lado, murmurando que ela era um "tesão", e cada um deles recebeu um olhar assassino de Lachlain.

Mas não eram só os homens que ficavam embasbacados observando-a. As mulheres olhavam para a roupa dela com inveja e comentavam entre si que ela estava "um arraso".

Ao mesmo tempo, várias delas olharam *para ele* de um jeito insinuante, num convite aberto.

No passado, ele teria apreciado esse tipo de atenção, possivelmente aceitado um ou dois daqueles convites. Agora, porém, considerava aquele interesse um vago insulto. Como se ele fosse capaz de aceitar trocar por qualquer uma delas a criatura que perseguira durante tanto tempo!

Ah, mas Lachlain certamente apreciou que a vampira também tivesse reparado nos olhares das concorrentes.

Junto à mesa, Emma se deteve, como se encenasse uma última cena de resistência, mas ele segurou-lhe o cotovelo e a ajudou a se instalar na cabine indicada.

Quando a garçonete saiu, Emma se sentou bem ereta com os braços cruzados e se recusou a olhar para ele. Passou um garçom com um prato chiando de tão quente e ela revirou os olhos.

– Você pode comer? – quis saber ele. – Caso seja necessário? – Lachlain começava a se perguntar se isso era possível e rezou, nesse instante, para que sim.

– Posso.

Com um tom de incredulidade, perguntou:

– Então por que não come?

Emma o encarou com uma das sobrancelhas erguidas.

– Você pode beber sangue?

– Tudo bem, já me convenceu – respondeu ele com serenidade, apesar de ter ficado desapontado. Lachlain adorava comida, curtia sobremaneira o ritual de compartilhar as refeições. Mesmo quando não tinha muita fome, conseguia saborear a comida com satisfação e, como todos os Lykae, nunca perdia uma oportunidade de fazê-lo. Percebeu, subitamente, que nunca poderia compartilhar uma refeição com ela, nem beber um bom cálice de vinho. Que papel ela desempenharia dentro do seu clã...?

Interrompeu as divagações. Em que ele estava pensando? Nunca conseguiria insultá-los levando-a a uma de suas reuniões.

Emma, por fim, se recostou na cadeira, obviamente resignada por estar ali e exibindo uma expressão educada para o rapaz que surgiu para lhes oferecer água.

Inclinou a cabeça diante do copo, como se refletisse sobre a melhor forma de agir, e expirou longamente, fatigada.

– Por que você vive sempre tão cansada?

– Por que você vive me fazendo tantas perguntas?

Ora, então ela se tornava mais valente em público? Era como se aqueles humanos pudessem impedi-lo de fazer o que lhe desse na telha.

– Se você bebeu na última segunda-feira e não tem nenhuma marca no corpo, pois se tivesse eu teria visto, de que se trata a tal condição que você mencionou?

Ela tamborilou com as unhas na mesa.

– E essa é mais uma de suas perguntas intermináveis.

A resposta de Emma soou distante, e lhe surgiu uma ideia tão abominável que ele tentou evitá-la. Fechou os olhos, rangeu os dentes e balançou a cabeça levemente para os lados.

Por Deus, não! Será que ela estava grávida? Não, não era possível. Ele sempre ouvira dizer que as mulheres vampiras eram inférteis. Claro que também se dizia que já não existiam mais vampiros no mundo por causa disso, mas ali estava ela.

O que mais poderia ser?

Imaginou não apenas um, mas dois vampiros aos seus cuidados, em sua casa, uma verdadeira praga imposta sobre os seus. E certamente haveria sanguessugas que iriam querer de volta as criaturas da sua espécie.

A tensão que sentira durante o seu dia longo e louco voltou com intensidade dobrada.

– Você está...?

O garçom surgiu nesse exato momento. Lachlain fez logo o pedido sem nem mesmo olhar para o cardápio, que devolveu ao atendente, dispensando-o em seguida.

Emma ficou boquiaberta.

– Não acredito que você pediu comida para mim também!

Ele balançou a mão no ar como quem espanta uma mosca e perguntou:

– Você está grávida, não é?

Ela ficou tensa quando o garçom voltou e tornou a encher os copos com água, lançando um olhar atravessado para Lachlain.

– Você trocou os nossos copos? – sussurrou ela quando ficaram novamente a sós. – Eu nem percebi!

– Sim, e fiz o mesmo com os pratos – explicou ele, falando depressa. – Só que...

– Quer dizer que eu vou precisar fingir que me alimento? – quis saber ela. – Faça o favor de comer muito por mim, certo? Porque eu certamente seria uma mulher com *muito* apetite...

– Você... está... grávida? – repetiu ele, lentamente.

Fingindo-se escandalizada, ela sugou o ar com força e respondeu num só fôlego:

– Não! Nunca tive sequer um... ahn... Não tenho namorado.

– Namorado? Você quer dizer amante?

Ela enrubesceu.

– Eu *me recuso* a conversar com você sobre a minha vida amorosa.

Uma onda de alívio o envolveu. Seu dia estava salvo!

– Então não existe um bebê dentro de você?

Curtiu o leve som de frustração que ela emitiu, especialmente porque ele surgiu no lugar de uma negação. Nenhum amante no momento e nenhum bebê vampiro. Só ele e ela. E, quando ele a possuísse, faria isso de uma forma tão intensa que ela se esqueceria de qualquer pessoa que tivesse existido em seu passado.

– Não acabei de dizer que me recuso a falar sobre esses assuntos? Você tem um *talento* especial para ignorar meus desejos, não é? – Murmurando para si mesma, completou: – Puxa vida, às vezes isso aqui parece até uma interminável pegadinha.

– De qualquer modo, você quer um amante, certo? Seu corpinho está louco de vontade de receber um.

Emma abriu a boca de choque.

– Você... Você é grosseiro desse jeito só para me provocar. Gosta de me deixar envergonhada. – Avaliou-o de alto a baixo com um olhar que lhe deu a impressão de que ela estava relembrando todas as vezes em que aquilo acontecera nos últimos dias.

– Eu conseguiria satisfazer você.

Por debaixo da mesa, enfiou a mão sob a saia comprida dela, tocando-lhe a parte de dentro da coxa, o que a fez saltar para trás na cadeira. Achou divertido que ela pudesse ficar surpresa e chocada com tamanha facilidade, já que a maioria dos imortais aprendera a desenvolver uma atitude *blasé* a respeito de tudo. Mas talvez ela tivesse razão: ele gostava de deixá-la sem graça.

– Tire a mão daí! – disse ela, entredentes.

Ele subiu um pouco mais a mão, fazendo o polegar circular lentamente sobre a sua pele delicada, e sentiu na mesma hora uma onda de calor e, pela centésima vez naquela noite, uma ereção poderosa. Os olhos dela percorreram o salão.

– Você quer um amante? – insistiu ele. – Já sei que você não consegue mentir e, portanto, se me disser que não quer, eu tiro a mão daí.

– Pare com isso... – Emma estava muito vermelha de vergonha. Ora, ora... Uma imortal que enrubescia com tanta facilidade. Incrível!

– Você quer um homem na sua cama? – murmurou ele, com o polegar subindo cada vez mais até encostar na seda da sua calcinha. A respiração dele ficou entrecortada.

– Tudo bem! – disse ela num tom abafado. – Eu confesso. Quero um homem, sim, mas jamais será você.

– Por que não?

– Porque eu já... já ouvi falar nas figuras da sua espécie. Sei que você perde a cabeça, se torna um selvagem e começa a arranhar e morder como se fosse um animal...

– E o que isso tem de ruim?

Quando ela voltou a emitir um som de frustração, ele completou:

– São as fêmeas que arranham e *mordem* mais. Só que isso não será uma novidade para você, vampira.

Ao ouvir isso, a expressão facial dela se tornou mais gélida.

– O próximo homem que eu levar para a cama terá de me aceitar do jeito que eu sou e não me olhará com cara de nojo pela forma como eu sou forçada a sobreviver. Quero um homem que faça de tudo para que eu me sinta confortável, e não o contrário. Por esse critério, você ficou de fora desde a primeira noite.

Ela não entendeu nada, pensou Lachlain, afastando a mão lentamente. Fora o destino que lhes preparara aquilo. Ele estava preso a ela, e isso significava que não haveria mais *concorrentes* para nenhum dos dois.

Assim que Lachlain parou de apalpá-la por baixo da mesa e a comida chegou, ele deu início ao seu demorado e sensual caso de amor com a comida. Era óbvio que apreciava cada garfada, tanto que vê-lo quase a fez ter vontade de comer também, em vez de só fingir.

No fim, Emma teve de admitir que o jantar, cheio de pratos variados e comida voando da mesa – devido à desastrada maneira de ela lidar com os talheres – não tinha sido *desagradável.*

Depois de o garçom ter tirado os pratos, Emma viu que a mulher na mesa ao lado pedira licença e se levantara depois de comer. Era exatamente isso que as mulheres humanas faziam. Depois de comer, elas colocavam a bolsa no colo, davam batidinhas nela e seguiam para o banheiro a fim de retocar o batom e conferir possíveis traços de comida nos dentes. Já que ela estava fingindo...

Só que Emma não tinha mais bolsa. O acessório ficara destruído quando ela fora jogada no chão enlameado pelo Lykae que estava diante dela. Franziu o cenho e fez menção de levantar.

– Vou ao toalete feminino – anunciou.

– Não. – Lachlain colocou a mão novamente em sua perna; ela estremeceu e permaneceu imóvel.

– Como assim?

– Por que você precisa ir ao banheiro? Eu sei muito bem que você não tem essas necessidades.

Envergonhada, ela respondeu com certo embaraço:

– Você... você não sabe nada a meu respeito! E gostaria que as coisas continuassem assim.

Ele se recostou com as mãos atrás da cabeça e exibiu um ar descontraído, como se não estivessem falando de assuntos tão íntimos.

– E você tem? Essas necessidades?

Ela ficou com o rosto vermelho. Não tinha. Pelo que sabia, os outros vampiros também não tinham. As Valquírias certamente não tinham porque, bem, não *comiam*.

– O fato de você ter enrubescido serviu de resposta. Você não tem.

Será que *nada* o deixava sem graça?

Ela ficou alarmada ao perceber que ele exibia mais uma vez um ar analítico que a fazia sentir-se um inseto preso pelas asas sob a lente de um microscópio.

– Até que ponto você é diferente das fêmeas humanas? Sei que suas lágrimas são cor-de-rosa. Você costuma suar?

Claro que sim.

– Não durante os noventa minutos por semana recomendados pelos médicos.

Ótimo, aquela resposta o deixara desnorteado. Mas não por muito tempo...

– Seu suor também é cor-de-rosa?

– Não! Minhas lágrimas são uma anomalia, certo? Sou como todas as outras mulheres, a não ser por esses detalhes que você destacou de forma tão cruel.

– Não é não! Eu vejo os anúncios na televisão. Durante o dia, eles só passam anúncios sobre mulheres. Você não raspa os pelos, mas sua pele é macia nos lugares onde eles costumam aparecer. Vasculhei suas coisas e percebi que você não carrega os suprimentos que as outras mulheres carregam.

Os olhos dela se arregalaram ao perceber aonde ele queria chegar. Empinou o corpo, pronta para se levantar da mesa, mas ele esticou a perna e pousou a pesada bota ao seu lado, bloqueando-lhe o caminho.

– Ouço rumores sobre as vampiras estarem ficando estéreis. Quando um vampiro encontra a sua noiva, ele não procura outras, e é por isso que a sua espécie está quase desaparecendo. Não foi por isso que Demestriu tentou matar todas as fêmeas vampiras da Horda?

Emma nunca soubera disso. Baixou o olhar, fitando a mesa, que pareceu balançar. O garçom tinha feito um grande esforço para limpar tudo, mas ainda havia algumas migalhas. Restos de comida que ela deixara. Porque era uma esquisita que não sabia lidar com talheres e, pelo visto, também não poderia ter filhos.

Será que ela nunca tivera um ciclo menstrual por ser infértil?

– Isso é verdade? – insistiu Lachlain.

– Quem sabe o que Demestriu pensava ao fazer aquilo? – murmurou ela.

Com a voz já menos severa, ele acrescentou:

– Então, você não é completamente igual a elas.

– Acho que não. – Lançou os ombros para trás. – Mesmo assim, tenho meus cabelos para ajeitar e relatos sobre um encontro que não deu em nada. Portanto, eu *vou* ao toalete, sim!

– Mas volte direto para mim, depois – rugiu ele.

Ela se atreveu a lhe lançar um olhar furioso e saiu depressa.

O toalete ficava depois do bar, e Emma teve de passar pelos homens que estavam no caminho. Aquilo parecia um videogame com uma série de obstáculos para contornar – qualquer um daqueles sujeitos poderia ser um vampiro –, mas esse era um risco que valia a pena correr depois de tantas humilhações.

No santuário do toalete feminino, ela se dirigiu às pias para lavar as mãos. Olhou para o espelho e ficou mais uma vez chocada com a sua palidez. Tinha as maçãs do rosto saltadas por ter perdido peso tão rapidamente. Era jovem demais e muito frágil para não sofrer as consequências imediatas da sede. Que inferno! Era um exemplo vivo de vulnerabilidade!

Já sabia que era fraca. Já aceitara isso, bem como o fato de que nem mesmo conseguia se defender com uma arma. Mal sabia manejar uma espada e também era uma desgraça no manejo de um arco. Percebia isso pelos risos de todos quando ela treinava defesa pessoal. E quanto à luta desarmada, então!... A verdade é que não possuía nenhuma habilidade espantosa nessa área.

No entanto, nunca se apercebera de que talvez fosse incapaz de ter filhos...

Quando Emma regressou e Lachlain se levantou para ajudá-la a se sentar, reparou que, enquanto estivera fora, ele cravara as garras nas pontas da mesa. Nada parecido com o que acontecera no hotel; apenas cinco entalhes precisos e profundos que formaram um círculo em torno da mão suada, que ele recolhera.

Ele se largou novamente no seu lugar com um olhar carregado, como que absorto em pensamentos profundos. Parecia prestes a dizer algo, mas pareceu refletir melhor e se manteve calado. Ela ficaria em apuros se interrompesse aquele seu silêncio carregado de grunhidos e murmúrios.

Quando voltou sua atenção para as marcas, Lachlain colocou a mão por cima com o intuito de escondê-las. Obviamente não gostaria que ela ficasse espantada ao olhar para aquilo, pois isso a faria lembrar-se da noite anterior e da total destruição.

Emma tentou imaginar o que o teria levado a fazer aquilo. Provavelmente tinha reparado em alguma das jovens da boate com a blusa transparente, piercings visíveis nos mamilos, e sentira o chamado da natureza.

Ou será que estava arrependido por ter-lhe feito todas aquelas perguntas humilhantes? A ponto de, sem querer, cravar as garras na mesa? Balançou a cabeça para os lados.

Não, ele não se arrependeria por humilhá-la. Obviamente, adorava fazer isso.

– O que nós sabemos? – perguntou Annika. Inspirou profundamente, retraindo-se de dor quando as costelas quebradas se manifestaram, e lançou um olhar às Valquírias presentes. Lucia, Regin, Kaderin e as outras estavam à espera de entrar em ação, prontas para seguir as instruções que Annika lhes desse.

Era notória a ausência de Nïx, que provavelmente estaria andando mais uma vez pela propriedade vizinha. Regin estava no computador acessando a base de dados do coven e fazendo pesquisas sobre as aparições de Ivo e de outros vampiros. Seu rosto brilhante iluminava a tela de vidro indestrutível com mais força do que o contrário.

– Hummm.... Há duas coisas terríveis sobre as quais não restam dúvidas – anunciou Regin. – Ivo, o Cruel, anda à procura de alguém entre as Valquírias, mas *ainda não* encontrou, seja ela quem for; além disso, os confrontos ainda não terminaram. Nossas irmãs do coven da Nova Zelândia divulgaram aqui que ficaram "lotadas" de vampiros. O que querem dizer com "lotadas"? Não riam, estou falando sério.

Annika ignorou o último comentário. Ainda estava furiosa com Regin por ter incentivado Emma. Graças a ela, Emma andava rodando pela Europa em companhia de um... como era mesmo que Regin tinha se referido a ele? – um *sujeito tesudo*. Para piorar as coisas, Regin tivera a cara de pau de acusar Annika de sufocar a menina. Não era o caso de Annika não querer que Em conhecesse um homem, mas ela era ainda muito jovem para isso. E elas não sabiam absolutamente nada sobre o sujeito, além do fato de ele ser forte o suficiente para derrubar um vampiro. Regin, na verdade, achou que Annika se sentiria melhor quando disse, "Puxa, deu para sentir que Emma o deseja da pior forma possível..." Annika estremeceu ao pensar nisso e voltou a focar no problema que tinha diante de si.

– Precisamos descobrir qual é o objetivo de Ivo.

– Myst escapou das masmorras dele faz menos de cinco anos – disse Kaderin. – Pode ser que ele a queira de volta.

– E fez isso tudo só para tornar a capturá-la? – duvidou Annika. – Além do mais, ela não *escapou dele*, exatamente. – Myst, a Desejada, considerada a mais bela das Valquírias, estivera durante algum tempo sob o poder dele, mas escapara quando os vampiros rebeldes invadiram o castelo. Essa situação sempre deixara Annika com raiva. Ainda mais porque houvera *indiscrições* entre Myst e Wroth, um general rebelde.

Até dois dias antes, Annika acreditava que Myst tivesse deixado para trás esse vampiro e toda a desprezível situação que os envolvia. Contudo, todo mundo já tinha percebido que o coração de Myst batia mais forte só de saber ou ouvir dizer que havia vampiros no Novo Mundo. Ela arrumou seus cabelos vermelhos flamejantes diversas vezes antes de se juntar ao grupo formado para *caçá-los*.

Não, Myst não tinha esquecido o general. Será que Ivo também não tinha conseguido esquecer sua estonteante prisioneira?

– Pode ser a Emma – propôs Regin.

Annika lançou-lhe um olhar penetrante.

– Ele nem sabe que ela existe.

– Pelo menos até onde *nós* sabemos.

Annika coçou a testa.

– Onde, diabos, está Nïx?

Não era hora para palpites e conjeturas – elas precisavam das previsões de Nïx.

– Verifique mais uma vez o extrato do cartão de crédito de Emma. Ela fez mais compras?

Regin acessou de novo os extratos dos cartões do coven e, em poucos minutos, já tinha a discriminação das despesas feitas com o cartão de Emma.

– Esse extrato tem atraso de vinte e quatro horas, mas vejo que ela comprou roupas. Não deve estar em grandes apuros se anda saindo para comprar roupas novas, certo? Também há registro de uma despesa feita no *restaurant* do Crillon. Espero que esse tal sujeito pão-duro lhe devolva esse dinheiro.

– Seja como for, o que Ivo poderia querer com Emma? – especulou Lucia. Como sempre fazia quando refletia sobre as várias possibilidades em aberto, puxava a corda do seu arco como se ele fosse um instrumento musical. – Ela pode ser a última vampira, mas não é de raça pura.

– Se analisarmos as coisas de forma lógica, tudo aponta para Myst – afirmou Kaderin.

Annika foi obrigada a concordar. Considerando a beleza marcante e avassaladora de Myst, Ivo certamente a desejava de volta, e não poderia ser de outro modo.

– Há mais outro detalhe que aponta para Myst – acrescentou Kaderin. – Ela ainda não voltou da sua caçada, nem telefonou.

A estratégia estava decidida, então. Por enquanto.

– Tente acompanhar cada movimento da Emma. Vamos começar a procurar Myst.

Regin olhou ao redor, analisando todos os estragos provocados na propriedade.

– Será que não é melhor mandar reconstruir a placa enfeitiçada pelas bruxas?

– Essa proteção mística pode ser violada, como sabemos muito bem. Só existe uma proteção cem por cento segura – lamentou Annika, com ar de pena. – Vamos convocar o flagelo ancestral. – E seremos obrigadas a pagar aos fantasmas na moeda que eles escolherem, refletiu.

Regin suspirou.

– Ora, mas que droga! Logo agora que eu estava começando a gostar dos meus cabelos.

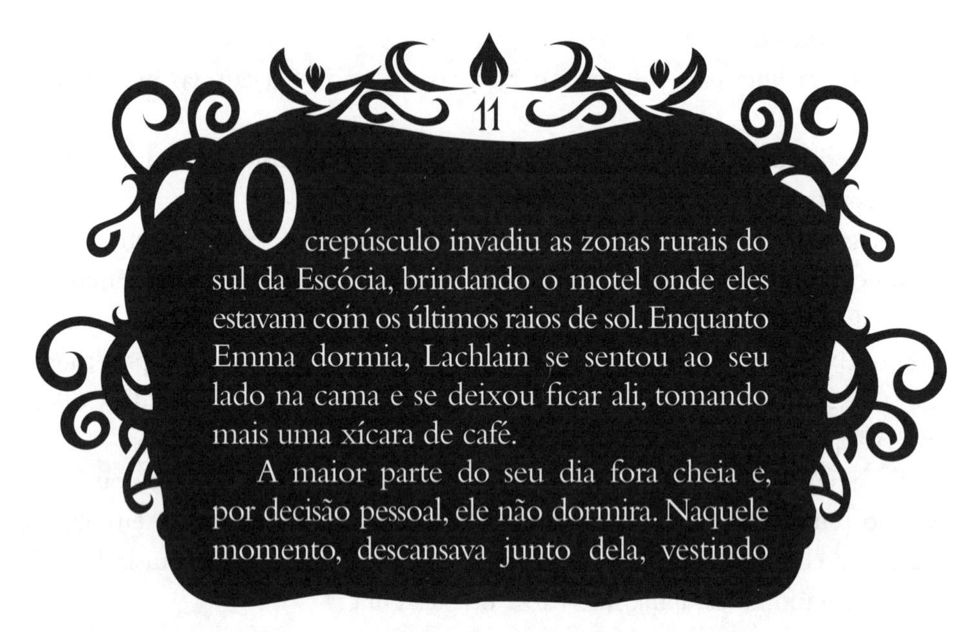

11

O crepúsculo invadiu as zonas rurais do sul da Escócia, brindando o motel onde eles estavam com os últimos raios de sol. Enquanto Emma dormia, Lachlain se sentou ao seu lado na cama e se deixou ficar ali, tomando mais uma xícara de café.

A maior parte do seu dia fora cheia e, por decisão pessoal, ele não dormira. Naquele momento, descansava junto dela, vestindo apenas jeans confortáveis, comprados de uma forma estranha, pois eram muito antigos e pareciam mais usados do que botas velhas. Leu um dos romances modernos que havia na biblioteca da recepção e prestou atenção a algumas notícias do dia. Poderia até mesmo se considerar satisfeito – se a tivesse possuído na noite anterior. E se acreditasse que esse momento estava prestes a se tornar realidade.

Mas não houvera oportunidade para isso, nem haveria, mesmo que ela não tivesse estremecido de emoção durante a viagem toda, depois de sua enxurrada de perguntas inconvenientes no restaurante. Achara que poderia levá-la novamente ao desespero, obrigando-a a responder de um jeito irritado, como acontecera na noite anterior ao ver o estado em que o quarto ficara. Só que dessa vez ela inclinara a cabeça e lançara-lhe uma expressão tão severa que o deixara desconcertado.

Quando, na noite anterior, tinham chegado ao motel, Emma estava tão cansada que nem protestara quando ele a despira até deixá-la apenas de calcinha e a transportara para a banheira. Ele, é claro, sentira uma onda renovada de intenso desejo de possuí-la. Contudo, em vez de castigá-la quando ela se deixara cair suavemente em seus braços, ele a afagara novamente, olhando confuso para o teto.

Depois do banho, secara-a e vestira-lhe uma das camisolas de dormir dela mesma – a menina atrevida não tinha pedido para usar uma de suas camisas novamente – e a colocara na cama. Ela o olhara com ar sério e manifestara preocupação diante da possibilidade de Lachlain "enlouquecer novamente". Quando ele lhe prometera que não iria dormir, ela olhou tristemente para o chão e chegara a tentar tocá-lo, mas adormecera em segundos, antes de fazê-lo.

Lachlain olhava agora para as pregas das cortinas e viu que a luz estava completamente bloqueada. Nas duas noites anteriores, ela acordara precisamente à hora do pôr do sol. Acordara bem, sem bocejos nem balançar de cabeça para espantar o sono. Simplesmente abrira os olhos e se erguera de forma quase etérea, como se tivesse acabado de retornar à vida. Lachlain tinha de admitir que achara esse tipo de comportamento... muito estranho e misterioso. Obviamente, nunca vira nada assim antes. No passado, quando se deparava com um vampiro dormindo, este nunca mais acordava.

Os olhos dela iriam se abrir a qualquer instante, e ele deixou de lado o livro que estava lendo para poder observá-la.

O sol se pôs. Passaram-se alguns minutos, e Emma continuava sem acordar.

– Levante-se! – disse ele, sacudindo-a pelo ombro. Ao ver que ela não reagia, sacudiu-a com mais força. Tinham de prosseguir viagem. Ele achava que poderiam chegar a Kinevane ainda naquela noite e estava ansioso por rever seu lar.

Ela se enroscou ainda mais nos lençóis.

– Ahn... me deixe dormir!

– Se você não sair já dessa cama, eu vou rasgar suas roupas e me deitar nu ao seu lado.

Vendo que nem a essa provocação ela reagia, ficou assustado e colocou a mão na testa dela. Sua pele estava gelada.

Ergueu-a um pouco mais e sua cabeça tombou para o lado.

– O que há de errado com você? Conte-me!

– Por favor, me deixe em paz. Preciso descansar mais uma hora.

Ele a deitou novamente na cama.

– Se você está doente, precisa beber alguma coisa.

Ela abriu os olhos um pouco, depois de breves instantes.

Subitamente ele percebeu o que acontecia e ficou tenso.

– Isso é por causa da fome? – rugiu.

Ela piscou os olhos para ele.

– Você me contou que comeu na segunda-feira. Com que frequência precisa se alimentar?

Vendo que ela não respondia, Lachlain a sacudiu com força.

– Todos os dias – sussurrou ela. – Está satisfeito?

Largou-a de volta na cama e cerrou os punhos. Então ela estava *com fome*? Sua companheira andava morrendo de fome, mesmo estando sob sua proteção? Ele não tinha ideia de até que ponto estava procedendo errado.

Maldição, ele não sabia tomar conta dela de forma adequada. Não só a deixara passar fome por mais de dois dias – pois a impedira de caçar – como também entendera que ela precisava encontrar uma vítima *toda noite* para poder beber dela. Portanto, eles enfrentariam o mesmo problema todas as noites. Será que ela matava sempre que precisava beber, como faziam os outros vampiros?

– Por que você não me contou isso?

As pálpebras dela estavam mais uma vez se fechando.

– Podemos fazer outro "acordo"?

Será que ele conseguiria permitir que ela bebesse do seu sangue? No clã, ser sugado por um vampiro era encarado como um insulto, um ato sujo e nojento. Mesmo que fosse contra o desejo da vítima, aquilo seria uma vergonha para um Lykae. Mas que alternativa tinha? Expirou profundamente e, com um aperto no coração, disse:

– A partir de agora você vai beber do meu sangue.

Ele nunca tinha sido mordido por um vampiro. Demestriu havia debatido essa possibilidade e conversara com seus líderes patriarcas antes de se decidir. Por algum motivo, acabara por afastar a possibilidade de fazê-lo, optando por torturar Lachlain.

– Não posso beber o seu sangue – murmurou ela. – Não dá para beber diretamente da fonte.

– O quê? Mas eu sempre achei que a sua espécie sentia prazer nisso!

– Nunca bebi de ninguém.

Impossível.

– Você nunca chupou o sangue de ninguém? Nunca matou nenhuma vítima?

Ela exibiu uma expressão de sofrimento. Será que aquela pergunta a ofendera?

– *É claro que não!*

Então, ela não era uma predadora? Às vezes, ele ouvia falar de um pequeno grupo de vampiros rebeldes que não matavam – naturalmente tinha ignorado essas tolices. Como eles eram chamados, mesmo? *Abstêmios?* Será que ela era um deles? De repente, Lachlain franziu o cenho.

– Se é assim, onde você consegue sangue para se alimentar?

– Num banco de sangue – murmurou ela em resposta.

Aquilo era algum tipo de piada?

– Mas que diabo é isso? Há algum aqui por perto?

Ela balançou a cabeça para os lados.

– Então você vai ter de beber do meu sangue. Estou me oferecendo como voluntário para ser o seu desjejum.

Ela parecia fraca demais para agarrar o pescoço dele, e Lachlain cortou o próprio dedo com uma das garras. Ela virou o rosto para o lado.

– Coloque isso num copo. *Por favor.*

– Você tem medo de se transformar numa Lykae? – Ele jamais tentaria fazê-la passar por um ritual penoso como aquele. – Ou acha que pode me transformar num vampiro?

É claro que ela não acreditava nessa história. A única forma de uma pessoa se transformar num vampiro era morrer no instante em que o sangue de um vampiro estivesse circulando em seu corpo. Só os humanos acreditavam que alguém se transformava através de uma mordida de vampiro. No Lore, todos sabiam que havia mais chance de eles se transformarem caso mordessem um vampiro.

– Não se trata disso. Um copo...

Ele não entendia qual era a diferença e apertou os olhos com ar de estranheza. Será que ela acharia desagradável beber diretamente *dele*? Aquilo era esquisito. E ela nem imaginava o sacrifício que ele estava prestes a fazer. Ordenou com rispidez:

– Beba logo isso!

Deixou cair o sangue por entre os lábios dela.

Ela resistiu mais do que ele o faria, caso estivesse com tanta fome. Depois de algum tempo, passou a ponta da língua pelos lábios e chupou o sangue. Os olhos dela ficaram *prateados*. Para seu espanto, ele sentiu uma ereção na mesma hora.

As pequenas presas dela se alongaram. Ela as cravou no braço dele de forma rápida e inesperada.

Com a primeira sucção, suas pálpebras quase se fecharam e ela gemeu; ele ficou meio zonzo, tomado por um intenso prazer sexual, quase tendo um orgasmo. Zonzo e gemendo, esticou o braço e puxou-lhe a camisola para baixo, expondo-lhe os seios e cobrindo um deles com a palma da mão. Apertou com mais força do que desejaria, mas, quando se deteve, ela pressionou o seio na mão dele enquanto balançava os quadris, sem parar de sorver.

Ele soltou mais um gemido e se inclinou para baixo, afrouxando o aperto no seio de modo a poder lhe alcançar o mamilo. Lambendo-o com sofreguidão, sua língua girou em redor daquele cume vibrante. Quando o encaixou entre os lábios e o chupou, sentiu a língua dela percorrendo a pele dele.

O prazer que ele sentia era indescritível e se intensificava a cada sucção. Ela se encostou docilmente ao seu braço, segurando-o entre os seios – como se ele pensasse em retirá-lo dali. O mamilo dela estava muito duro e parecia se encaixar nos lábios dele.

Pousou a mão na coxa dela e a fez subir pela perna de Emma, mas ela retirou as presas e se afastou de repente, voltando para o seu lado da cama. Surpreso, ele se colocou de cócoras e tentou se recompor, perplexo com a própria reação.

– Emmaline – disse, com a voz entrecortada enquanto a pegava pelo ombro e a recostava novamente na cama. Os olhos dele se arregalaram quando ele percebeu as minúsculas presas ficando cada vez menores. Os olhos dela tornaram a ficar azuis e ela os revirou, aparentemente em transe, deixando-se cair para trás com os braços muito brancos cobrindo-lhe a cabeça. Enquanto se retesava e se contorcia, os mamilos ficaram ainda mais duros. Ela o olhou com os lábios carnudos, muito cheios e vermelhos, ainda vibrando. Aquela garota tinha um sorriso que ele nunca vira...

Euforia foi o que ele percebeu. A pele dela foi ficando cada vez mais rosada. A ereção dele continuou de um jeito incontrolável – ver a pele quente dela era algo absurdamente sensual. Cada detalhe daquele ato sórdido transbordava de uma imensa carga erótica. A expressão dela se tornou mais dócil, e o corpo – que Deus o ajudasse – exibia *curvas* mais cheias e atraentes. Se é que aquilo era possível, os cabelos dela adquiriram ainda mais brilho.

Ele jurou que ela poderia sugá-lo dali em diante. Somente ele.

E, por Deus, ela precisaria fazer aquilo todas as noites.

Ela se ajoelhou diante dele e se inclinou de leve, exibindo uma espécie de fome de outra natureza. Seus seios desnudos eram roliços e suculentos, parecendo implorar para que as mãos dele os cobrissem.

– *Lachlain*. – Ela ronronou seu nome do jeito pelo qual ele ansiava que acontecesse havia mais de mil anos.

Ele se arrepiou por inteiro e seu pênis ereto latejou com força.

– Emma – rosnou, atirando-se a ela.

De repente, recebeu uma violenta bofetada. Apanhado de surpresa, voou até o outro lado do quarto.

Na segunda tentativa de se levantar do chão, percebeu que ela havia deslocado o seu maxilar.

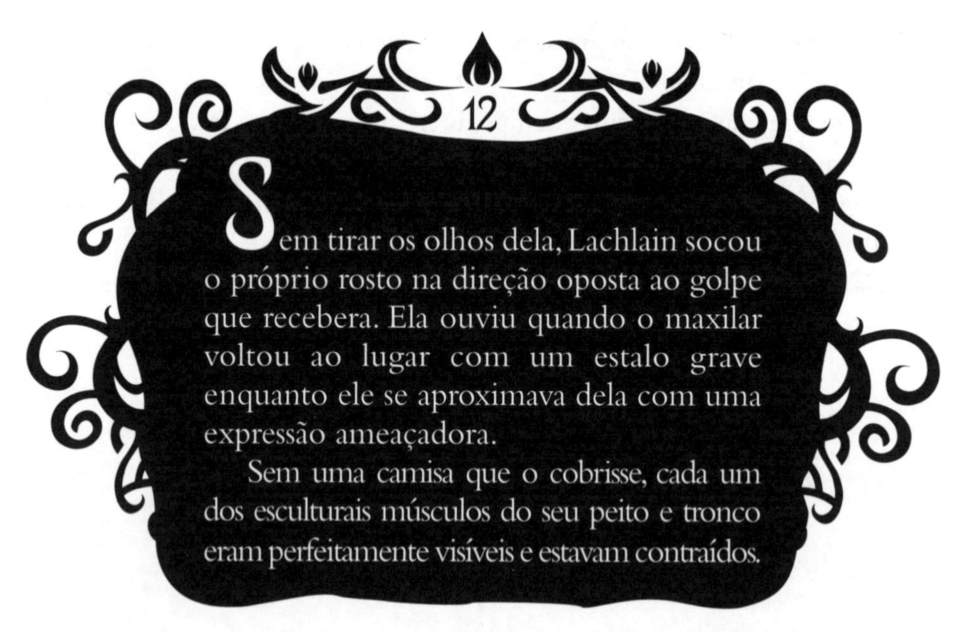

12

Sem tirar os olhos dela, Lachlain socou o próprio rosto na direção oposta ao golpe que recebera. Ela ouviu quando o maxilar voltou ao lugar com um estalo grave enquanto ele se aproximava dela com uma expressão ameaçadora.

Sem uma camisa que o cobrisse, cada um dos esculturais músculos do seu peito e tronco eram perfeitamente visíveis e estavam contraídos.

Será que ele ficava ainda maior sem roupa? Como era possível? Apesar disso, por algum motivo, ela não o temia. Emma, o cordeirinho, estava à procura de algo mais que pudesse deslocar. Os vampiros eram cruéis. Ela era uma vampira.

E se sentia *em brasa* graças ao delicioso sangue dele.

Antes de Emma ter tempo de reagir, ele já estava em cima dela, prendendo-lhe os braços sobre a cabeça e encaixando o joelho entre suas pernas. Ela soltou um silvo agudo, debatendo-se dessa vez com mais ímpeto. Apesar do esforço, não era uma adversária grande o bastante para resistir.

– Você está mais forte graças ao meu sangue – disse ele, encaixando os quadris entre as pernas dela.

– Estou mais forte só por beber sangue – replicou Emma. Aquilo era verdade, mas ela também suspeitava que o sangue imortal sugado diretamente do corpo dele tinha mais "octanagem". – E estava com muita fome.

Ele a olhou com condescendência.

– Admita que você gosta do meu sabor.

Emma sentira o gostinho do poder, provara *dele* e desejava mais.

– Vá para o inferno!

Ele se ajustou sobre ela com o peito roçando-lhe os seios nus. Quando se encostou, ela sentiu o pênis dele, duro como aço.

– Por que você me agrediu?

Ela ergueu a cabeça com ar agressivo – era o único movimento que conseguia fazer.

– Por tudo que você me fez. Por me pôr em perigo e por todos os meus desejos que você desprezou e ignorou. – Sua voz estava diferente, um pouco mais grave. Parecia a voz rouca de uma atendente de telessexo.

A lista de motivos era interminável, desde ele ter aberto o baú das suas lembranças traumáticas, passando por deixá-la *louca de desejo* enquanto o sugava, até o momento em que, logo na *primeira noite*, tinha destruído a camisola Jillian Sheery pintada à mão, que custara mais de mil dólares. Depois de refletir sobre tudo isso, completou:

– E também por todas as vezes em que eu quis bater em você e não consegui.

Ele a analisou com atenção, nitidamente sem saber o que fazer. E as mãos que a prendiam com força pousaram sobre a sua cabeça. Ele parecia um lobo.

– É justo.

Ela sorriu, surpresa.

– Você se sente melhor por ter batido em mim? – ele quis saber.

– Sim – respondeu ela com sinceridade. Mesmo que tivesse sido só por um momento, pela primeira vez na vida ela se sentira plena de poder. E, da próxima vez em que ele tentasse obrigá-la a ir a um restaurante, ou se comportasse como um superastro do rock no quarto do hotel, ou a acordasse com beijos nas suas partes íntimas, ela tornaria a bater nele.

Como se lesse seus pensamentos, ele avisou:

– Você *não vai* me bater novamente.

– Então *não quebre* suas promessas. – Ao ver que ele franzia o cenho, Emma explicou: – Você jurou que não me tocaria mais e... tocou em meus seios.

– Eu jurei que não tocaria a não ser que você quisesse. – Inclinou-se para passar a parte de trás dos dedos pela lateral do corpo dela. Emma teve de lutar contra o desejo de flexionar o corpo e se esticar sob o toque dele como uma gata.

– Diga agora que você não quer que eu toque em você.

Ela afastou os olhos, aflita com o fato de achá-lo tão atraente e também quase não ter aguentado quando ele retirara sua mão quente que lhe cobria o seio por completo. Ou sentir sua boca chupando-lhe o mamilo... Entre os dois, a ereção dele continuava rígida, vibrando e obrigando o corpo dela a umedecer de excitação.

– Pois pode anotar o seguinte: eu não vou querer, no futuro.

Os lábios dele se curvaram de forma maldosa, e o fôlego de Emma se alterou ao ver isso.

– Então, da próxima vez, basta você recolher suas presas minúsculas do meu braço o tempo suficiente para me dizer que não. A tempo de pronunciar uma única palavra que seja.

Ela vestiu a camisola, com vontade de bater nele novamente. O canalha sabia que, naquela noite, ela precisava tanto enfiar as presas nele quanto respirar.

– Você supõe que eu vou tornar a beber de você?

Ele respondeu com um sorriso sensual e uma voz trovejante:

– Insistirei nisso.

Ela virou a cara ao perceber a verdadeira importância do seu ato. Bebera, na verdade, sangue *vivo*. Era oficialmente uma sanguessuga. E beber diretamente dele foi como voltar para casa; foi como se algo tivesse tornado a se encaixar no lugar. Temeu nunca mais ser capaz de regressar às frias sacolinhas de plástico. Que espécie de amostra inferior de sangue ela consumia antes de provar aquele?

– Por que você nunca fez desse jeito? – quis saber ele.

Por ser proibido. Mesmo assim, ela acabara fazendo o que suas tias temiam tanto que fizesse...

E o sangue dele era uma droga na qual ela poderia ficar viciada. Ela poderia ficar viciada *nele*. Ele conseguia ter esse tipo de poder sobre ela.

Não! Se ele tentasse convencê-la de novo a beber dele, ela já não estaria tão faminta e teria mais chances de se controlar e recusar.

Teoricamente, pelo menos, certo?

– Solte-me, seu grosso!

Ao perceber que ele não a soltava, ela ergueu de novo a mão para lhe bater, mas, desta vez, ele segurou-lhe o pulso.

– Não me bata outra vez, Emmaline. Companheiros não se agridem.

– O que quer dizer com "companheiro"? – perguntou ela, falando devagar. O medo que tentava ignorar voltava, e seu tom de voz ficou mais desesperado. – Companheiro do tipo... companheiro de diversão, como se diz na Austrália?

Enquanto ele parecia decidir se deveria ou não responder, soou o sinal de alarme nela.

– Você não está falando de uma companheira Lykae, certo?

A ideia chegara a lhe ocorrer, mas foi logo descartada da mente, pois isso seria ridículo.

– E o que você poderia saber dessas coisas? – Ele parecia novamente irritado.

Emma se lembrou de Lucia ter-lhe recomendado a nunca se meter entre um Lykae e sua companheira. E se algum outro macho abordasse a fêmea dele ou tentasse separá-los, bem... *o melhor era correr para o mais longe possível.* Os Lykae eram tão maus como um vampiro em relação à sua noiva, talvez pior.

– Sei que vocês só têm uma companheira e nunca mais se separam. – Também sabia que, se o outro se machucasse ou estivesse em perigo, o animal que havia dentro deles crescia e perdia a cabeça. Ela já o vira perder a cabeça e não queria que isso tornasse a acontecer.

– O que há de errado nisso?

– Você não pode estar tentando me dizer que... não pretende se separar de mim, certo?

– E se não quisesse?

– *Ó meu Deus.*

Ela tentou se desvencilhar até que ele a largou.

Ele colocou o braço atrás da cabeça e se recostou, perguntando:

– Seria assim tão terrível ficar comigo?

Emma receou que ele estivesse apenas fingindo ao se mostrar descontraído.

– Claro que seria! Sem mencionar o fato de você, pelo visto, não ser capaz de decidir se deve ser simpático ou me odiar. Além do mais, somos muito... diferentes. Você é um valentão que gosta de intimidar, perde a cabeça e não quer saber como me sinto. *Não cumpre* o prometido, está sempre no limiar do descontrole e...

– Tudo bem, continue a falar sem reservas, garota – incentivou ele. Quando ela o fitou com intensidade, Lachlain exibiu um leve sorriso de deboche.

– Fico satisfeito ao perceber que você dedicou tanto tempo pensando em nós dois e analisando todos os ângulos.

Frustrada, Emma cerrou os punhos.

– Então me diga com todas as letras que eu não sou sua "companheira".

– Não é. Você é uma *vampira*, lembra? Pense nisso. Meu clã iria querer fazer picadinho do seu corpo assim que colocasse os olhos em você.

Ela inclinou a cabeça para o lado, analisando-o, na tentativa de discernir a verdade.

– Uma coisa é certa – continuou ele. – Com todas essas suas novas curvas... – Passou os olhos longamente por ela, dos pés à cabeça, do jeito que os homens muitas vezes fazem, e como se ele estivesse perdido. – Não me importaria de ter você como amante, mas nada sério a ponto de torná-la minha companheira.

Por que será que aquele comentário a incomodara tanto?

– E não mentiria em relação a isso?

– Pode ficar tranquila. Sinto tesão por você, mas não em termos de compromisso. – Ele se levantou. – Agora, a não ser que queira terminar a tarde como deve ser, ou seja, na cama comigo e sentindo o meu peso por cima de você, é melhor se vestir.

Ela emitiu uma arfada de susto, seguiu rapidamente na direção do banheiro e trancou a porta. Encostou-se nela por dentro, com as mãos espalmadas na madeira e o corpo trêmulo. O sangue dele ainda a afetava.

Franziu o cenho. Sentiu na pele que a tinta da porta era brilhante, fresca e macia, exceto pelo painel central do lado esquerdo. Ali, a tinta, antes de secar, tinha criado bolhas. *Fascinante.*

Quando ligou o chuveiro e testou a temperatura, percebeu uma sensação incrível na mão, que lhe causou cócegas na palma. Estar nua na água era ainda melhor. Era como se conseguisse sentir cada uma das minúsculas gotas que lhe percorriam a pele e escorriam pelo corpo. Era maravilhoso passar os dedos pelos cabelos molhados. Sentiu que estava novamente cheia de energia.

Pelo visto, o sangue de Lachlain era um coquetel feito com Ritalina e Prozac. Emma deveria estar bem arrependida pela transgressão que cometera e apreensiva quanto ao futuro, mas também não poderia se mostrar recomposta em demasia. Assegurou a si mesma que tinham sido as características farmacológicas do seu próprio sangue as responsáveis por aquela sensação de bem-estar – e não o sentimento pouco familiar de conexão completa que tanto apreciara enquanto bebia.

Depois do banho, ela se sentou, secou-se devagar e anotou mentalmente que deveria elogiar os donos do motel pelas toalhas incrivelmente macias. Ao se esfregar com uma delas, o pano roçou-lhe os mamilos. Ela estremeceu e corou ao recordar a boca quente dele trabalhando no seu seio.

Balançou a cabeça de leve, tentando afastar a lembrança; colocou-se diante do espelho e esticou a mão para limpar a água que se condensara no vidro.

Sinto tesão por você, mas não em termos de compromisso, dissera ele, e agora, enquanto se olhava no espelho, Emma tentava imaginar por que ele a desejava. Tentou compreender como ele a via.

Pensou que poderia ser... Poderia ser *bonita*, agora que recuperara a cor dos cabelos; e as curvas que tinha antes estavam de volta – como ele, grosseiramente, fizera questão de ressaltar. Mas tudo era relativo, certo? Ela podia até ser bonita, se não fosse comparada com nenhum exemplar feminino da sua família. Elas eram fatais, tentadoras. Comparada a qualquer uma delas, Emma era apenas... bonitinha.

Mas elas não estavam ali, e se Lachlain a achava atraente mesmo de roupas conservadoras e tranças nos cabelos, o que é que pensaria quando ela se vestisse como costumava fazer?

Sentiu-se quase livre quando Lachlain a convenceu de que ela não era a companheira adequada para ele, embora parte dela desejasse ser tão linda que ele acabaria por se arrepender de ter dito isso.

Vestiu sua minissaia favorita e calçou sandálias de salto alto com tiras finas. Depois de secar os cabelos, deixou-os soltos. Se o vento soprasse por trás e alguém reparasse em suas orelhas, certamente Lachlain pensaria em algo para fazer ou dizer. Na verdade, ele parecia até gostar que elas fossem pontudas. Sentindo-se corajosa, chegou a colocar *brincos*.

Quando desceu a escada para se encontrar com ele no carro, Lachlain ficou boquiaberto com o seu visual. Mas ela ficou tão surpresa quanto ele.

Porque Lachlain estava sentado atrás do volante.

Ele saiu correndo do carro e foi ao encontro dela para colocá-la no veículo com rapidez. Deve ter olhado para sua calcinha em meio aos gestos largos e apressados, pois soltou um rugido surdo antes de olhar ao redor, certificando-se de que mais ninguém a vira.

Dando a volta no carro, ele entrou, bateu a porta e o veículo chegou a balançar com força.

– Que brincadeira é essa, garota?

Ela olhou para ele, sem palavras.

– Tem coragem de se vestir com uma roupa dessas, mesmo sabendo que eu mal consigo manter as mãos afastadas de você?

Ela balançou a cabeça.

– Lachlain, essa é a roupa que eu uso normalmente. E se você debocha da ideia de me ter como companheira, devo estar a salvo.

– Mas não deixo de ser um homem que há muito tempo não está com uma mulher.

O coração dela quase parou. Era por isso que ele a achava atraente... Por estar sozinho havia muito tempo. Provavelmente acharia atraente até mesmo uma pedra perfumada.

– Então me deixe ir embora. Se você já sabe dirigir, não precisa mais de mim e pode se dedicar a procurar uma mulher que esteja interessada em você para algum compromisso.

– Você concordou em ficar comigo até a próxima lua cheia.

– Só vou servir para estragar seu estilo. Tenho certeza de que há muitas mulheres que gostariam de ficar com você.

– E você não se inclui nesse grupo? Mesmo depois do que aconteceu esta noite?

Ela mordiscou o lábio inferior ao se lembrar do modo como lambera a pele morena e macia dele enquanto sorvia aquele sangue maravilhoso, tendo até chegado, por instantes, a perder contato com a realidade.

– Só não entendo o motivo de você fazer tanta questão de que eu fique – conseguiu dizer, por fim. – Você precisava de alguém para dirigir o carro, e já não precisa mais.

– Tem razão, já sei dirigir, mas preciso que você me faça mais duas coisas.

Ela suspirou e se acomodou de modo a ficar com as costas na porta do carro. Quando cruzou as pernas, ele as fitou como se estivesse enfeitiçado. Ela estalou os dedos diante do rosto dele.

– Vamos saber que coisas são essas.

Rosnando, ele virou o rosto e a encarou.

– Quero que você vá a Kinevane para poder saldar minha dívida com você e recompensá-la por ter me ajudado. Foi difícil você dirigir durante esse tempo todo e agora sei que sua fome extrema tornou tudo ainda mais complicado do que eu supunha.

– Recompensar-me como?

Ela estava desconfiada e nem se deu ao trabalho de disfarçar.

– Dinheiro, ouro. Ou pedras preciosas. Durante toda a vida eu colecionei joias. – Enfatizou as últimas palavras, prendendo o olhar no dela, embora ela não tivesse percebido exatamente o porquê daquilo. – Você poderá escolher o que quiser.

Ela ergueu as sobrancelhas.

– Você me daria joias antigas de família, daquelas que se pega numa arca de tesouro?

– Isso mesmo, exatamente. – Ele fez que sim com a cabeça, muito compenetrado. – Joias de valor inestimável. Tantas quantas você conseguir usar.

– E elas vão ser *minhas* para sempre? – Será que Emma finalmente seria *dona* de algo insubstituível? – Quer dizer que eu terei lembranças da minha aventura com um exemplar vivo e *genuíno* da raça... Lykae? – Lançou-lhe um sorriso simpático demais antes de pronunciar a última palavra, mas ele não percebeu a ironia. Emma duvidava que suas tias conseguissem superar essa travessura.

– Sim, *suas*. Embora eu duvide que você as considere "lembranças".

Ela balançou a cabeça.

– Isso é muito estranho. Se você esteve fora de casa durante 150 anos, não é possível que tenha um castelo com um tesouro, por mais que isso pareça interessante.

– Como assim?

– Lachlain, você, alguma vez, ouviu falar da rede Walmart? Não? Provavelmente já existe uma loja deles bem em cima de onde ficava o seu castelo.

Ele exibiu um olhar pesado e disse:

– Não, não é possível. Kinevane é a origem da nossa espécie e está muito bem protegida do exterior. Nunca uma ameaça conseguiu penetrar aquelas muralhas. Nem mesmo os vampiros conseguiram encontrá-lo. – Seu tom de voz revelava uma grande dose de presunção. – Não construíram nada *em cima* do castelo, eu lhe garanto.

Ela estreitou os olhos.

– Digamos que você esteja certo e eu aceite o presente. Homens que dão joias a mulheres estão à espera de sexo.

– Essa é a segunda coisa que você vai fazer. – A voz dele baixou de intensidade e ele cobriu o rosto dela com uma das mãos. – Vou levar você para a minha cama.

Qual foi a resposta espirituosa de Emma, a Tímida, ao ouvir isso? O queixo caído.

– Não... Não posso acreditar que você colocou essa carta na mesa – disse ela, gaguejando e tentando afastar a mão que lhe cobria o rosto até ele retirá-la. – Naturalmente, agora que conheço seus planos para mim, não continuarei ao seu lado.

– Estou entendendo... – Ele a olhou com ar sério. – Você deve mesmo estar morrendo de medo de eu ser bem-sucedido.

Ela exibiu um olhar de impaciência.

– Ei, você acabou de me mostrar suas mãos – debochou ela. – Deixa eu pensar qual carta jogar para facilitar para você.

Ao ouvir esse comentário, os lábios dele se abriram.

– Mas é verdade! Se você está tão confiante de que eu não vou ter sucesso, minhas ideias não passam de planos sem valor.

– Que comecem os jogos. Vamos ver quem será o primeiro a conquistar o que deseja – propôs ela.

– Você pode dizer isso, mas acha que alcançará o seu objetivo antes de eu começar a curtir você?

Ela reprimiu o susto e cruzou os braços sobre o peito. Depois de tudo que ele a fizera enfrentar, bem que lhe devia uma bela recompensa. Ela merecia toda e qualquer joia que conseguisse dele!

– Sabe de uma coisa? Concordo em continuar a acompanhar você. Principalmente, por saber que cumprirá o que prometeu. Mas também vou para aliviar um pouco o excesso de peças do seu baú de joias. Não diga que não o avisei.

Ele se inclinou para frente numa posição bem desconfortável e colocou o rosto junto do dela, dizendo-lhe em voz baixa:

– Antes dessa semana terminar, vou ter você com as pernas enroladas na minha cintura e gritando no meu ouvido. Não diga que eu não a avisei.

Ela se afastou abruptamente com o rosto vermelho, pensando em algo à altura daquilo como resposta.

– Então... Vamos ver como estão seus progressos na direção de veículos!

Ele se afastou lentamente, desviando o olhar do rosto dela somente para dar uma última olhada às suas pernas, antes de ligar o carro. Enquanto se dirigia à estrada, ela se preparou para os momentos de diversão que viriam, colocando o cinto de segurança e esperando que ele fizesse alguma besteira.

Mas – é claro! – ele dirigiu o carro com perfeição.

Estava sempre analisando atentamente tudo que ela fazia. Por que ela imaginou que ele não tinha acompanhado cada movimento dela na direção do carro?

– Quando foi que você aprendeu a dirigir? – perguntou ela, de forma incisiva.

– Treinei no estacionamento enquanto você tomava banho. Mas não se preocupe, porque mantive o olho grudado na porta do quarto o tempo todo.

– Eu disse que não fugiria.

– Não foi essa a razão de eu ficar olhando. Você parece incomodada com isso. Se quiser dirigir um pouco...

– Normalmente, as pessoas levam mais tempo para aprender.

– Por norma, os *humanos* levam mais tempo para aprender. – Com ar condescendente, deu-lhe uma palmadinha no joelho. – Lembre-se de que eu sou muito forte e inteligente. De um jeito sobrenatural.

Deslizou a mão em direção à sua coxa, mas levou um tapa.

– Sua arrogância também é sobrenatural.

Quando, nessa mesma noite, Lachlain a viu na área externa do hotel, cheia de curvas, vestindo uma minissaia pecaminosa e os cabelos volumosos e brilhantes, seu coração começou a bater desabaladamente. Reparou nas suas sandálias pequenas, muito sexy, e imaginou os saltos altos dela roçando em suas costas quando ela o envolvesse com as pernas. Os olhos de Emma eram brilhantes e a pele, incandescente.

Ficou espantado ao perceber que nem a lua lhe conquistara a atenção com tamanha intensidade.

Ela iria permanecer com ele por vontade própria, seduzida pelas joias. *Que já lhe pertenciam mesmo.*

Passara a vida adquirindo aquelas peças todas na expectativa de oferecê-las à sua prometida, sem nunca imaginar que poderia, um dia, ter uma companheira como aquela.

Enquanto percorria a estrada, Lachlain, pela primeira vez, sentiu-se otimista desde que fora capturado, havia mais de 15 décadas. Já não interessava o que tinha acontecido, pois ele conseguira escapar dos seus inimigos e podia tratar de reconstruir a vida. Com Emmaline... que não era a assassina que imaginara ser. Emmaline... Que era única entre todos os vampiros que encontrara durante a sua longa vida.

Era única entre todas as fêmeas que já conhecera.

Não era capaz de dizer se ela se assemelhava a uma fada ou a uma sereia. Os pulsos, as mãos finamente entalhadas e as clavículas finas pareciam delicadas. O pescoço era um alvo demasiadamente frágil. Tinha um rosto etéreo, singular. Em outros aspectos, especialmente agora que tinha se alimentado de forma adequada, era uma verdadeira mulher de seios fartos, sensíveis, quadris largos e macios.

E tinha uma bunda que o levava discretamente a implorar por "piedade".

Olhou discretamente para o próprio braço, esboçando um sorriso afetado ao reparar nas marcas deixadas pelas pequenas presas dela. Ele nem queria acreditar na reação que tinha tido no momento da primeira dentada. Conhecendo bem suas próprias crenças e ciente do quanto os outros achariam doentia aquela situação, considerou a hipótese de, talvez, ser um depravado. Aquilo quase o fizera gozar.

Foi como se tivesse aberto uma nova via sexual até então inimaginável. Como se tudo até ali tivesse sido apenas trepadas eventuais e, de forma inesperada, Emma lhe propusesse: *E que tal se eu lambesse e chupasse a sua vara?* Estremeceu, sentindo o pênis intumescer e pulsar.

Embora devesse ser uma marca vergonhosa a ser ocultada, Lachlain descobriu que gostava de olhar para a dentada, porque o fazia recordar o seu prazer estranho e secreto – e lembrar que ela nunca tinha bebido de outro. Só a ele oferecera aquele beijo sombrio.

Tentou adivinhar quem a teria ensinado a não fazer aquilo. A família? Seriam abstêmios genuínos, diferentes de todos os outros vampiros, obrigados a viver na Louisiana, nos Estados Unidos, por terem sido afastados da Horda? Não encontrou resposta alguma para essas dúvidas. Emma era a fêmea mais reservada que alguma vez conhecera e, após a conversa franca e direta no restaurante, ele decidira se refrear um pouco.

Mas ele era o primeiro macho dela e seria o único. Isso o deixava orgulhoso. Fantasiou com a próxima vez que ela beberia dele. Iria conduzi-la direto ao seu pescoço, ficando com as mãos livres para lhe poder despir a calcinha rendada e enfiar o dedo na zona úmida dela. Assim que ela estivesse pronta para recebê-lo, ele a faria escorregar lentamente ao longo do seu comprido…

Foi acometido por outro tremor e se virou para perguntar a ela, pela décima vez, se estava com sede. Mas viu-a enroscada no assento, tranquila e relaxada sob o casaco dele. Ajeitou-o com cuidado para cobri-la melhor, em parte por achar que ela iria sentir-se mais confortável e, em parte, porque seria mais confortável *para ele* não ter vislumbres das suas coxas. Ela encostou a cabeça no vidro da janela e ficou olhando para fora com aquele troço enfiado nos ouvidos, aparentemente sem perceber que cantarolava baixinho. Não quis interrompê-la. A voz dela era bela, quase um acalanto.

Emma revelara que não fazia nada bem. Isso provava que ela acreditava não ter talento para cantar, uma vez que não conseguia mentir. Tentou imaginar o motivo de ela não ser mais segura de si. Era encantadora, inteligente e, no fundo, muito ardorosa e fogosa. Não, não exatamente lá no *fundo*. Afinal de contas, deslocara o queixo dele na primeira oportunidade que tivera.

Talvez as pessoas da sua família de vampiros achassem-na demasiadamente sensível ou introspectiva e tivessem sido cruéis com ela. Essa ideia deixou-o furioso, com vontade de matar todos que a tivessem, algum dia, maltratado.

Lachlain tinha consciência do que estava acontecendo. Colocava-se por completo ao lado dela e já se habituava a encarar tudo em termos de *eles*. De algum modo, os laços com sua parceira tinham começado a se formar a partir de uma mordida.

Quanto tempo falta para chegarmos?, Emma sentiu-se tentada a reclamar e se lamuriar.

Agora que recuperara um pouco da energia, começava a ficar inquieta e entediada por andar de carro. Pelo menos, foi assim que justificou para si mesma o jeito instável e as contorções no banco do carona. E *não* pelo fato de estar quase derretendo debaixo do casaco, ainda com o calor dele impregnado, a inebriá-la com seu cheiro delicioso.

Endireitou-se no banco, tirou os fones, e isso, aparentemente, pelo código de conduta dos Lykae, significava "Pode me interrogar", pois sempre surgia uma infinidade de perguntas depois desse momento.

– Você me disse que nunca matou e nunca sugou outra pessoa. Isso quer dizer que, ao fazer sexo, você nunca mordeu o pescoço de um homem? Nem sem querer, no calor do momento?

Ela expirou e esfregou a testa, desapontada com ele. Naquela noite, quase se sentira *confortável* ao seu lado, mas já voltavam as perguntas de cunho sexual, as insinuações.

– A propósito de quê você pergunta isso?

– Enquanto se dirige um carro não há mais nada para se fazer, por isso eu penso. Você nunca mordeu?

– Não, Lachlain. Satisfeito? Nunca mordi o braço de mais ninguém, a não ser você.

Quando ele abriu a boca para fazer mais uma pergunta, ela completou:

– Nunca fiz *coisa alguma* com ninguém.

Ele ficou mais descontraído.

– Só queria ter certeza.

– Por quê? – perguntou ela, exasperada.

– Gosto da ideia de ser o seu primeiro homem.

Estaria sendo sincero? Seria possível que estivesse fazendo essas perguntas para não embaraçá-la, mas por estar se comportando simplesmente de forma... masculina?

– Receber sangue sempre provoca aquela reação em você ou foi por ser o meu que você se mostrou tão libertina?

Não. Aquilo era mesmo só para deixá-la sem graça.

– Por que isso é importante para você?

– Quero saber se, no caso de você beber um copo de sangue na frente de outras pessoas, irá se comportar daquele jeito.

– Você não consegue largar o meu pé por algumas horas, sem me atormentar?

– Não estou atormentando você. Só preciso saber.

Emma começava a odiar aqueles papos com ele. Fez uma careta e fechou a cara. Aonde ele queria chegar? Quando ela iria beber sangue num copo diante das outras pessoas? Fazia isso em casa, mas bebia de uma caneca ou de um copo de margarita, numa festa. Não numa cama quase completamente nua, enquanto um homem lhe lambia os seios. Tomada pela ansiedade, seu coração disparou. Lachlain nunca a exibiria para seus amigos e para sua família quando ela estivesse bebendo sangue como se fosse vinho. Portanto, por que fazia uma pergunta como aquela?

Teria em mente algum plano sórdido que a incluía? Ficou novamente chocada ao perceber o quanto era pouco o que sabia sobre ele.

– Ouvi falar muito do imenso apetite dos Lykae e da sua... ahn... mente aberta em relação à sexualidade – engoliu em seco –, mas não gostaria de fazer isso na frente de outras pessoas.

Ele lançou um olhar carrancudo na direção dela e um músculo começou a pulsar em seu maxilar. Ela percebeu na mesma hora que a raiva dele aumentava.

– Estou falando em um evento social, onde outros também bebam. *Nunca* pensaria na outra possibilidade.

Emma corou. Agora era a mente dela que estava na sarjeta, muito adiante da fábrica de pensamentos sujos dele.

– Lachlain, não fico mais afetada do que você ficaria bebendo um copo d'água.

Ele a fitou nos olhos e lhe lançou uma expressão tão primitiva que a fez se encolher toda.

– Emma, não sei o que você andou fazendo no passado, mas é melhor ficar sabendo que, quando eu levo uma mulher para a cama, não aceito *dividi-la* com mais ninguém.

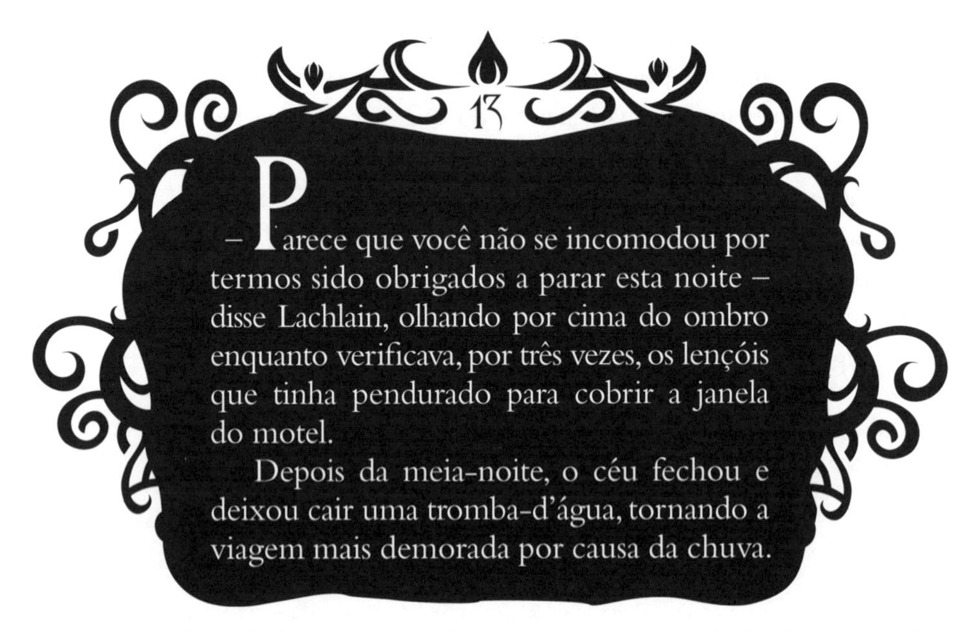

13

– Parece que você não se incomodou por termos sido obrigados a parar esta noite – disse Lachlain, olhando por cima do ombro enquanto verificava, por três vezes, os lençóis que tinha pendurado para cobrir a janela do motel.

Depois da meia-noite, o céu fechou e deixou cair uma tromba-d'água, tornando a viagem mais demorada por causa da chuva. Lachlain informou que Kinevane devia estar a pouco mais de duas horas de distância. Mas Emma sabia que o sol apareceria em menos de três.

Inclinou a cabeça, consciente de que Lachlain estava profundamente decepcionado.

– Eu estava disposta a prosseguir – lembrou a ele. Realmente estava, para sua própria surpresa. Emma não era muito do tipo *que será, será* em termos de sol.

Após uma última inspeção à barreira de lençóis, ele se permitiu afundar na confortável poltrona do quarto. Tentando evitar contato direto, Emma se sentou no pé da cama com o controle remoto da tevê na mão e zapeou os canais de filmes.

– Você sabe que eu não permitirei mais que você corra riscos. – Quando ele garantiu que ela não voltaria a se queimar, estava falando a verdade, e agora ela percebia isso.

Mesmo assim, ainda não tinha entendido como naquela noite ele resolvera evitar os riscos. Se ela tivesse ficado longe de casa durante 150 anos e estivesse a apenas duas horas de carro, teria arrastado a vampira relutante.

Mas Lachlain se recusara a prosseguir viagem e procurara um motel. Não era da categoria dos anteriores, mas, segundo ele, parecia "seguro". Lachlain se sentiu suficientemente confiante para pedir dois quartos, um ao lado do outro, pois pretendia dormir um pouco e, tal como prometera, não queria fazer isso junto dela. Após um cálculo rápido, Emma concluiu que ele já tinha passado quase 40 horas sem dormir.

Mesmo assim, ele parecia desconfortável ao ter de reconhecer sua necessidade de sono. Na realidade, fora só por ter se desconcentrado enquanto olhava em torno deles com os olhos semicerrados – o que vinha fazendo cada vez com mais frequência – que ele tocara no assunto. Admitiu vagamente que poderia aguentar bem sem dormir, mas o ferimento não estava se curando na velocidade esperada.

Ao falar de ferimento, ele se referia à própria perna. Por ferimento, queria dizer a perna. O membro que mais parecia uma perna humana que ficara engessada durante uns seis *anos*. O ferimento que lhe aguçava a imaginação e a fazia imaginar cenários.

Aquela perna devia estar irremediavelmente perdida. A marca da dentada que ela lhe dera no braço, que ele admirava com uma expressão quase afetuosa – uma expressão ainda mais intensa do que um bom abraço – parecia estar curando com rapidez. No entanto, ele continuava a mancar. Devia estar longe da regeneração completa.

Ela olhou para ele e percebeu que, enquanto contemplava a perna dele, ele fizera o mesmo com a sua, parecendo excitado ao olhar para as suas coxas com um ar de *lobo* estampado no rosto. Ela segurou a bainha da saia que subira um pouco e a puxou para baixo. Ele tinha o olhar fixo no que ela fazia e soltou um grunhido surdo, quase inaudível, que se prolongou por intermináveis segundos. Ela estremeceu ao escutar o som e, irracionalmente, quis exagerar os movimentos para que ele os apreciasse mais.

Em seguida, consciente dos seus atos, corou de vergonha e puxou a ponta do lençol para se cobrir. Ele exibiu uma expressão de profundo desapontamento.

Emma desviou os olhos e tornou a pegar o controle remoto em busca de um cenário familiar em meio àquela situação bizarra. Não precisava ficar num quarto de motel com aquele Lykae, estando os dois acordados. O pior é que ela se habituara a cochilar todas as noites encostada no corpo nu dele, dentro de uma banheira. Pigarreou de leve e olhou para ele.

– Vou assistir a um filme. Acho que só nos veremos agora na hora do pôr do sol.

– Você está me expulsando do seu quarto?

– Sua percepção está ótima.

Ele balançou a cabeça para os lados, ignorando a vontade dela por instinto.

– Ficarei com você até amanhecer.

– Gosto de passar algum tempo sozinha, sabia? Nos últimos três dias, você não me deixou a sós por um instante sequer. Custa alguma coisa você sair do quarto?

Ele pareceu confuso, como se o desejo que ela expressava de ficar longe dele fosse algo irracional.

– Você não quer assistir a esse filme comigo? – O jeito como ele fez a pergunta quase a fez sorrir. – Depois você poderá finalmente tornar a beber.

A vontade de sorrir desapareceu diante daquelas palavras sensuais e solenes, mas ela não afastou os olhos dos dele, fascinada pelo modo intenso como ele lhe estudava o rosto.

Mais uma vez, ele se ofereceu para ela beber dele, o que a fez pensar que ele gostara da situação tanto quanto ela. Mesmo um pouco perplexa, sentiu a ereção dele – difícil não sentir – e viu desejo em seus olhos. Desejo como naquele momento...

A tensão do momento se dissolveu quando o grito extasiado de uma mulher se fez ouvir. Emma ofegou de susto e virou a cabeça na direção da tevê. Tinha apertado sem querer o controle e a tevê parara em um canal de filmes adultos.

Seu rosto ficou vermelho de vergonha enquanto tentava freneticamente mexer no controle remoto. O problema era que mesmo os canais normais pareciam ter resolvido passar filmes como *Infidelidade* e *De olhos bem fechados*. Por fim, encontrou um filme que não tinha sexo.

Oh, merda. *Um lobisomem americano em Paris*.

E bem no meio de uma sanguinolenta cena de ataque.

Antes de conseguir mudar, ele se ergueu da poltrona.

– É assim que os humanos nos veem? – quis saber ele, mostrando-se chocado.

Emma lembrou-se de outros filmes sobre lobisomens – *Dog Soldiers, os cães de caça*, *Sangue amaldiçoado*, *Grito de horror* e aquele que tinha o sutil título de *A fera deve morrer* – e fez que sim com a cabeça. Mais cedo ou mais tarde, ele veria mesmo esse tipo de coisa e perceberia toda a verdade.

– É – confirmou ela.

– Todos do Lore são vistos dessa forma?

– Hummm... Na verdade, nem todos.

– Por quê?

Ela mordeu o lábio inferior.

– Bem, eu sempre ouvi dizer que os Lykae nunca se preocuparam com RP, enquanto os vampiros e as bruxas, por exemplo, sempre investiram muito nisso.

– Quem é RP?

– Relações Públicas.

– E esse tal de RP trabalha para eles? – perguntou Lachlain, ainda com uma expressão angustiada.

– Vamos pôr as coisas nestes termos: as bruxas são vistas como Wiccas *sem poderes mágicos*, enquanto as vampiras são geralmente mostradas como figuras mitológicas que são… *sexy*.

– Meu Deus! – murmurou ele, deixando-se afundar na cama e soltando lentamente o ar dos pulmões.

A reação dele fora tão intensa que Emma sentiu vontade de se aprofundar um pouco mais no assunto. Para tanto teria de contar muita coisa de si mesma, é claro. Naquele momento, porém, não se importou com isso.

– Quer dizer que a aparência dos lobisomens mostrada nesses filmes está… *completamente* errada?

Lachlain esfregou a perna ferida e exibiu um ar cansado.

– Droga, Emma, não era bem mais fácil me perguntar como é que eu fico quando me transformo?

Ela inclinou a cabeça de lado. A perna obviamente lhe provocava dores e ela *detestava* ver sofrimento em pessoas ou animais. Pelo visto, isso também valia para os rudes e brutos Lykae porque, para afastar a cabeça dele da dor, ela cedeu e perguntou:

– Então está certo, Lachlain. Como é que você fica quando se transforma?

Ele se mostrou muito surpreso e, aparentemente, não sabia o que responder. Por fim, revelou:

– Você já viu um fantasma se alojar dentro de um humano?

– Claro que sim – respondeu ela. Afinal de contas, morava na cidade onde mais se distinguia a presença do Lore, em todo o mundo.

– Sabe quando você ainda é capaz de ver o humano e ao mesmo tempo distingue a presença do fantasma? É justamente assim. Ainda é possível me ver, mas também dá para detectar algo mais forte e selvagem dentro de mim.

Emma se virou para ele, deitado na cama diante dela, colocou os cotovelos no colchão e apoiou o queixo, pronta para ouvir mais.

Quando acenou para que continuasse a falar, ele se encostou na cabeceira da cama, esticou as pernas e disse:

– Pode perguntar.

Ela revirou os olhos.

– Muito bem. Suas presas também aumentam de tamanho? – E quando ele fez que sim com a cabeça, ela perguntou: – E os pelos?

Espantado, ele ergueu as sobrancelhas.

– Cristo, isso não!

Emma tinha muitos amigos peludos e ficou ofendida com aquele tom de voz. Mas preferiu deixar passar.

– Sei que seus olhos ficam azuis.

Ele confirmou e completou:

– Meu corpo cresce, o rosto se transforma e se torna mais... lupino.

Ela fez uma careta.

– Com focinho e tudo?

Ao ouvir isso, Lachlain soltou uma risada abafada.

– Não. Pelo menos, não do jeito que você está imaginando.

– Então, não me parece que você fique muito diferente do que é.

– Mas eu fico. – Seu tom de voz se tornou mais sério. – Chamamos isso de *saorachadh ainmhidh bho a cliabhan*... libertar a fera da jaula interior.

– É algo que me assustaria?

– Até mesmo os vampiros mais velhos e poderosos morrem de medo.

Ela mordeu o lábio inferior, pensando nas coisas que ele lhe revelara. Mesmo se esforçando ao máximo, não conseguia imaginá-lo de um jeito que não fosse *perigosamente sexy*.

Ele passou a mão pela boca e lembrou:

– Está ficando tarde. Você não quer beber mais uma vez antes do amanhecer?

Envergonhada por desejar tanto fazer exatamente isso, encolheu os ombros e ficou observando o próprio dedo, que acompanhava os desenhos do edredom estampado com cornucópias.

– Nós dois estamos pensando na mesma coisa. Ambos queremos fazer isso.

Ela murmurou:

– Eu até posso estar interessada, mas não quero o que vem junto com o pacote de sangue.

– E se eu jurar que não toco em você?

– Mas e se... – Emma parou de falar e sentiu uma onda de calor invadir-lhe o rosto. – E se eu me *descontrolar*? – Se ele a beijasse e a acariciasse como fizera da outra vez, ela não tinha dúvidas de que acabaria implorando para que Lachlain a levasse para a cama, como ele mesmo dissera de forma tão rude.

– Não importa. Assim que eu pousar as mãos neste edredom, eu não as moverei mais.

Emma franziu o cenho e observou as mãos dele. Depois mordiscou o lábio.

– É melhor colocá-las atrás das costas.

Obviamente essa ideia não o agradava.

– Vou pôr as mãos... – Olhou em volta e estendeu os braços até a parte de cima da cabeceira da cama, com as palmas voltadas para baixo. – Vou colocá-las aqui e não as tiro mais. Aconteça o que acontecer.

– Promete?

– Sim. Juro.

Ela poderia tentar se convencer de que a fome a levaria a se subjugar diante dele, mas a questão era muito maior que essa. Na verdade, ela precisava sentir a sensualidade do ato, o calor e o gosto da pele dele sob a sua língua, o coração dele se acelerando sem parar, como se ela lhe proporcionasse *prazer* ao sugá-lo com sofreguidão.

Quando se ajoelhou diante dele, Lachlain virou o rosto para o lado, expondo o pescoço e desafiando-a.

Emma, ao perceber que ele já estava com o membro duro como uma pedra, ficou nervosa.

– Você não vai mexer as mãos?

– Não.

Incapaz de se deter, avançou. Tirou a camisa dele com as mãos e cravou-lhe as presas na pele. Sentiu uma fortíssima onda de excitação e prazer explodindo dentro dela e gemeu colada nele. Sentiu a vibração do grunhido dele por baixo dos seus lábios. Quando quase perdeu a cabeça envolta em um torvelinho de sensações, Lachlain ordenou:

– *Monte em mim.*

Sem desgrudar os lábios da pele dele, ela fez exatamente isso, e muito satisfeita, pois desse modo poderia relaxar e sentir melhor o sabor dele e as sensações que a envolviam. Apesar de ele não ter retirado as mãos da cabeceira da cama em nenhum momento, lançou os quadris para cima, esfregando-se nela. Então, com mais um grunhido, pareceu fazer um esforço extremo para se impedir de gozar.

Mas ela gostava dos sons que ele emitia, apreciava o fato de poder senti-los e queria ouvir mais. Então, abaixou-se até se encostar no colo dele, sem se importar que a saia lhe subisse pelas coxas. O calor que encontrou ali deixou-a ansiosa. Seus pensamentos se tornaram indistintos. Aquilo estava *tão duro*... Quase fora de si, Emma se roçou com mais força para lhe aliviar a tensão.

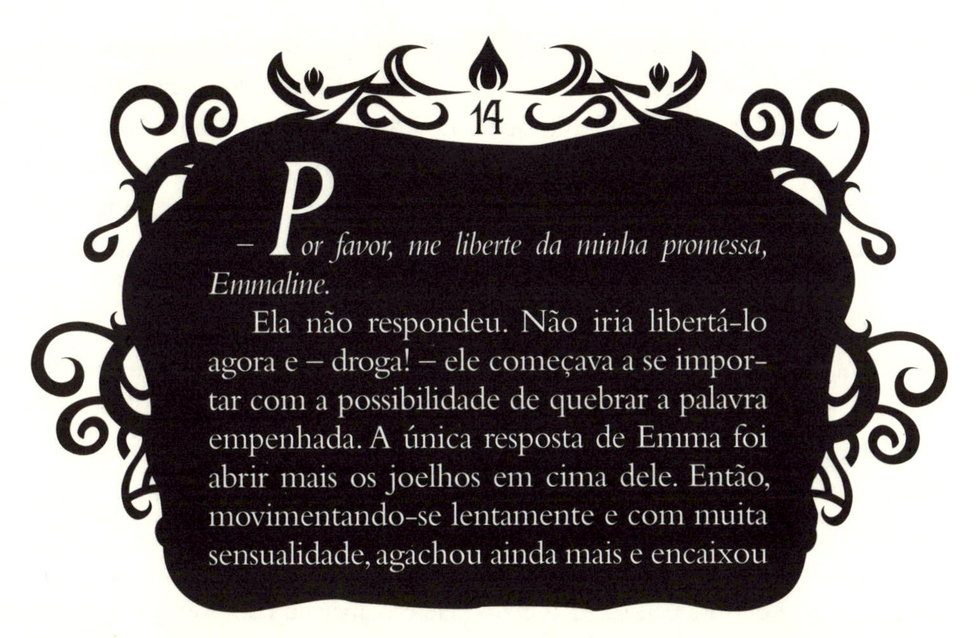

14

– *Por favor, me liberte da minha promessa, Emmaline.*

Ela não respondeu. Não iria libertá-lo agora e – droga! – ele começava a se importar com a possibilidade de quebrar a palavra empenhada. A única resposta de Emma foi abrir mais os joelhos em cima dele. Então, movimentando-se lentamente e com muita sensualidade, agachou ainda mais e encaixou o membro ereto dele entre as suas pernas. Os dois estavam separados apenas pela calça dele, muito esticada, e pela calcinha de seda que ela vestia.

– Ah, por Deus, não pare, Emma – pediu ele, rangendo os dentes e estremecendo de necessidade represada, sem acreditar que ela estava fazendo aquilo.

Ele poderia usar esse momento contra ela mais tarde, pensou Lachlain, vagamente. Se o sangue na língua de Emma a fazia perder o controle daquele jeito, ele iria obrigá-la a beber dele até ela se render e se entregar por completo…

Obrigar uma vampira a beber do seu sangue… Onde é que ele estava com a cabeça?

Emma pousou as mãos na cabeceira da cama, entre as dele, e se agarrou com força enquanto continuava a se roçar no pênis dele, obrigando-o a tombar a cabeça para trás. O aroma dos cabelos dela flutuava à frente dele, a sensação provocada pela mordida e o inegável prazer que ela sentia estavam colocando-o cada vez mais perto do orgasmo.

– Assim você vai fazer com que eu goze. Se não parar…

Emma não parou. Continuou a se esfregar nele como *se não fosse possível* se conter. Lachlain nunca se sentira tão frustrado na vida. Não pôde tocar nela nem colocar sua boca naquela carne... Emma esfregou os seios no seu peito e se afastou um pouco. A cabeceira da cama começou a ceder sob a força das mãos dele.

Em Lachlain, a pressão pulsante aumentou de intensidade. Vinha aumentando desde a primeira mordida de Emma. A respiração dele se tornou cada vez mais irregular à medida que ela se movia sobre o membro crescido. No instante exato em que percebeu que parara de beber, Emma sussurrou em seu ouvido:

– Eu conseguiria chupar você eternamente.

– *É o que vai acontecer*, pensou ele.

– Você é uma *delícia* – sussurrou ela, gemendo ao pronunciar a última palavra.

– *E você me deixa louco* – disse Lachlain, entredentes, lançando a cabeça para trás e gritando no instante em que gozou com intensidade sob os movimentos ondulantes dela, forçado pelos pinotes dos seus quadris contra o seu pênis. A madeira sob suas mãos se desintegrou em lascas e pó.

Quando ele finalmente deixou de vibrar, agarrou com firmeza as pernas dela. Emma se deixara cair sobre o peito dele e o apertou com força, ainda com o pequeno corpo trêmulo.

– Emma, olhe para mim.

Ela o encarou com os olhos prateados, como se estivesse hipnotizada. Ele a conhecia, seu rosto lhe era familiar e, no entanto, sabia que nunca vira uma criatura tão estonteantemente bela. Ela inclinou a cabeça de lado, observando-o com expressão de incerteza.

– Quero tocar em você. Quero fazer com que goze.

Emma olhou com as sobrancelhas erguidas para as mãos retorcidas dele.

– Depois eu vou beijar você. Tire a calcinha, jogue-a longe e torne a se ajoelhar em cima de mim.

Ela sacudiu lentamente a cabeça.

– Por quê?

Ela sussurrou:

– Porque essas coisas depois ganham ritmo próprio e não podem mais ser interrompidas.

– Não vou quebrar minha promessa agora. – Com as mãos ainda agarradas nela, baixou o tom de voz para dizer: – Estou com dores de tanto que eu desejo lhe proporcionar prazer.

Lachlain viu seus olhos ficarem mais suaves pouco a pouco, antes de ela pousar a testa sobre a dele. Como se Emma não conseguisse evitá-lo, inclinou-se para lhe chupar e mordiscar os lábios. Os cabelos caíram para frente, varrendo o pescoço dele. O aroma único dela tomou-o de assalto, e ele sentiu uma nova e poderosa ereção se formando.

Por entre beijos arriscou, com a voz rouca:

– Por que não podemos ir mais longe?

– Esta não sou eu – murmurou ela. – Não sou desse jeito. Mal conheço você.

Lachlain sentiu a frustração aumentar com aquelas ideias ridículas, expressadas enquanto ela deslizava a língua pelos lábios dele. Acreditava que tudo não passava de pensamentos e sentimentos que Emma *imaginava* ter obrigação de expressar.

– Mesmo você tendo bebido diretamente do meu sangue? É um dos atos mais íntimos que pode existir entre duas pessoas.

De repente, Emma se ergueu um pouco, ficou mais ereta e recuou.

– É verdade, uma verdade lamentável. Mas eu não conseguiria partilhar minha vida tão abertamente com alguém em quem não confio. – Ela se levantou e se enroscou na poltrona. – Alguém que tem sido tão pouco amável comigo...

– Emma, eu...

– Você sabe que é verdade. Há menos de três noites, você me deu o maior susto da minha vida. Mesmo assim, continua querendo algo de mim? – Começou a tremer. – Vá embora, por favor. Faça o que peço, pelo menos dessa vez.

Ele grunhiu, frustrado, mas seguiu em direção à porta, mancando. No corredor, ele se virou e avisou:

– Você conseguiu mais algumas horas, mas sabe que da próxima vez que beber de mim você será minha. Nós dois sabemos disso.

Bateu a porta depois de sair.

Emma deixou-se ficar aninhada no chão, enroscada nos lençóis, quase de bruços. Quando é que sua roupa começara a ficar tão áspera? Parecia que sentia cada fio do tecido nos seios sensíveis e na barriga.

E a roupa era de seda.

Só de pensar no que fizera com ele, os seus quadris ondularam de forma sensual, como se ainda pudesse senti-lo por baixo do seu corpo. Ela o fizera chegar ao orgasmo... só por *cavalgá-lo*, com roupa e tudo.

Seu rosto ficou tão vermelho que até ardeu. Será que estava se tornando Emma, a Devassa?

Ela também quase sentira um orgasmo. Quando tomou banho percebeu que estava mais úmida do que jamais estivera. Começou a suspeitar que a sede de sangue, para ela, não representava apenas a necessidade de beber, mas o desejo sexual *provocado* pela bebida.

Ele estava certo. Da próxima vez que bebesse o seu sangue, Lachlain poderia fazer com que ela fosse dele. Naquela noite, perdera a cabeça temporariamente, esquecendo-se do que a impedia de dormir com ele. Apesar de querer desesperadamente se convencer do contrário, Emma não era o tipo de pessoa que poderia se entregar daquele jeito, sem alguma espécie de laço ou compromisso.

Não se achava antiquada em termos de sexo. Afinal de contas, estava familiarizada com as sessões de filmes adultos na tevê e tinha uma atitude muito saudável em relação ao assunto, apesar de nunca ter atingido um orgasmo. No fundo, porém, conhecia sua necessidade de algo duradouro, e isso, com Lachlain, seria impossível de se concretizar.

Além do fato de ser um Lykae bruto e ameaçador que gostava de deixá-la envergonhada, Emma não conseguia se ver apresentando-o aos seus amigos. Não conseguia imaginá-lo assistindo aos filmes na propriedade onde morava, simplesmente curtindo as pipocas que ela sempre preparava só para poder cheirá-las e atirá-las em quem se colocasse diante da tela. Ele não se encaixaria naquela família, pois todos ficariam enojados sempre que vissem "aquele animal" tocando nela. Além do fato de que, certamente, estariam sempre armando algum plano para matá-lo ou algo do tipo.

Sem mencionar que, além de tudo que os separava, Lachlain certamente já tinha outra figura feminina, em algum lugar que, por alguma razão cósmica, estava destinada a ele.

Emma se sentiria disposta a enfrentar uma pequena e saudável luta por um parceiro Lykae...?

Puxa, agora ela estava sendo completamente idiota...

Ele bateu na porta que separava os dois quartos e a abriu sem dar a Emma nem um décimo de segundo para se recompor. Felizmente, ela já tinha parado com a brincadeira de acariciar os próprios seios.

Lachlain tinha os cabelos molhados, certamente acabara de sair do chuveiro. Encostou-se na porta do quarto vestindo um jeans limpo que tinha o cós um pouco abaixo da cintura e era um pouco largo – como os jeans *deviam ser*, na opinião de Emma. Estava sem camisa, e ela notou que tinha a mão enrolada num pano. Engoliu em seco. Certamente ele tinha se machucado quando destruíra a cabeceira da cama, na hora em que gozara.

Cruzou os braços sobre o peito musculoso. Emma o achava tão bonito que, em termos estéticos, era quase uma idolatria. Ela adoraria lhe proporcionar outro...

– Conte-me uma coisa sobre você que eu ainda não saiba – exigiu ele.

Quando finalmente conseguiu olhar para seu rosto, ela refletiu longamente e revelou:

– Fiz universidade e sou formada em cultura pop.

Ele pareceu impressionado com a informação. Só que, como era natural, ainda não estava nessa época havia tempo suficiente para aprender que a maioria das pessoas considerava cultura pop um curso banal e pouco respeitado.

Ele fez que sim com a cabeça, virou as costas e fez menção de voltar para o seu quarto, mas ela disse:

– É a sua vez de me contar alguma coisa.

Quando se virou novamente e olhou para ela, Lachlain pareceu surpreso. Com sua voz grave e o ar sério, respondeu:

– Acho que você é a criatura mais esplendorosa que eu já vi em toda a minha vida.

Ela teve certeza de que ele a ouviu engolir em seco antes de fechar a porta.

Lachlain tinha acabado de chamá-la de *esplendorosa*!

Antes, Emma sentia apenas uma triste resignação. Agora, porém, estava meio zonza. Puxa, ela estava indo por um mau caminho. Suas emoções pareciam uma agulha de bússola descontrolada, girando de forma errática...

Semicerrou os olhos ao perceber o que isso significava. Era a famosa Síndrome de Estocolmo. Isso mesmo. Ela sentia simpatia pelo raptor que a intimidava? Sim. Estava formando laços com ele? Sim.

Porém, para ser justa consigo mesma, quantos raptores – analisando de forma objetiva – eram deuses com dois metros de altura, uma deliciosa pele morena, um sotaque estiloso e o corpo mais viril, quente e sexy que já vira na vida? E que, *além disso tudo*, exibia uma predileção interessante para enroscá-la com o próprio corpo? *Para completar* o cenário, ele a achava esplendorosa.

Sem mencionar o fato de que não parecia conseguir parar de lhe oferecer seu sangue lascivo.

Será que ela estaria se transformando na Patty Hearst daquele Lykae?

Mas nada disso importava naquele momento. O ponto crucial da questão é que ela não era parceira dele. Portanto, mesmo que ele a seduzisse e eles curtissem alguns bons momentos do tipo "rala e rola", Emma estaria apenas aproveitando uma bela oportunidade até encontrar seu verdadeiro amor. Se ela entrasse numa de se ligar a um homem como Lachlain, um sujeito que poderia muito bem usá-la e descartá-la logo em seguida com um chute na bunda, Emma acabaria se transformando numa dessas mulheres gordas e lamurientas. Isso, nem pensar!

Ficou satisfeita por não ser a parceira dele. Ficou *mesmo*. Se fosse a parceira de Lachlain, isso seria uma espécie de sentença de morte. Ele nunca a deixaria ir embora. Emma passaria a vida sendo intimidada e sentindo-se infeliz ao lado dele. E, caso fugisse, Lachlain tentaria resgatá-la até que suas tias, fartas daquilo, acabariam por matá-lo.

No coven, todas elas adorariam essa oportunidade. Se descobrissem que um Lykae a beijara e acariciara nas partes íntimas, iriam amaldiçoar a ele e a todos da sua raça. Até onde Emma sabia, ela era a única mulher do seu coven que já tinha sido tocada por um Lykae.

E sua mãe tinha sido a única a sucumbir por completo aos encantos de um vampiro.

Emma acordou ao pôr do sol, sentindo algo diferente.

Percorreu com o olhar o quarto às escuras, erguendo a cabeça, e espiou com atenção dos dois lados da cama. Não viu ninguém. Disse a si mesma que não era nada. Mesmo assim, apressou-se para se vestir e fazer as malas antes de correr para o quarto de Lachlain.

Encontrou-o deitado na cama apenas de jeans e sem as cobertas por cima, pois as usara para cobrir a janela do outro quarto. Ali, diante de Emma, ele começou a estremecer como se estivesse tendo um pesadelo. Murmurou algumas palavras em idioma celta, e sua pele ficou coberta de suor. Todos os músculos se retesaram, como se ele sofresse imensa dor.

– Lachlain? – sussurrou ela.

Sem pensar duas vezes, correu até onde ele estava, passou os dedos pelo seu rosto e pelos cabelos, tentando acalmá-lo.

Ele pareceu ficar mais sereno.

– Emmaline – murmurou ele, sem despertar.

Será que estava sonhando com ela?

Ela também tinha tido um sonho bizarro, o mais realista que tivera em toda a sua vida.

Com um jeito distraído, acariciou a testa dele enquanto recordava o sonho que vivenciara. A história acontecia sob o ponto de vista de Lachlain. Emma conseguia ver as coisas que ele via, cheirar o que ele cheirava e sentia a textura de tudo como se tivesse os dedos dele.

Lachlain estava num mercado, debaixo de uma grande tenda. Havia joias espalhadas à sua frente e ele estava acompanhado por uma bela mulher de cabelos compridos cor de café, raiados com faixas brilhantes, desbotadas pelo sol. A mulher tinha cintilantes olhos verdes.

Ele escolheu um colar de ouro martelado, incrustado com safiras, e pagou ao comerciante. Pelo design das joias e pela moeda que usou, Emma percebeu que a cena se passava numa época muito remota.

A mulher soltou um longo suspiro e disse:

– Mais presentes?

– Sim.

Lachlain pareceu irritado porque sabia exatamente o que ela estava prestes a dizer.

A mulher, cujo nome Emma sabia, de algum modo, que se chamava Cassandra, disse:

– Você já esperou durante 900 anos. Eu estou à espera durante quase o mesmo tempo. Você não acha que nós...

– Não – interrompeu Lachlain, com rispidez.

Quanto tempo mais ela ainda iria insistir naquela baboseira?, pensou ele.

Cassandra podia não acreditar, mas ele acreditava.

– Mas eu aceitaria passar apenas uma noite com você – sugeriu ela.

– Para mim você não passa de uma velha amiga. E saiba desde já que isso pode acabar. – A ira dele parecia aumentar. – Além do mais, você pertence ao clã e vai conhecê-la um dia. Realmente acha que eu a colocaria numa posição tão desconfortável?

Emma sacudiu a cabeça ao se lembrar desse sonho tão bizarro, ainda atônita pelo realismo de tudo. Bastou ele mencionar joias para ela começar a sonhar com cenários estranhos.

Olhou para baixo e, envergonhada, reparou que começara a acariciar o peito dele sem dar por si. Não se deteve, maravilhada com a beleza do corpo de Lachlain, maravilhada por ele ter desejado fazer amor com ela...

De repente, a mão dele voou sobre o pescoço dela, apertando-o com força antes mesmo de ela ter chance de gritar.

Quando ele abriu os olhos, estavam completamente azuis.

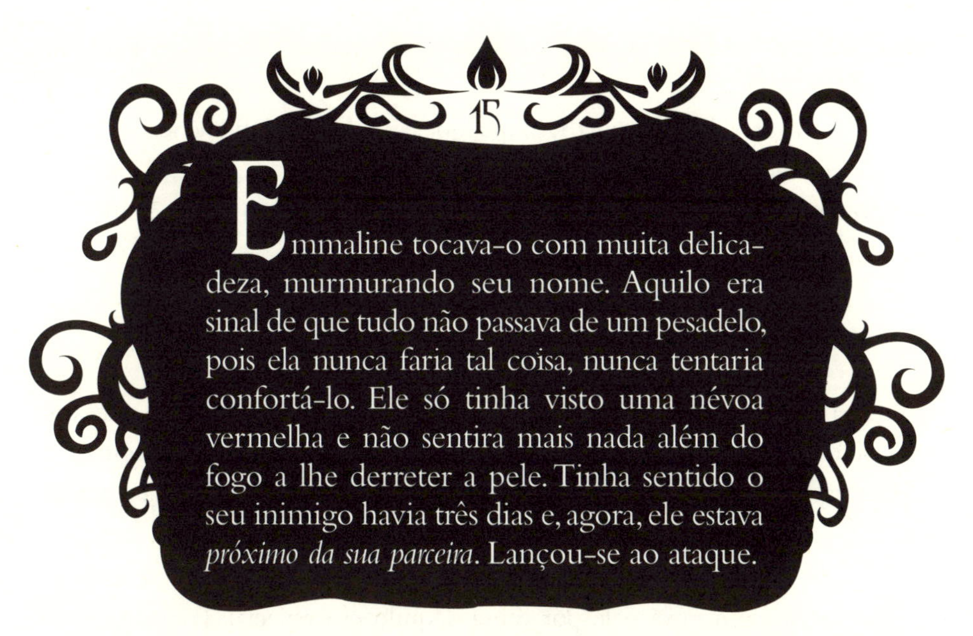

15

Emmaline tocava-o com muita delicadeza, murmurando seu nome. Aquilo era sinal de que tudo não passava de um pesadelo, pois ela nunca faria tal coisa, nunca tentaria confortá-lo. Ele só tinha visto uma névoa vermelha e não sentira mais nada além do fogo a lhe derreter a pele. Tinha sentido o seu inimigo havia três dias e, agora, ele estava *próximo da sua parceira*. Lançou-se ao ataque.

Quando a névoa se dissipou, não conseguiu entender o que viu à sua frente. Tinha o pescoço de Emma bem apertado em sua mão, as garras dela cravadas nos seus braços enquanto sufocava e lutava pela vida. Antes de conseguir reagir, vislumbrou um vaso sanguíneo que explodia na parte branca do olho direito dela.

Ele gritou e a soltou, afastando-se de repente.

Ela caiu de joelhos, tossindo e tentando desesperadamente respirar. Lachlain se apressou em ajudá-la, mas ela se retraiu e esticou o braço para se proteger.

– Ah, meu Deus, Emma, eu não quis... Senti algo terrível... Pensei que você fosse um vampiro.

Ela tossiu e disse com a voz rouca:

– Eu... *sou*...

– Não, é que eu pensei que houvesse outro... um dos vampiros que me aprisionaram. – A mordida e o sangue deviam ter desencadeado nele todos aqueles pesadelos, com fúria máxima. – Pensei que você fosse ele.

– *Quem?* – perguntou ela.

– Demestriu – revelou Lachlain, por fim, com voz rouca. Contrariando a fraca resistência que ela tentou exibir, aconchegou-a em seus braços. – Eu nunca quis ferir você. – Encolheu os ombros. – Acredite, Emma, foi apenas um acidente.

Mas as palavras dele não surtiram qualquer efeito nela. Ainda cheia de medo, Emma estremeceu nos braços dele.

Não confiava em Lachlain. Nunca tinha confiado, e ele acabara de lhe lembrar o motivo.

Pelo canto do olho, Emma o viu retirar a mão do volante, estendendo-a mais uma vez para tocá-la. Como fizera das outras vezes, ele fechou a mão e a recolheu.

Ela suspirou, encostando o rosto no vidro frio e deixando-se ficar olhando para fora, para o vazio.

Estava profundamente confusa com o que acontecera e não sabia como reagir.

Não estava com raiva dele por causa daquilo em especial. Fora suficientemente burra para tocar num Lykae que estava tendo pesadelos, e pagara por isso. Mas lamentava ter a garganta dolorida e não poder tomar nenhum remédio para aliviar a dor. E lamentava ter descoberto o que ele revelara.

Já havia pensado na possibilidade de ter sido a Horda que o havia aprisionado, mas descartara a ideia porque ninguém conseguia *escapar* dela. Simples assim. Nunca tinha ouvido falar de um único caso em toda a sua vida. Mesmo a tia Myst, que conhecera em detalhes o interior de uma fortaleza da Horda, não tinha conseguido escapar sem a ajuda dos rebeldes que tomaram o castelo – e o auxílio do general rebelde que a libertara para poder fazer amor com ela.

Excluindo a Horda, Emma achou que, já que ele era o líder dos Lykae, talvez se tratasse de uma prisão por motivos políticos; talvez um golpe de Estado que tinha sido dado pelos da sua espécie.

No entanto, fora Demestriu, o mais perverso e poderoso de todos os vampiros, que o aprisionara. E se os rumores sobre Furie fossem verdadeiros? E se as histórias terríveis sobre a sua tortura nas profundezas do oceano estivessem corretas, o que ele teria feito a Lachlain? Demestriu também teria ordenado que ele fosse afogado? Ou teria ordenado que o acorrentassem e o enterrassem vivo?

Eles o tinham torturado durante 150 anos, até ele escapar de onde ninguém escapa.

E Emma temeu que, de algum modo, ele tivesse *perdido a perna* para poder escapar.

Não conseguia imaginar uma dor com tal dimensão. Uma dor tão interminável que ele tinha sofrido durante tanto tempo para culminar daquele jeito?...

O que acontecera naquela noite não tinha sido culpa dele. Embora, a julgar por sua expressão sombria, ele se sentisse culpado. Agora, depois de descobrir aquilo, ficara magoada por ele obrigá-la a permanecer em sua companhia. Que diabos ele estava pensando? Depois do que ele havia enfrentado, Emma sabia, agora, que o incidente daquela noite seria inevitável. Mais cedo ou mais tarde, ele teria explodido de raiva daquele jeito, e isso poderia tornar a acontecer.

Ela não iria permitir que isso acontecesse novamente, pois talvez não sobrevivesse. Por outro lado, se conseguisse escapar, não queria ter de dar desculpas às pessoas diante do sangue pisado em volta da sua garganta e das artérias dilatadas nos olhos, inventando que tinha batido com a cara numa porta ou algo ridículo desse tipo. Por que, afinal, ele a mantinha ao seu lado?

Para descarregar toda a sua dor nela.

No início, ele a tratara como uma vampira cruel. Depois, desdenhara dela durante vários dias. Se ele não tomasse cuidado, ela iria realmente começar a se comportar como tal, nem que fosse para se proteger.

Tudo bem... Eles chegariam a Kinevane naquela noite e, no dia seguinte, ao pôr do sol, ela partiria.

Emma se encostou na janela. Continuava com aquele aparato espetado no ouvido, mas dessa vez não cantarolava como na véspera.

Lachlain queria lhe tirar aquilo para falar com ela e lhe pedir desculpas. Estava terrivelmente arrependido pelos seus atos e nunca se sentira tão envergonhado, mas achou que, se lhe arrancasse o troço do ouvido, ela explodiria de raiva. Desde que a capturara, ele a aterrorizara e magoara, e já percebera que ela estava no limite, mal aguentando os acontecimentos dos últimos quatro dias.

As luzes da rua, que brilhavam de cima para baixo, iluminavam o seu rosto e faziam realçar as marcas roxas em sua garganta muito branca, e ele fez uma careta de lástima.

Se não tivesse recuperado a consciência no momento certo, poderia... poderia até tê-la matado. E como não entendia o que o levara a agir assim, não podia assegurar que nunca mais aquilo tornaria a acontecer. Não podia garantir a segurança dela perto dele...

Um sino tocou em algum lugar dentro do carro, assustando-o.

Ela se inclinou para a frente e balançou a cabeça ao ver o indicador de combustível com a luz vermelha acesa. Apontou para a saída seguinte, ainda calada. Lachlain sabia que ela continuava muda porque *falar lhe causava muitas dores*.

Estava perturbado e inquieto num carro que, naquele momento, lhe parecia pequeno demais, e apertou o volante com mais força. Sim, ele enfrentara o inferno, mas, droga, como era possível ter *esganado* sua parceira, independentemente do seu estado mental? Afinal, o que mais queria na vida era encontrá-la!

E ela se revelara a sua salvação!

Não importava que ainda não a tivesse possuído. Se não a tivesse descoberto, ficado junto dela, sendo amaciado por suas palavras suaves e seu toque delicado, a essa hora estaria largado em algum beco escuro, irremediavelmente louco.

Em troca de tudo isso, transformara a vida dela num inferno.

Depois de terem saído da autoestrada, ele avistou a placa de um posto de gasolina. Entrou com o carro no terreno de terra batida e estacionou em frente à bomba de gasolina que ela indicou. Assim que desligou o carro, Emma retirou os fones dos ouvidos. Ele abriu a boca para falar, mas, antes de conseguir dizer algo, ela olhou para cima, suspirou e estendeu a mão; isso significava que ele tinha de lhe entregar o cartão de crédito. Lachlain obedeceu e saiu com ela para aprender como se abastecia o carro.

Enquanto esperavam, ele disse:

– Quero falar com você sobre o que aconteceu.

Emma acenou com a mão.

– Já passou.

Sua voz soou rouca ao proferir aquela declaração ridícula. Sob as luzes intensas e artificiais do posto, seu olho direito parecia inundado de vermelho. Deveria estar furiosa – por que disfarçar isso?

– Por que você não me enfrenta? Nem me insulta? Pode gritar comigo à vontade que eu não me importo.

Em voz baixa, ela disse:

– Você está me perguntando por que eu gosto de *evitar conflitos*?

– Isso, exatamente! – confirmou ele, percebendo um fulgor de ódio no olhar dela que preferia nunca ter visto.

– Estou farta de todo mundo me acusar de ser molenga! Agora, uma pessoa que nem me conhece também joga isso na minha cara. – Sua voz arranhada mostrou que ela estava cada vez mais revoltada. – A questão seria "por que eu *não gostaria* de evitar conflitos?", já que qualquer pessoa também os evitaria se... – Parou de falar e olhou para longe.

Ele colocou a mão no ombro dela.

– Se o quê, Emma?

Quando finalmente o encarou, tinha os olhos carregados de angústia.

– Se ela sempre saísse perdendo.

Surpreso, Lachlain uniu as sobrancelhas.

– Eu perco sempre – continuou ela. – E adivinha o que isso faz de você...?

– Eu não...

– Quando foi que eu ganhei em algum conflito com você? – Ela se desvencilhou da mão dele sobre o seu ombro. – Quando você me raptou? Quando me fez concordar com essa loucura? Quando me levou a beber de você? Lachlain, você foi aprisionado por vampiros e tinha acabado de escapar deles quando me raptou. Por que diabos ainda me mantém ao seu lado? Você detesta vampiros! Em menos de uma semana, demonstrou mais repugnância por mim do eu vivi em toda a minha vida. E mesmo assim me mantém ao seu lado? – Soltou uma gargalhada amarga. – Como você deve ter se divertido com suas pequenas vinganças! Você se excita com as humilhações às quais me sujeita? Tem uma empolgação perversa por me insultar para, logo em seguida, enfiar a mão por baixo da minha saia? Depois, em toda a oportunidade que aparece para me libertar, você me obriga a ficar, mesmo sabendo o perigo que eu corro. Com você mesmo!

Ele não podia negar nada. Passou a mão no rosto ao refletir sobre tudo que ela dissera. O que sentia em relação a ela se tornava cada vez mais nítido, ao mesmo tempo que os sentimentos de Emma em relação a ele tinham chegado a um ponto de ruptura. Queria admitir que ela era a sua parceira e não a mantinha ao seu lado unicamente para magoá-la. Mas sabia que aquele não era o momento mais indicado para fazer isso.

– Tal como todo mundo, você veio me atropelando e nunca olhou para trás para saber como é que eu estava – acusou ela, com a voz falhando no fim da frase, o que o deixou com a consciência ainda mais pesada. – Puxa, é melhor eu calar a boca antes que você fique aborrecido demais. Não quero incomodá-lo com as minhas lágrimas repulsivas!

– Não, Emma, espere...

Ela bateu a porta do carro com força, mostrando-se surpresa com a própria força, e se afastou andando sobre a terra batida. Ele a deixou ir, mas mudou de posição para mantê-la sempre à vista.

Acompanhou seus movimentos quando ela se largou num banco atrás do posto, colocou a cabeça entre as mãos e ficou ali sentada durante um bom tempo. Mal ele terminou de abastecer o carro, sentiu soprar um estranho vento frio. Um vento que trazia uma névoa de chuva e lançou pelo ar uma flor que foi pousar no joelho dela. Emma pegou a flor abandonada, cheirou-a e em seguida a esmagou, frustrada.

Lachlain lembrou-se de que ela nunca tinha visto uma flor como aquela se desenvolvendo ao sol. Sentiu um aperto no coração, uma sensação estranha que o deixou abalado.

Os problemas entre os dois não tinham surgido porque a parceira errada lhe fora designada. Surgiram porque *ele* não conseguia se adaptar à situação...

Do nada, apareceram três vampiros ao lado de Emma.

Tinham vindo para afastá-la dele para sempre.

Em um décimo de segundo, ele percebeu que deveria deixá-la voltar para o apoio da família e libertá-la de todo aquele ódio e sofrimento. Quando lhe tinha apertado a garganta, ela o fitara achando que iria matá-la. E ele poderia ter feito exatamente isso, com toda facilidade.

As marcas roxas no pescoço dela estavam ali, bem visíveis sob a luz forte, para acusá-lo.

Mas ela ficou boquiaberta ao ver os vampiros, como se tivesse ficado chocada por eles aparecerem de repente, mesmo sabendo que aquela era exatamente a forma que usavam para viajar.

Lachlain achou que algo estava *errado*. Saltou por cima do capô do carro e eles se viraram na sua direção. O maior dos três era um... *demônio*? Todos os três tinham os olhos muito vermelhos. Um demônio transformado em vampiro?

– Afaste-se, Lykae, ou teremos de matá-lo – ameaçou um dos vampiros.

Assim que Lachlain correu para defendê-la, algo muito estranho aconteceu.

Emma correu em sua direção, gritando seu nome.

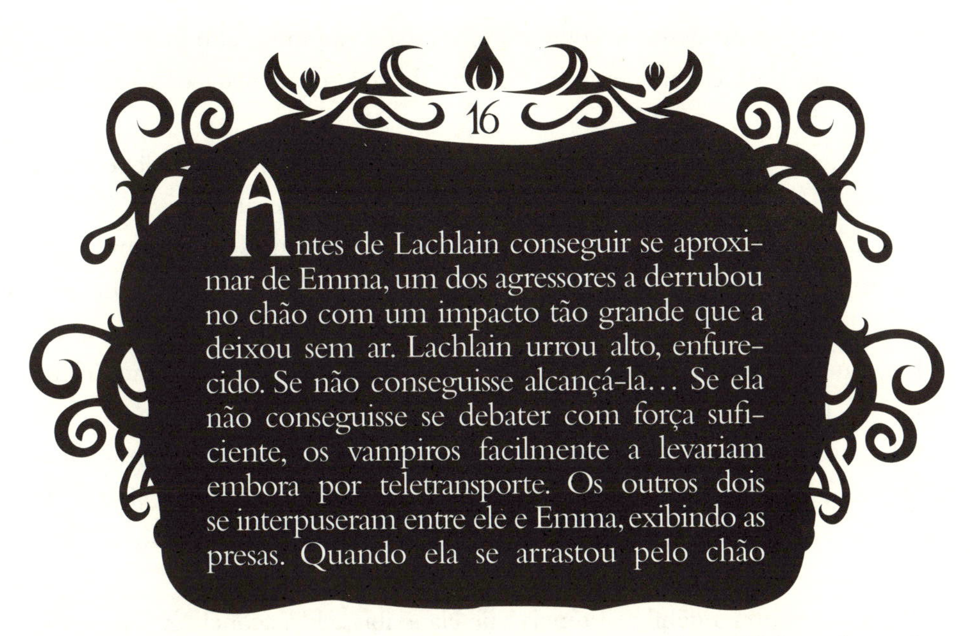

16

Antes de Lachlain conseguir se aproximar de Emma, um dos agressores a derrubou no chão com um impacto tão grande que a deixou sem ar. Lachlain urrou alto, enfurecido. Se não conseguisse alcançá-la... Se ela não conseguisse se debater com força suficiente, os vampiros facilmente a levariam embora por teletransporte. Os outros dois se interpuseram entre ele e Emma, exibindo as presas. Quando ela se arrastou pelo chão na tentativa de escapar deles, a fera cresceu no interior de Lachlain e ele resolveu libertá-la. Nunca desejou que Emma visse tal coisa...

Ao se transformar, sentiu o poder crescer por dentro dele. *Sensação de ultraje. É preciso proteger.*

O vampiro menor sibilou:

– Ela é a parceira dele!

Mal teve tempo de completar a frase antes de Lachlain atacá-lo e aniquilá-lo. Rasgou e despedaçou o corpo dele, ao mesmo tempo que se resguardava dos golpes do outro.

A névoa se transformou numa chuva intensa, penetrante, e em toda parte à volta deles começaram a cair raios terríveis e ensurdecedores. Lachlain torceu o pescoço do vampiro com os dedos até decepá-lo, e então se virou para enfrentar o demônio. Ele era forte, mas se recuperava de vários ferimentos. As garras de Lachlain se voltaram para as feridas dele, enquanto o demônio mirava a sua perna. Pelo canto do olho, Lachlain viu Emma se debatendo, tentando se libertar do terceiro vampiro. Ela se deitou de costas, apoiando-se no chão e lhe aplicou uma violenta cabeçada.

A criatura maligna urrou de dor e golpeou o peito dela, formando-lhe sulcos profundos de onde brotou sangue que caiu na lama. Lachlain rugiu e saltou na direção do demônio que atravessava seu caminho. Um golpe com as garras separou a cabeça do demônio do resto do corpo, e os pedaços voaram em várias direções.

O último vampiro, inclinado sobre Emma, olhou-o horrorizado e ficou petrificado; estava chocado demais para conseguir desaparecer no ar. Assim que Lachlain girou para lhe aplicar o golpe fatal, Emma fechou os olhos com força.

Livre do terceiro agressor, Lachlain se ajoelhou ao lado de Emma. Ela não conseguiu evitar abrir os olhos, piscando muito, abalada pelo aspecto do Lykae, que a chocava mais que os ferimentos ou até mesmo o ataque que desferira. Tentando se controlar desesperadamente, ele compreendeu que ela se esforçava para falar, engasgada com o próprio sangue e com a chuva torrencial que não parara o tempo todo. Enquanto isso, tentava se afastar de Lachlain. Já tinha fugido dele antes. Depois de testemunhar como ele era, porém, passou a combatê-lo.

Lutando contra a débil resistência que ela exibia, ele a aconchegou nos braços. Sacudiu a cabeça com firmeza e inspirou profundamente.

– Não vou machucar você.

A voz de Lachlain era baixa, parecia falhar e estava irreconhecível, conforme ele mesmo percebeu.

Com a mão trêmula, ele acabou de rasgar o que sobrara da blusa de Emma e, enquanto a chuva limpava o sangue e a lama, pôde perceber os rasgões na delicada pele dela, que iam até o osso. Apertou-a mais forte e rugiu alto, como se *precisasse* matar os três malditos novamente. Ao escutar o rugido, ela começou a choramingar. Misturadas com a chuva, escorreram-lhe lágrimas cor-de-rosa.

Isso, por si só, foi o bastante para que ele se controlasse.

Quando chegou ao carro, abriu abruptamente a porta traseira para instalá-la sobre o banco. Com muita cautela, tirou os cabelos dela da porta antes de voltar a fechá-la. Instalou-se rapidamente atrás do volante e percorreu, a alta velocidade, as estradas escorregadias que iam dar em Kinevane, olhando para trás o tempo todo. Passou-se quase meia hora, e Emma ainda não tinha dado sinais de que iria se recuperar, o que o deixou assustado. Dos ferimentos continuava a jorrar sangue em abundância, e nada indicava que sua pele estivesse começando a fechar.

Sem diminuir a velocidade, Lachlain mordeu o pulso com força e o colocou diante dos lábios dela.

– Beba, Emma!

Ela virou o rosto para o lado. Ele tornou a colocar o pulso diante dela, mas Emma recusou, mantendo os maxilares firmemente fechados. Poderia morrer, se não bebesse.

Ele estivera tão ocupado em odiar o que ela era e o que representava que nem mesmo se preocupara em saber como ela o enxergaria.

Parou o carro no acostamento, virou-se para trás e enfiou os dedos na boca de Emma, forçando-a a abri-la. Mal deixou cair alguns pingos de sangue lá dentro e ela não opôs mais resistência; fechou os olhos e bebeu com sofreguidão. Logo em seguida, parou de sangrar. Assim que ela perdeu os sentidos, Lachlain tornou a ligar o carro e seguiu em alta velocidade.

O fim da viagem até Kinevane foi um novo tormento para Lachlain. Ele passou o braço pela testa para limpar o suor, sem saber se haveria novos ataques e de onde eles poderiam surgir. Não sabia ao certo se ela seria suficientemente forte para aguentar aquele ferimento profundo. Como Emma descobrira que deveria *fugir deles*?

Ele quase a perdera quatro dias depois de tê-la encontrado...

Não, na verdade, praticamente a *jogara fora*, permitindo que a levassem para Helvita, um local que ele nunca tinha sido capaz de encontrar. Já vasculhara toda a Rússia com um pente fino e provavelmente já estava perto do local quando fora encurralado da última vez.

Estivera tão perto de perdê-la... Agora, sabia que faria qualquer coisa para mantê-la ao seu lado.

Poderia esquecer as dores e as lembranças torturantes, pois naquela noite vira de perto o quanto ela era diferente dos outros vampiros. Sua aparência, a graça dos seus movimentos. Sua natureza não era agredir e matar, como acontecia com os outros que ele conhecera. O sangue, para ela – e agora também para Lachlain –, tinha a ver com a vida.

Algum tempo depois de beber o sangue dele, os ferimentos de Emma começaram a sarar. Ele poderia sustentá-la.

Isso era o mínimo que poderia fazer, uma vez que ela fizera, finalmente, com que a sua vida valesse a pena ser vivida.

Emma despertou com o som de um uivo e abriu os olhos na mesma hora.

Os faróis do carro iluminavam Lachlain, que lançava o ombro contra um portão enorme, pressionando o brasão que havia ao centro. O emblema em relevo era composto por duas metades: um lobo em cada uma, focinho contra focinho. Os animais tinham sido retratados como deviam ter sido na antiguidade, com as cabeças, as patas dianteiras, as presas e as garras bem à vista, exibindo também as orelhas empinadas. Que maravilha! Haviam chegado à Lykaelândia.

Apesar de sua força descomunal, Lachlain não conseguia fazer ceder os portões de metal. Estariam protegidos por forças místicas? É claro que sim. Graças a Freya, ele não decidira arrombar o portão com o carro.

Emma observou a cena com os olhos pesados enquanto ele andava de um lado para o outro sob a garoa e passava a mão pelos cabelos molhados enquanto analisava os portões. *Que merda é essa? Como é que eu vou conseguir entrar?* Tentou novamente abri-lo à força e mais uma vez fez ecoar um uivo doloroso, como se estivesse num vale.

Será que ela devia avisar a ele que havia um interfone bem à vista? *Estaria* em condições físicas de fazê-lo? Enquanto refletia sobre o assunto, alguém abriu o portão por dentro.

Lachlain correu e tornou a entrar no carro.

– Chegamos, Emma!

Apesar de o aquecimento estar no máximo e o banco, quente, ela se arrepiou dentro das roupas encharcadas, sentindo uma espécie de calafrio que nunca sentira antes. Quando o portão foi trancado após a passagem deles, Emma fechou os olhos, sentindo-se finalmente a salvo. Pelo menos, de novos ataques de vampiros.

Percebeu, vagamente, que seguiam através de uma propriedade que devia ter vários quilômetros de extensão. Lachlain finalmente estacionou, saltou do carro para abrir a porta de trás e a puxou para fora. Manteve-a segura, encostada ao seu peito, seguindo rapidamente rumo a uma entrada bastante iluminada, o que feriu os olhos de Emma. Subiu as escadas quase correndo e ordenou a um jovem que o seguisse.

– Pegue algumas ataduras, Harmann. E água quente.

– Sim, meu amo.

Estalou os dedos, Emma escutou alguém se aproximando com rapidez, obedecendo à ordem.

– Meu irmão está aqui?

– Não, está do outro lado do oceano. Ele... Nós achamos que o senhor tivesse morrido. Afinal, não voltou para casa, e as buscas que efetuamos não deram em nada...

– Preciso falar com ele o mais rápido possível. Por enquanto, eu não quero que avisem aos anciãos sobre o meu regresso.

Emma tossiu com um som grave, chocalhado, e percebeu que nem se dera ao trabalho de imaginar que tipo de dor seria aquela. Preferiu não olhar para o peito.

– Quem é essa jovem? – perguntou o rapaz.

Lachlain apertou-a mais contra si.

– É *ela* – respondeu, como se isso fizesse algum sentido. Virou-se para trás e disse: – Agora você está a salvo, Emma. E vai ficar bem.

– Mas ela... não é uma Lykae – espantou-se o homem.

– É uma vampira!

Com a voz entrecortada, o criado perguntou:

– O senhor tem... certeza? Sobre ela?

– Nunca tive tanta certeza na vida.

Os pensamentos de Emma se tornaram confusos e, de repente, foi envolvida pela escuridão.

Lachlain levou-a para o seu quarto e deitou-a na sua antiga cama. Era a primeira mulher que levava até aquele cômodo.

Harmann os seguiu e logo acendeu a lareira. Lachlain não se sentia muito confortável com o fogo nas costas, mas sabia que Emma necessitava de calor.

Uma criada regressou de imediato com água quente, panos e ataduras; outras duas trouxeram as malas que estavam no carro. Depois, com ar de preocupação no rosto, as criadas saíram com Harmann para que Lachlain pudesse cuidar dela.

Emma continuava fraca, perdendo e recobrando a consciência enquanto ele lhe tirava a roupa úmida e lhe limpava as feridas. Apesar de estar começando a se curar visivelmente, sua pele suave e frágil continuava rasgada desde os seios até as costelas. As mãos dele tremiam enquanto a limpava.

– Isso dói – queixou-se ela, num tom áspero, retraindo-se quando Lachlain inspecionou as feridas uma última vez.

Ele foi invadido por uma sensação de alívio. Ela já conseguia falar normalmente.

– Eu gostaria de ser capaz de sugar a sua dor – disse ele com voz grave e rouca.

As feridas de Lachlain também eram profundas, mas ele não as sentia. Ver *Emma* sofrer deixou-lhe as mãos trêmulas quando começou a lhe aplicar as ataduras em torno do peito.

– Emma, o que fez você fugir deles?

Sem abrir os olhos, ela murmurou:

– Fiquei *apavorada.*

– Por que teve medo?

Emma tentou encolher os ombros, mas não conseguiu realizar esse pequeno movimento.

– Eu nunca tinha visto um vampiro.

Ele terminou de lhe colocar as ataduras e apertou com força, retraindo-se quando ela fez uma careta.

– Como assim? Você *é* uma vampira!

Emma abriu os olhos, mas não conseguiu focá-los em nada.

– Ligue para Annika. O número está no cartão de saúde. Deixe que ela venha me buscar. – Agarrou-lhe o pulso e disse, com muita dificuldade: – Por favor, me deixe ir para casa... Eu quero ir para casa... – E desmaiou.

Enquanto a cobria com um lençol, Lachlain rangeu os dentes de frustração, não compreendendo como é que alguém de sua própria espécie poderia querer feri-la tanto. Também não entendia o porquê de ela dizer que nunca tinha visto um vampiro.

Ela queria que ele ligasse para os seus familiares. Obviamente, ele nunca permitiria que ela voltasse para eles, mas por que não queria lhes revelar isso? Não seria melhor procurar algumas respostas, antes disso? Vasculhou na bagagem dela, encontrou o número de Annika e, só então, mandou chamar Harmann.

Minutos mais tarde, ele estava em pé, ao lado da cama, com um telefone *sem fio*, ligando dali para os *Estados Unidos*.

Uma mulher atendeu.

– Emma! É você?

– Emma está comigo.

– *Quem fala?*

– Sou Lachlain. Quem é você?

– Sou a mãe adotiva dela, que vai liquidar você, caso não a mande de volta para casa imediatamente.

– Isso nunca irá acontecer. De agora em diante, ela ficará comigo.

Ouviu-se um estrondo do outro lado, mas a voz permaneceu calma.

– Você tem um sotaque escocês. Diga-me que não é um Lykae.

– Sou o rei deles.

– Nunca pensei que você pudesse perpetrar um ato de agressão tão grande contra nós. Se o seu desejo era reavivar uma guerra, saiba que foi bem-sucedido.

Reavivar? Os Lykae e os vampiros *estavam* em guerra.

– Anote bem o que eu vou lhe dizer: se você não a libertar, descobrirei onde está a sua família e vou afiar as garras para *esfolar* cada um vivo. Você compreendeu bem?

Não, ele não compreendeu nada.

– Você não imagina a onda de fúria que vou desencadear em cima de você e de todos da sua espécie, se você a ferir. Emma é completamente inocente de quaisquer crimes que tenham sido cometidos contra você. Eu, por minha vez, *não sou* inocente! – berrou.

Ao fundo, ouviu-se a voz de outra mulher que disse, com voz suave:

– Annika, peça a ele para colocar Emma na linha.

Lachlain respondeu antes de ela ter chance de falar:

– Emma está dormindo.

Ao ouvir isso, Annika disse:

– Lá já é de *noite*...

No fundo, a voz tornou a falar.

– Convença-o, Annika. Quem poderia ser tão terrível a ponto de ferir nossa pequena Emma?

Ele tinha sido.

– Se você nos odeia, Lykae, venha até aqui lutar conosco, mas essa criatura que você aprisionou nunca fez mal a uma mosca sequer em toda a sua vida. Mande-a de volta para o coven.

Coven?

– Por que ela tem medo de vampiros?...

– *Você deixou algum vampiro se aproximar dela?* – gritou a voz, numa explosão de histeria, obrigando-o a afastar o fone do ouvido. Pareceu ter ficado mais furiosa por saber que vampiros tinham se aproximado de Emma do que pelo fato de Lachlain estar com ela.

A mulher com voz mais suave disse:

– Pergunte se ele quer fazer algum mal a ela.

– Você quer?

– Não. Nunca. – Podia afirmar isso com toda convicção. – Só que você perguntou se eu deixei que os vampiros se aproximassem dela. *Você* é um deles!

– O que está dizendo?

– Você rompeu com a Horda. Ouvi alguns rumores sobre sua facção...

– *Você acha que eu sou uma vampira?*

Dessa vez, pressentindo o guincho, ele foi mais rápido ao afastar o fone do ouvido.

– Se não é vampira, então o que você é?

– Sou uma Valquíria, seu cão ignorante.

– Uma Valquíria? – repetiu ele, quase sem voz e já perdendo o fôlego. A perna ferida cedeu e Lachlain se deixou afundar na cama. Sua mão encontrou o quadril de Emma e o apertou com força.

Agora tudo fazia sentido. A aparência de fada que Emma exibia... Seus gritos capazes de estilhaçar vidro.

– Emma é metade... É por isso que as orelhas dela...

Céus, ela era metade dama-guerreira?

Ouviu o telefone sendo passado para outra pessoa. Uma mulher mais sensata se apresentou:

– Sou Lucia, a tia dela...

Lachlain a interrompeu e quis saber:

– O pai dela é vampiro? Quem é ele?

– Não sabemos nada sobre o pai de Emma. A mãe dela não nos contou nada sobre ele antes de morrer. Os vampiros atacaram?

– Sim.

– Quantos eram?

– Três.

– Eles vão voltar. A não ser que você tenha matado todos. Você fez isso? – quis saber Lucia, com uma ponta de esperança na voz.

– Claro que sim! – reagiu ele, prontamente.

Ouviu-a expirar, aliviada.

– Emma ficou... ferida?

Lachlain hesitou.

– Ficou. – Na mesma hora, ouviu um estrondo de gritos e protestos ao fundo. – Mas já está se recuperando! – apressou-se em informar.

O telefone foi passado de novo para a outra pessoa. Alguém disse, ao fundo:

– Não deixe Regin falar com ele!

– Aqui quem fala é a Regin, e você deve ser o "homem" com quem Emma está. Ela me disse que você lhe garantiu que iria protegê-la. Pois já está mais do que na hora de fazer isso, seu bundão!

Lachlain ouviu algo que lhe pareceu uma briga terrível e depois o som de bofetadas. Lucia voltou ao telefone.

– Somos a única família que ela conhece, e é a primeira vez que viaja para longe da proteção do coven. Ela é de natureza muito dócil, deve estar cheia de receios e ficará assustadíssima longe da família. Nós lhe imploramos que a trate com carinho.

– Farei exatamente isso – garantiu Lachlain, com muita determinação. Sabia que nunca mais a magoaria. A lembrança do olho vermelho diante dele e a imagem dela correndo em sua direção em busca de abrigo tinham ficado entalhadas para sempre em sua mente. – Por que os vampiros a atacaram daquela forma? Vocês acham que o pai dela pode estar à procura da filha?

– Não sabemos. Eles andam caçando Valquírias em toda parte. Todo esse tempo, temos mantido Emma escondida deles. Ela nunca viu nenhum vampiro. Aliás, nunca tinha visto um Lykae também. – Praticamente falando consigo mesma, completou: – A pobrezinha da Em deve ter ficado apavorada diante de você...

Apavorada. Claro que sim.

– Se os planos dos vampiros incluem Emma, não irão parar de procurá-la. Ela precisa voltar para casa, onde ficará segura – continuou Lucia.

– Eu conseguirei mantê-la a salvo.

Annika voltou a pegar o telefone.

– Mas você já falhou uma vez!

– Ela está viva e eles, mortos.

– Qual é o *seu* plano? Você garante que não lhe quer mal, e mesmo assim está disposto a entrar em guerra conosco?

– Não quero guerra de nenhum tipo com vocês.

– Então, o que pretende *dela*?

– Emma é a minha parceira.

Em resposta a isso, Lachlain ouviu os sons de Annika fingindo que vomitava, e os pelos do seu pescoço se eriçaram.

– Que Freya me ajude! – exclamou ela, voltando a fazer som de vômito. – Se você colocar uma das suas mãos nojentas nela...

– Como é que eu posso tratar dela? – quis saber ele, debatendo-se para controlar a própria fúria.

– Envie-a de volta para nós. De volta para onde ela pertence, para que possamos ajudá-la a se curar de você.

– Já disse que não! Agora me digam: vocês querem que eu a proteja enquanto ela estiver longe daí ou não?

Escutou murmúrios de conversas no fundo. Depois, foi Lucia que tomou a palavra:

– Ela precisa ser protegida do sol. Ela é jovem, tem apenas 70 anos e é extremamente sensível à luz solar.

Setenta? Ele tornou a apertar o quadril dela. Deus todo-poderoso. A forma como ele a tinha tratado...

– Como eu já expliquei, ela nunca viu um Lykae e terá muito medo de você. Seja gentil com ela, se tiver alguma consciência. Ela deve beber todos os dias, mas nunca diretamente de uma fonte viva...

– Por quê? – interrompeu ele.

Fez-se um silêncio completo. Depois de alguns instantes, Annika perguntou:

– Você já a obrigou a fazer isso, certo?

Ele não respondeu nada.

A voz dela soou mortífera.

– O que mais você a obrigou a fazer? Ela era pura e inocente antes de você raptá-la. Ainda é?

Inocente.

As coisas que ele lhe dissera... as coisas que fizera... Passou a mão trêmula sobre o rosto.

As coisas que a obrigara a fazer com ele!

Como é que pôde estar tão errado em relação a ela? *Porque seus instintos o queimaram por dentro durante mais de um século, é claro. E ela pagara por isso.*

– Já avisei a vocês: ela é *minha.*

Annika gritou, furiosa; depois, disse bem devagar:

– Deixe-a... ir... embora!

– *Nunca!* – reagiu Lachlain.

– Você pode não estar em busca de guerra, mas acabou de conseguir uma. – Num tom mais sereno, completou: – Acho que eu e minhas irmãs vamos sair à caça de peles celtas.

E desligou na cara dele.

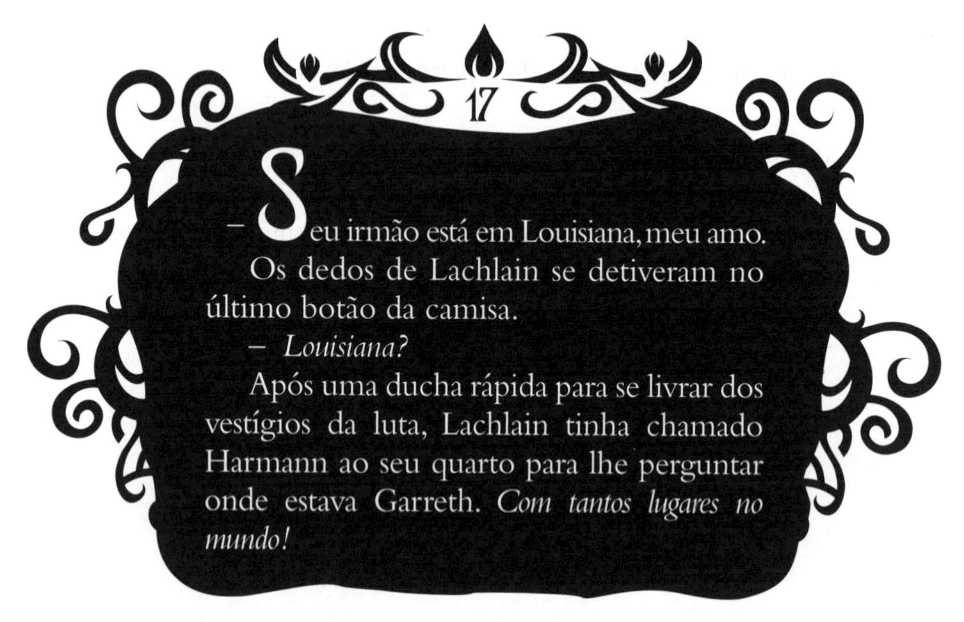

17

– Seu irmão está em Louisiana, meu amo.

Os dedos de Lachlain se detiveram no último botão da camisa.

– *Louisiana?*

Após uma ducha rápida para se livrar dos vestígios da luta, Lachlain tinha chamado Harmann ao seu quarto para lhe perguntar onde estava Garreth. *Com tantos lugares no mundo!*

– Que diabos ele foi fazer lá?

– A Louisiana está cheia de criaturas do Lore, e muitos Lykae moram na América. Eu diria que mais ou menos metade deles vive no Canadá e nos Estados Unidos. A maior parte reside na Nova Escócia, mas há muitos que se instalaram mais ao sul.

Essas novidades deixaram Lachlain extremamente desapontado.

– O que os levou a deixar seus lares para trás? – perguntou, sentando-se junto da varanda. Soprou uma brisa suave que trouxe o cheiro da floresta e do mar que envolviam sua terra, a muitos quilômetros de distância dali. Ele estava nas Highlands e observava os campos de Kinevane. E tinha a sua parceira na cama que era deles.

Harmann também puxou uma cadeira e assumiu sua forma natural, a de um demônio Ostrander, com chifres longos e orelhas grandes, conhecido por pertencer a uma enorme família.

– Quando o clã ficou convencido de que você tinha sido assassinado pelos vampiros, muitos se recusaram a permanecer tão perto do reino deles, na Rússia. Seu irmão os apoiou nessa mudança e, depois disso, ele mesmo se instalou em Nova Orleans, a fim de ajudá-los a reconstruir o que fosse possível.

– Nova Orleans? – Aquilo estava ficando cada vez melhor. – E você não pode entrar em contato com ele? A questão é que existe um coven de Valquírias justamente em *Nova Orleans*, e elas pretendem destruir a minha família.

Garreth era o último membro da sua família próxima que ainda estava vivo. Demestriu tinha providenciado isso. O pai de Lachlain morrera durante o último Acesso, a mãe acabara por morrer de tristeza e o seu irmão mais novo, Heath, tinha partido para se vingar de todos...

– Valquírias? – Harmann uniu as sobrancelhas. – Posso atrever-me a perguntar como foi que...? – Quando Lachlain fez que não com a cabeça, Harmann continuou: – Garreth me obrigou a jurar que iria entrar em contato com ele assim que soubesse de alguma notícia sobre o seu paradeiro. Ele estava... Bem, imaginávamos que isso iria acontecer, especialmente depois de Garreth ter ficado sem tantos parentes dele... seus parentes... – Parou de falar por alguns instantes, mas logo em seguida completou: – Obviamente, eu tentei entrar em contato com ele assim que fechei o portão, depois da sua chegada, meu amo. Só que me disseram que ele tinha ido passar alguns dias sozinho.

Lachlain teve uma centelha de preocupação com o irmão, que estava sem ninguém e desprotegido. *Vamos sair à caça de peles celtas.* Não... Não havia jeito de elas conseguirem capturá-lo. Garreth era muito astuto e também feroz.

– Preciso encontrá-lo com urgência. Continue tentando contato.

O irmão era o único em quem Lachlain confiaria para proteger Emma enquanto ele fosse cuidar da sua vingança.

– Quero toda informação que você tiver recolhido sobre a Horda desde que eu parti e tudo que possamos descobrir sobre as Valquírias – determinou. – Quero que você providencie todos os meios que possam me auxiliar a compreender melhor esta época. Por enquanto, não quero que você revele aos anciãos que eu regressei. Só meu irmão pode saber.

– Sim, é claro, mas posso perguntar o que quer dizer com "quero compreender melhor esta época"? Onde você esteve todo esse tempo?

Lachlain hesitou, mas resolveu confessar:

– No fogo.

Preferiu não descrever as catacumbas. Nunca seria capaz de relatar o quanto fora horrível tudo que tivera de enfrentar.

As orelhas de Harmann se abaixaram e, como costumava acontecer sempre que estava preocupado, a última forma que assumira se apoderou de sua imagem pouco a pouco. Por alguns instantes, ficou parecido com a figura de jovem que usara para se apresentar a Emma, mas logo voltou à sua silhueta magra de demônio.

– Isso... Isso foi apenas um boato que espalharam, certo?

– Nada disso, é a pura verdade. Outra hora eu lhe contarei tudo. Nesse momento, não sou nem capaz de pensar no assunto. Tenho apenas quatro dias, ou melhor, quatro noites para convencer Emma a ficar comigo.

– Ela não quer ficar?

– Não, nem um pouco. – Foi assaltado pela lembrança difusa dela tremendo debaixo do chuveiro. Fechou os olhos com força ao se lembrar do que tinha feito com ela e enterrou as garras nas palmas das mãos. – Não tenho sido muito bom para ela – explicou.

– Mas ela sabe quanto tempo você esperou para conhecê-la?

– Ela ainda nem sabe que é a minha companheira.

O tempo estava se escoando. Com a chegada da lua cheia, Lachlain iria precisar muito dela. Sabia o efeito que isso tinha em qualquer Lykae que já tivesse encontrado sua parceira. Entendeu que, se já não a tinha assustado por completo até agora, certamente isso aconteceria na lua cheia, a não ser que Emma já estivesse mais habituada a ele.

E já não fosse virgem. Lachlain nunca poderia imaginar que ficaria tão consternado por descobrir que sua parceira permanecia intocada. Emma era tão suave e gentil que ele ficou aterrorizado ao imaginar que faria jorrar seu sangue de virgem enquanto ela ainda se curava dos ferimentos, ao mesmo tempo que ele estaria sob o domínio da lua.

Os anciãos brevemente apareceriam em Kinevane e não disfarçariam o ódio que iriam sentir por ela. Ele e Emma teriam de recebê-los ali. Ela precisava ser marcada por ele antes disso, para que todos soubessem que não poderiam lhe fazer mal algum.

Mas como ele poderia esperar que ela enfrentasse tudo isso, se ele ainda não começara a compensar todo o mal que lhe fizera?

– Quero que você descubra tudo que uma mulher de 24 anos gostaria de ter em casa. Tudo que possa agradá-la.

Se Emma realmente fosse Valquíria, pelo menos em parte, e se os rumores sobre a ganância delas se provassem verdadeiros, então talvez ela pudesse ser acalmada com presentes. Afinal, não se mostrara interessada em ficar com as joias? Ele poderia lhe oferecer uma peça nova todos os dias durante décadas.

Quando Harmann pegou o bloco de anotações e a caneta que trazia sempre consigo, Lachlain determinou:

– Estude as roupas que ela trouxe e compre-lhe mais do mesmo tamanho e estilos semelhantes. Substitua tudo que possa estar estragado. – Passou as mãos pela nuca, refletindo sobre o que ainda precisava ser feito. – Ela deve ser protegida do sol.

– Sim, já tinha pensado nisso. As cortinas do seu quarto são grossas e por ora bastam, mas talvez seja melhor instalar painéis do tipo blackout, daqueles que se abrem automaticamente na hora do pôr do sol e se fecham ao alvorecer.

– Sim, instale isso! – Lachlain se deteve e refletiu sobre o que ouvira. – Painéis automáticos? – Ao ver Harmann concordar com a cabeça, ordenou: – Então é isso mesmo. Quero esses painéis prontos o mais rápido possível. Quero todas as janelas de Kinevane protegidas, e que construam pórticos sobre todas as entradas que fiquem expostas ao sol.

– Começaremos a trabalhar nisso amanhã de manhã.

– E quanto ao aparelho de música dela? Um tal de... *iPod*... Os vampiros o destruíram. Ela precisa de um novo, urgentemente. Na verdade, ela parece apreciar todos os objetos desta época. Gadgets, aparelhos eletrônicos de diversos tipos. Reparei que vocês modernizaram os meus aposentos. E quanto ao resto do castelo...

– Também está modernizado. Mantive a equipe completa, desde a cozinheira até as criadas e os guardas. Também mantivemos Kinevane devidamente preparada, para o caso de seu irmão retornar.

– Mantenha de serviço apenas os empregados de maior confiança e explique a eles quem ela é e o que é. Informe-os também do que farei se ela for ferida por alguém, seja quem for.

Lachlain começou a se transformar, só de imaginar a possibilidade de Emma ser ferida. Harmann olhou assustado e tossiu com discrição.

– C... Claro!

– Existem alguns pontos fracos por aqui sobre os quais eu deva ser informado? Algo relacionado às finanças ou a possíveis invasões?

– Você está mais rico do que era, meu amo. De forma exponencial. Quanto a esta propriedade, continua protegida e escondida.

Lachlain soprou o ar com força, aliviado. Ele não poderia ter encontrado alguém melhor do que Harmann. Era honesto e inteligente, especialmente quando lidava com humanos e recorria às suas capacidades de metamorfose para fingir que envelhecia diante deles.

– Sou grato por tudo que você fez – disse Lachlain, numa atenuação do que sentia, já que seu lar e sua fortuna tinham sido protegidos por aquele ser fiel. Como sempre, Lachlain achou ridícula a fama que os mutantes tinham de ser desonestos; também lamentava o ofensivo apelido de "duas caras", uma expressão que acabou sendo absorvida pelo idioma dos humanos. – Eu lhe devo muito.

– Mas eu sempre recebi aumentos muito maiores do que o custo de vida – reconheceu Harmann com um sorriso modesto, antes de apontar Emma com a cabeça. – Essa jovem é realmente uma *vampira*?

Lachlain foi até onde ela estava e prendeu um cacho louro atrás da sua orelha.

– Ela é metade Valquíria.

Harmann ergueu as sobrancelhas ao ver a orelha pontuda de Emma.

– Você nunca gostou de fazer as coisas do jeito mais simples.

A quilômetros de distância dali, ainda se ouviam os alarmes de carros.

Apesar de Annika ter finalmente se acalmado e de a trovoada que ameaçava destruir a propriedade ter diminuído, aquela *coisa* ainda tinha Emma em suas garras.

Ela tentou se libertar da raiva – vomitar toda a energia represada só servia para prejudicar a coletividade de Valquírias com quem partilhava os poderes. Uma dúzia delas estava sentada com ela naquele instante, numa grande sala. Todas fitavam-na à espera das respostas que ela poderia lhes trazer. Respostas que deveriam ser dadas por Furie.

Regin estava mais uma vez em frente ao computador, acessando a base de dados do coven; pesquisava o tal de Lachlain.

Annika, caminhando com impaciência de um lado para o outro, deixou a mente vagar pelo passado, até o dia em que Emma lhe aparecera. A neve no exterior estava de tal forma acumulada que cobria metade da janela. No velho país, isso não era exatamente uma surpresa. Junto à lareira, Annika colocara a bebê no berço, vigiando a cada segundo a menininha de cabelos dourados e pequenas orelhas pontudas.

– *Como vamos conseguir tomar conta dela, Annika?* – *murmurara Lucia.*

Regin se levantou da cadeira junto à lareira e reclamou:

– Como vocês tiveram a coragem de trazer uma coisa dessa para junto de nós, considerando que esses vampiros massacraram o meu povo?

Daniela se ajoelhara ao lado de Annika, olhando sorrateiramente para a neném e tocando-a de vez em quando – curtindo o toque gelado da sua mão pálida.

– Ela precisa estar com as criaturas de sua própria espécie. Sei do que estou falando.

Annika balançou a cabeça com determinação.

– As orelhas dela. Os olhos. Ela é uma fada. Ela é uma Válquíria!

– Mas vai crescer e se tornar maléfica! – insistiu Regin. – Imagine que ela me mordeu com suas presas de bebê. Por Freya, ela já bebe sangue com essa idade!

– Isso não quer dizer nada – argumentou Myst, com ar casual. – Nós comemos eletricidade.

A bebê agarrou a longa trança de Annika como se desse um sinal de que pretendia ficar.

– Ela é filha de Helen, que eu amava profundamente. Em sua carta, ela me implorou que eu mantivesse Emmaline longe dos vampiros. Portanto, vou criá-la e estou pronta a abandonar o coven se esse for desejo da comunidade. Mas espero que compreendam que, de agora em diante, ela será minha filha.

Ela se lembrou de como as palavras que se seguiram lhe pareceram tristes.

– Vou ensiná-la a ser bondosa e honrada como eram as Valquírias, antes de o tempo desfigurar nossas tradições. Ela jamais conhecerá os horrores que tivemos de enfrentar. Será protegida.

Permaneceram em silêncio e profunda reflexão.

– Emmaline de Troy.

Esfregou o nariz no de Emma e perguntou à bebê:

– E agora, qual é o melhor lugar para esconder a mais bela vampirinha do mundo?

Nïx riu com muita vontade. – Laissez les bon temps rouler…

– Muito bem, aqui está! – anunciou Regin. – Lachlain, rei dos Lykae, desaparecido há quase dois séculos. Vou atualizar a base de dados e veremos se ele tornou a aparecer recentemente. – Correu o texto para baixo. – Era valente e cruel no campo de batalha, e parece ter combatido em *todas* as guerras em que os Lykae se envolveram. O que ele pretendia alcançar, afinal? Tentava colecionar troféus? E atenção, meninas, esse garotão não joga nem um pouco limpo. Diz aqui que ele terminou um duelo de espadas lutando com punhos e garras, e também usou as presas.

– E quanto à família dele? – perguntou Annika. – Há alguém de que ele goste e que possamos usar?

– Não lhe restou muita família. Maldição. Demestriu assassinou todos eles!

Quando ela parou de falar, para prosseguir a leitura, Annika acenou-lhe, até Regin exclamar:

– Uau, as meninas do coven da Nova Zelândia são realmente *diabólicas*. Anotaram aqui que, apesar de não o terem capturado, viram-no combater vampiros e afirmam que maldades feitas à sua família faziam-no perder a cabeça de raiva, e isso o tornou uma presa fácil para um assassino habilidoso.

Kaderin pousou uma das espadas no colo, dando descanso à sua pedra de amolar, e deu sua opinião:

– Então, ele deve tê-la ferido, caso tenha percebido que ela era uma das moradoras da Horda.

– Nada disso – disse Regin –, ele não fazia a menor ideia de que ela era uma Valquíria. Emma deve ter tentado nos proteger. Nossa pequena sanguessuga é uma tolinha muito cabeça-dura.

– Vocês imaginam o quanto ela deve estar apavorada? – murmurou Lucia.

– Os Saints não vão chegar aos *playoffs* – suspirou Nïx.

A dócil e medrosa Emma, nas mãos de um animal... Annika cerrou os punhos, e as duas lâmpadas próximas de onde estava – colocadas naquele dia mesmo por um empreiteiro do Lore que viera consertar a chaminé – estouraram, lançando vidros até uma distância de mais de três metros. As Valquírias que estavam no caminho do vidro quebrado simplesmente deram um passo para o lado ou baixaram a cabeça. Em seguida, sacudiram os cabelos e voltaram ao que estavam fazendo.

Sem tirar os olhos da tela, Regin disse:

– É o Acesso que está colocando todas essas peças sobre o tabuleiro. Só pode ser!

Annika sabia que era isso. Terminara o longo encarceramento do rei dos Lykae. Kristoff, o líder dos vampiros rebeldes, retomara fazia cinco anos um dos redutos da Horda e estava enviando soldados para a América. E os espíritos maléficos, comandados por um líder cruel e ocasionalmente lúcido, tinham dado início a um jogo de poder que consistia em infectar o maior número possível de pessoas, a fim de construir um exército.

Annika atravessou a sala, foi até a janela e olhou para a noite lá fora.

– Você disse que Lachlain não tinha muitos familiares vivos. Quem sobrou da dinastia?

Regin colocou um lápis atrás da orelha.

– Apenas um irmão mais novo... Garreth.

– E como poderemos encontrar esse Garreth?

Nïx juntou as mãos.

– Essa eu sei! Eu sei! Perguntem... *Lucia*!

Lucia exibiu um olhar cortante e lançou um silvo agudo para Nïx, mas não havia qualquer maldade naquele gesto. Respondeu num tom monótono:

– Esse é o mesmo Lykae que há duas noites salvou nossas vidas.

Annika virou as costas à janela.

– Então, lamento que tenhamos de fazer o que vamos fazer.

Lucia olhou Annika com ar de curiosidade.

– Vamos atraí-lo para uma armadilha.

– Como? Ele é forte e, pelo que pesquisei, também é muito inteligente.

– Lucia, é preciso que você volte a errar.

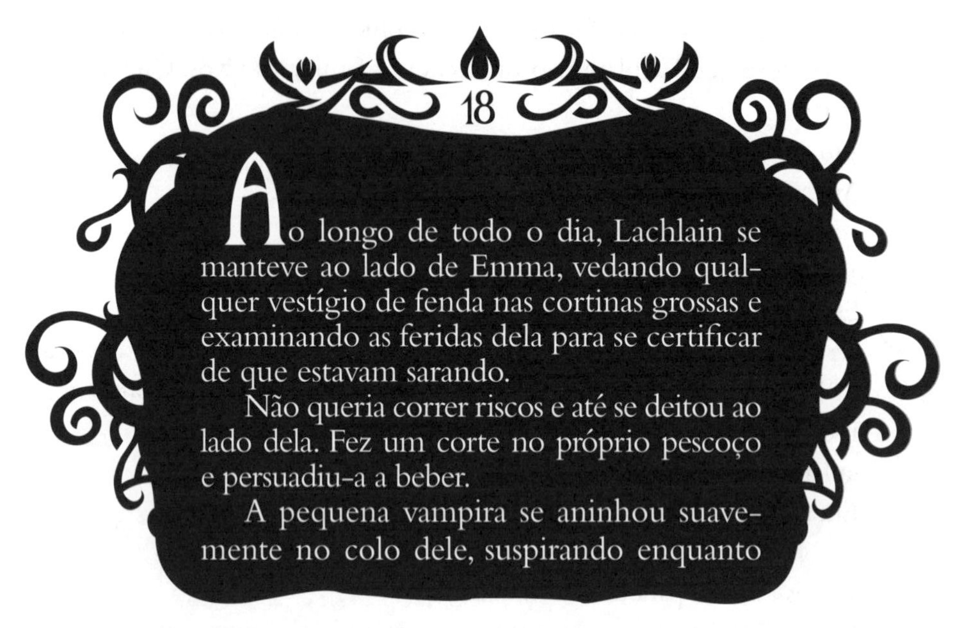

18

Ao longo de todo o dia, Lachlain se manteve ao lado de Emma, vedando qualquer vestígio de fenda nas cortinas grossas e examinando as feridas dela para se certificar de que estavam sarando.

Não queria correr riscos e até se deitou ao lado dela. Fez um corte no próprio pescoço e persuadiu-a a beber.

A pequena vampira se aninhou suavemente no colo dele, suspirando enquanto dormia. Só podia tê-lo enfeitiçado, porque aquilo parecia a coisa mais natural do mundo.

No fim da tarde, quando ele retirou as ataduras do seu ferimento maior, viu que ainda estavam sensíveis e com crostas de sangue pisado, mas já tinham fechado por completo.

Seus maiores medos diminuíram, e ele refletiu sobre tudo que aprendera.

Agora que sabia a verdade sobre Emma, via-a sob outro ângulo, embora tivesse de admitir para si mesmo que seus sentimentos permaneciam inalterados. Já tinha aceitado a pequena vampira como parceira, mesmo quando ainda achava que ela fazia parte da Horda. Agora sabia que ela não integrava a Horda e nem mesmo era uma vampira no verdadeiro sentido da palavra.

Ao longo dos anos que passara sozinho, Lachlain imaginara sua parceira de milhares de formas diferentes. Rezara para que fosse inteligente e atraente, suplicara para que fosse carinhosa. E agora, Emma, metade vampira e metade Valquíria, tinha superado com louvor as suas mais loucas fantasias.

Em compensação, a família dela... Expirou penosamente. Lachlain nunca as combatera, pois as considerava seres inferiores, e só as vira de longe. Mas sabia que as Valquírias eram criaturas estranhas, misteriosas e sobrenaturais; velozes e fortes, sempre rodeadas de relâmpagos, disparando golpes que pareciam vir *de dentro* delas. Corriam rumores de que retiravam alimento *da própria eletricidade*. Conforme tinha descoberto com Emma, eram conhecidas por serem extremamente inteligentes. Ao contrário de Emma, porém, eram quase tão violentas e tinham um espírito belicoso tão grande quanto o dos vampiros.

Apesar de as Valquírias terem poucas fraquezas conhecidas, dizia-se que podiam ser hipnotizadas por objetos brilhantes. E também que eram a única espécie de seres do Lore que poderia morrer de pesar.

Numa pesquisa rápida sobre o que o clã havia descoberto sobre elas, leu sobre a lenda que relatava a sua origem. O Lore contava que, havia muitos milênios, Wóden e Freya tinham sido despertados de uma década de sono pelo grito de uma dama-guerreira que morria em combate. Freya ficara maravilhada com a coragem da guerreira e quisera mantê-la viva. Dessa forma, ela e Wóden atingiram a mulher humana com seus raios. A guerreira despertara no grande salão deles completamente a salvo; ainda mortal, mas grávida de uma filha que seria uma Valquíria imortal.

Nos anos que se seguiram, os raios mágicos delas passaram a atingir damas-guerreiras moribundas de todas as espécies do Lore. Valquírias como Furie pertenciam parcialmente à espécie Fúria, na verdade. O casal ofereceu às filhas a beleza de Freya e a astúcia de Wóden. As filhas, por sua vez, tinham conseguido reunir essas características combinadas com o heroísmo e a linhagem aristocrática da mãe. Isso fez das filhas seres únicos. Segundo o Lore, era possível reconhecer uma Valquíria se seus olhos disparassem raios de prata quando elas fossem sujeitas a momentos de forte emoção.

Emma se transformara quando bebera dele.

Se a lenda era real – e Lachlain acreditava que sim –, isso significava que Emma era neta de... deuses!

E ele achara que ela se tratava de um ser inferior. Um poderoso rei Lykae unido a uma parceira pouco dotada.

Coçou a testa, lutando contra o arrependimento, mas obrigou-se a prosseguir a leitura. Descobriu sucintas descrições das Valquírias, que sabia, agora, estarem diretamente ligadas a Emma. Nïx era a mais velha e, diziam alguns, uma adivinha. A sensata Lucia era uma arqueira fabulosa que diziam ter sido amaldiçoada, pois sentia dores indescritíveis sempre que não acertava o alvo.

Furie tinha sido a rainha delas e vivia sob o mesmo teto da afável Emma no tempo em que sua parceira ainda era menina. Atualmente, as Valquírias suspeitavam que Demestriu aprisionara Furie no fundo do mar para submetê-la a uma eternidade de torturas. Pela sua experiência pessoal, Lachlain poderia afirmar com muita certeza que a essa hora ela deveria estar se afogando com água salgada nos pulmões, em algum lugar das profundezas geladas.

Mas as referências a Regin e Annika foram as que mais o deixaram preocupado. Toda a raça da mãe de Regin tinha sido exterminada pela Horda. Annika, conhecida por ser uma brilhante estrategista e uma lutadora destemida, dedicara toda a sua vida a exterminar vampiros.

A família de Emma declarara abertamente seu ódio aos vampiros. E, ao celebrarem cada uma das mortes, como era possível que Emma não se sentisse uma intrusa ali? Como era possível que não demonstrasse sentir medo delas? Todas as Valquírias tinham várias centenas de anos de idade, muito mais do que as poucas décadas de Emma, que era o que o Lore chamava de "intrusa" – um ser pertencente a outra espécie. Emma era *outra* em relação a tudo no planeta.

Será que era essa a causa do sofrimento que descobrira dentro dela? Será que a família dela distinguia entre o que era a Horda e o que era Emma? Teria de ser muito cuidadoso com isso. Poderia amaldiçoar vampiros sem querer e sem lembrar-se de Emma.

A única coisa positiva que conseguira encontrar nas Valquírias fora o fato de elas sempre terem mantido uma frágil trégua com os Lykae, dentro do raciocínio de que "o inimigo do meu inimigo é meu amigo".

Até o Acesso, quando todos os imortais foram forçados a guerrear entre si para sobreviver no Lore.

Essa notícia era mil vezes melhor do que se a família dela pertencesse à Horda. Mesmo assim, isso ainda trazia uma cota de problemas.

Quase todas as criaturas do Lore tinham, de algum modo, um parceiro para toda a vida. Os vampiros tinham Noivas, os fantasmas tinham Parentes e os Lykae tinham suas parceiras. Mesmo um ghoul nunca abandonava o bando que o infectara.

As Valquírias não estabeleciam esse tipo de laço.

Conseguiam toda aquela força no seu coven, mas eram completamente independentes quando estavam longe. Costumavam dizer que o que mais prezavam no mundo era a liberdade. É *impossível alguém aprisionar uma Valquíria porque o que ela mais deseja na vida é ser livre*, foi o que o pai de Lachlain lhe ensinara. E Lachlain iria tentar fazer exatamente isso.

Iria tentar mantê-la ao seu lado, apesar de ela provavelmente estar "aterrorizada" por causa dele. E sua família nem mesmo sabia que ele a atacara. Simplesmente suspeitavam que ele a tocara de um jeito que ninguém fizera antes.

E foi isso mesmo que ele fizera. E iria tornar a fazer, sob a influência da lua. Tal como todos os Lykae que encontravam a parceira, suas necessidades seriam muito fortes e seu autocontrole, muito fraco. Desde os tempos mais remotos, quando o rei estava em casa com a rainha, em Kinevane, todos os outros abandonavam o castelo na noite de lua cheia e nas noites anteriores e seguintes a esse dia, para que o casal pudesse se entregar com abandono e despreocupação aos seus impulsos.

Se, pelo menos, ela sentisse a mesma necessidade e agressividade, Lachlain não a assustaria tanto. Jurou trancá-la bem longe, mesmo sabendo que nada conseguiria impedi-lo de ir buscá-la...

Tudo seria muito mais simples se sua parceira pertencesse ao clã.

Só que, nesse caso, ele não teria *Emma*...

Quase na hora do pôr do sol, duas criadas bateram à porta para desfazer a mala dela e guardar suas roupas.

– Cuidem bem dos pertences dela – pediu Lachlain quando se ergueu da cama. – E não a toquem.

Deixando-as surpresas, ele encolheu os ombros, passou pelas cortinas fechadas e foi para a varanda. Olhou para o sol que se punha e observou seu lar, os terrenos, as colinas e a floresta que tivera esperança de que ela aprendesse a amar.

Quando o sol se foi, regressou ao quarto e franziu o cenho ao encontrar as criadas ao lado da cama analisando Emma cuidadosamente enquanto sussurravam. Contudo, ele sabia que não se atreveriam a tocá-la. Eram jovens Lykae que provavelmente nunca tinham visto uma vampira.

Estava prestes a lhes ordenar que saíssem, quando Emma subitamente abriu os olhos e se levantou da cama como se flutuasse. As criadas gritaram, horrorizadas; Emma soltou um silvo, voou e se segurou na cabeceira da cama enquanto as duas fugiam.

Lachlain sabia que o dia a dia não seria fácil.

– Calma, Emma – disse ele, caminhando rapidamente para se colocar a seu lado. – Vocês simplesmente assustaram umas às outras.

Emma fitou demoradamente a porta, e seu ar de espanto acabou por se dissipar. A pele voltou a ficar pálida e ela olhou para longe.

– Suas feridas estão cicatrizando muito bem.

Ela ficou calada, limitando-se a passar as pontas dos dedos sobre o peito.

– Quando você voltar a beber, elas ficarão completamente curadas.

Sentou-se ao lado dela e puxou a manga da própria camisa, mas ela se afastou.

– Onde estou? – Emma quis saber, percorrendo o aposento com os olhos até parar nos pés da cama de mogno. Concentrou-se nos complexos entalhes e, em seguida, olhou em volta para observar a cabeceira da cama, analisando atentamente cada símbolo que havia ali. O quarto estava mergulhado na escuridão, com exceção da lareira acesa, e as sombras faziam com que os símbolos parecessem dançar.

Aquela cama tinha começado a ser entalhada por artesãos no dia em que Lachlain nascera, não só para ele, mas principalmente para *ela*. Ele se deitara muitas vezes no lugar exato em que ela estava, olhando fascinado para os entalhes e imaginando como seria sua parceira.

– Você está em Kinevane. Está a salvo. Aqui, nada nem ninguém poderá lhe fazer mal.

– Você matou todos os três?

– Sim.

Claramente satisfeita, ela assentiu com a cabeça.

– Faz ideia do que os terá levado a atacar você daquela forma?

– Está perguntando isso *a mim*?! – exclamou ela, tentando se levantar da cama.

– O que é que você acha que vai fazer? – perguntou ele, obrigando-a a deitar-se novamente.

– Preciso ligar para casa.

– Já telefonei para sua casa ontem à noite.

Ela arregalou os olhos e exibiu certo ar de alívio.

– Jura? Quando é que elas vêm me buscar?

Ele ficou desapontado ao perceber a alegria que Emma sentira por se imaginar partindo dali... mas não podia culpá-la.

– Conversei com Annika, e agora já sei o que elas são. E o que você é.

Uma expressão de desânimo inundou o rosto dela.

– Você lhes contou o que *você* era?

Quando ele assentiu com a cabeça, Emma virou o rosto e ficou ruborizada. Devido à vergonha que sentiu, foi o que ele percebeu.

Lachlain tentou controlar a raiva e perguntou:

– Você se envergonha por elas saberem que você está comigo?

– Claro que sim!

Ele rangeu os dentes.

– Porque você me enxerga como um animal?

– Não. Porque você é o inimigo.

– Não tenho desavença alguma com a sua família.

Ela ergueu as sobrancelhas.

– Mas... Os Lykae não lutaram contra as minhas tias?

– Só no último Acesso. Isso já faz 500 anos.

– E você chegou a matar alguma delas?

– Nunca matei uma Valquíria – respondeu ele, com toda a honestidade, ainda que admitindo para si mesmo que isso só não acontecera pelo simples fato de nunca ter se visto frente a frente com uma delas.

Ela ergueu o queixo.

– E quanto a essa *coisa* que existe dentro de você? O que ela está tramando?

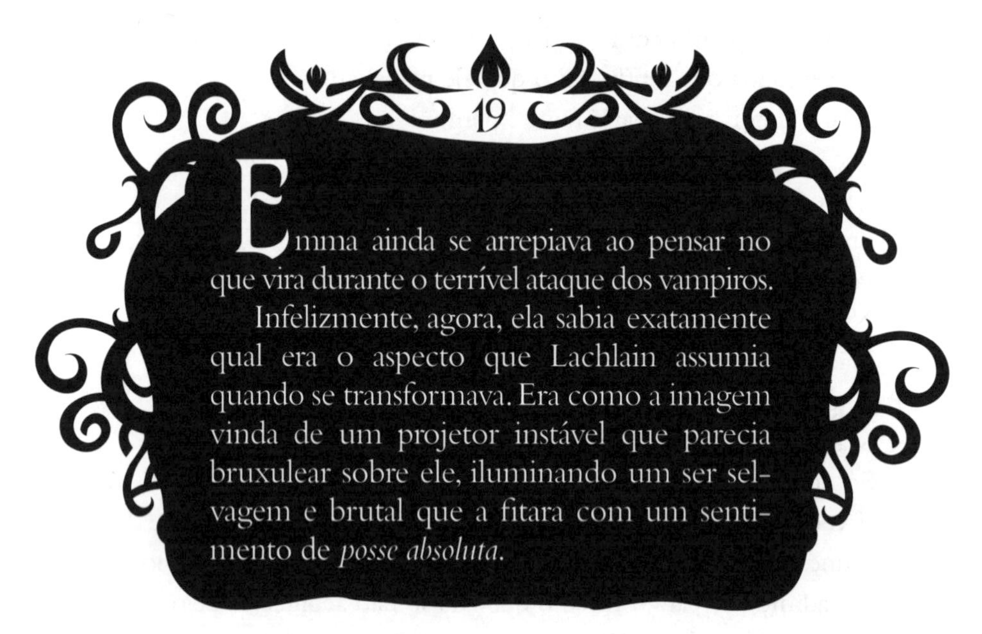

19

Emma ainda se arrepiava ao pensar no que vira durante o terrível ataque dos vampiros. Infelizmente, agora, ela sabia exatamente qual era o aspecto que Lachlain assumia quando se transformava. Era como a imagem vinda de um projetor instável que parecia bruxulear sobre ele, iluminando um ser selvagem e brutal que a fitara com um sentimento de *posse absoluta*.

E agora ela estava na cama dele.

– Emma, o que você viu na noite passada... Aquilo não é o que eu sou. – A luz da lareira projetava sombras no rosto dele, levando-a a lembrar-se de tudo. – É só uma pequena parte de mim, e eu consigo controlá-la.

– Controlá-la? – Ela concordou lentamente com a cabeça. – Quer dizer que foi você que tomou a decisão de me atacar no campo e no hotel em Paris? Você *queria* me estrangular?

Ele reprimiu uma forte vontade de franzir o cenho.

– Preciso lhe explicar uma coisa. Você sabe que eu fui aprisionado pela Horda, mas não sabe que fui... torturado. Isso afetou meu comportamento e minha maneira de raciocinar.

Emma sabia que ele tinha sido torturado, só não sabia de que forma.

– O que eles fizeram com você?

Ele se mostrou mais circunspecto e misterioso.

– Vou poupá-la desses pormenores. Por que você nunca me revelou que era metade Valquíria?

– Que diferença isso faria? Continuo sendo uma vampira, e minhas tias são suas inimigas.

– Não, não são – insistiu ele. – Não considero inimigas pequenas fadas que moram em outro continente.

Seu tom de desdém revelou-se quase tão venenoso como se ele tivesse admitido que elas *eram* inimigas.

– Quando Annika vem me buscar?

Ele estreitou os olhos.

– Você me prometeu ficar aqui até a lua cheia.

Emma quase se engasgou de espanto.

– Você não... Quer dizer que ela não vem me buscar?

– Por enquanto, não.

Emma abriu a boca com ar de descrença.

– Não acredito! Já que você veio do passado, vou colocá-lo a par de algumas regras básicas. Uma delas diz que, quando Emma é quase morta por vampiros, ela ganha automaticamente o direito de sair da verdadeira prisão, que é a alcova dos Lykae. – Levantou dois dedos. – Quer outra regra? Agora que as minhas tias sabem o que você é, vão matá-lo imediatamente se você não me mandar de volta para o coven. Sua melhor estratégia seria me deixar partir o mais rápido possível.

– Se elas conseguissem encontrar este local, mereceriam tentar me matar.

Ao perceber o quanto ele estava determinado em relação a isso, Emma sentiu o lábio inferior tremer.

– Você vai me manter longe da minha família justamente quando eu mais preciso dela?

Uma lágrima quente deslizou pela sua bochecha. Antes, ele parecera revoltado com as lágrimas dela. Agora parecia... atormentado, e se aproximou dela na mesma hora para enxugá-las.

– Você quer ir para casa e vai, mas terá de esperar mais alguns dias.

Sem se dar ao trabalho de ocultar a frustração, Emma perguntou:

– Que diferença fazem alguns dias?

– Eu pergunto a mesma coisa para você.

Ela rangeu os dentes, controlando a irritação e as lágrimas inúteis.

Lachlain segurou-lhe o rosto e acariciou-lhe a bochecha com o polegar. Com voz dura, disse:

– Garota, já que terei apenas pouco tempo com você, não quero brigar. Deixe-me mostrar Kinevane para você. – Ergueu-se e dirigiu-se às pesadas cortinas, abrindo-as por completo, e, em seguida, voltou para junto dela.

Apesar de ela se retrair e se afastar dele, Lachlain pegou-a no colo e levou-a através do espaçoso quarto até a varanda.

– Você vai ficar espantada ao ver que tudo isso ainda me pertence. Não há nenhum *Walmart* por aqui.

Ela viu a lua subindo sobre um castelo imponente, iluminando seus tijolos antigos e magníficos gramados. O nevoeiro trazia um leve aroma de mar.

Ele apontou para longe.

– Você não conseguirá enxergar os muros em torno da propriedade, mas fique sabendo que estará sempre protegida, desde que não saia do terreno.

Quando a colocou sentada sobre o parapeito da varanda, as pernas dela se enroscaram com força nas pilastras de mármore, apesar de ele estar segurando-a pelos quadris.

Emma percebeu que Lachlain reparou na reação instintiva dela com ar de estranheza, mas não comentou nada. Em vez disso, perguntou:

– O que você acha?

Ele parecia orgulhoso, o que não era de espantar, tendo em conta que era dono de uma propriedade magnífica como aquela.

No meio da fachada de pedra do castelo havia espetaculares formações de tijolos em forma de espinha de peixe, que serviam de moldura para as janelas, combinavam com os caminhos em volta e até mesmo com a parte de trás da enorme lareira do quarto. Os jardins eram imaculadamente bem-cuidados. Se o resto do castelo estivesse decorado da mesma forma suntuosa que o quarto do rei, Kinevane seria um testemunho de muito luxo e riqueza. Sua sensibilidade de Valquíria fez com que ela apreciasse ainda mais tudo que via.

– Que tal? – perguntou Lachlain, curioso e com esperança de que ela gostasse de tudo.

Emma se voltou, erguendo o olhar para cima da linha de árvores, a fim de observar a lua.

– Acho que faltam apenas alguns dias para a lua cheia.

Quando se virou, reparou que Lachlain tinha os maxilares cerrados. Ela puxou cabelos presos para trás e sentiu-os sujos e pegajosos.

– Quero tomar um banho, Lachlain – anunciou, inclinando-se para olhar atrás dele, à procura de um banheiro.

Esquivou-se e se contorceu, tentando se libertar das mãos dele, até que Lachlain finalmente colocou-a no chão.

– Deixe que eu a ajudo. Você ainda está fraca...

– Quero tomar um banho. *Sozinha!* – rebateu ela, já se dirigindo a passos largos até o opulento – e muito moderno – banheiro. Apressou-se a trancar a pesada porta e descobriu, horrorizada, que suas unhas estavam imundas.

Despiu a blusa que ele vestira nela – uma camisa dele, reparou – e ficou espantada ao ver as marcas feias e sinuosas que lhe desciam e sobressaíam no peito. Deixou escapar um gemido involuntário e se sentiu cambalear. Não iria esquecer, pelo resto da vida, o olhar que aquele vampiro lhe lançara no instante em que a arranhara. Lembrou-se que tinha se arrependido, naquela hora, de ter dado uma cabeçada nele. *Agora eu vou pegá-lo de jeito*, pensou na hora, quando a mão dele girou sobre a sua cabeça. Por que ela o provocara?

Ligou o chuveiro e esperou que a água escorresse e esquentasse. Depois entrou sob os jatos. Um fio vermelho escorreu quando limpou o sangue seco que tinha nos cabelos e, trêmula, focou a atenção nele. *Três vampiros*. O fio vermelho de sangue rodopiou várias vezes em direção ao ralo. *Por que eu o provoquei?*

Mas quem estava vivo, agora?

A essa altura, ela deveria estar morta. Mas não estava. Sobrevivera ao ataque.

Franziu o cenho. Tinha sobrevivido aos vampiros. E ao sol. E *também* ao ataque de um Lykae – tudo na mesma semana. Seus piores receios desde dezenas de anos atrás estavam se tornando – mordeu o lábio inferior – coisas do passado?

– Emma, deixe-me ajudar você.

Ela ergueu a cabeça na mesma hora.

– Você deveria comprar um aparelho de audição, sabia? Eu disse *sozinha*!

Ele concordou com a cabeça.

– Sim, você sempre me diz isso, mesmo assim eu fico ao seu lado. É desse jeito que as coisas funcionam entre nós.

A voz dele era calma e, apesar da ideia maluca, aquilo lhe pareceu *sensato*.

Privacidade? Você não terá nenhuma...

Esticou a mão para pegar o frasco de xampu. Era o xampu dela, que já *tinham tirado da mala para sua estadia ali*. Atirou-o contra ele com muita força, como se fosse um punhal e, com isso, colocou um ponto final na conversa. Ele se abaixou, evitando o projétil por pouco, e o frasco voou até o quarto. O som de algo se estilhaçando soou como um elogio aos ouvidos dele. Por que ela o estava provocando?

Porque era gostoso fazer isso.

Ele ergueu as sobrancelhas.

– Você vai acabar se machucando.

Às cegas, ela tateou à procura do condicionador e reagiu, dizendo:

– Mas você vai se machucar antes!

Quando atirou outro frasco sobre ele, Lachlain assentiu rapidamente e com vigor.

– Muito bem.

Enquanto fechava a porta, ele pensou que seria complicado se habituar a não poder fazer, em sua própria casa, o que lhe dava na telha.

Ao ver o espelho caríssimo que ela quebrara, lembrou que a peça destruída já estava havia muitos séculos em Kinevane. Poderia até ser o mais antigo ainda existente no mundo. Encolheu os ombros. Pelo menos, ela estava recuperando as forças.

Durante 15 minutos, Lachlain andou a esmo pelo corredor, atento para o caso de Emma chamar por ele, embora isso fosse pouco provável. Tentou imaginar uma forma de convencê-la a beber mais uma vez dele. Se o sangue dele tornava-a mais forte, ela precisaria disso em abundância. Providenciaria para que isso acontecesse.

Emma estava furiosa, desejosa de regressar à família, e Lachlain compreendia essa necessidade. Mas não havia jeito de mandá-la de volta para casa. E se ele a acompanhasse? Não... Ele não conseguiria ferir nenhuma daquelas Valquírias, nem mesmo para se defender, mas elas não sabiam disso.

Arrependeu-se de ter sido tão duro depois de saber de tudo pelo que Emma passara. Agora, porém, *não havia tempo* para pensar nisso.

Quando voltou ao quarto, ela já tinha terminado. Estava vestida como se fosse sair.

– O que você pensa que está fazendo? – perguntou ele, de forma abrupta. – Precisa ficar na cama.

– Vou sair. Você me disse que era seguro.

– Claro que é! Eu a levo lá fora...

– A ideia é ficar longe de você! Você vai conseguir me manter presa aqui por mais quatro noites, mas isso não quer dizer que eu tenha de passá-las na sua companhia.

Ele a agarrou pelo cotovelo.

– Tudo bem, mas você precisa beber alguma coisa antes de sair.

Emma lançou um olhar fulminante para a mão dele.

– Quer me largar? – disse, entredentes.

– Você vai beber, Emma! – rugiu ele.

– *Vá* amolar outro, *Lachlain*! – reagiu ela aos gritos, desvencilhando-se dele. Quando Lachlain tornou a agarrá-la, Emma tentou esbofeteá-lo com tanta rapidez que ele quase não percebeu a mão que surgiu no ar. Por muito pouco, não foi atingido, mas conseguiu segurar o braço dela a tempo.

Com um rugido grave e ameaçador, Lachlain colocou sua mão atrás da nuca de Emma e a encostou com firmeza contra a parede.

– Já disse para não me bater. Fique sabendo que, da próxima vez que você tentar fazer isso, eu vou reagir.

Emma manteve o queixo erguido, mas implorou silenciosamente para que seus olhos não piscassem.

– Um golpe seu seria o bastante para me matar.

A voz dele tornou-se mais rouca.

– *Eu nunca bateria em você.*

Inclinou-se para frente e roçou os lábios nos dela.

– Sempre que isso acontecer, vou retribuir a agressão com um beijo.

Emma sentiu os mamilos enrijecerem e ficou furiosa com a falta de controle sobre o próprio corpo – ele parecia ter mais controle sobre seu corpo do que ela própria. Mesmo depois de toda a confusão e do pânico das últimas noites, bastara um pequeno roçar dos lábios dele nos seus para que ainda o desejasse. Mesmo estando aterrorizada pelo que existia dentro dele. E se Lachlain se transformasse quando estivessem fazendo sexo? Essa ideia a fez afastar-se dele.

– Sei que você quer mais que um beijo – disse ela. – Não é por isso que vai me obrigar a ficar até a lua cheia? Para poder dormir comigo?

Exatamente como avisara que iria fazer.

– Não vou negar que desejo muito ter você.

– E se eu propuser que resolvamos logo essa situação? Esta noite mesmo? Assim eu poderia partir amanhã de manhã.

Ela percebeu que ele ponderou aquela possibilidade, antes de responder.

– Você dormiria comigo só para poder ir embora alguns dias antes? – quis saber ele, parecendo magoado. – Você me daria o seu corpo em troca da liberdade?

– Por que não? – retorquiu ela, baixando o tom de voz até quase não passar de um sussurro. – Pense só naquelas coisas que fiz com você durante o banho em Paris, tudo em troca unicamente de uma ligação telefônica.

Pareceu-lhe vê-lo hesitar antes de lhe virar costas. Seguiu mancando até a lareira, baixou a cabeça e ficou olhando fixamente para o fogo. Emma nunca vira alguém fitar o fogo como ele fazia naquele momento. Com foco total nas labaredas. Enquanto a maior parte das pessoas parecia se perder diante das chamas tranquilizadoras, com Lachlain não acontecia isso. Seus olhos circunspectos apontavam e tremiam como se uma peça de teatro estivesse sendo representada dentro dele.

– Fique sabendo que eu lamento o modo como me comportei com você, mas não a deixarei ir embora. Por enquanto, você é livre para passear pelos campos e estará protegida.

Livre para passear pelos campos. Aqueles mesmos campos que estavam mergulhados na escuridão e que deveriam intimidá-la. Contudo, Emma estava ansiosa por explorá-los desde que sentira o cheiro de maresia. De qualquer modo, o lugar dela não era lá fora? Sem olhar para trás, Emma atravessou o quarto, foi até a varanda, subiu no parapeito e mergulhou na noite.

A última coisa que escutou foi a voz áspera dele:

– Eu sei que você vai voltar antes do alvorecer.

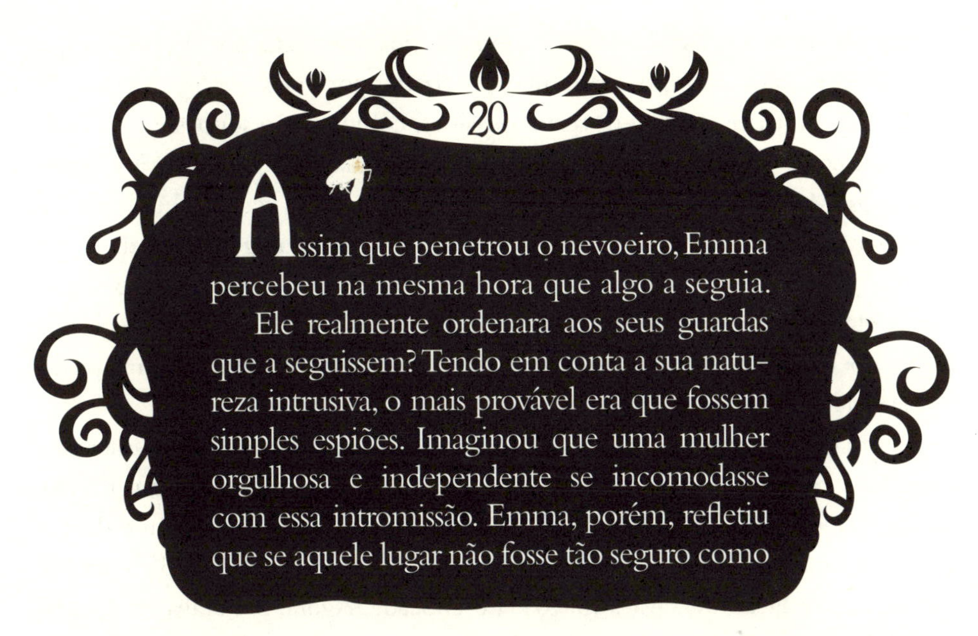

20

Assim que penetrou o nevoeiro, Emma percebeu na mesma hora que algo a seguia.

Ele realmente ordenara aos seus guardas que a seguissem? Tendo em conta a sua natureza intrusiva, o mais provável era que fossem simples espiões. Imaginou que uma mulher orgulhosa e independente se incomodasse com essa intromissão. Emma, porém, refletiu que se aquele lugar não fosse tão seguro como ele garantira e os vampiros atacassem novamente, ela nem precisaria fugir deles. Bastaria despistar os espiões de Lachlain que se escondiam nos arbustos.

Incapaz de sentir a desejada indignação por estar sendo espionada, Emma explorou um pouco as redondezas antes de se perder em pensamentos tolos. Em toda à sua volta havia flores silvestres que desabrocharam durante o dia e agora pareciam definhadas e tristes. *Perdi a beleza delas por questão de minutos. Essa é a história da minha vida.*

Mesmo assim, o lugar era agradável, com o lago – *loch*, como os escoceses chamavam – coberto pelo nevoeiro. De certo modo, aquilo a fazia lembrar-se de casa.

Fechou os olhos ao recordar a propriedade em que morava nos Estados Unidos. Daria tudo para regressar logo para lá. Na noite anterior, tinha sentido falta de jogar Xbox. Em sua terra, numa noite como aquela, ela estaria cavalgando pelos pântanos.

Deixou-se levar pelas lembranças, analisando cada uma delas e dando voltas e voltas enquanto refletia sobre tudo que lhe acontecera. Antes daquela viagem, sempre sonhara com algo mais. Agora, afastada à força de tudo que tinha, Emma percebeu o quanto sua vida anterior era maravilhosa. É claro que vivia sozinha e sentia falta de um companheiro. Agora, no entanto, que se via obrigada a lidar com um homem teimoso, autoritário, e era mantida prisioneira por ele, pensou que os relacionamentos amorosos eram supervalorizados por todos.

Sentia-se uma estranha em certas ocasiões, como se não soubesse para onde olhar ou como agir quando as tias começavam a falar, sempre aos gritos, sobre vampiros. Mas, normalmente, sua vida era boa. Era bem verdade que suas tias debochavam dela de forma impiedosa. Porém, analisando agora, percebeu que elas faziam isso *com todo mundo*. Como no caso de sua tia Myst, por exemplo. Havia alguns anos, após o incidente com o general vampiro, o coven colocara nela o apelido de Mysty, a Mulher Fácil dos Vampiros. E inventaram uma piada: *Como é que se separa Myst de um vampiro? Basta usar um pé de cabra.*

Emma sorriu, para sua surpresa. Elas podiam tratá-la de um modo diferente, mas *não a consideravam* uma estranha. Será que suas próprias inseguranças haviam determinado a forma como a viam ou o que pensavam dela? Recordou o dia em que queimou a mão. Até isso, agora, analisava sob uma perspectiva diferente. De início, a recordação deixava-a magoada e chocada. Agora, lembrava-se de duas coisas diferentes: Regin pulara sobre ela e estremecera de medo diante da tragédia iminente; e Furie anunciara a todas que *Emma era como elas*.

Ela sentiu os lábios se recurvando num sorriso. Furie dissera aquilo. A rainha delas.

Começou a ser invadida por uma sensação de entusiasmo, e sua vontade de voltar para casa e ver tudo com novos olhos tornou-se mais intensa. Queria ver sob essa nova perspectiva todas as coisas que considerara normais e para as quais era cega. Queria adormecer envolvida pelos reconfortantes sons dos insetos dos pântanos e dos guinchos peculiares das suas tias. Queria deitar-se nos lençóis amontoados debaixo da cama de princesa que tinha no quarto – e não na imponente cama de Lachlain. Tinha a impressão de que os símbolos entalhados ali relatavam uma história antiga. Que Freya a ajudasse, mas Emma tivera a impressão de que, quando estivesse deitada naquela cama, também faria parte daquela história...

Quando passou a mão por uma coluna de madeira, uma farpa penetrou sua palma. No passado, ela certamente teria urrado de dor. Desta vez, simplesmente suspirou. *Tudo era relativo, certo?* Comparado com o tremendo golpe que recebera no peito, aquilo não passava de um mero contratempo.

Voltou a cabeça de lado e contemplou a farpa, franzindo o cenho ao ser invadida por uma nova lembrança. Devia ter voltado a sonhar com Lachlain. Naquele dia.

Durante o sonho, reviveu o mais recente... encontro sexual que tinham tido, mas tudo se passara pelo *ponto de vista dele.*

Enquanto olhava para o pequeno fio de sangue em volta da madeira clara, deixou-se levar pelo sonho, sentindo as farpas da *cabeceira* da cama enterrando--se profundamente na mão dele enquanto a esmigalhava. Mas ele não se importara com a dor. *Precisava* manter as mãos ali. Aquilo era muito importante.

A necessidade que tinha de tocá-la chocava-se com seu desejo de conquistar a confiança dela. Emma *sentiu* o quanto ele estava desesperado para colocar as mãos nela – sentiu o desejo que crescia dentro dele e a ânsia de se esfregar e se lançar dentro dela – e admitiu para si mesma que, se a situação fosse o inverso, ela teria dito "Que se dane" e o apalparia.

Agora estava cada vez mais confusa, esmagada pela fome incontrolável que ele sentira, confusa por *ela* ter visto o teto mal pintado do motel, no instante exato em que ele atirara a cabeça para trás, debatendo-se para não atingir o orgasmo.

Mas os cabelos dela correram por cima dele, seus quadris se ajeitaram de forma implacável e os seios dela lhe pressionaram o peito. Ele a sentiu sugando-o com avidez e percebeu que terminara...

Ela pareceu ficar tonta por um instante quando a recordação desapareceu, e piscou duas vezes.

Ele agira de forma honrada. Tinha mantido a promessa, mesmo sob aquele ataque devastador de desejo. Sentiu vontade de poder regressar àquela noite para lhe dar o que ele necessitava com tamanho desespero. Mas não podia, pois tudo não passava de um sonho. Ou de uma *lembrança indistinta*. Ela caiu do parapeito. Por instinto, caiu em pé, embora tenha enterrado quase todo o pé no chão.

Foi tal como no sonho do colar.

Estava enlouquecendo. Assim como Nïx, que via coisas que *não devia.*

Lachlain, o que você fez comigo?

Sentou-se na grama molhada, num país estranho, onde as estrelas pareciam desordenadas, como se o céu tivesse, de certo modo, desabado de lado. E não havia ninguém com quem ela pudesse compartilhar seus medos e suspeitas.

Emma não voltou ao amanhecer.

Os guardas acompanharam-na até ela estar dentro de casa em segurança; depois disso, protegeram todas as entradas. Mas passou-se mais uma hora de grande agitação, com todos à sua procura, antes de Lachlain descobri-la enroscada dormindo debaixo da escada, num armário para vassouras. Será que Emma sabia que a amônia, as ceras e produtos de limpeza guardados ali impediam que ele sentisse o cheiro dela?

Rangeu os dentes ao encontrá-la tremendo no meio do pó e passou do estado de preocupação para o de ira.

– Maldição, Emma! – vociferou, pegando-a no colo. Que diabos ela estava *pensando*? Era ele quem definia as ordens ali e, por Deus, ela poderia ter...

A luz do sol invadiu o corredor e ele a levou para um canto, cobrindo-a com o corpo.

– *Fechem a porra dessa porta!*

– Desculpe! – Ouviu-se uma voz arrastada e familiar atrás dele assim que a porta se fechou. – Eu não sabia que havia vampiros por aqui. Você devia colocar alguns cartazes de aviso.

Quase na penumbra, Lachlain se virou e viu Bowe, seu primo e mais antigo amigo. O prazer que Lachlain sentiu ao vê-lo diminuiu ao reparar que Bowe perdera muito peso. No passado, ele era tão forte e musculoso quanto Lachlain. Agora, porém, estava muito magro e exibia um ar de doente.

– Estou muito surpreso por vê-lo vivo, mas parece que você voltou com uma surpresa ainda maior.

Bowe se aproximou e analisou Emma de forma quase indelicada, enquanto ela repousava nos braços de Lachlain. Tocou os cabelos dela e mexeu em seu queixo.

– Bela garota, só que está muito suja.

– Ficou imunda porque foi dormir debaixo da escada, agora de manhã. – Lachlain balançou a cabeça para os lados, incapaz de compreendê-la. – Bowe, eu lhe apresento Emmaline Troy. A sua rainha.

Bowe ergueu as sobrancelhas, numa demonstração de muita emoção, coisa que Lachlain não via desde que a parceira dele o abandonara.

– Uma rainha *vampira*? O destino deve odiar você. – Bowe continuou a examiná-la atentamente, o que levou Lachlain a fazer cara de poucos amigos. – As orelhas dela são pontudas?

– Ela é metade Valquíria – explicou Lachlain. – Foi criada num coven delas e mantida longe da Horda.

– Essa história está cada vez mais interessante – afirmou Bowe, embora não demonstrasse muito interesse.

Emmaline se arrepiou e enterrou o rosto no peito de Lachlain.

Bowe olhou para o primo com atenção.

– Nunca pensei que um dia pudesse ver você com essa cara de exausto. Vá dar um banho nessa sua Valquíria gelada e pequena, e depois aproveite para dormir um pouco. – Apesar de ainda não serem oito horas da manhã, completou: – Pode deixar que eu mesmo me sirvo de uísque.

Lachlain tinha enlouquecido por completo. Foi essa a conclusão a que Bowe chegou na tarde daquele mesmo dia.

Enquanto se servia de mais um scotch, refletindo e bebendo, Bowe admitiu para si mesmo que deveria ser o último a pôr em dúvida a possibilidade de existir uma parceira pertencente ao *outro lado*, mas isso seria ir longe demais. Afinal, não havia duas espécies mais incompatíveis entre si do que os vampiros e os Lykae. Mesmo assim, Lachlain pensava em tomar uma vampira, metade Valquíria ou não, como sua rainha?

Onde quer que ele tivesse estado nos últimos 150 anos, o fato é que seu cérebro estava prejudicado...

Bowe levantou o rosto, distraído por um momento pelos aromas que vinham das movimentadas cozinhas. Todos os que trabalhavam ali se preparavam para a chegada da lua cheia. Limpavam tudo, cozinhavam em abundância e se aprontavam para abandonar o castelo. Os cheiros dos fornos eram exatamente como ele lembrava, do tempo em que fora criado ali. Na verdade, as cozinhas eram o seu lugar favorito. Exibiu um ar pesado, tentando se lembrar da última vez em que comera. Talvez fosse melhor confiscar um pouco da comida que deveria ir para a vampira. Ela não iria sentir falta, mesmo...

Lachlain finalmente apareceu na biblioteca e saudou Bowe com uma expressão de censura.

– Santo Cristo, Bowe! Você ainda não parou de beber desde hoje de manhã?

– Como posso evitar? Kinevane sempre teve as melhores bebidas. Nada mudou.

Bowe serviu uma dose até a borda para o dono da casa.

Lachlain aceitou o drinque e se sentou atrás da escrivaninha. De certo modo, parecia mais fatigado do que antes, embora suas roupas estivessem muito amarrotadas, como se ele tivesse acabado de acordar. Também tinha uma marca no pescoço. *Não. Lachlain não permitiria tal depravação. Que diabo teria acontecido com ele?* Refletindo sobre o assunto, Bowe empurrou a jarra de cristal sobre a escrivaninha na direção de Lachlain. Ao notar sua cara de espanto, disse:

– Tenho a impressão de que você vai precisar muito dessa bebida quando for me contar onde esteve. Não conseguimos encontrar você, apesar de termos procurado durante décadas.

Bowe reparou que a sua voz parecia irada, como se culpasse Lachlain pelo próprio desaparecimento.

– Vocês nunca me encontrariam. Do mesmo modo que eu nunca fui capaz de encontrar Heath – disse Lachlain em tom de desânimo, como sempre acontecia quando mencionava o irmão mais novo.

Bowe balançou a cabeça para os lados ao lembrar de Heath. Jovem de temperamento muito difícil, ele partira para vingar a morte do pai, não percebendo que todos que haviam tentado matar Demestriu nunca tinham conseguido regressar. Lachlain se recusara a aceitar que ele pudesse estar morto.

– Você esteve em Helvita?

– Por algum tempo.

– Ele não estava lá?

A expressão de Lachlain era de pura dor.

– A Horda... não o manteve vivo.

– Lamento muito, Lachlain. – Após uma longa pausa, Bowe fez cara de estranheza e quebrou o silêncio. – Você disse "por algum tempo".

– Sim. Até que Demestriu decidiu me colocar nas catacumbas.

– Catacumbas?

No Lore, corriam rumores de que a Horda tinha uma fogueira eterna instalada nos subterrâneos de Paris. Ela era mantida unicamente para torturar os imortais incapazes de morrer pelo fogo. Os intestinos de Bowe começaram a se revirar, e a bebida pareceu girar em seu estômago vazio.

Vendo que Lachlain não dizia nada e se limitava a beber, a expressão de Bowe endureceu.

– Então, o fogo de que falam é verdadeiro? Você ficou lá durante quanto tempo?

– Na masmorra, eu fiquei por dez anos. Passei no fogo o resto do tempo.

Ao ouvir isso, Bowe esvaziou o copo e tornou a pegar a jarra.

– Como conseguiu manter a sanidade mental?

– Você sempre foi muito direto. – Lachlain se inclinou para a frente, com as sobrancelhas unidas, como se lutasse para expressar seus pensamentos. – Quando eu escapei, ainda não estava louco. Fui enfrentando ataques de raiva, um após o outro, destruindo tudo o que não me parecia familiar e vivendo poucos momentos de lucidez. Ainda estava na fase de combater esses ataques quando encontrei Emma – admitiu.

– E como conseguiu escapar de lá?

Lachlain hesitou, mas em seguida resolveu responder e ergueu uma das pernas da calça.

Bowe debruçou-se para ver e assobiou de espanto.

– Você a perdeu?

Lachlain tornou a baixar o tecido.

– Não havia tempo. As chamas tinham abrandado um pouco e eu senti o cheiro dela vindo da superfície nas ruas acima, flutuando pelo ar. – De repente, pegou o copo e bebeu tudo de um gole só. – Tive medo de perdê-la depois de tanto tempo.

– Então, você... arrancou fora a própria perna?

– Sim.

Ao perceber que Lachlain estava prestes a esmagar o copo, Bowe mudou de assunto.

– Como vão as coisas com ela? – *Depois do que eles fizeram a você.*

– No início, eu a deixei aterrorizada. Perdia o controle sistematicamente. Mas acho que teria sido muito pior se ela não tivesse estado junto de mim. Acho que eu não teria conseguido me recuperar. Ela me acalma, e meus pensamentos estão tão centrados nela que nem tenho tempo para pensar no passado.

A bela acalmava a fera?

– E onde foi que você encontrou a sua Emmaline Troy, depois de ter se passado tanto tempo sem que soubesse onde ela vivia? Onde estava escondida a sua pequena rainha?

– Ela só nasceu há 70 anos.

Bowe ergueu as sobrancelhas.

– É tão jovem assim? E é tudo que você esperava?

– Muito mais do que eu sonhei. – Lachlain passou os dedos pelos cabelos. – Eu nunca poderia ter imaginado uma parceira como ela. Emma é inteligente, tem uma mente ardilosa e complexa. Sei que nunca conseguirei entendê-la. Também é, sem dúvida, a mais bela e irritantemente misteriosa mulher que eu já conheci. – Bebeu mais um gole, dessa vez saboreando-o com vagar. – Quanto mais entendo suas expressões e linguagem, mais percebo que minha parceira é uma garota espirituosa e divertida. – Sorriu quase sem querer, certamente se lembrando de algum momento engraçado. Quando tornou a se virar para Bowe, completou: – Não esperava que ela fosse tão divertida, mas fico contente que seja assim.

Bowe percebeu que algo de extraordinário se passava dentro de Lachlain. Algo que lhe permitia até mesmo sorrir do que passara mesmo tão pouco tempo depois de ter sido torturado. Mesmo que Bowe tivesse questionado Lachlain e imaginado, a princípio, que ele estava confuso e enganado em relação à sua parceira, agora já não lhe restavam dúvidas. Lachlain estava *apaixonado* por essa jovem Emmaline. Obviamente ela pertencia *a ele*.

– Então, como é que você pensa em mantê-la? Parece que os cuidados com ela e sua alimentação especial serão muito complicados.

– Ela bebe de mim. Nunca bebeu de outro ser vivo.

Apesar de já ter visto a marca no pescoço, Bowe exibiu um ar de surpresa.

– Quer dizer que ela não mata?

– Nunca – garantiu Lachlain, com orgulho. – Eu também me preocupei com isso, mas ela é dócil e não faria mal a uma mosca. Tive de obrigá-la a beber do meu sangue.

– É por isso que sua perna não está se curando na velocidade que deveria – observou Bowe.

– Um preço pequeno a pagar.

– E como é, quando ela bebe? – Enquanto Lachlain refletia em como responder a essa pergunta, Bowe completou: – As emoções que você tenta esconder são muito reveladoras.

Por Deus, o rei *gostava* daquilo.

Lachlain passou a mão pela boca.

– O ato, em si, é intensamente... prazeroso – confessou Lachlain, com sinceridade. – Independentemente do ato, no entanto, acho que isso cria laços entre nós. Serve para nos unir. Pelo menos, *comigo* funcionou assim. – Num tom mais baixo, admitiu: – Acabei por desejar mais esse momento do que ela mesma.

Ele estava perdidamente apaixonado por ela. Vampira ou não, Bowe invejou aquela sensação.

– E como essa jovem imortal está lidando com o épico destino de ser a sua rainha?

– Ela ainda não sabe. – Ao ver a expressão de Bowe, acrescentou: – Não vai ficar nem um pouco satisfeita. Como eu já disse, eu não fui... Não a tratei como deveria, no início. Não demonstrei respeito por ela, nem me dei ao trabalho de esconder meus sentimentos em relação à natureza dos vampiros. Tudo que ela quer agora é voltar para sua casa, e eu não a censuro.

– Estou aqui tentando descobrir o porquê de você não tê-la marcado nem declarado que ela é sua, até agora. Vivemos uma época de muita vulnerabilidade.

– Sei perfeitamente disso, pode acreditar. Passei séculos imaginando como seria mimar e proteger a minha parceira. Contudo, transformei a vida de Emma num verdadeiro inferno.

– Então, por que hoje de manhã você estava tão zangado com ela, Lachlain? – Estreitou os olhos. – Não dá para descrever o quanto isso é imprudente.

– Eu estava preocupado e me zanguei. Mas já não estou...

– Você não a declarou como sua! Poderá perdê-la.

– Foi isso que aconteceu com Mariah?

Lachlain sabia que não devia falar dela com Bowe.

Mariah fora a fada companheira de Bowe, que morrera ao tentar *fugir* dele.

Quando Bowe lhe lançou um olhar enfurecido, Lachlain acrescentou:

– Sei que você nunca fala sobre esse assunto, mas nesse caso em especial... Existe algo que eu deva saber?

– Existe, sim. Sua Emma pertence aos *outros*, e sempre será assim. Não seja teimoso e burro. E não tente forçá-la a se comportar como você desejaria. – Em voz baixa, Bowe acrescentou: – Senão, vai acabar se tornando um caso de exemplo negativo para todos, como aconteceu comigo.

Lachlain pareceu que ia dizer algo, mas hesitou.

– O que foi? Pergunte-me o que quiser.

– Como você faz? Para seguir em frente depois de tanto tempo? Agora eu compreendo perfeitamente o que você perdeu, mas não sei se seria capaz de conseguir o que você consegue.

Bowe ergueu uma sobrancelha.

– E eu acho que não conseguiria aguentar minha carne sendo queimada diariamente durante muitas décadas sem enlouquecer. – Encolheu os ombros. – Todos nós temos tormentos e limitações. – Só que os dois casos não eram iguais, e ambos tinham noção disso. Bowe iria até o inferno, alegremente, se isso lhe permitisse trazer Mariah de volta.

– Você acredita que Mariah possa...? – Lachlain se deteve, unindo as sobrancelhas. – Você a viu morrer, não foi?

Bowe virou a cabeça, pois sentiu o rubor que lhe invadiu o rosto. Com uma voz quase inaudível, revelou:

– Eu mesmo a sepultei.

Fora exatamente assim, e ele sabia que Mariah tinha partido. Mas também sabia que o Lore era imprevisível e, muitas vezes, as regras não eram muito rígidas. Agora, ele passava a vida à procura da chave para trazê-la de volta à vida.

O que mais lhe restava fazer?

O analítico Lachlain estava colocando-o à prova.

– Você não pode tê-la de volta.

Bowe encarou-o novamente.

– Ninguém escapa aos vampiros. Os Lykae não podem ter uma parceira que seja metade vampira. Não existe nenhuma criatura que seja vampira e Valquíria ao mesmo tempo. Quem é você para me dizer o que é possível ou não?

Lachlain manteve-se em silêncio, sem dúvida encarando aquilo como um delírio, uma fraqueza. Bowe pensou se Lachlain lhe permitiria manter a possível ilusão.

– Você está certo – concordou Lachlain por fim, surpreendendo Bowe. – Há muitas coisas que acontecem para as quais não temos qualquer explicação. Se há duas semanas você tivesse me anunciado que minha parceira era uma vampira, eu teria dito que você tinha a mente doentia e estava muito mal da cabeça.

– Certo, por isso é que você não deve se preocupar comigo. Já tem problemas suficientes na mente. Harmann me contou que, há duas noites, você sofreu uma emboscada armada por três vampiros.

Lachlain concordou com a cabeça.

– Nos últimos tempos, os vampiros andam perseguindo Valquírias por todo o mundo. Pode ser que tenham vindo em busca de Emma.

– Pode ser, sim. Ela é o primeiro vampiro fêmea de que ouço falar em vários séculos.

– Portanto, eu tenho um incentivo ainda maior para destruir a Horda. Não permitirei que eles a apanhem.

– O que planeja fazer?

– Conseguirei reencontrar as catacumbas em Paris, e poderemos esperar pelo regresso dos guardas lá mesmo. Vamos obrigá-los a revelar onde fica Helvita.

– Já torturamos vampiros antes e nunca conseguimos extrair essa informação deles.

O rosto de Lachlain ficou duro como pedra, com uma expressão mortífera, e seu olhar se tornou cortante.

– Eles me ensinaram muita coisa sobre tortura.

Lachlain podia estar se curando por fora. Por dentro, porém, permanecia atormentado. Mas tinha razão: se não tivesse encontrado sua parceira agora... Por outro lado, o que aconteceria a Lachlain se ele a *deixasse* para exercer a sua vingança?

– Você está pronto para uma guerra?

Bowe exibiu uma expressão de tédio.

– E quando foi que não estive? Contudo, isso é curioso... Qual é a pressa? Logo agora que a encontrou, você está ansioso por deixar sua nova parceira?

– Eu já disse que não disponho de muito tempo para pensar no passado. Depois de marcá-la, determinar que é minha e convencê-la a ficar comigo, cuidarei da minha vingança.

– Entendo...

– Não sei se você entende. Não posso ignorar os votos de vingança que fiz a mim mesmo todos os dias que passei no inferno. – O copo de uísque se estilhaçou na mão dele. Lachlain olhou para o chão, observou os cacos reluzentes e rugiu: – Isso era tudo que me restava.

– Lachlain, você sabe que lutarei ao seu lado. Garreth e os outros também farão isso, com muita alegria. Mas não acredito que sejamos capazes de vencer. Assim que nos localizarem, não interessará se somos mais fortes ou mais numerosos. Seremos sempre derrotados.

– Já somos em maior número?

– Oh, sim. Somos centenas de milhares, agora.

Ao perceber a expressão de incredulidade de Lachlain, Bowe explicou:

– Um continente livre de vampiros é muito mais confortável para o clã. Eles regressaram aos antigos costumes, e cada família teve sete, oito ou até mesmo dez crianças. O único problema dos Estados Unidos é que existem dois covens de Valquírias lá. – Esboçou um sorriso maldoso. – Você sabe muito bem como as suas parentes por afinidade se preocupam em manter o território conquistado.

O rosto de Lachlain ficou muito sério.

– Nem me lembre!

– A propósito... Se eu, apesar das minhas limitadas habilidades de contato social, ouvi rumores sobre um aumento nas atividades do castelo, certamente outros também já ouviram. Você não tem muito tempo. Não consegue seduzi-la?

Com uma expressão dura, Lachlain admitiu a verdade.

– Duas noites atrás eu... eu quase a estrangulei até a morte enquanto dormia.

Bowe estremeceu, tanto por causa do ato como pela vergonha quase palpável que sentiu em Lachlain.

– Nessa mesma noite, ela viu quando eu me transformei para lutar com os vampiros.

– Céus, Lachlain. E como ela reagiu à transformação?

– Achou-a aterrorizante, é claro. Agora está ainda mais tensa e retraída comigo do que antes. – Passou a mão pela nuca.

– Por que você não conta a ela o que aconteceu?

– Nunca. Tenho de acreditar que ela vai acabar gostando de mim. Se isso acontecer e ela souber o que houve comigo, só terá mais sofrimento. Acho que ela acabará por ceder, mas preciso de mais tempo. Se, ao menos, eu pudesse acelerar o processo.

– Faça com que ela fique bêbada. Os machos humanos fazem isso o tempo todo. Nessa noite em que ela perder as inibições...

Lachlain quase riu, mas logo percebeu que Bowe falava sério.

– Por que não?

Lachlain balançou a cabeça para os lados.

– Não. Pelo menos enquanto houver outras possibilidades.

Quando Bowe viu Lachlain olhando fixamente para a janela, percebeu que o pôr do sol se aproximava e disse:

– Vá logo. Esteja ao seu lado no momento em que ela acordar.

Lachlain assentiu com a cabeça e se levantou.

– Na verdade, quero estar lá antes que ela se levante. A minha garota prefere se deitar no chão, mas eu a contrariei. Não vou mais permitir que...

– *Sua piranha nojenta!* – gritou uma mulher. O barulho veio da galeria do andar de baixo.

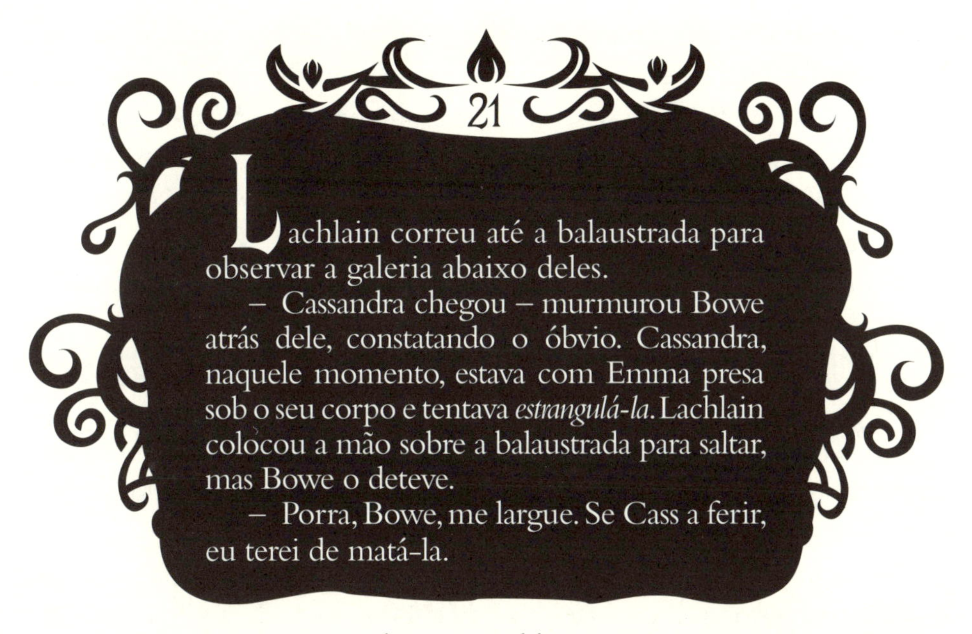

21

Lachlain correu até a balaustrada para observar a galeria abaixo deles.

– Cassandra chegou – murmurou Bowe atrás dele, constatando o óbvio. Cassandra, naquele momento, estava com Emma presa sob o seu corpo e tentava *estrangulá-la*. Lachlain colocou a mão sobre a balaustrada para saltar, mas Bowe o deteve.

– Porra, Bowe, me largue. Se Cass a ferir, eu terei de matá-la.

Vendo que Bowe não o largava, Lachlain tentou socar o amigo. Como não estava habituado a fazer isso, usou o punho esquerdo, que era o mais fraco. Esperando por isso, Bowe deteve o soco em pleno ar e lhe torceu o braço.

– Você *ainda* se sente culpado por aquele soco que me deu quando éramos meninos, não é? Mais uma vez, eu lembro a você: acabei por despertar. Agora, observe a situação atentamente e tente dar mais crédito à sua parceira.

Lachlain assentiu, mas, ao mesmo tempo, ergueu o outro cotovelo e quase atingiu o rosto de Bowe.

Emma bateu com a testa no nariz de Cass. Lachlain hesitou.

– Sua Emmaline ainda está longe de perder o fôlego. Se ela não se impuser agora, passará a vida sendo desafiada. Você já se esqueceu? *Somos uma raça cruel que venera a força*. – Bowe exibiu um sorriso de deboche ao recitar essa frase, como se imitasse alguém.

– Maldição, isso não me interessa, ela é pequena. E ainda está se recuperando dos ferimentos...

– Ela é astuta e alguém a treinou – comentou Bowe, muito calmo, largando Lachlain quando Emma ganhou espaço entre ela e Cass. Em seguida, deu um pontapé tão rápido que o movimento pareceu um borrão. Seu pé atingiu o peito de Cass com muita violência, lançando-a ao outro lado do pátio. Lachlain balançou a cabeça para os lados, sem conseguir acreditar no que via.

Enquanto isso, Bowe foi se servir de mais um uísque e puxou duas cadeiras para ambos se sentarem.

Cass afastou o cabelo do rosto.

– Você vai pagar por isso, sanguessuga.

Emma lançou-lhe um olhar de tédio enquanto se levantava com calma e graça, mas seus olhos disparavam raios prateados.

– Pode vir que eu estou aqui mesmo.

Bowe tinha razão: Emma não estava nem mesmo ofegante.

Cass se ergueu para responder ao desafio. Pulou sobre Emma, aproveitando-se do seu tamanho para derrubá-la, e aplicou-lhe um soco curto e direto na boca.

Lachlain rugiu enfurecido e saltou sobre o gradil. Antes de chegar junto delas, Emma cravou suas garras em Cass, libertou-se e saiu debaixo da oponente. De repente, levantou-se, girou o corpo com rapidez e lhe deu uma bofetada com as costas da mão.

Lachlain conhecia a força daquele golpe.

Cass foi lançada contra a parede do outro lado do corredor, e uma tapeçaria pesada caiu sobre ela. Não tornou a se levantar.

Bowe pulou logo atrás de Lachlain, soltou um assobio como se soprasse o ar e disse:

– A única coisa que teria tornado essa luta melhor seria gelatina espalhada no chão.

Quando Lachlain se aproximou de Emma, segurou-a pelos ombros. Mas ela se desvencilhou por instinto e o atingiu no olho. Ele cerrou os maxilares, balançou a cabeça, e observou-a atentamente, em busca de possíveis ferimentos. Assustou-se ao ver o corte fundo em seu lábio inferior e rasgou um pedaço da própria camisa para limpar o sangue. A resposta dela foi um silvo de desconforto.

– *Isso* dói em você?

Bowe ajudou Cass a se levantar e arrastou-a ao longo do corredor.

– Que merda é essa? – berrou Lachlain para Cass, virando-se de imediato para Emma e dizendo: – Eu lhe peço desculpas.

Ela fez cara de poucos amigos.

– É o que você mais faz… Deixe pra lá… – Pressionou as costas da mão contra o lábio, que ainda sangrava.

– Lachlain, você está vivo! – gritou Cass, correndo para ele. O olhar furioso que ele lhe lançou deixou-a confusa. Ela diminuiu o passo e estancou. – O que aconteceu com você? – quis saber. – E quem é essa vampira que passeia livremente por Kinevane?

Emma desviou o olhar de Cass para Lachlain, como se mal pudesse esperar para ouvir a resposta.

– Ela deve ser tratada como convidada de honra.

Cass ficou boquiaberta. Bowe voltou-se para Emma e se apresentou.

– Sou Bowe, um velho amigo de Lachlain. Passei a tarde ouvindo falar de você. Prazer em conhecê-la.

Desconfiada, Emma simplesmente assentiu com a cabeça.

Vendo isso, Cassandra perguntou:

– Desde quando sanguessugas são nossas convidadas de honra?

Lachlain agarrou-a pelo cotovelo.

– *Nunca mais se refira a ela por esse nome.*

Diante do insulto, os olhos de Emma tornaram a ficar prateados. Ao girar sobre os calcanhares e se dirigir para a porta, Lachlain ouviu-a murmurar numa voz estranha:

– Danem-se vocês todos… Vou para casa.

Depois de lançar um último olhar furioso para Cass, Lachlain seguiu Emma a tempo de ver quando ela viu seu reflexo num espelho.

Ela deu um salto para trás, apavorada com a própria imagem.

Tinha os cabelos revoltos, e o prateado dos seus olhos reluzia e se movimentava como gotas de mercúrio. Corria-lhe um fio de sangue pelo queixo, e as suas presas, apesar de pequenas, pareciam terrivelmente afiadas. Uma lágrima escorreu, deixando uma linha que marcava o percurso. Ele a viu afagar o rosto, parecendo não acreditar no que estava vendo. Então, soltou uma gargalhada curta e amarga. Os olhos deles se encontraram.

Lachlain adivinhou o que Emma estava pensando. E ficou triste, mesmo sabendo que isso iria ajudar a sua causa.

Ela estava pensando que, tal como ele, era um monstro.

– Isso ainda não acabou, vampira – gritou Cass.

Emma voltou-se com uma expressão tão ameaçadora que até ele ficou arrepiado.

– *Tem razão... A guerra mal começou* – disse ela para Cass, entredentes, e foi embora.

Lachlain demorou alguns segundos para conseguir formular uma frase.

– Bowe, tome conta dessa situação – disse ele, sem tirar os olhos de Emma.

– Pode deixar. De qualquer forma, você precisa contar tudo a ela – acrescentou. – Agora!

Emma estava com ar assustador.

Ao se olhar no espelho do banheiro enquanto lavava as mãos e o rosto, percebeu que, embora suas presas tivessem regredido, seus olhos ainda não tinham voltado à cor natural, e seus lábios estavam mais vermelhos do que o normal.

Assustador. Estava com as mesmas feições animalescas que vira no espelho do andar de baixo. Ao afagar o rosto, descobriu sangue nas unhas, por ter golpeado a barriga da agressora Lykae.

Marcas vermelhas de dentes e de garras? *Sou a sua garota...*

Ela recordou Lachlain na sua figura transformada e, ao fazê-lo, não se arrepiou como antes. Porque tudo era relativo, certo?

Alguém bateu na porta. Emma sabia que ele iria sair correndo atrás dela, mas tinha esperança de que, pelo menos, demorasse vários minutos para explicar algumas coisas aos outros dois. Pelo visto, também conseguira fazer com que desistissem de segui-la.

Mesmo assim...

– Vá embora!

– Eu sei que você quer a sua privacidade, mas...

– Vá... embora! Não quero que você me veja assim...

De repente, a porta se abriu com um estrondo.

– Você não ouviu o que eu *acabei* de dizer?

– Querer privacidade é uma coisa, mas esconder seu rosto de mim é completamente diferente, Emma.

Ele a virou de frente.

Emma se sentiu ainda mais humilhada por ele perceber que ela estava naquele estado. Os olhos das tias provocavam-lhe a mesma sensação, mas nelas isso era natural e ainda mais esperado, apesar de sempre lhe causar emoções fortes.

– Abra os olhos.

Ao ver que ela não o fazia, Lachlain declarou:

– Não é a primeira vez que os vejo assim.

Isso a levou a abrir os olhos. E arregalá-los.

– Como assim? – Ela percebeu, pelo modo como ele a fitava, que eles *ainda* estavam com a mesma cor estranha. – Veja só a sua cara de espanto! Era isso que eu queria evitar. Quando foi que você me viu assim?

– Eles mudam quando você bebe de mim. Neste momento, estou espantado porque, mesmo com os olhos prateados, eu desejo você.

– Eu não acredito que...

Ele colocou a mão dela em seu pênis rígido.

Na mente de Emma, surgiu a lembrança daquela noite no hotel. Levou os dedos até o membro ereto, envolvendo-o e pronta para acariciá-lo. Aquilo era uma lembrança... A lembrança confusa do ponto de vista *dele*. Afastou a mão na mesma hora.

– Meus olhos são estranhos – insistiu, incapaz de encará-lo. – Não consigo evitar isso.

– Eu os acho lindos.

Droga! Por que ele precisava ser assim tão tolerante e compreensivo?

– Bem, de minha parte, não achei a *sua* transformação tão linda, nem interessante.

– Eu sei. Posso viver com isso, se você também conseguir.

– Maravilha! Pelo visto, você não só superou seus preconceitos em relação a mim, como também compreende que eu não aceite o seu jeito de ser. Está tentando fazer com que eu me sinta uma idiota?

– Nunca. Só quero que você saiba que lamento muito o que aconteceu.

– Eu também.

Sim, ela podia ter acabado de dar uma surra naquela Lykae, mas isso não significava que *gostava* de ter sido obrigada a agir assim. Ela não culpava necessariamente Cassandra por tê-la atacado. Se Emma tivesse visto um vampiro circulando pela propriedade onde morava, admirando os quadros do lugar, também o teria atacado. Isso, contudo, *não significava* que Cassandra não era uma vadia.

Emma ficou abalada com o incidente. Todos os treinos que as tias haviam-na obrigado a aguentar pareceram vir-lhe à mente, e tudo se encaixava de forma inesperada. Ela se sentia uma pessoa diferente, agora. Na verdade, *vencera o embate*! Derrotara uma monstruosidade Lykae!

Apesar de se sentir uma tremenda Frau Badass, uma verdadeira transgressora, Emma ainda não superara o primeiro susto que lhe invadiu a mente quando, de repente, bateu no chão de pedra e deu com uma Lykae em cima dela.

Emma quis que Lachlain estivesse ali.

Mas sabia que ele acabaria por vir salvá-la.

Ele prendeu um dos cachos do cabelo dela atrás da orelha.

– Droga, você está com um corte na sua orelha de fada. – Ele se inclinou para beijá-la e isso lhe provocou um arrepio. – No lábio também. – Pousou outro beijo e lhe acariciou a maçã do rosto. Dessa vez, ela não sentiu a aversão que sentira ao toque dele, como antes. – Não posso perdoar Cass por ter deixado você cheia de marcas.

– Por mim, tudo bem – disse Emma, num tom ríspido.

– Mas você não demonstrou ter medo – assinalou, parecendo muito impressionado. Emma teve de admitir para si mesma que, quase tão interessante quanto ter Lachlain *aconchegado* junto dela beijando-lhe as feridas, era ele se comportar como se ela tivesse sobrevivido ao Armagedom. – O que mudou em você? Foi o meu sangue?

Isso a fez voltar à realidade com a força de uma agulha de vitrola antiga que arranha um disco de vinil. Que cara de pau a dele!

– Não seja tão convencido! Acabei de aprender muita coisa sobre mim mesma, sabia? Depois de sobreviver a constantes ataques de diversos Lykae – ele estremeceu ao ouvir isso –, sem falar no banho de sol que tomei e de ser quase dissecada por vampiros, só me resta perguntar: "É isso? Fala sério! São só esses os desafios que a vida tem para lançar no meu caminho?" Porque se isso é o pior e continuo superando cada um desses obstáculos…

– Sim, estou percebendo. Seus desafios estão deixando você cada vez mais forte.

Estavam mesmo. Droga, por que ele tinha de parecer tão *orgulhoso* disso? Quando é que começara a se comportar de forma tão diferente em relação a ela? Emma sabia o motivo de ter mudado, mas e quanto a ele? Se Lachlain continuasse a olhá-la com tanta admiração e respeito, será que ela seria forte o bastante para lidar com *isso*?

– Você acordou muito antes do pôr do sol? Eu estava justamente indo procurá-la quando ouvi os gritos de Cass.

Emma se levantara com tempo de folga para tomar banho e, como uma idiota, sentir um estranho pesar ao descobrir que, pela primeira vez, Lachlain não estava ao seu lado quando despertara.

– Eu não dormi bem... *naquela cama*.

– Foi por isso que eu encontrei você embaixo da escada?

Emma corou. Sombrio, isolado e cavernoso, embaixo da escada lhe parecera um bom lugar naquele momento. Mas isso era *maluquice*.

– Quem é aquela mulher? – perguntou, para mudar de assunto, embora já soubesse disso assim que a vira.

– Cassandra. É uma amiga do clã.

– Só *amiga*?

– Claro! Mas agora nossa amizade está estremecida, depois de ela ter ferido você.

– Você se colocou ao meu lado contra ela? Mesmo me conhecendo há pouquíssimo tempo?

Lachlain olhou fixamente para ela.

– Vou *sempre* estar do seu lado. Acima de qualquer outra pessoa.

– Por quê?

– Porque sei que você *sempre* estará com a razão.

– E aquele sujeito com ar sombrio? Bowen? Qual é o problema dele? – Ao ver que Lachlain franzia o cenho, acrescentou: – Por que ele tem um ar tão sofrido? – Com os cabelos muitos pretos e penetrantes olhos dourados, ele seria um tremendo gato se não tivesse o aspecto desolador de um sujeito viciado em heroína e com um ar vilanesco.

– Perdeu uma pessoa muito próxima.

– Lamento – disse ela, baixinho. – Quando isso aconteceu?

– No início dos anos 1800.

– E ele *ainda* não se recuperou?

– Está cada vez pior. – Lachlain encostou a testa na dela. – Isso faz parte da nossa natureza, Emma. – Ela percebeu que ele esperava algum comentário dela. Alguma observação a mais.

Ele já presenciara o seu pior momento e, ainda assim, continuava a desejá-la. Vê-la daquele jeito não o impedira de segui-la, de lhe beijar a orelha e se mostrar solidário. Aquela maravilhosa figura de homem, uma fantasia masculina saída de um sonho, queria algo mais. *Dela*. Será que ela estaria pronta para lhe dar o que ele queria? Emma se sentia destemida e no topo do mundo em virtude da sua primeira vitória, mas estaria pronta para permitir que Lachlain entrasse em seu corpo? Correria o risco de ver, mais uma vez, a libertação da fera que havia dentro dele?

Naquele momento, Emma se sentiu capaz de enfrentar isso.

– Lachlain, se alguém como você fizesse amor com... com alguém como eu, seria gentil? Faria as coisas com calma?

O corpo dele enrijeceu de tensão.

– Sim, eu poderia jurar isso, se você quiser.

– E não iria... se transformar numa fera?

– Não, Emma. Não esta noite – garantiu, com uma voz tão grave e poderosa que a fez estremecer. Seus mamilos endureceram. Emma precisava de Lachlain e o desejava, mesmo sabendo perfeitamente o que ele era.

Quando ergueu os dedos e os passou pelo rosto dele com rispidez fingida, Lachlain lhe lançou um olhar de incredulidade antes de, tomado pelo prazer, fechar as pálpebras de leve.

– Lachlain – murmurou ela –, eu acabei de bater em você.

A expressão dele era ilegível.

– É verdade.

– Você não vai... revidar?

Ele grunhiu baixinho e, invadindo a boca de Emma com a sua, levou-a para junto de uma bancada, pressionando-a com força e se colocando entre suas pernas. Espalmou as mãos em suas costas e puxou-a para si, fazendo-a sentir sua rigidez inflexível.

Quando ela arfou, ele tocou com sua língua a dela e foi correspondido. Ela desejou que ele aprofundasse o beijo, como fizera naquela primeira noite, no hotel. Mas o que ele fazia naquele momento era ainda melhor. Agressivo, mas também magistral. Suas manobras fizeram com que ela se sentisse derreter por dentro. Ondulou os quadris contra a ereção dele e quis que ele fosse mais longe.

Ele rosnou baixinho e, encostado aos lábios dela, disse numa voz áspera:

– Não suporto ver você ferida por dentro. Não vou deixar que seja magoada novamente por ninguém.

Ela se inclinou para a frente, beijando-o e enredando as mãos em seus cabelos pesados. As pernas dela o envolveram enquanto ele lhe apalpava as nádegas, pressionando-a contra si.

Com os dedos trêmulos, ela tentou desabotoar a camisa dele e soltou um som de frustração. Na mesma hora, ele rasgou a própria roupa e ela lhe agradeceu, mentalmente, por poder sentir os músculos do peito dele flexionando-se e relaxando sob suas mãos. Cada vez mais excitada e ousada, levou a mão para dentro da calça dele, a fim de agarrá-lo.

Ele lançou a cabeça para trás e gritou. Depois, puxou a blusa dela e o sutiã para cima, colocando seus seios à mostra. Aproximou a boca dos mamilos, e sua respiração poderosa os aqueceu, até que ele começou a sugá-los e ela pensou que fosse morrer de prazer.

Que se danassem o futuro, os compromissos, os receios e tudo o mais.

– Quero você – disse ela, quase sem fôlego, passando os polegares pela ponta úmida do pênis de Lachlain. Quando ele lhe prendeu o mamilo entre os dentes e rugiu, Emma correspondeu, gritando: – *Quero você por inteiro!*

Ele gemeu sobre o seio molhado dela e ergueu os olhos para fitá-la com uma expressão de incredulidade.

– Você não faz ideia do quanto eu fico feliz por ouvir isso.

Com a mão livre, abriu o fecho da calça dele. Lachlain se abaixou para lhe arrancar as botas, puxou as pernas do jeans e o arrancou com um movimento hábil.

Voltou a beijá-la, como se adivinhasse que assim ela cederia de vez, e isso a levou a arquear as costas enquanto agarrava o membro incrivelmente longo dele. Trêmulo de emoção, ele ergueu-lhe as pernas para que ela apoiasse os pés sobre a bancada. Abrindo as pernas dela e mantendo seus joelhos bem afastados, arrancou-lhe a calcinha e rugiu baixo ao ver sua carne nua e exposta.

Por alguma razão, Emma não ficou envergonhada quando ele a analisou atentamente com seus olhos escuros e ávidos. Na verdade, o olhar dele a fez tremer e a deixou mais úmida.

– Esperei tanto tempo por isso! – A voz dele soava rouca. – Nem consigo acreditar – disse, antes de se apoderar completamente de sua boca, de uma forma que a deixou ofegante e atordoada.

Ele chupou-lhe um mamilo e logo depois o outro, prendendo-os longamente entre os lábios enquanto passava a língua. A mão dela apertou-lhe o membro com força, e seus tremores se intensificaram à medida que seu corpo palpitava em busca de libertação. Por que ele não a tocava? Nem se lançava dentro dela? Por que ela pedira para ele ter calma?

Sentia-se perto, finalmente, de conhecer o prazer que nunca experimentara e apenas imaginara.

Será que pretendia que ela pedisse, tal como ele fizera no chuveiro? Já não conseguia se dominar...

– *Por favor, toque-me aqui* – implorou Emma, no instante em que seus joelhos se abriram de vez, rendidos. – Toque-me. Beije-me. Faça tudo que tiver vontade...

Ele grunhiu.

– Vou fazer de tudo – avisou, entredentes. – Vou tornar esse momento bom para você...

Ela soltou um grito agudo quando os dedos dele lhe acariciaram a vagina com delicadeza.

– Tão molhadinha – comentou ele, numa voz rouca e quase carinhosa. – Isso parece seda. – Seus dedos subiam e desciam lentamente, fazendo a carne dela vibrar por onde passavam e deixando-a cada vez mais úmida. Foi então que um deles penetrou mais fundo, sem lhe dar chance alguma de defesa. Obrigando o corpo dela a aceitá-lo, encostou-a ao espelho. Nada poderia ser tão maravilhoso! Ela gemeu, em êxtase, enquanto subia e descia a mão que mantinha agarrada à ereção dele, que ficava mais rígida a cada segundo.

– Por que você nunca fez amor? – quis saber ele, murmurando no ouvido dela antes de soprar, mordendo os lábios com força quando ela lhe apalpou os testículos.

Ele saberia? Poderia sentir?

– Não havia ninguém... Para alguém como eu, não havia ninguém que... – Debateu-se para encontrar outra forma de dizer *"ninguém que minha família não matasse"*. – Não apareceu ninguém...

– Que não fosse desclassificado da competição. – Ele esboçou um sorriso de escárnio. Era um Lykae maldoso com um toque lento e abrasador.

– Isso mesmo.

– Que bom que encontramos um ao outro, então. – Ele a segurou pela nuca, obrigando-a a olhar de frente para ele. Com a outra mão, esticou os dedos e massageou-lhe o clitóris com o polegar. Ela ficou feliz por ele estar segurando--a pela cabeça, senão ela teria tombado para trás. – Olhe para mim! – ordenou.

Os olhos dela se abriram.

– Você é minha, Emma – sussurrou, com a respiração entrecortada. – Você entende o que estou dizendo?

Ele forçou um pouco mais com o dedo. Desta vez os quadris dela se ergueram para sentir melhor o ritmo e ajudou-o com a mão, precisando se libertar e querendo que ele fosse mais fundo.

– Você entende? É minha. Sempre!

As sobrancelhas dela se uniram.

– Mas você tem outra pessoa...

– É você, Emma. Todo esse tempo *sempre* foi você.

As palavras dele pareciam uma promessa, eram como um... juramento. Ela sussurrou, de forma tola:

– Não só para diversão?

Ele balançou lentamente a cabeça enquanto continuava a acariciá-la com o polegar, tornando mais difícil que ela entendesse o que lhe dizia.

– Ma... mas você me falou que... – Por que ele tinha de lhe dizer algo assim num momento como aquele, enquanto lhe fazia círculos despreocupados com o polegar sobre o clitóris? Ela compreendeu vagamente o que ele dizia e, mesmo assim, queria que seus dedos continuassem a brincar ali... Queria que ele se lançasse dentro dela, imenso e largo. – Você... Você mentiu para mim?

Ele hesitou, mas resolveu confirmar:

– Sim, eu menti.

Ela soltou um grunhido de frustração. Chegara tão perto!

– Por que está me contando isso agora?

– Porque estamos começando tudo esta noite. Com a verdade completa entre nós dois.

– Estamos começando o quê? – perguntou Emma, estupefata. – O que quer dizer? Nossas vidas como casal ou algo assim?

Vendo que ele não negava, ela ficou tensa. *Vidas como casal*. Para um Lykae, isso significava para sempre *de verdade*. Para um imortal, a expressão era ao pé da letra. Afastou-se dele meio tonta, tornou a vestir a calcinha e se sentou sobre as pernas.

– Você nunca teve a intenção de me deixar ir embora!

Abaixou o sutiã e a blusa, arrepiando-se quando o tecido lhe cobriu os mamilos.

– Nunca. Tenho de manter você junto de mim. Planejei seduzi-la para que você sentisse vontade de ficar.

Estupefata, ela repetiu:

– Você *tem* de me manter ao seu lado? Como assim?

O desejo insaciado fez o corpo dela se sentir estranho, *confuso*, as chamas quase fora de controle.

– Durante todos os anos da minha vida, esperei pela única mulher que estava destinada a mim. Você é essa mulher.

– Você ainda está maluco? – atirou ela, furiosa por seu corpo ter sido privado do dele. – Não sou essa mulher. Simplesmente *não sou*!

– Logo você vai entender que me foi destinada com exclusividade, acima de todas as outras. Vai perceber que eu a procurei sem descanso em todas as épocas em que vivi. – A voz dele se tornou mais grave e áspera. – Emma, eu já vivi e procurei por você durante muito, *muito tempo*.

– Eu sou uma vam-pi-ra – disse ela devagar, batendo no peito – Vampira! Você se esqueceu disso?

– No início, eu também fiquei surpreso. Eu mesmo não aceitei a ideia.

– Sério? Puxa, eu nunca teria percebido! E se, no fim, ficar provado que você tinha razão? Pode muito bem estar enganado agora – argumentou, desesperada. – Como pode ter certeza?

Lachlain se debruçou sobre ela.

– Senti seu cheiro de muito longe e isso... isso foi lindo e me acalmou. Assim que vi seus olhos, eu a reconheci. Saboreei sua carne e... – estremeceu intensamente sobre ela e sua voz se tornou gutural – não há um jeito fácil de descrever isso. Mas se você me deixar, eu tenho como provar.

– Não posso fazer isso – disse Emma, tentando se libertar, ainda presa sob o peso dele e indignada por ter se comovido mais uma vez quando ele estremeceu.

Que horror supremo! A suspeita que ela alimentara e depois rejeitara era verdadeira, afinal. Como é que ela podia ter sido tão burra? Deteve-se, refletindo sobre a questão. Ora, a ideia tinha sido fácil de descartar. Como era possível ela, uma meia *vampira*, ser a parceira de um Lykae? Uma vampira e um Lykae unidos para sempre?

E depois se lembrou da mentira convincente e egoísta dele...

– Então, o que você planejava fazer comigo? – Ela fingiu que estava tudo bem, saiu debaixo dos braços dele e pegou o jeans. Sabia que ele tinha *permitido* que ela se afastasse e o encarasse, tremendo de raiva. – O que planejava *de verdade*? Achou que eu viria para cá e ficaria morando com a sua alcateia? A mesma que, nas suas próprias palavras, iria fazer picadinho de mim?

– *Ninguém* vai tornar a ferir você, aqui no meu clã ou fora dele. E você não vai morar junto deles porque eu sou o rei deste lugar e o nosso lar é aqui em Kinevane.

– Uau, eu aterrissei no meio da realeza europeia? Liguem para as revistas de celebridades! – Emma saiu do banheiro pisando duro e se contorceu para enfiar a calça.

O que não daria para conseguir se teletransportar e desaparecer daquele castelo! Detestava quando mentiam para ela, ainda mais pelo fato de que nunca poderia fazer o mesmo.

Imitando o sotaque escocês dele, ela disse:

– "Você não é a minha parceira, Emmaline. Isto não é nada sério a ponto de você ser a *minha parceira de vida*, mas não me importaria de tê-la como amante. Desejo você, mas não para mais que isso." Puxa, como você foi condescendente!

Lachlain seguiu-a e agarrou-a pelo braço, obrigando-a a olhar para ele.

– Escute, lamento muito ter sido obrigado a mentir, mas o que não tem remédio remediado está. Quero que, pelo menos, você ouça o que tenho para lhe dizer.

– Eu quero ir para casa ver a minha família. – E colocar a cabeça em ordem, e lhes perguntar: *Por que eu sonho com as lembranças dele? Por que eu me sinto sempre sobrepujada e confusa, como se alguém tivesse me colocado um feitiço e me condenado a viver num caos eterno?*

– Você nem mesmo aceita a possibilidade de tudo isso ser a verdade? Seria capaz de me abandonar, mesmo depois de ver tudo que poderíamos ter aqui?

Ela franziu o cenho ao lhe ocorrer um pensamento.

– Você disse "todas as épocas em que vivi". Se é assim, quantos anos você tem? Seiscentos? Setecentos?

– Isso importa?

Ela tirou a mão que ele tornara a agarrar.

– Quantos anos?

– Mais ou menos 1200 anos.

Ela soltou uma exclamação de espanto.

– Você conhece a expressão "papa-anjo"? Eu tenho quase *71*. Isso me causa arrepios.

– Sei que é difícil de aceitar, mas com o tempo você vai entender.

– Entender o quê? Que vou viver num país estranho, longe da minha família e dos amigos, para ficar junto de um Lykae desonesto e desequilibrado que mente para mim o tempo todo?

– Nunca mais tornarei a mentir para você, mas o seu lugar é comigo. Aqui.

– Aqui? No norte da Escócia? E o verão está só começando. Raciocine, Lachlain! Quantas horas de sol tem um dia de verão, aqui?

– Já pensei nisso. No verão, nós iremos para um lugar qualquer onde você se sinta confortável. E as noites são muito mais longas no inverno. Você acha que eu não a levaria para onde pudesse passar mais horas em sua companhia?

– Vejo que você já tem tudo planejado. Vai fazer com que eu diga: "Sim, aceito", mesmo contra a minha vontade.

– "Sim, aceito?" – repetiu ele, com ar de estranheza. – Como num casamento? Pois saiba que isto aqui é muito mais sério do que um casamento.

– O casamento é o compromisso mais sério que existe e...

– Os casamentos podem terminar!

Emma ficou boquiaberta.

– Puxa, isso, sem dúvida, coloca as coisas numa nova perspectiva. Não há como escapar da eternidade. Já passou pela sua cabeça que eu possa gostar de viver um dia de cada vez? Sou jovem, e isso é *tudo que importa*, no momento. Você está pedindo para que eu... Não, na verdade está *exigindo* tudo... E eu só conheço você há uma semana. Pode ser que você tenha essa certeza cósmica em relação a mim, mas eu não sinto o mesmo em relação a você.

– Se em vez de exigir eu pedisse, isso faria diferença? Você ficaria comigo?

– Não, não ficaria. Mas isso não quer dizer que nunca mais tornaríamos a nos ver. Vou voltar para casa e vamos pensar no assunto com calma. Precisamos nos conhecer melhor.

Ele fechou os olhos. Quando tornou a abri-los, estavam carregados de dor. Sua expressão endureceu.

– Não posso permitir isso. Você ficará aqui até me dar uma resposta diferente para a minha proposta.

– Você seria capaz de me separar da minha família?

Lachlain segurou-a pelo braço com firmeza.

– Você não tem ideia de como eu seria implacável para manter você junto de mim, Emma. Faria isso e muito mais. Farei tudo que for preciso.

– Você nunca conseguirá me manter prisioneira aqui.

Por algum motivo, ouvir aquilo deixou-o mais furioso que todo o resto. Seu corpo ficou tenso, e seus olhos, de repente, cintilaram em tons de azul.

– Não, realmente eu não conseguirei fazer isso. Você está livre para ir embora. Mas não levará nenhum veículo daqui, nem poderá pedir a alguém que venha buscá-la. A cidade mais próxima fica a 160 quilômetros, mas é habitada apenas por membros do clã, por isso eu não recomendo que você tente chegar lá. – Junto à porta, ele se voltou e completou: – Eu realmente não posso manter você aqui como prisioneira, mas o sol pode.

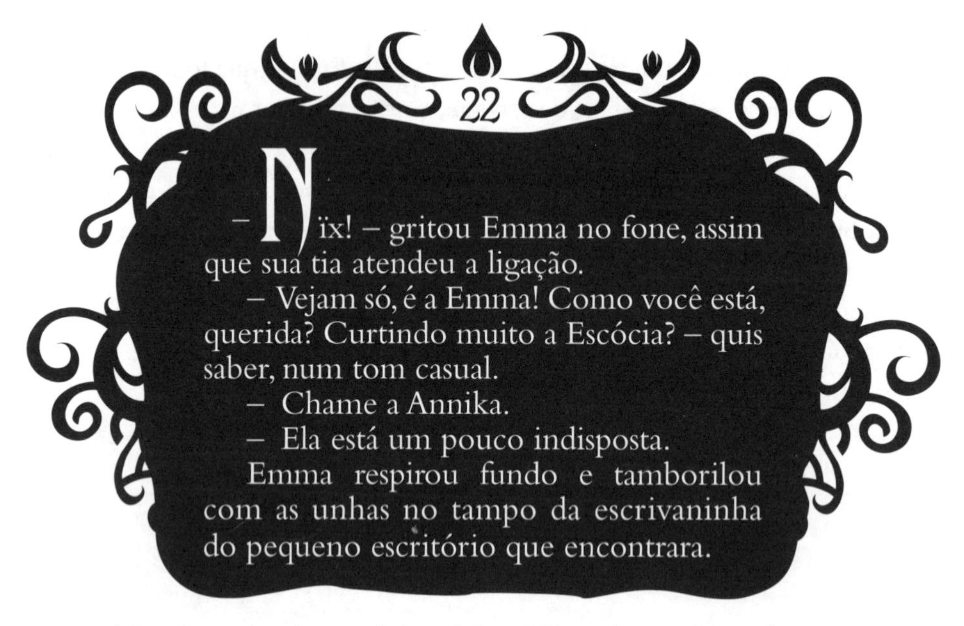

22

– Nïx! – gritou Emma no fone, assim que sua tia atendeu a ligação.

– Vejam só, é a Emma! Como você está, querida? Curtindo muito a Escócia? – quis saber, num tom casual.

– Chame a Annika.

– Ela está um pouco indisposta.

Emma respirou fundo e tamborilou com as unhas no tampo da escrivaninha do pequeno escritório que encontrara.

– Nïx, isso não é uma brincadeira. Não sei quando poderei tornar a ligar e preciso muito falar com ela.

– Ela não está disponível.

– Como assim? – quis saber Emma. – Ela está em casa ou não?

– Neste exato momento está negociando com os espectros.

Surpresa, Emma sentou-se numa fria cadeira revestida de couro.

– Por que precisamos deles?

Os espectros eram o último recurso, só para o caso de o coven estar sob grave ameaça. O preço a pagar para eles circularem em torno da propriedade a fim de protegê-la de estranhos, com seu poder fantasmagórico, era exorbitante.

– Fomos atacadas! – anunciou Nïx, parecendo adorar a história. – Os vampiros de Ivo, o Cruel, cercaram a propriedade e nos atacaram; não a mim, na verdade, porque ninguém me acordou; fui deixada de lado e fiquei irritada com isso. Não eram todos vampiros. Um deles era um vampiro demônio. Eu queria chamá-lo de vandemo, mas a Regin, só para me irritar mais, insistiu em batizá-lo de dempiro. Só sei que a flecha da Lucia não acertou no vandemo e eu a ouvi tombar como uma pedra, aos gritos, o que estourou todas as lâmpadas da casa. No meio da escuridão, surgiu um imenso Lykae para nos salvar.

Ele estava de tocaia, entende? Os gritos agudos de Lucia enfureceram-no *de verdade*. Bem... Como eu dizia, ele apareceu lá dentro e, junto de Regin, lutaram lado a lado para acabar com a raça dos vampiros. Só que o Ivo e o seu vandemo escaparam. Foi isso... Vampiros, Valquírias e Lykae, minha nossa! Ou como a Regin chamou a festa: "uma salada mista de monstros". Foi muito divertido.

Pelo visto, Nïx tinha pirado de vez. Vandemos? Lucia errando o alvo? Regin lutando lado a lado com um "cão"? Emma rangeu os dentes.

– Avise Annika que estou ao telefone.

– Espere um instante, vou só acabar de fazer uma coisa aqui.

Emma escutou o som de um teclado e perguntou, bem devagar:

– Por que você está no computador?

– Estou bloqueando todas as suas contas de e-mail e qualquer uma que tenha a extensão "uk", como as da Escócia. Sou muito esperta!

– Nïx, por que está fazendo isso comigo? – gritou Emma. – Por que está me deixando aqui, isolada e desamparada?

– Ora, você não quer que Annika vá buscá-la agora, certo?

– Quero, sim! É claro que quero.

– Ora, então você acha que a líder do nosso coven deve ir resgatar você justamente quando estamos cercadas, Myst e Daniela desapareceram e Lucia está sofrendo, preocupadíssima com seu admirador do tipo "quando os animais atacam"? Se você me disser que teme pela sua vida, talvez seja possível fazermos alguma coisa. Caso contrário, pegue uma senha e espere na fila para ser atendida.

– Vocês precisam de mim aí! Nïx, você não vai acreditar, mas estou desenvolvendo poderes especiais. Sei lutar. Cheguei até mesmo a derrotar uma fêmea Lykae!

– Isso é maravilhoso, querida, mas não posso ficar falando muito tempo aqui porque o aparelho de GPS que Annika instalou no telefone poderá localizar a sua chamada.

– Mas Nïx, ela precisa saber onde...

– ... Onde você está? Emma, eu sei *exatamente* onde você está. Não sou maluca à toa, ora!

– Espere! – Emma agarrou o telefone com as duas mãos. – Você... Você alguma vez sonhou com as lembranças de outras pessoas?

– Como assim? O que quer dizer com isso?

– Alguma vez você sonhou com coisas que aconteceram no passado a outras pessoas... Acontecimentos sobre os quais não tinha conhecimento algum?

– Fatos do *passado* delas? Claro que não, querida. Isso sim, seria uma verdadeira loucura.

Lachlain regressou ao escritório coçando a cabeça e colocando o peso do corpo sobre a perna saudável. Seu ferimento incomodava-o demais e, para piorar, depois do encontro com Emma e do fim frustrante, fora acometido por uma onda de cansaço.

Bowe já tinha regressado ao uísque.

– Como vão as coisas? – quis saber ele.

– Pioraram. Agora ela acha que sou um mentiroso. Provavelmente, porque eu lhe contei mentiras. – Lachlain deixou-se afundar na poltrona e massageou a perna. – Devia ter-lhe contado as novidades *depois*.

Ao ver que Bowe erguia as sobrancelhas de espanto, explicou:

– Tive de convencê-la de que ela *não era* a minha parceira e que essa ideia me dava vontade de rir. Ela sentiu o mesmo, é claro.

– Você está com uma aparência péssima.

– É assim mesmo que estou me sentindo. – Tinha sido devastador contar a Bowe o que se passara nas catacumbas, com o fogo. Apesar de Lachlain ter revelado poucas coisas, só o fato de revisitar aqueles momentos fora motivo de muito sofrimento. E isso acontecera antes de ver sua parceira levar um soco na cara e depois ser estrangulada por uma amiga Lykae.

– Quer ouvir outras notícias ruins?

– Já que estou aqui, por que não?

– Minha conversa com Cass também não correu nada bem. Ela não aceitou a notícia com a naturalidade que esperávamos. A ideia de não ter você já era ruim, mas ser derrotada por uma vampira, aparentemente, tornou a situação intolerável para ela.

– Estou pouco ligando para o que Cass pensa ou acha...

– Mas ela citou algumas coisas que os anciãos certamente também vão questionar. Ressaltou, especialmente, que quase todas as vampiras são inférteis...

– Sim, não poderemos ter filhos. Aliás, fico satisfeito em saber disso. Mais alguma coisa? – Lachlain realmente *estava* satisfeito por não poder ter filhos. Isso era chocante, em se tratando de um homem que sempre desejara ter uma família quase tanto quanto encontrar sua parceira. Mas as coisas eram desse jeito...

Após 1.200 anos procurando por ela, não queria perdê-la.

Bowe franziu o cenho.

– Muito bem, então. Está vendo essa luz vermelha piscando no telefone? Significa que alguém está fazendo uma ligação. Acabei de passar por Harmann, e Cass tem um celular. Pelo visto, é a sua rainha que está ligando para a casa dela.

Lachlain deu de ombros.

– Ela não conseguirá repassar as coordenadas para virem até aqui. Estava desmaiada até chegarmos ao portão.

– Se elas a mantiverem ao telefone durante tempo suficiente, ela não precisa saber onde está, Lachlain. A família dela poderá localizar a origem da chamada. Há satélites sobre nós e rastreadores de todo tipo.

Lachlain expirou e adicionou mentalmente a palavra "satélite" à lista de coisas que não entendia e que, mais tarde, iria pesquisar. Desde o início, pensou que os tais satélites eram apenas para transmitir tele*visão*, não para tele*fones*.

Bowe prosseguiu:

– Dependendo do tipo de tecnologia a que elas têm acesso, podem precisar de apenas três minutos... – A luz vermelha apagou. – Ótimo, ela desligou. – A luz voltou a acender em seguida. – Pronto, está ligando outra vez. É melhor você acabar logo com isso. – A luz acendeu e apagou várias vezes enquanto Lachlain e Bowe observavam em silêncio.

– Isso não tem importância – declarou Lachlain, por fim. – Não vou proibi-la de falar com a família.

– Elas vão despencar sobre este castelo como uma praga.

– Se conseguirem encontrá-lo e ultrapassar nossas proteções, pensarei em algo para acalmá-las. Elas não são obcecadas por coisas pequenas e brilhantes? Uma ou duas bugigangas serão suficientes.

Bowe ergueu as sobrancelhas.

– Eu gostaria de ver isso acontecer – duvidou.

Lachlain exibiu um olhar carrancudo, seguiu mancando até a janela e se pôs a olhar para fora. Pouco depois, viu-a deslizando com graça e suavidade pelos gramados.

– Ah, estou vendo que você já a avistou.

– Como é que você sabe? – perguntou Lachlain, sem se voltar.

– Porque você ficou tenso e dobrou o corpo para a frente. Não se preocupe. Em breve, você estará com ela numa noite como esta.

Emma virou-se para a janela, parecendo sentir o olhar dele. Estava misteriosamente bela com a névoa a envolvê-la, o rosto alvo e hipnotizador, e a lua iluminando-a do alto. Somente seus olhos, em geral tão expressivos, pareciam agora completamente vazios.

Ele a desejava intensamente, mas tinha noção de que quanto mais firme fosse o seu aperto, mais ela lhe escorregaria das mãos, como gotas de mercúrio. A única coisa que respondia ao apelo dele era o corpo dela. Naquela noite, seu desejo se revelara enorme. Ele poderia se aproveitar dessa vantagem.

Ela virou-lhe as costas e mergulhou na noite. Nascera para assombrar aquele lugar. Para assombrar a ele mesmo. Ele continuou observando o vazio muito tempo depois de ela ter desaparecido.

– Talvez você deva explicar a ela a importância que o tempo tem nessa situação – sugeriu Bowe.

Lachlain expirou profundamente.

– Ela nunca esteve com um homem em toda a sua vida. – Ele tinha debatido consigo mesmo repetidas vezes a possibilidade de lhe revelar a verdade, mas isso implicaria em admitir que estava desesperado para possuí-la, e ele não queria *magoá-la*. – O que eu poderia lhe dizer? "Se você cooperar comigo, eu não a machucarei tanto?"

– Puxa, eu não fazia ideia de que ela era tão inocente assim! Já não existem muitas mulheres desse jeito no Lore. Se esse é o caso, é claro que você não pode lhe contar a verdade, ou isso irá aterrorizá-la de tal forma que ela terá medo da noite em que...

– Maldição! – rugiu Lachlain quando viu Cassandra seguindo na mesma direção de Emma.

Bowe foi para a janela ao lado para observar a cena.

– Já entendi. Por que você não relaxa um pouco?

– Não, prefiro ir até lá. – Fez menção de se encaminhar para a porta, mas Bowe colocou a mão no ombro dele.

– Cass não se atreveria a machucá-la depois de você ter deixado bem claro qual era o seu desejo. Pode deixar que eu me livro da Cass e depois falo com Emma. Não custa nada.

– Não, Bowe, pode ser que você... a assuste.

– Ah, claro. – Bowe ergueu as sobrancelhas e fez uma cara de deboche. – Depois do que aconteceu esta noite, percebi que você tem um passarinho frágil nas mãos. Pode deixar que eu vou até lá com o queixo bem relaxado, para o caso de ela querer me dar um soco.

Emma saltou para cima do telhado do castelo e caminhou pela borda estreita. Queria tanto um novo iPod que, só para conseguir isso, estava quase disposta a dormir com o mentiroso.

Independentemente do fato de que o aparelho tinha sido destruído pelos vampiros, seus temas de "Rock Feminino Furioso" soariam insípidos agora, quando comparados à sua própria condição.

Como é que ele se atrevera a fazer aquilo com ela? Mal se recuperara do choque pelo ataque dos vampiros e pela mudança ocorrida nele, *então* viera a agressão de Cass. Agora, ele voltara a atingi-la ao lhe jogar aquela... aquela mentira na cara.

Cada vez que ela se entendia com ele e se sentia mais confortável ao seu lado, vinha mais outro golpe baixo. As mudanças à sua volta – para alguém que raramente saía de casa e tinha dificuldades de adaptação – e as mudanças *íntimas* deixavam-na assustada. Se ao menos fosse capaz de descobrir uma referência segura nesse bombardeio de variáveis. Algo em que pudesse confiar...

– Posso mandar você embora daqui.

Silvando com força, Emma deu um salto para trás, arrancou o cata-vento e aterrissou empoleirada sobre um enfeite ao lado. Ao ver Cassandra no telhado do castelo, baixou a cabeça e se preparou para atacar. Sempre que pensava que aquela bela e robusta Lykae estava apaixonada por Lachlain havia vários séculos, desejava arrancar-lhe os olhos.

– Posso conseguir um carro para você – propôs Cassandra. Soprou uma brisa suave, o suficiente para dissipar o nevoeiro e afastar da orelha o seu belo cabelo com pontas douradas.

Cassandra tinha muitas sardas discretas no nariz, e Emma invejou cada uma delas.

– Por que você faria isso? – perguntou Emma, embora já soubesse a resposta. *Aquela vadia queria ficar com Lachlain.*

– Ele pretende manter você prisioneira aqui. Bowe me contou que você tem uma parte Valquíria, e sei que o seu sangue de Valquíria fervilha só de pensar em ficar presa.

Emma ficou subitamente sem graça. Mas não pensou em dizer nada do tipo: *Você tem razão, minha sábia oponente, pois meu sangue de Valquíria exige uma liberdade completa*. Na verdade, essa frase não lhe passou pela cabeça. Essa também não era a sua principal preocupação. Ficara apenas irritada por Lachlain ter mentido. E mais irritada ainda por Nïx praticamente tê-la empurrado para baixo do ônibus quando desligara o telefone na cara dela mais de *dez vezes*.

– O que você vai ganhar com isso? – quis saber Emma.

– Quero evitar que Lachlain cometa o grande erro de ignorar um clã que *jamais* vai aceitar você. Se ele não tivesse escapado recentemente de uma tortura constante de quase 200 anos, seria capaz de perceber que *você* não é a parceira dele.

Emma esboçou uma expressão meditativa e bateu com o indicador sobre o queixo, como se refletisse.

– Ele não tinha acabado de escapar da tortura quando percebeu que *você* não era a parceira dele – disse ela, com ar de triunfo.

Cassandra mal conseguiu disfarçar seu ódio.

Emma suspirou diante do seu próprio comportamento. Aquilo não era do seu feitio. Geralmente não era tão megera assim, e nunca recorria a golpes tão baixos. Dava-se bem com todas as criaturas do Lore, até mesmo com as que estavam sempre se deslocando e flutuando para dentro e para fora da propriedade. As bruxas, os demônios, as fadas – *todos eles*. Percebeu que aquele era mais um exemplo das mudanças incompreensíveis que estavam acontecendo com ela.

O que havia naquela fêmea que a irritava tanto? Por que sentia uma necessidade quase incontrolável de agredi-la? Como se fosse uma das participantes do programa de Jerry Springer na TV, que costumavam gritar: "Esse homem é *meu*!"

Será que estava com ciúmes do tempo que Cassandra tinha passado com Lachlain?

– Escute, Cassandra, eu não quero brigar com você. Sim, é verdade que eu quero partir. Mas, para confiar em você para planejar minha fuga, só se fosse uma questão de vida ou morte.

– Juro que não vou trair você, nem estou fazendo jogo duplo. – Olhou para baixo e depois para trás. Ambas ouviram que alguém se aproximava. – Aqui você nunca conseguirá vencer, vampira. Entenda que nunca será a rainha do nosso clã.

– Só que, pelo visto, eu já sou.

– Uma verdadeira rainha seria capaz de caminhar ao sol ao lado do seu rei. – O sorriso de Cassandra era excessivamente encantador. – E lhe dar *herdeiros*.

Dessa vez, foi Emma que não conseguiu disfarçar o ódio e o temor.

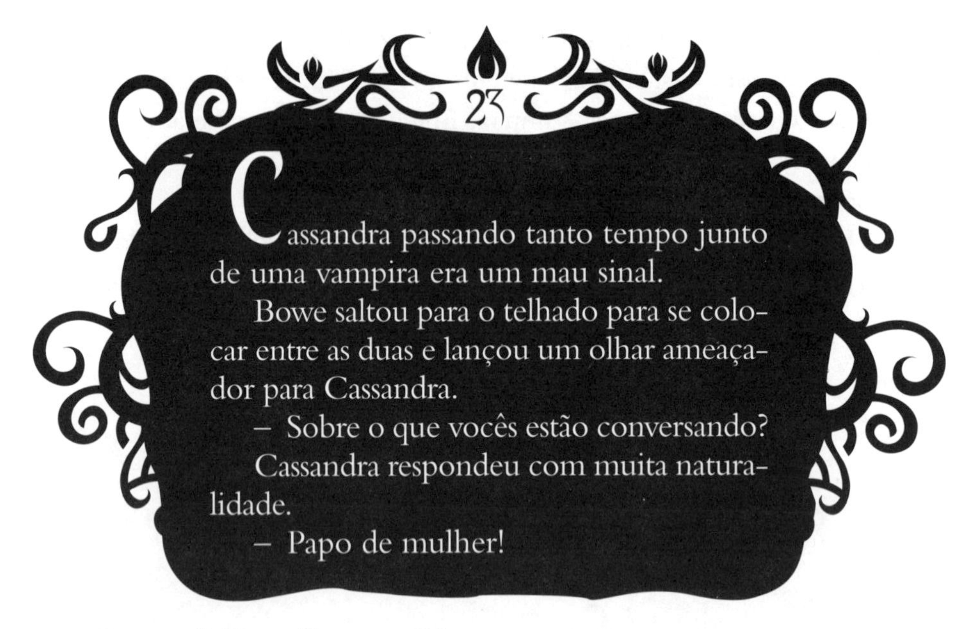

23

Cassandra passando tanto tempo junto de uma vampira era um mau sinal.

Bowe saltou para o telhado para se colocar entre as duas e lançou um olhar ameaçador para Cassandra.

– Sobre o que vocês estão conversando?

Cassandra respondeu com muita naturalidade.

– Papo de mulher!

O rosto de Emmaline empalideceu.

– Já discutimos esse assunto. Você precisa aceitar o que aconteceu. – Bowe não era conhecido no clã pela sua sutileza, muito menos por perder tempo para explicar a mesma coisa duas vezes. Caso Cassandra tivesse piorado a relação entre Lachlain e Emma, Bowe faria de tudo para corrigir a situação. Passou a poucos centímetros dela e sugeriu: – Vá embora, Cass. Quero conversar a sós com Emma.

Ela lançou os ombros para trás e tentou argumentar.

– Nada disso, eu não pretendo…

Bowe revirou os olhos e rugiu baixinho. Faria *tudo* o que estivesse ao seu alcance para evitar que o seu amigo mais antigo ficasse como ele, incluindo atirar Cass do telhado.

– Deixe-nos a sós! – repetiu.

– De qualquer modo, já tínhamos terminado o papo – disse Cassandra, sem perder a serenidade, e se afastou rapidamente. – Vou fazer uma visitinha a Lachlain enquanto vocês conversam.

Bowe ficou aliviado ao ver que a vampira não apreciou nem um pouco essa ideia. Suas sobrancelhas se uniram e seus olhos cintilaram de ódio. Ele nunca se sentira tão satisfeito por ver a angústia de uma mulher. Torceu para que Emma protestasse, mas ela não abriu a boca.

Antes de saltar para baixo, Cassandra virou-se mais uma vez e disse:

– Não se esqueça da minha oferta, vampira!

Quando ficaram sozinhos, Bowe quis saber:

– O que foi que ela lhe ofereceu?

– Isso não lhe diz respeito.

Bowe também lhe lançou um olhar ameaçador, mas Emma se limitou a encolher os ombros.

– Você não me assusta, tá legal? Sei que não pode me fazer mal algum; caso contrário, Lachlain iria encher seu traseiro de pontapés antes de você dar por si.

– Você fala de um jeito estranho...

– Se eu ganhasse um dólar a cada vez que ouvi essa frase... – comentou ela, com um suspiro.

Por que será que Lachlain descrevera aquela criatura como *retraída*?

– Se não quer me contar que semente de maldade Cassandra acabou de plantar, tenha, pelo menos, a cortesia de caminhar ao meu lado durante alguns minutos.

– Não, obrigada. Estou muito ocupada.

– Estou vendo... Ocupadíssima, passeando pela borda de um telhado numa noite de nevoeiro, falando sozinha, certo?

– Você tem o dom da observação, sabia? – disse ela, virando-lhe as costas.

– Por falar em dons e presentes, durante o dia chegou um presente para você.

Emma parou e se virou lentamente para ele, jogando a cabeça meio de lado.

– Um presente?

Bowe não disfarçou a surpresa. Será que as Valquírias eram realmente tão gananciosas como se dizia no Lore?

– Se você der uma volta comigo e me escutar, eu mostro o presente.

Emma mordiscou o lábio inferior vermelho, exibindo as presas para lembrar a ele que era uma vampira. As únicas ocasiões em que Bowe tinha falado com vampiros fora durante as sessões em que ele os torturava.

– Muito bem, então, mas só durante cinco minutos, depois eu quero ver o presente.

Ele se esticou para ajudá-la a descer. Com um dos mais estranhos movimentos que ele alguma vez vira, Emma desceu do telhado dando um passo para a frente com toda a naturalidade, como se não estivesse a quatro metros e meio do chão, e sim a 40 centímetros.

Bowe olhou espantado para aquilo, mas logo balançou a cabeça e a seguiu. Enquanto se dirigiam na direção dos estábulos, começou a falar:

– Compreendo que você esteja zangada com Lachlain. Foi por ele ter mentido, ou por você ter descoberto o que é para ele?

– Não é o que eu *sou*, mas aquilo que vocês parecem *supor* que eu seja. Quanto à minha zanga, divida esse fardo entre mim e ele, e vamos parar por aqui.

– Lachlain teve motivos para mentir. Não é um homem desonesto, muito pelo contrário... É conhecido por ser honesto em demasia, mas está disposto a fazer de tudo para manter você ao lado dele. E você *realmente é* a parceira dele.

– Esse papo de "parceira" é uma tolice. Estou farta de ouvir isso!

– Alertei Lachlain para que ele deixe de ser teimoso e burro. Agora, parece que vou ter de dizer o mesmo para você.

Os olhos de Emma quase lançaram fagulhas prateadas devido à raiva que sentiu. Sem se deixar intimidar, Bowe segurou-a pelo cotovelo e encaminhou-a para os estábulos.

– Vamos esquecer os detalhes insignificantes para irmos direto ao que interessa. Ele não vai deixar você partir. Sua família, por sua vez, vai querer você de volta. Haverá um conflito. A não ser que você convença suas tias a não lutar.

– Você não entendeu! – reagiu ela. – Não terei esse problema porque eu simplesmente não o quero! – Desvencilhou-se dele e completou: – O próximo Lykae que me agarrar pelo cotovelo ficará sem a pata.

Ela caminhou em passos largos na frente dele, ao longo da comprida fileira de estábulos. Sem que Bowe lhe desse indicação alguma, Emma se deteve e olhou duas vezes para a égua que tinha chegado naquela manhã. Depois, aproximou-se dela e passou os dedos pelo focinho do animal, com carinho. Era estranho que Emmaline tivesse caminhado e parado exatamente diante da égua que lhe estava destinada. Aquela era realmente uma Valquíria gananciosa.

Emma percorreu a égua demoradamente com os olhos e, depois de alguns segundos, murmurou:

– Olá, minha belezura. Você é realmente linda, sabia?

Parecia estar apaixonada.

Com a sensação irracional de quem estava interrompendo algo importante, Bowe prosseguiu:

– Eu sempre pensei que os vampiros tivessem um talento natural para ir diretamente ao assunto. Ele não vai deixar você partir! – repetiu. – É um homem rico e atraente, *um rei* que vai mimá-la e protegê-la pelo resto da sua vida. Tudo o que você precisa fazer é aceitá-lo.

– Escute uma coisa, Bowen... Eu não sou nem um pouco realista. – Encostou-se ao portão do estábulo com um joelho para cima, como se já tivesse estado ali mais de mil vezes. Enrolou o pescoço da égua com o braço para lhe acariciar a parte lateral do focinho e explicou: – Posso fingir em quase todos os momentos. Posso enganar a todos passando a imagem de que a desonestidade de Lachlain não me magoou. Posso fazer todos acharem que gosto mais daqui do que da minha própria casa e do meu próprio país, e posso até ignorar o fato de a idade dele ser *várias vezes maior* que a minha. Mas não posso fazer de conta que todo o clã dele não me odeia, nem que aquela Lykae louca não vai continuar me atacando. E não posso me enganar achando que minha família vai aceitá-lo, porque isso nunca acontecerá. De um modo ou de outro, serei obrigada a fazer uma escolha.

Enquanto falava, a expressão de Emma foi se modificando lentamente, de furiosa para austera. Não estava contando a Bowe nem uma parcela do que sentia. Seus olhos pareciam assustados. A parceira de Lachlain estava amedrontada. Profundamente apavorada.

Exatamente como Mariah tinha parecido.

– O que mais está acontecendo? Há alguma outra coisa que a está preocupando?

– É que tudo é tão... *avassalador* – confessou ela, sussurrando a última palavra.

– Do que está falando?

Ela balançou a cabeça lentamente e seu rosto pareceu tenso.

– Sou uma pessoa muito reservada e não conheço você. Além do mais, sei que é o melhor amigo de Lachlain. Não vou lhe contar mais nada.

– Pode confiar em mim. Não vou contar a ele nada que você não permita.

– Desculpe, mas nesse momento, os Lykae não estão exatamente na minha lista de pessoas confiáveis. Ainda mais depois de tantas mentiras e irritantes tentativas de estrangulamento.

Bowe percebeu que ela também se referia aos atos de Lachlain, mas disse apenas:

– Você soube se defender muito bem de Cassandra.

– Não quero viver num lugar onde terei de *defender meu território* o tempo todo. Não quero morar num castelo onde serei atacada ou ameaçada a cada momento.

Bowe se acomodou sobre um fardo de feno.

– Lachlain não consegue encontrar o próprio irmão. Cassandra está se mostrando uma pedra no seu sapato. A perna dele dói muito o tempo todo, e ele não consegue lidar direito com a época onde veio parar. Pior de tudo isso, porém, é não conseguir fazer você feliz.

Pegou um pedaço de palha, começou a mascar a ponta e ofereceu uma palha a Emma. Ela olhou para ele atentamente e informou:

– Eu não mastigo esses troços, obrigada.

Ele encolheu os ombros e continuou:

– Eu posso cuidar da Cass. A perna dele vai sarar, ele vai se adaptar a esta época e, mais cedo ou mais tarde, Garreth vai aparecer. Só que nada disso vai importar para Lachlain se ele não conseguir fazer com que você seja feliz aqui.

Emma se virou para encostar sua testa na da égua e, num tom suave, declarou:

– Não me agrada que ele esteja magoado ou preocupado, mas eu não posso simplesmente determinar para mim mesma que tenho de ser feliz aqui. Isso é uma coisa que precisa surgir de forma natural.

– Mas vai acontecer naturalmente, se você der uma chance ao tempo. Assim que Lachlain conseguir se livrar de outros... problemas do passado, você vai descobrir que ele é um homem bom.

– Pelo visto, não me resta outra escolha, certo?

– Na verdade, não. Nesse meio-tempo, você quer que eu lhe revele qual é a melhor maneira de manejá-lo?

– A melhor maneira de *manejá-lo*? – perguntou Emma, encarando-o.

– Isso mesmo.

Ela piscou depressa e decidiu:

– Puxa, talvez eu deva ouvir isso.

– Você precisa entender que tudo que ele faz tem como principal objetivo fazer você feliz. – Emma ia abrir a boca para discordar, mas Bowe prosseguiu e não permitiu que ela falasse. – Portanto, se alguma das medidas que ele toma não lhe agrada, basta dizer que isso a deixa *infeliz*.

Ao vê-la franzir o cenho como quem não acreditava nisso, Bowe perguntou:

– Quando ele mente, como você se sente?

Ela olhou para a ponta da bota, que desenhava círculos no chão de terra batida e murmurou:

– Traída. Magoada.

– Pense nisso por alguns instantes. Como acha que ele reagiria se você simplesmente lhe dissesse que ele a magoou?

Emma ergueu a cabeça e fitou-o longamente.

Bowe levantou-se, sacudiu o pó da calça, virou-lhe as costas e dirigiu-se para a porta, parando apenas para dizer sobre o ombro:

– Ah, quase ia me esquecendo... Essa égua é sua.

Antes de se virar de novo para a frente, viu a égua encostar o focinho nos cabelos de Emma, quase derrubando-a.

– Você não vai abraçar uma velha amiga? – perguntou Cassandra, fazendo beicinho.

– Só se essa amiga não se importar de permanecer apenas nessa condição – respondeu Lachlain, impaciente. Quanto tempo mais Bowe iria demorar? Confiaria a própria vida a Bowe e, se fosse pressionado a isso, poderia dizer que confiaria a ele até mesmo algo tão importante quanto a sua parceira. Enquanto isso, permanecia inquieto ali, à espera.

Os braços de Cassandra continuavam abertos.

– Já nos conhecemos há vários séculos, Lachlain.

– Se Emma entrasse aqui agora e nos visse abraçados, como acha que iria se sentir?

Ela deixou cair os braços e se largou na cadeira do outro lado da escrivaninha.

– Não do modo como você supõe, porque *ela* não sente nada por você. Em compensação, eu chorei sua morte como uma verdadeira viúva.

– Uma perda de tempo da sua parte, mesmo que eu tivesse morrido.

– Bowe me contou onde você esteve e o que ela é, mas não existe lugar para essa mulher aqui. Você não anda muito bem da cabeça e não consegue enxergar o quanto isso está errado.

Lachlain não conseguiu nem mesmo se irritar com o que ouviu, pois nunca sentira tanta certeza em relação a algo como agora, com Emma. Compreendia que os motivos que o levaram a manter a amizade com Cassandra ao longo dos anos já não faziam sentido.

No passado, Lachlain chegara a sentir pena dela. Tal como ele, Cassandra tinha andado durante séculos à procura do seu parceiro. E também, como no seu caso, reagira ao insucesso na busca de um jeito pouco saudável. Porém, enquanto ele descarregava a frustração procurando inimigos, colocando-se na linha de frente em várias guerras e se oferecendo como voluntário para perigosas missões no estrangeiro, onde talvez pudesse encontrar sua parceira de forma inesperada, Cassandra desenvolvera uma fixação pela figura dele.

– Quem apoiou você quando seu pai morreu? A sua mãe? Quem ajudou você a procurar por Heath?

Lachlain expirou profundamente e respondeu:

– O clã em peso.

Os lábios de Cassandra se apertaram com força, mas ela pareceu ficar mais animada.

– Temos uma história juntos, Lachlain. Nós dois somos da mesma *espécie*. O que seus pais iriam pensar se vissem você assumindo uma vampira como parceira para todo o sempre? E Garreth? Pense na vergonha que isso traria para ele.

Na verdade, Lachlain não sabia como seus pais teriam reagido. Antes de morrer, lamentaram que seus filhos não tivessem sido capazes de encontrar suas parceiras durante tanto tempo, e perceberam que a dor de Lachlain, o filho mais velho, era a mais óbvia. Detestavam vampiros – consideravam-nos parasitas maliciosos, uma verdadeira praga sobre a terra. A opinião de Garreth também não deveria ser diferente. Em vez de divagar, porém, respondeu:

– Espero ansiosamente pelo dia em que você descobrirá quem é o seu parceiro, Cass. Nesse dia, você poderá, então, repensar o que está dizendo, e descobrirá o quanto eu acho ridículas as suas palavras.

Bowe entrou com a maior calma do mundo. Ao perceber o olhar inquisitivo de Lachlain, encolheu os ombros, como se a conversa com Emma não tivesse resultado em nada encorajador.

Harmann surgiu logo depois, transpirando muito e agitado, o oposto completo do tranquilo e descontraído Bowe.

– Os empregados estão de partida. Eu queria apenas confirmar se você precisa de alguma coisa antes que eu vá embora, meu amo.

– Ficaremos bem.

– Se precisar de alguma coisa, meu número está programado no telefone.

– Como se isso ajudasse – resmungou Lachlain. Considerava que seu aprendizado sobre as ferramentas da nova época estava indo muito bem, mas todos aqueles imensos avanços tecnológicos o intimidavam e eram desencorajadores.

– Mais uma coisa – continuou Harmann. – As encomendas que chegaram hoje para a nova rainha já foram desembaladas.

– Pode ir, Harmann – ordenou Lachlain. O servo exibiu um ar de quem estava para desfalecer a qualquer momento. Agradecido, olhou para Lachlain uma última vez e se retirou.

– Não são esses presentes que conseguirão dobrá-la – ressaltou Cassandra, num tom rude.

– Pois eu não concordo – retorquiu Bowe, fazendo surgir do bolso do casaco uma maçã vermelha, que poliu na camisa. – Percebi que a nova *rainha* gosta muito dos seus presentes.

Quando Lachlain ergueu as sobrancelhas, espantado, Bowe explicou:

– Mostrei-lhe a égua. Lamento muito ter estragado sua surpresa para ela – disse ele, sem exibir o mínimo sinal de arrependimento.

Lachlain encolheu os ombros, como se aquilo não fizesse diferença, embora tivesse gostado de ver a reação dela e, talvez, capitalizar para si qualquer gratidão que Emma pudesse ter demonstrado.

– A boa nova é que ela não gostou da ideia de ter Cass aqui em cima conversando com você. A pobrezinha ficou aflita.

Será que Emma estava com *ciúmes*? Lachlain tinha noção que ela não poderia se sentir tão possessiva quanto ele, mas isso o deixou mais otimista. Franziu o cenho, porém. Não queria que Emma ficasse agitada.

– Cassandra, vá embora agora mesmo. E não regresse enquanto não for convidada pessoalmente por Emmaline. Não abrirei mão disso.

Ela arquejou, profundamente chocada, mas de que outro modo poderia se sentir?

Levantando-se subitamente e tremendo muito, Cassandra disparou num tom cortante:

– Pode ser que a sua parceira não seja eu, mas, quando você estiver de volta em seu juízo perfeito, perceberá também que nunca poderá ter aquela *vampira*. – E saiu disparada porta afora.

– Pode deixar que eu verifico se ela foi realmente embora – ofereceu-se Bowe, com boa vontade. – Isto é, depois que eu fizer uma pequena inspeção na cozinha. Eles prepararam comida para um exército. – Hesitou e, por fim, desejou: – Boa sorte.

Lachlain agradeceu com um aceno de cabeça, perdido em pensamentos divergentes e ouvindo os carros que percorriam o longo caminho de acesso ao castelo.

Agora, um rei estava na casa em companhia de sua rainha, depois de mais de um milênio. Um Lykae tinha encontrado sua parceira, e a lua aumentava de tamanho. Todo mundo sabia o que isso significava. Todos, exceto Emma.

O tempo escoava lentamente. Já não havia muitas opções para Lachlain. Ele pousou o olhar na cabeceira da cama e nos cristais que cintilavam, iluminados pela luz.

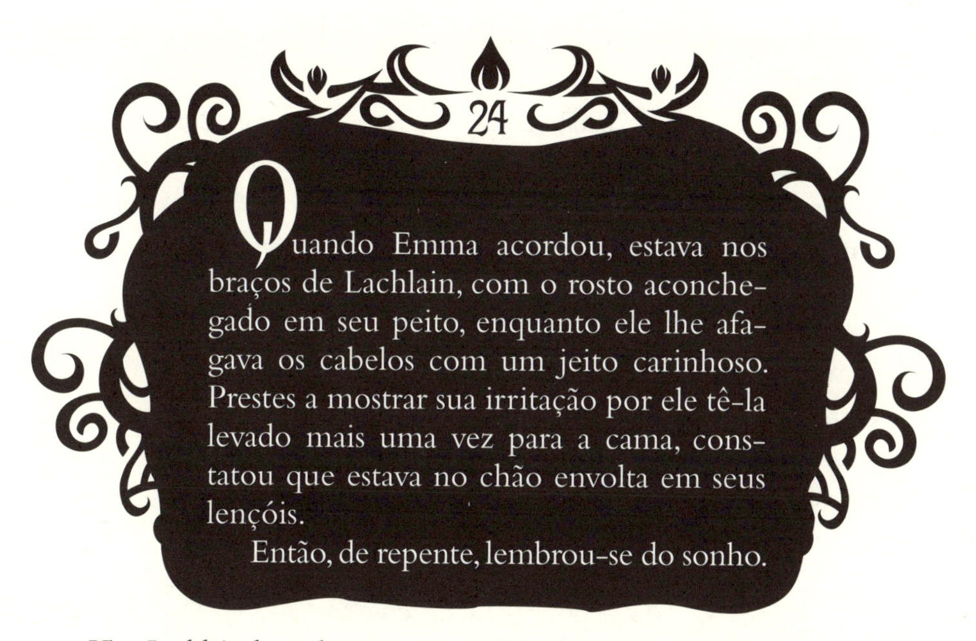

24

Quando Emma acordou, estava nos braços de Lachlain, com o rosto aconchegado em seu peito, enquanto ele lhe afagava os cabelos com um jeito carinhoso. Prestes a mostrar sua irritação por ele tê-la levado mais uma vez para a cama, constatou que estava no chão envolta em seus lençóis.

Então, de repente, lembrou-se do sonho.

Vira Lachlain lutando em uma espécie de guerra, muitos e muitos anos atrás, passando o tempo entre uma investida e outra. Garreth e Heath – seriam os seus irmãos? Alguns dos outros machos Lykae sempre conversavam sobre encontrar suas verdadeiras parceiras, tentando imaginar como seria a aparência delas. Falavam em idioma celta ou galês, mas Emma compreendia as palavras.

"Só acho que seria agradável se ela tivesse uma silhueta encantadora", comentou um deles, que se chamava Uilleam. Explicou o que pretendia dizer com isso colocando as mãos em concha diante do peito.

Outro do grupo disse: "Eu só peço um belo traseiro onde eu possa me agarrar durante a noite inteira..."

Todos pararam de falar quando Lachlain apareceu, pois não queriam tocar nesse assunto em sua presença.

Lachlain era o mais velho e também o que aguardava pela parceira havia mais tempo. Já tinham se passado 900 anos.

Ele continuou a circular por todo o acampamento, saltando facilmente sobre as rochas imensas espalhadas pelo campo, apesar do peso da cota de malha que vestia. Ajoelhou-se na margem de uma lagoa tranquila e se inclinou para jogar água no rosto.

Seu reflexo se agitou por alguns curtos instantes. Fazia vários dias que não se barbeava e tinha um longo corte irregular no rosto. Seus cabelos estavam muito compridos.

Emma achou-o belíssimo e reagiu intensamente à imagem que recordava dele, no sonho.

Quando ele se agachou e olhou para o céu muito azul, Emma sentiu o surpreendente calor do sol, como se tivesse estado lá. Nesse momento, ele foi invadido por uma profunda sensação de vazio. *Por que não consigo encontrá-la?...*

Emma pestanejou e abriu os olhos. Ela era *essa* mulher. Aquela por quem ele esperava havia tanto tempo...

Já o vira com os olhos carregados de raiva, de confusão, perplexidade e ódio, mas nunca vira-o tão desesperado como naquele reflexo.

– Dormiu bem? – perguntou Lachlain, com sua voz grave.

– Você dormiu comigo? Aqui?

– Dormi.

– Por quê?

– Porque sei que você prefere dormir no chão. E eu prefiro dormir ao seu lado.

– E o que eu sinto a respeito disso não conta nada, certo?

Ignorando o comentário, ele anunciou:

– Quero dar uma coisa para você. – Virou-se para trás e pegou o mesmo colar de ouro que ela vira no sonho. Emma ficou perplexa ao olhar para ele como que hipnotizada. No mundo real, ele era ainda mais belo.

– Gosta? Nunca sei o que você prefere e tenho de estar sempre tentando adivinhar.

O olhar de Emma seguiu o colar enquanto ele balançava diante dela como um pêndulo. Aquilo era a prova definitiva de que estava enlouquecendo e, mesmo assim, ainda conseguiu exibir um sorriso irônico.

– Pode deixar que eu não vou me esquecer de usá-lo na frente de Cassandra – murmurou, com ar distraído.

Lachlain fechou o colar na mão, despertando-a do transe.

– Por que você está dizendo isso?

Como fazia com frequência quando queria mentir e não podia, ela respondeu com uma pergunta.

– Ela não vai ficar com ciúmes por ver que você comprou joias para mim? – Lachlain continuava a olhá-la com ar de estranheza. – É bastante óbvio que ela deseja ter você só para ela – completou Emma.

– Sim, isso é verdade – concordou ele, surpreendendo-a com tanta sinceridade. – Mas Cassandra já foi embora. Mandei-a para longe daqui com ordens expressas para não regressar enquanto essa não for a sua vontade, o que poderá nunca acontecer. Não quero que você se sinta desconfortável no seu próprio lar.

Entredentes, Emma afirmou:

– Este *não é* o meu lar. – Tentou se afastar, mas ele a segurou pelo ombro.

– Emma, este é o seu lar, sim, quer você me aceite ou não. Sempre foi e sempre será.

Ela se desvencilhou dele com determinação.

– Não quero a sua casa e não quero você! – gritou. – Ainda mais depois de você ter me magoado daquele jeito.

O corpo dele ficou tenso e sua expressão, sombria. Era como se tivesse *falhado*.

– Explique-me quando foi que eu magoei tanto você.

– Quando mentiu para mim. Isso doeu!

– Não queria mentir. – Afastou os cabelos dela do rosto. – Mas não achei que você estivesse preparada para ouvir tudo. Além do mais, sentia a ameaça dos vampiros pairando no ar e temi que você fugisse.

– Pois fique sabendo que me manter afastada da minha família é muito mais doloroso.

– Levarei você até onde elas estão – propôs ele, na mesma hora. – Preciso me reunir com alguns membros do clã e depois terei de partir por alguns dias. Logo em seguida, eu mesmo a levarei até lá. Você só não pode ir sozinha.

– Por quê?

– Estou preocupado, Emma. Preciso muito que você se una a mim. Sei que não deseja fazer isso e receio perdê-la. Suas tias, certamente, irão desencorajar você a manter qualquer avanço que eu possa ter feito em sua direção.

Na verdade, Annika diria a Emma que ela estava completamente louca.

– Sei que, no instante em que você entrar naquele coven, será um inferno para conseguir tirá-la novamente de lá.

– Mas você *terá* de me trazer de volta, certo?

– Claro que sim. Não vou aceitar perder você depois de, finalmente, tê-la encontrado.

Ela coçou a testa.

– Como é que você pode ter tanta certeza em relação a isso? Para alguém que não é uma Lykae, tudo parece muito extremo. Afinal de contas, você só me conhece há uma *semana*.

– No entanto, esperei por você durante toda a minha vida.

– Mas isso não significa que você tem razão por ter feito isso. Muito menos que deveria fazê-lo.

A voz dele baixou de volume.

– Eu sei, mas significa que ter você aqui comigo, agora, é muito mais agradável. É bom de verdade.

Emma ignorou o afeto contido naquelas palavras, assim como o sonho que tivera com ele.

– Emma, você quer beber do meu sangue?

Ela ergueu o nariz.

– Você está fedendo a álcool.

– Tomei um ou dois drinques.

– Então eu dispenso o oferecimento.

Lachlain permaneceu em silêncio por uns momentos, mas logo voltou a balançar o colar diante dela.

– Quero que você use isto. – Inclinou-se para a frente, a fim de colocá-lo em torno do pescoço dela, e apertou o fecho. Ao fazer isso, seu próprio pescoço ficou exatamente em frente aos lábios dela.

Emma reparou numa incisão a poucos centímetros da sua boca.

– Você se cortou – murmurou, atônita.

– Sério?

Ela lambeu os lábios, tentando não sucumbir à tentação.

– Você está... Oh meu Deus, tire esse pescoço da minha frente – sussurrou ela, ofegante.

Logo em seguida, Emma sentiu a palma da mão dele atrás da sua cabeça, empurrando-a na sua direção e forçando sua boca contra a pele ferida.

Socou-o no peito, mas ele era muito forte. Por fim, ela se rendeu, incapaz de deter a própria língua. Lambeu-o vagarosamente, saboreando seu gosto e a forma como o corpo dele estava tenso. Retesado de prazer, como ela já sabia muito bem.

Gemendo e vibrando, cravou suas presas e começou a lhe sugar o sangue.

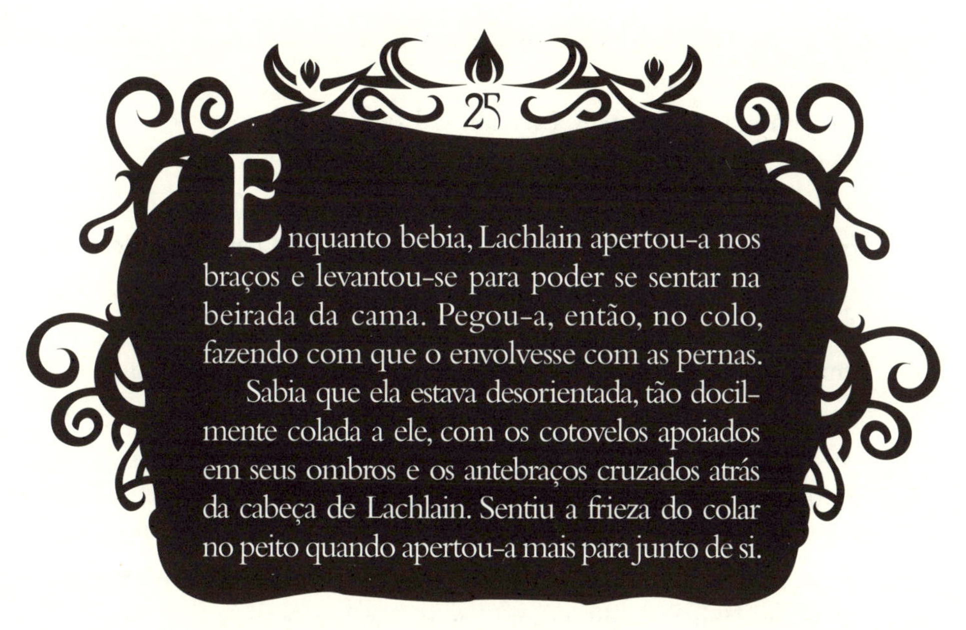

25

Enquanto bebia, Lachlain apertou-a nos braços e levantou-se para poder se sentar na beirada da cama. Pegou-a, então, no colo, fazendo com que o envolvesse com as pernas.

Sabia que ela estava desorientada, tão docilmente colada a ele, com os cotovelos apoiados em seus ombros e os antebraços cruzados atrás da cabeça de Lachlain. Sentiu a frieza do colar no peito quando apertou-a mais para junto de si.

Nesse momento, ela inspirou profundamente.

– Beba… Bem devagar, Emma.

Vendo que ela não obedecia, Lachlain fez algo de que não se julgaria capaz. *Afastou-se.*

Ela balançou para trás na mesma hora.

– O que está acontecendo comigo? – perguntou ela, engrolando as palavras.

Você está bêbada e vou poder me aproveitar disso…

– Eu me sinto tão… estranha.

Quando ele ergueu a camisola de Emma por sobre a cabeça dela, não foi impedido. Nem reclamou quando ele acariciou com a palma da mão aberta o espaço entre suas pernas. Lachlain gemeu de novo ao senti-la tão úmida. Sua ereção quase lhe rasgava a calça.

Emma respirava intensamente contra a pele dele, no ponto onde pousara a língua e os dentes. Lambeu-o ali no momento em que ele enfiou o dedo na sua vagina apertada, colou o rosto no dele e começou a gemer suavemente.

– Está tudo girando – sussurrou ela.

Ele se sentia culpado, mas sabia do que precisavam e deveriam fazer, e que se danassem as consequências.

– Abra as pernas um pouco mais e se apoie na minha mão.

Ela fez o que ele mandou.

– Não consigo esperar mais, Lachlain – disse com uma voz profunda, excitante e sexy.

Gemeu quando ele se inclinou para lhe percorrer o mamilo com a língua.

– Posso ir mais devagar se você quiser – anunciou ele, desabotoando a calça com a mão livre e fazendo com que seu pênis pulasse para fora, um pouco abaixo dela.

– Emma, eu preciso entrar... em você. Vou acomodá-la debaixo de mim.

Empurrou os quadris dela mais para baixo. *Com cuidado. Era a sua primeira vez. Ela era tão pequena e apertada.*

– Depois, vou montar sobre você até nós dois alcançarmos um prazer como nunca sentimos – revelou, com a boca encostada em seu mamilo. Quando estava prestes a tocar-lhe no ponto mais úmido, de onde já conseguia receber calor, Emma se desvencilhou e fugiu de gatinhas até a cabeceira da cama.

Lachlain rugiu de frustração e tornou a puxá-la bruscamente, e só a largou quando ela começou a bater no ombro dele sem parar.

– Não! Alguma coisa está errada aqui. – Levou a mão à testa. – Estou muito zonza.

Hora de recolher a fera de volta para a jaula. Ele fizera uma promessa para ela: nunca tocá-la quando ela não quisesse. Mas a camisola fina que usava quase nada cobria dela; sua calcinha de seda vermelha acariciava suas coxas muito brancas, e seus mamilos pareciam duas pedras. Ele não conseguia controlar a respiração... Desejava-a demais!...

Após soltar outro rugido, ele se aproximou e sacudiu-a diante dele. Enquanto ela se debatia, ele a colocou de bruços e despiu suas nádegas generosas e perfeitas.

Gemendo, pousou as mãos naquelas curvas. Não lhe deu um tapa, foi mais uma palmada ávida que a atingiu com mais força que o planejado. Desde o dia em que a conhecera, ele passava horas sem fim, a cada dia, sem sair do chuveiro. Sentindo ainda seu aroma e com as mãos quentes devido ao contato com a pele dela, cada momento daqueles sempre lhe proporcionara sensações intensas e poderosas.

Emma arquejou quando Lachlain massageou-lhe as nádegas. Aquilo deveria ter-lhe bastado.

Hora de ir para debaixo do chuveiro.

Emma ainda sentia o contato da mão sobre a pele. Aquilo não fora uma pancada nem um tapa forte, e sim – que Freya a ajudasse – uma forma requintada de lhe transmitir uma mensagem.

O que havia de errado com ela? Por que pensava e se sentia daquele jeito? Foi percorrida por um arrepio e gemeu. *A fera de volta para a jaula?* Foi isso que ele dissera? Bem, a fera tinha acabado de colocar uma das mãos para fora da grade e lhe dera uma bela palmada no traseiro. Fora um toque poderoso, muito masculino, que a fizera quase derreter por dentro e a deixara esfregando os quadris contra a cama.

O desejo ardente de acariciar seu sexo era arrebatador. Ela queria *implorar* para montar nele. O corpo dela se contraía enquanto tentava combater aquele impulso.

O colar que ele prendera em seu pescoço era, na realidade, uma gargantilha com fios de ouro e pedras preciosas que caíam em cascata sobre seus seios. Aquela era uma peça poderosa, sexy e quase proibida. Quando ela se mexia e se lançava para frente, os fios balançavam e lhe roçavam os mamilos.

Havia algo no colar e no modo como ele o colocara nela que transmitia uma sensação de… posse.

Ele fizera algo diferente com ela, naquela noite. A cama girava, e ela sentia vontade de dar… risadinhas. Sentia-se também incapaz de parar de acariciar o próprio corpo com as mãos. Quando os pensamentos lhe surgiam, eles eram nítidos, mas corriam de forma lenta e suave…

Emma não sabia quanto tempo mais conseguiria aguentar o toque dele sem implorar. Na ponta da sua língua, as palavras já estavam formadas: *Por favor.*

Não! Ela já era diferente das outras mulheres do seu coven; em parte, era uma inimiga odiada, mas também uma fraca quando comparada às tias.

E se a tímida Valquíria que era vampira regressasse para casa perdida de desejos pelo seu *Lykae*?

Imagine o profundo desgosto e o grande desapontamento que todas iriam sentir. A mágoa apareceria estampada nos olhos delas. Além do mais, Emma acreditava que, se baixasse as defesas, deixaria de exercer o poder que ainda tinha sobre Lachlain. Teria se rendido através de um sussurrado “por favor”. Se sucumbisse agora não poderia voltar para casa. Nunca mais. Temia que ele tivesse o poder de fazê-la esquecer os motivos pelos quais desejava tanto voltar para casa.

A cama rodopiava mais intensamente. Emma franziu o cenho ao se ver atingida por uma constatação.

Ele a embriagara.

O filho da mãe tinha bebido para que ela... quando bebesse do sangue dele também... Oh, o filho da mãe! Ela nem sequer sabia que algo assim seria possível!

Mas ele iria pagar por isso. Que coragem, enganá-la daquela maneira! Não podia confiar nele. Garantiu que não mentiria, mas, no seu entender, aquele estratagema era igualmente desonesto.

No passado, ela teria aceitado isso. Teria encarado de forma submissa essa situação como mais um momento em que seus desejos e sentimentos seriam ignorados. Agora, porém, *recusava-se* a aceitar. Lachlain precisava aprender uma lição. Tinha de compreender que, em algum momento ao longo dos últimos sete dias, ela se transformara numa criatura com quem ninguém brincava impunemente.

Quando lambeu os lábios pela trigésima vez desde que ele saíra, uma ideia enevoada formou-se em sua cabeça.

Uma ideia cruel e maligna. Olhou ao redor, embaraçada, como se alguém fosse capaz de ouvir seus pensamentos. Se ele queria jogar sujo, se queria aumentar o cacife também iria elevar a aposta...

Poderia fazê-lo. Droga, ela também poderia ser cruel, é claro que sim.

Surgiu-lhe na mente uma recordação muito tênue da sua juventude, de um dia em que perguntara a sua tia Myst por que os vampiros eram tão maus. Ela respondera: "Está na natureza deles." Ao se lembrar disso, Emma sorriu, embriagada.

Chegou o momento de voltar à natureza.

Emma despertou com o telefone tocando. Nunca nenhuma ligação na história da telefonia soara tão irritante. Sua vontade era despedaçá-lo com um martelo.

Abriu os olhos a custo, afastando os lençóis para ver Lachlain saindo da cama para atender à chamada.

Estendeu a mão e passou-a sobre a colcha quente. Será que ele estava ali deitado, estendido em cima da colcha? Teria passado a noite observando-a enquanto dormia?

Lachlain atendeu o telefone e perguntou:

– Ele ainda não voltou? Pois então ampliem a área das buscas... Não quero saber! Ligue de volta no minuto em que ele for encontrado. – Desligou e passou a mão pelos cabelos. Emma não se lembrava de quando fora a última vez que vira alguém tão cansado quanto Lachlain. Ouviu-o expirando profundamente e reparou que tinha os ombros tensos. Sabia que andava à procura do irmão e lamentou que ainda não o tivesse encontrado. Depois de todos aqueles anos, Lachlain ainda não tivera uma oportunidade de contar ao irmão que estava vivo. Sentiu pena dele.

Até se levantar.

A cabeça dela começou a martelar de forma absurda e, enquanto ela se dirigia cambaleando muito em direção ao banheiro da suíte, percebeu que sua boca estava completamente seca. Escovar os dentes e tomar um banho serviu para ajudá-la em relação aos martelos sobre a cabeça e à secura da boca, mas teve um efeito mínimo na tontura.

Ele lhe proporcionara a mãe de todas as ressacas – uma volta pelas famosas vinhas da ira. Sua primeira vez. Se ele tivesse tomado só "um drinque ou dois", ela não estaria assim *tão* bêbada agora, nem sentindo o poder avassalador daquela ressaca. Na noite anterior, depois de ter se vestido e se preparado para dar mais um passeio exploratório pelas redondezas, sentira que estava caminhando em círculos até cair sobre os lençóis, já de madrugada. E o chão do imponente castelo também não parava de girar. Emma tinha certeza disso.

Antes de se encontrar com ela, Lachlain devia ter bebido como um calouro na noite dos trotes.

Canalha!

Quando saiu do banheiro enrolada na toalha e seguiu em direção ao guarda-roupa, ele a seguiu e se encostou no portal enquanto ela escolhia o que vestir. Havia peças de roupa novas por todo lado. E também belas bolsas e sapatos.

Emma remexeu em tudo, examinando a variedade e analisando cada peça atentamente. Era muito exigente com sua roupa e sempre evitava tudo o que não assentasse com seu estilo descontraído e descolado. Achava que qualquer peça que não fosse de excelente qualidade ou que não tivesse o seu selo especial V. A. E. – *Visual Absurdamente Estranho* – não combinava com ela...

– Você gostou de tudo? – quis saber Lachlain.

Ela inclinou a cabeça meio de lado, e de seus olhos saíram raios de fúria quando percebeu que todas as suas malas tinha sido levadas do quarto.

– Pode deixar que eu pretendo mandar dinheiro para pagar tudo isso assim que eu estiver de volta em minha casa – respondeu Emma, transmitindo muita honestidade.

Girou o dedo indicador para o chão, indicando que ele deveria virar de costas. Quando ele obedeceu, vestiu apressadamente a roupa íntima, um sutiã, uma calça de moletom e uma suéter larga.

Passou tranquilamente à frente de Lachlain e se sentou na cama. Só então reparou que todas as janelas estavam tapadas com cortinas pesadas. É claro que ele providenciara tudo aquilo. Afinal, não acreditava que ela fosse a lugar algum, pois não imaginava que ela poderia escapar dele.

– Quando foi que essas cortinas chegaram?

– Foram instaladas hoje, ao longo do dia. Abrem automaticamente ao pôr do sol e fecham ao alvorecer.

– Estão fechadas.

Ele a fitou longamente.

– O sol ainda não se pôs por completo.

Ela encolheu os ombros, embora tivesse pensado por que teria acordado tão cedo.

– Você não me pediu para beber – disse ela.

Ele ergueu as sobrancelhas e perguntou:

– Por quê? Você quer beber alguma coisa?

– Sim, mas só depois de um teste de alcoolemia em você. – Vendo que ele franzia o cenho, sem compreender, explicou: – É para verificar até que ponto você está bêbado.

Ele nem sequer esboçou um ar de culpa.

– Não bebi nada esta noite e só quero que você beba.

Sentou-se na cama, perto demais dela.

– Por que você saiu correndo para o chuveiro ontem, de repente? Considerou o que estávamos fazendo como algo muito sujo?

Ela soltou uma gargalhada.

– Emma, aquilo foi a coisa mais erótica que eu já experimentei. Fui para o chuveiro a fim de me aliviar, pois assim não quebraria a promessa que fiz a você.

Ela mostrou um ar de estranheza.

– Quer dizer que você...

– Oh, sim. – Exibiu um sorriso moleque ao fitá-la profundamente. – Todas as noites você faz com que eu me sinta um menininho excitado.

Ele não parecia sentir vergonha alguma em admitir que se masturbara até alcançar o orgasmo a poucos metros de distância dela. No mesmo instante que ela se contorcia sobre a cama, debatendo-se para não acariciar o próprio corpo. Que ideia... *excitante*. Ela ficou enrubescida, tanto por ele ter admitido o que fizera quanto pelos seus próprios pensamentos. *Bem que eu gostaria de tê-lo visto fazendo isso*.

Não, não, não. Se ela continuasse a olhar para aquele sorriso sensual que ele exibia, acabaria esquecendo seu plano, esqueceria a dor que sentira ao perceber que ele cortara o próprio queixo para poder enganá-la, e que a *pressionara* contra seu corpo excitado enquanto ela bebia.

Consequências. Quem se metesse agora com a vampira Emmaline Troy sofreria as consequências.

Quando as cortinas se abriram com um zumbido suave que revelou a noite fechada lá fora, ela disse:

– Lachlain, tive uma ideia. – Será que ela realmente teria coragem para retaliar? Consequências. Pagar na mesma moeda. Surpreendendo a si mesma, constatou que a resposta era sim. – Acho que existe uma forma de ambos "nos aliviarmos" enquanto bebo.

– Pode falar que estou ouvindo – respondeu ele, na mesma hora.

– Estou me referindo ao ato em si. – A voz dela parecia um ronronar enquanto deslizava para o chão, ajoelhando-se diante dele. Com as mãos alvas e delicadas, afastou timidamente os joelhos dele para os lados.

Ao perceber o que ela pensava em fazer, o queixo dele caiu.

– Você está se propondo a...? – Ele devia se controlar. Seu membro já estava longo e duro como um bastão.

– Quero você por completo, Lachlain. – Suas palavras eram quase ronronadas. A linda Emmaline, com seus lábios carnudos, fitava-o com olhos azuis que pareciam implorar. – Quero tudo o que você tiver para me dar.

Ele queria dar a ela tudo que ela desejasse. *Tudo!* Com a mão tremendo, ela abriu o botão de cima do jeans dele.

Lachlain engoliu em seco.

Ele não deveria, pelo menos, se mostrar um pouco *hesitante* em relação a isso? Que Deus o ajudasse, mas ele travava uma luta interior para não colocar as mãos sobre a cabeça dela para apressá-la. Pressentia que ela poderia facilmente perder a coragem, pois sabia que ela nunca proporcionara esse tipo de prazer para nenhum homem. Começar daquele jeito a noite de lua cheia era... Ele estava sonhando.

Emma abriu lentamente o zíper do jeans, quase dando um grito de susto quando o membro dele saltou para fora. Olhou-o, tímida, mas sedutora, parecendo satisfeita com o tamanho da ereção. Agarrou-o com as duas mãos, como se nunca mais pretendesse largá-lo.

– *Emma* – gemeu ele, com a voz entrecortada.

– Aguente o máximo que você conseguir – disse ela, bombeando-o com a mão para cima e para baixo. Ele fechou os olhos, deleitado.

Primeiro sentiu a respiração dela, que o fez estremecer. Depois. Ora vejam!... Aquela menina tinha uma linguinha bem atrevida...

E, por Deus, a *mordida* dela.

Ele soltou um gemido angustiado, deixando-se cair para trás na cama, erguendo imediatamente a mão a fim de segurar o rosto dela e a cabeça entre as mãos, para ver seus lábios abocanhando-o por inteiro. Era um homem com uma mente deturpada...

– Não fazia ideia... *Quero que seja sempre assim* – rosnou, baixinho. – *Sempre!*

Ele não sabia se iria gozar de uma vez só ou se acabaria perdendo os sentidos. As mãos dela estavam em toda parte, agarrando-o, provocando-o, deixando-o louco. Ela gemeu encostada a ele e começou a chupá-lo de cima a baixo com mais avidez. Ela nunca fora tão longe, mas, se ela precisava daquilo, ele lhe daria tudo. Ele começava a enfraquecer e, contudo, não queria que terminasse tão depressa.

– Emma, eu vou...

Os olhos dele se reviraram e, de repente, ficou tudo preto.

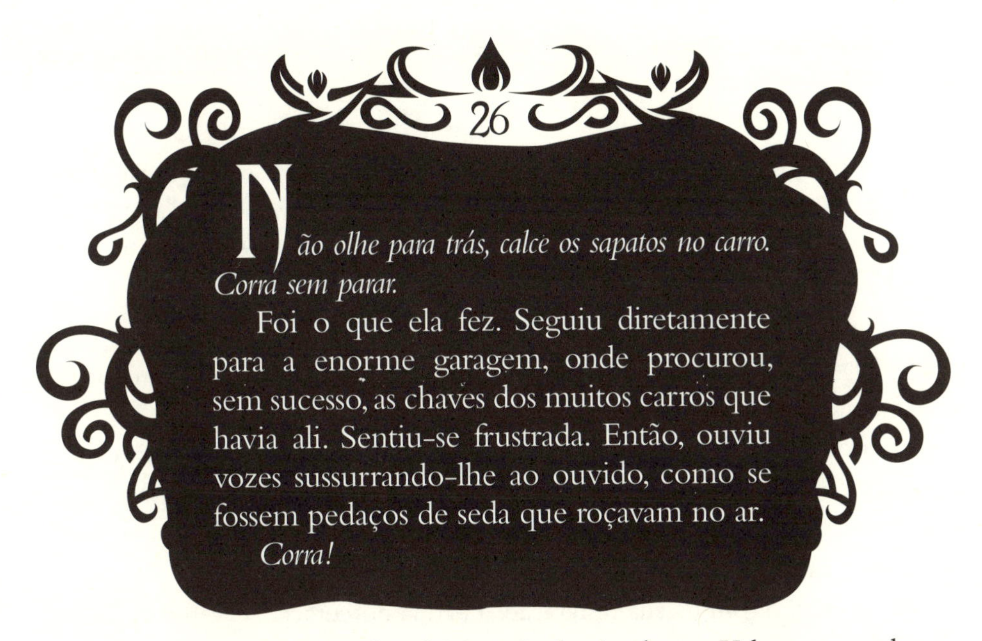

26

*N*ão olhe para trás, calce os sapatos no carro. Corra sem parar.*

Foi o que ela fez. Seguiu diretamente para a enorme garagem, onde procurou, sem sucesso, as chaves dos muitos carros que havia ali. Sentiu-se frustrada. Então, ouviu vozes sussurrando-lhe ao ouvido, como se fossem pedaços de seda que roçavam no ar.

Corra!

Era o que ela tentava fazer! Mas não havia chaves. Voltou correndo e procurou pelo castelo por uma caminhonete de trabalho ou de entrega, pelo menos. Até uma porcaria de um trator serviria!

Foi então que parou, franziu os olhos e sentiu uma espécie de calor que vinha de um ponto pouco acima do horizonte. Como num transe, ergueu a cabeça. Era a lua cheia que nascia.

Ela *sentia* o luar. Como sempre imaginara que as pessoas sentiam o calor do sol.

Sua audição também estava muito sensível, coisas pareciam chamar por ela da floresta que ficava um pouco além. Emma já tinha evitado aquele local escuro demais em suas caminhadas de exploração. A visão daquele lugar misterioso derrotara seu recém-encontrado senso de coragem.

Corra para lá!

Teve de lutar contra a urgência de se lançar direto na floresta que mais parecia um abismo. Certamente, Lachlain a encontraria. Era um caçador, um rastreador. Era isso que ele fazia. Não haveria chance de escapar por ali.

Mesmo assim, seu corpo parecia ansiar por uma batalha e por um desafio como aquele, como se sentisse falta da sensação de correr para dentro de uma floresta na qual nunca estivera. Será que tinha enlouquecido a ponto de pensar nisso?

Corra!

Com um grito, tirou os sapatos e obedeceu ao instinto, deixando para trás a propriedade e um Lykae que iria acordar furioso a qualquer momento. Mergulhou por entre as árvores e percebeu que conseguia enxergar bem. Sua capacidade de ver na escuridão, que era boa, estava ainda mais apurada.

Mas por que estava vendo melhor? Será que o sangue dele a afetara tanto assim? Ela ingerira muita quantidade. Sabia que os Lykae conseguiam ver tão bem à noite quanto de dia.

Cheirou o solo da floresta, a terra úmida, o musgo. Conseguiu sentir o odor até mesmo das pedras umedecidas pelo orvalho. Aquilo era de provocar vertigens. Sentiu-se balançar para frente, mas os pés se mantiveram firmes no chão, como se já tivessem percorrido aquele caminho mais de mil vezes.

Os aromas, o som da sua respiração, a batida do coração, o vento lhe acariciando o rosto... o paraíso. Aquilo era como o paraíso.

Então, percebeu algo novo. A corrida era como um afrodisíaco, e cada passada fazia vibrar seu corpo como se fosse uma deliciosa carícia. Escutou o rugido furioso dele ecoando como se estivesse a quilômetros de distância dali, ainda na propriedade, e pareceu sentir estremecer aquele mundo de sombras à sua volta. Ao ouvi-lo perseguindo-a, Emma sentiu necessidade de se libertar. Não temia o que ele pudesse lhe fazer quando a apanhasse, simplesmente se mantinha na expectativa disso. À medida que ele se aproximava, ela ouvia com mais intensidade a batida do coração *dele*. Mesmo fatigado e enfraquecido, ele vinha direto em sua direção.

Ele seria capaz de caçá-la eternamente.

Emma sabia disso como se ele tivesse acabado de lhe dizer. Iria buscá-la, reclamar seu direito de posse sobre ela e nunca a deixaria partir. Era isso que os da sua espécie faziam.

Agora você pertence à espécie dele, sussurrou-lhe a voz misteriosa em sua mente. Não! Ela não iria desistir de fugir.

Uma fêmea Lykae certamente teria se deixado capturar. Ficaria à espera dele nua, deitada na relva ou encostada a uma árvore com os quadris lançados para a frente e os braços por sobre a cabeça, deleitando-se com o fato de ser sua presa e antecipando com muita empolgação a ferocidade dele.

Emma estava enlouquecendo! Como poderia saber dessas coisas? Nunca aceitaria a ferocidade como algo natural. *Gritar logo, ao primeiro sinal de dor.* Essa era a sua regra.

Acabara de chegar a uma clareira quando o ouviu pular sobre ela com um impulso. Preparou-se para o impacto com o chão, mas ele se virou e jogou-a de costas sobre a grama. Quando ela abriu os olhos, ele estava em cima dela, de quatro.

Parecia maior. Os olhos já não eram castanho-dourados. O azul fantasmagórico cintilava fortemente em seu olhar. Sua respiração pesada mais parecia um *rosnado* surdo e prolongado. Emma sabia que o corpo dele estava enfraquecido, *sentira isso* enquanto corriam, mas suas óbvias intenções tornavam-no mais forte.

– Vire-se! – ordenou ele, com uma voz distorcida e áspera.

O céu foi rasgado por uma assustadora sucessão de relâmpagos. Ele não pareceu se impressionar com aquilo, mas Emma olhou para o céu com o mesmo espanto com que veria um cometa. Poderia ser mais Valquíria do que imaginava?

O resto de sanidade que ainda lhe restava respondeu:

– Não!

Os relâmpagos também iluminavam fugazmente o que ele era por dentro. Suas presas pontudas, os olhos de um azul gélido, o corpo incrivelmente poderoso parecendo ondular devido ao excesso de músculos. Arrancou-lhe a bolsa e o casaco, rasgou-lhe as roupas com ferocidade, tentando despi-la, urrando e rosnando, enquanto ela, ainda aturdida, contemplava os clarões na parte mais alta do céu.

– Braços... por cima... da cabeça! – ordenou ele com a voz áspera enquanto se livrava do jeans.

Ela obedeceu. Ele ainda estava se posicionando sobre ela, dobrando o corpo para beijá-la ou para lambê-la, segurando-a com a mão ou, talvez, com o joelho. Estava acontecendo algo que ela não compreendia. Aqueles não eram movimentos aleatórios, tudo parecia fazer parte de um...

Ritual.

Enquanto se movimentava por cima dela, o frenesi de lhe agarrar as mãos e os joelhos se tornava insuportável. Ele parecia querer afastar os cabelos dela para exibir seu pescoço. Passou-lhe a língua pelo mamilo e as costas dela se arquearam.

– Vire-se!

Como se seu corpo estivesse possuído por uma entidade estranha, alguém mais carnal e agressivo, ela fez o que lhe foi ordenado. Havia movimentos atrás dela que Emma não conseguia enxergar. Conseguia sentir seu enorme membro ereto deslizando-lhe pelas costas para, depois de vários golpes, dar-lhe uma estocada na coxa.

Cheire a noite, sinta a lua imensa banhando sua pele.

Ela estava ficando louca... Teve certeza disso quando encostou o peito contra a grama, lançou os braços para frente e ergueu o traseiro. Ele rugiu de prazer e rapidamente afastou os joelhos dela com os dele. Emma sentiu-se umedecer entre as pernas, embora ele nem a estivesse tocando.

Ela se viu ansiosa. Sentiu-se vazia. Sabia-se capaz de *distinguir* os aromas da terra se ele a penetrasse naquele momento. Rebolou com ritmo, como se o quisesse atrair.

– *Não faça isso* – disse ele, num tom rouco. Pousou-lhe as mãos no traseiro, agarrou-a com força e tornou a colocá-la em posição.

Ela gemeu, revirando os olhos.

– Com essa lua... eu não consigo... me comportar como deveria. Se você soubesse o que está passando pela minha cabeça nesse exato momento...

Ela afastou ainda mais as pernas, mesmo tendo uma fera nas costas prestes a perder a cabeça por causa da lua, e com um membro duro e gigantesco que poderia facilmente parti-la ao meio. Ela deveria ter-se enrolado em posição fetal com as mãos na cabeça, em vez de se balançar para frente e para trás, tentando atraí-lo.

– Você não precisa fazer isso. Nunca! Quase não consigo... evitar que...

Emma percebeu o movimento dele e, de repente... sentiu-lhe a boca na vagina. Gritou de surpresa e de prazer. Ele estava por baixo, deitado de costas na grama, os joelhos dela dos dois lados do rosto, os braços enrolados em suas costas, puxando-a para baixo, na direção dele. Mesmo que tentasse, ela não conseguiria se mexer.

Ele grunhiu com força, apertando ainda mais os braços em torno dela.

– Sonhava com isso... Provar você mais uma vez – rugiu ele. – Quase tanto quanto foder você.

Ela cravou as pontas dos dedos na grama e sentiu o cheiro de folhas cortadas. Ele a chupou e ela gritou. Os relâmpagos ziguezagueavam no céu como chicotes. Ela não conseguia se mexer, não conseguia balançar os quadris contra a boca dele, como desejava. Não sentia a terra arranhando-lhe os joelhos, como seria de esperar. Estava ficando louca.

– Oh, céus, sim! Lachlain, *por favor*.

Ele retirou a língua e a substituiu por um dedo.

– Por favor o quê?

Ela estava ofegante, quase a ponto de perder a noção de tudo.

– Por favor, faça com que eu, pelo menos uma vez... Por favor, deixe que eu tenha...

– Goze! – ordenou, apoiando a palma de uma das mãos na nádega e enfiando o dedo um pouco mais fundo, ao mesmo tempo que voltava a chupá-la e a lambê-la. Ela gritou, e seu corpo ficou imediatamente tenso, estremecendo até atingir o seu primeiro orgasmo e aceitando, por fim, a explosão de prazer. As mãos dele estavam pousadas nela com firmeza. Afagavam-lhe as nádegas com as palmas abertas, pressionando-as contra sua boca enquanto a lambia sem parar.

Durante todo esse tempo, ela olhava para o céu enquanto se movia da única forma que conseguia, arqueando as costas, até não conseguir aguentar mais nada.

Quando ficou esgotada e se deixou tombar de lado com um gemido, atordoada por aquele prazer que lhe era totalmente desconhecido, ele a acomodou suavemente no chão e se levantou. Tremendo muito, ela o fitou. Sua silhueta estava recortada pelo relampejar constante que, embora ainda estivesse forte, parecia menos intenso. Ele era como um deus. Parecia estar à espera de algo.

Ritual. De repente, ela estava de joelhos à sua frente. Ao olhar para cima, para a sombra agigantada dele, tomou na boca o pênis que tinha diante de si, da melhor forma que conseguiu, venerando a carne dele com a língua, como já devia ter feito antes. Ele emoldurou o rosto dela com mãos trêmulas, grunhindo de prazer. Sua expressão, enquanto a observava, era uma mistura de êxtase com descrença. Ela estendeu as mãos por sobre a cabeça para lhe arranhar o tronco, cravando-lhe as unhas na carne, e ele se arrepiou. O membro pareceu-lhe levemente salgado na ponta, muito brilhante e escorregadia.

– Não posso fazer isso... preciso possuir você. Aqui! Tem de ser aqui...

Ela resistiu quando ele retirou aquela vara imensa da sua boca e ficou lambendo os lábios de desejo, até mesmo quando ele se colocou atrás dela e se ajoelhou entre as suas pernas. Inclinou-se e voltou a lambê-la enquanto tentava enfiar dois dedos dentro dela. Quando conseguiu, soltou-a, e então sua mão agarrou-lhe a cabeça, encaminhando-a para baixo, na direção do chão. Ela olhou para trás por baixo do próprio corpo e viu que ele estava agarrando o membro ereto, prestes a penetrá-la. Começou a tremer de ansiedade e de desejo.

Necessidade. Sedução.

Ela fez força para trás, mas ele a manteve quieta, afastando seus lábios vaginais e encostando a ponta do membro ali. Com uma das mãos percorreu-lhe firmemente as costas, levando-a a arquear de prazer.

– Não é um sonho – murmurou ele, assombrado. – Emmaline...

Ela ofegava e dizia "*por favor*" várias vezes, sem parar.

Ele colocou um braço com firmeza em torno da cintura dela.

– *Esperei tanto tempo para me sentir dentro de você.* – Colocou o outro braço debaixo dela, apoiado no peito, e prendeu-lhe o ombro por baixo, mantendo-a completamente imobilizada.

– *Eu proclamo a minha posse sobre você!* – E a penetrou com uma estocada firme.

Ela tornou a gritar, dessa vez de dor.

– Ó *Céus* – gemeu ele. – Você é tão apertadinha! – exclamou ele, lançando os quadris para frente a fim de golpeá-la por dentro mais uma vez. Ela estava de tal forma encaixada e o apertava com tanta firmeza que ele mal conseguia se mexer.

Ela respirava com dificuldade e tinha os olhos marejados de lágrimas devido à intensa dor. Deveria ter percebido que ele não iria caber ali dentro.

Para alívio dela, ele se deteve e parou com as estocadas, mas ela ficou surpresa quando continuou a perceber seu corpo tremendo em torno do gigantesco membro que parecia latejar dentro dela.

Lachlain puxou-a um pouco para cima e se colocou de joelhos, levando-a a encostar-se em seu peito. Em seguida, colocou os braços dela em torno do próprio pescoço, para firmá-los.

– Agarre-se em mim.

Quando ela assentiu com a cabeça, ele deixou escorregar os dedos desde os ombros até os seios e seguiu descendo. Baixou as mãos ainda mais para massageá-la entre as pernas. Quando a umidade dela retornou com força renovada, ele parou, mas continuou sem penetrá-la até o fundo. Em vez disso, começou a passar os polegares pelos mamilos e apalpou-lhe os seios com muito vagar, até ela ficar de novo ofegante, sentindo um desesperado desejo semelhante ao que a atingira quando ele a provocara naquela noite, no banheiro. Só que dessa vez era ainda pior, pois agora ela já sabia exatamente o que estava perdendo todo esse tempo.

Recordando a frustração daquela noite e temendo que ele a sujeitaria novamente àquilo, ela balançou os quadris contra ele.

Baixinho, ele falou-lhe ao ouvido.

– Você quer mais?

– *S... Sim.*

– Fique de quatro novamente e eu lhe darei tudo que você quer.

Mal ela o fez, ele a agarrou pelos quadris, retirou um pouco o membro e tornou a penetrá-la, dessa vez ainda mais fundo. Ela gritou alto, mas agora de prazer. Quando arqueou as costas e afastou um pouco mais os joelhos, ele grunhiu o nome dela em resposta, mas sua voz tinha se alterado um pouco. Mantinha-se profunda, mas era mais gutural e áspera. Quase como se... rosnasse.

Tornou a investir com novas estocadas, cada vez mais vigorosas. Novos grunhidos e rosnados. Alguns vinham dela?

Conforme o prazer se intensificava, os pensamentos se tornavam cada vez mais vagos e distantes. Sempre que saía de dentro dela, num movimento deliberado, ouvia uma queixa murmurada. Cada vez que se lançava dentro dela e um estalo forte ecoava, ela implorava por mais. Os lábios dela se curvaram num esgar semelhante a um sorriso quando o ar ficou carregado de eletricidade, e ela glorificou o céu, os aromas e Lachlain encaixado lá dentro. Ele se dobrou sobre as costas dela e Emma sentiu quando sua boca lhe tocou o pescoço. Sentiu sua *mordida*. Embora fosse diferente das suas e não lhe furassem a pele, regozijou-se como se ela mesma o tivesse mordido.

– Vou gozar com tanta intensidade – avisou ele, entre rosnados, falando junto da pele dela –, que você vai sentir como se tivesse sido golpeada pelo meu pau.

Ela atingiu o orgasmo mais uma vez e gritou aos céus em êxtase, atirando a cabeça para trás contra o ombro dele, ansioso pela boca que queria mordendo o seu pescoço.

– *Ó Deus, sim!* – gritou ele, mordendo-a com mais força... Ela realmente sentiu-o ejacular intensamente, bombeando dentro dela seu sêmen, que parecia ferver.

Contudo, mesmo depois de ele terminar, não deixou de preenchê-la e continuou lhe dando estocadas com muita intensidade.

∞

Ele tinha gozado com mais força do que jamais experimentara, e mesmo assim não se sentiu aliviado. Se é que era possível, sua necessidade se intensificara.

– *Não consigo parar.*

Virou-a de barriga para cima e prendeu-lhe as mãos por cima da cabeça, sempre sem deixar de penetrá-la. Os cabelos dela se espalharam pelo chão como um leque que lhe servia de halo para a cabeça, e o cheiro dela percorreu-o por dentro, aumentando ainda mais o desejo. O poder daquele aroma levou-o a cambalear. Estava possuindo-a. Por fim! Estava dentro da sua parceira. *Emmaline.* Observou atentamente o rosto dela. Suas pálpebras estavam fechadas e seus lábios cintilavam. Era tão bela que até doía.

A lua, já bem alta no firmamento, disparava raios de luz, cobrindo de prata o corpo dela, que ainda se contorcia debaixo dele.

O pouco controle que ele pudesse ter parecia desaparecer lentamente, e em seu lugar surgia um sentimento animal de posse.

Posse. Reivindicação.

Ele sentiu a lua na pele como nunca tinha sentido, e seus pensamentos se tornaram frenéticos e incontroláveis.

Ela tentara fugir dele. Pensara em abandoná-lo. Nunca!

Ele se sentiu perdendo o controle por completo... Por Cristo, não! Ele estava... *se transformando*; as presas se afinando. Preparavam-se para marcar a carne dela. *Suas garras surgiam para agarrá-la pelos quadris quando a consumisse de novo, mais uma vez e sem parar.*

Possuindo-a por completo.

Ela era dele. Ele a tinha encontrado. Ele *merecia* tê-la. Merecia tudo o que estava prestes a retirar dela.

Mergulhando sem parar no corpo macio e generoso dela, sentiu a lua iluminando-lhe as costas. Era um prazer como ele nunca conhecera.

Estava fazendo com que ela se subjugasse por completo.

Lambendo-a, mordendo-a, chupando-a, saciando dentro de sua parceira todo o desejo que o incendiava. Sentiu-se incapaz de dominar os gritos, rugidos e a necessidade insaciável de saborear aquela carne úmida. De ser rude e implacável. Precisava fodê-la com mais força. Não conseguiria parar de penetrá-la.

Com seus últimos resquícios de força, saiu de dentro dela num movimento súbito.

As pequenas garras de Emma rasgaram o solo com frustração, e seus quadris continuaram ondulando para provocá-lo.

– Por quê? – gritou ela.

– *Não posso machucar você* – respondeu ele, com uma voz que parecia não lhe pertencer.

– Por favor... volte para dentro de mim.

– Você quer isso? Mesmo sabendo quem eu sou?

– Sim... preciso de você... exatamente como você é. *Por favor, Lachlain! Eu também sinto esse desejo insaciável.*

Será que a lua também reivindicara seus direitos sobre a sua parceira? Ao ouvir as palavras dela, Lachlain se entregou por completo.

A visão dele se tornou turva e ele fixou a atenção unicamente na prata dos olhos dela grudados nos dele, no irresistível rosa forte dos seus lábios carnudos e dos mamilos ainda intumescidos. Debruçou-se sobre ela mais uma vez, protegendo-a com o próprio corpo e sentindo-se impelido a inclinar a cabeça para lhe lamber e sugar os mamilos com força, seguindo depois para lhe assaltar os lábios. Agarrou-a pelas nádegas e a manteve no lugar com as pernas elevadas, enquanto se colocava de joelhos.

– Minha! – rugiu, e a penetrou mais uma vez com violência.

Como se estivesse fora do próprio corpo, ele escutou os sons graves e guturais que lhe escapavam do peito, assim como os rosnados furiosos que acompanhavam cada uma das frenéticas investidas. Os seios dela saltavam e se sacudiam violentamente, e o olhar dele estava grudado naqueles bicos firmes e duros, molhados pela sua furiosa sucção. Sentiu as garras dela se enterrando em sua pele à medida que a pressão para alcançar o orgasmo vinha de dentro dele e chegasse até seu membro. A cabeça dela se agitou, rendida.

Minha... Ela pensara em abandoná-lo? Fodeu-a com toda a sua força.

Ela aceitou tudo e tentou corresponder.

Ele a segurou pela nuca, puxando-a para si.

– *Entregue-se a mim!*

Ela abriu os olhos no instante em que alcançou um novo orgasmo. Tinha os olhos vidrados, pareciam um espelho. Ele sentiu a vagina dela como se fosse um torno, apertando seu membro como se desejasse ordenhá-lo.

Quando ele a seguiu, gritando muito, libertou seu esperma em jatos fortes num calor... implacável. Tudo que percebeu a partir desse ponto foi que ela arqueou as costas novamente e abriu as pernas ainda mais para ele, como se adorasse aquela sensação.

Quando a lua desapareceu e ela já não aguentava mais nada, sentiu o corpo mole. Com um último rugido, ele se deixou cair sobre ela, mas aquilo não foi agressivo nem desconfortável.

Por fim, cravou um joelho no chão e se levantou, virando o rosto dela e obrigando-a a olhar para ele. Em seguida, deitou-se ao lado dela e lhe afastou alguns fios de cabelo que estavam nos lábios. Agora que o arrebatamento noturno terminara, ela se sentia plena e inundada de alegria por Lachlain ter exercido sua posse sobre ela. Foi como se ela também desejasse aquilo havia muitos anos, tanto quanto ele.

Emma virou-se de barriga para cima e se esticou, fitando o céu e depois as árvores que ficavam um pouco além. A grama estava fresca, assim como o ar, mas ela continuava a sentir-se em chamas. Parecendo-lhe impossível continuar a percorrer a paisagem com os olhos, virou-se de novo para o rosto dele. Sentia-se *conectada* a tudo, como se pertencesse a algo especial, uma sensação que nunca sentira antes.

Um contentamento novo se irradiou por dentro dela, e Emma sentiu vontade de chorar de alívio por ele tê-la encontrado, por não ter desistido dela e continuar desejando-a. Percebeu que não seria capaz de parar de tocar nele, como se temesse que ele pudesse desaparecer a qualquer momento, e refletiu sobre como pudera ter agido de forma tão cruel com ele.

Lembrava-se de estar furiosa e de ter fugido, mas já não sabia explicar o motivo. Nunca poderia ficar zangada com um homem que a olhava como ele fazia naquele momento.

Ele a fitava com ar de completa veneração.

– Não queria machucar você. Pelo menos, tentei.

– Foi uma dor passageira. Também tentei não magoar você.

Ele sorriu abertamente e perguntou:

– Você escutou vozes dentro de sua mente? Percebi que você sabia certas coisas...

Ela concordou com a cabeça.

– Foi como um... instinto, mas um instinto do qual eu tinha perfeita consciência. No início, isso me assustou.

– E depois?

– Depois eu acabei entendendo que aquilo era... não sei explicar direito, mas era algo que me conduzia... no rumo certo.

– E qual foi a sensação da lua banhando sua pele?

– Tão boa quanto a sensação de estar correndo, livre. Foi como estar no... paraíso. Lachlain, eu *senti* cheiros.

O corpo dele tremia. Deixou-se cair para trás, puxando-a para cima dele para acomodá-la sobre seu peito, e colocou uma perna dela de cada lado do corpo.

– Durma um pouco. – Ele sentiu as pálpebras lhe pesarem, mas beijou-a mesmo assim. – Estou cansado de saciar minha jovem parceira, e também das suas artimanhas.

Nesse instante, ela se lembrou da noite anterior, e seu corpo ficou ligeiramente rígido.

– Eu simplesmente reagi diante dos *seus* truques.

Se ele resolvesse questionar as motivações dela...

– Tudo bem. Gosto que você me pague na mesma moeda. – Com voz sonolenta, murmurou-lhe ao ouvido: – Você está me ensinando algumas coisas, Emmaline.

Ao ouvir isso, o ultraje que queria sentir diante dos atos dele – ou que, pelo menos, imaginava que *deveria* sentir, como fariam outras mulheres mais fortes – simplesmente se desvaneceu. Ela não passava de uma fracote sem fibra, e sabia disso. Pois, após uma cataclísmica noite sobre a grama, sua primeira sequência de quinze orgasmos e alguns olhares de adoração, ela já estava tentada a se unir com garras e presas àquele Lykae forte de coração grande, para nunca mais largá-lo.

Como se tivesse lido a mente dela, ele murmurou:

– Preciso dormir agora. Mas quando eu recuperar as forças, vou ter condições de lhe proporcionar mais disso aqui. – Penetrou-a mais uma vez, devagar, com o membro ainda semiereto. – E também lhe dar todo o sangue que você conseguir beber.

Só de imaginar isso, a carne dela vibrou.

Ele riu.

– Todas as noites. É uma promessa. – Beijou-a na testa. – Descanse um pouco agora.

– Mas o sol logo vai aparecer.

– Eu levo você para a nossa cama muito antes disso acontecer.

O corpo dela estava quente e relaxado sob as mãos dele, mas sua mente estava em pânico. Sim, ela adoraria repousar num campo aberto, deitada por cima dele, sobre a grama que os dois tinham castigado durante horas e horas de sexo. O problema era que um campo aberto – do mesmo modo que um estacionamento, um campo de futebol e, que Deus nunca permitisse, uma planície – era uma armadilha letal. Dormir sob as estrelas? Isso era algo a ser evitado a todo custo. Emma ansiava por uma coberta, um baldaquino espesso, uma caverna ou algum lugar onde pudesse se enfiar na terra, o mais longe possível do sol.

Ainda assim, a tentação de permanecer ali era forte, entrando em conflito com a sua necessidade de autopreservação. O Instinto Lykae que ele lhe oferecera era magnífico e cativante, só que havia um problema.

Ela era uma vampira.

Enquanto dormia, ele se virou de lado e a encaixou junto de si. Colocou o joelho por cima dela e, com o braço, prendeu-lhe a cabeça. De forma protetora. Estava em torno dela por inteiro. Melhor assim. Talvez o melhor a fazer fosse ela se render.

– Minha – rugiu suavemente. – Senti sua falta.

Sim. Aparentemente, ela também tinha sentido falta dele.

Render-se. Confiar nele. As pálpebras dela foram se fechando lentamente. Seu derradeiro pensamento foi: *Eu nunca conheci o dia. Nem a noite...*

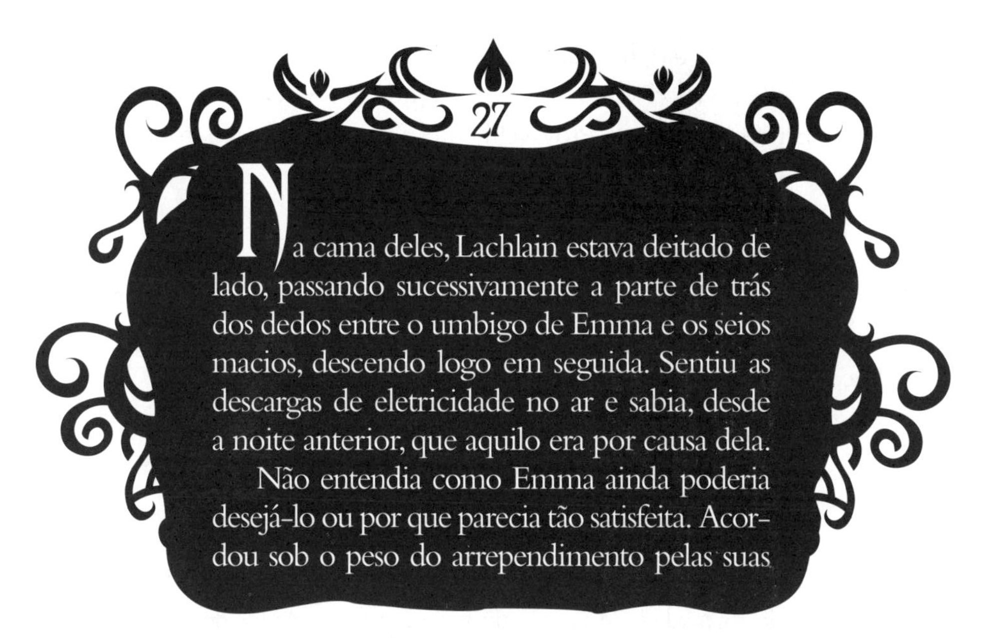

ações. Emma tinha sido muito melhor do que alguma vez ele sonhara. Tão linda, tão apaixonada e, por fim, ele conseguira possuí-la e fazer valer seu direito sobre ela. Várias vezes. Sob a lua cheia, ela lhe proporcionara prazeres inimagináveis e estarrecedores, além de um profundo sentimento de conexão entre eles.

Ela lhe oferecera tudo isso, mas ele lhe roubara a virgindade no solo da floresta, como o monstro que ela sempre imaginou que ele fosse, penetrando com força aquela carne delicada. Ele pensava… tinha quase certeza de que a fizera *gritar de dor*.

E depois tinha marcado o pescoço dela de forma selvagem. Ela nunca poderia ver a marca que ele deixara – só outro ser da espécie Lykae conseguiria isso. Ela também não poderia sentir a marca, mas iria levá-la com ela para sempre. Ao ver aquela marca, os Lykae saberiam na mesma hora que ele perdera a cabeça de desejo por ela. Ou descobririam que ele fizera aquilo de forma tão incisiva para funcionar como ameaça abertamente hostil contra outros machos que a desejassem. As duas coisas eram verdadeiras.

No entanto, apesar de tudo isso, a jovem lhe pareceu satisfeita com o que acontecera. Eles conversavam com descontração e ela exibiu uma expressão sonhadora quando ele lhe acariciou o rosto.

– Hoje você ainda não bebeu. Está com sede?

– Não. Não sei o motivo, mas a verdade é que não – respondeu ela, exibindo-lhe um sorriso radiante. – Provavelmente porque ontem eu roubei muito sangue seu.

– Garota insolente! – Ele se encostou nela e esfregou o nariz sobre os seus seios, fazendo-a dar um pulo. – Pois saiba que aquilo foi oferta da casa. – Apertou-lhe o queixo e fitou-a longamente. – Você sabe disso, não sabe? Sempre que precisar beber, mesmo que eu esteja dormindo, sirva-se à vontade.

– Você realmente gosta disso?

– Gostar não é o termo que eu usaria.

– Mas você ficaria curado mais depressa da perna se eu não fizesse isso.

– Talvez, mas a recuperação não seria tão doce.

Mesmo assim, ela insistiu:

– Lachlain, às vezes, eu sinto como se você tivesse uma bola de ferro e uma corrente presas ao tornozelo, de tanto que você manca. – Antes de ele ter chance de protestar, ela prosseguiu: – Na primeira vez que bebi, você me perguntou se eu achava que você poderia me transformar numa Lykae. Isso seria possível?

Ao perceber que ela falava sério, ele ficou tenso.

– Emma, você sabe que nenhum ser vivo pode se transformar em nada sem, antes, morrer. – O catalisador comum para as transformações entre os vampiros, os fantasmas, os espíritos, entre todos eles, era a morte. – Eu teria de me transformar por completo, me entregar totalmente a esse objetivo e depois *matá-la*, na esperança de que você tivesse sido infectada e ressuscitasse. – E rezar para que ela aceitasse um pedaço da fera dentro do seu corpo, que poderia lhe devolver a vida; mas não com demasiada intensidade. – No caso de você sobreviver, teria de ser encarcerada durante vários anos até conseguir controlar a... possessão. – A maior parte dos seres leva uma década para isso. Muitos, porém, nunca conseguem assumir o controle.

Encurvando os ombros para se proteger e se sentindo péssima, ela murmurou:

– Mesmo assim isso quase me soa interessante, algo que vale a pena. Detesto ser vampira. Detesto ser odiada.

– Você se tornar uma Lykae não vai alterar nada; só servirá para conseguir um novo grupo de inimigos. Nós não somos exatamente adorados por todos no Lore. Além disso, nem que bastasse eu estalar os dedos para conseguir isso, eu não o faria.

– Você não mudaria o fato de eu ser uma vampira, mesmo que pudesse? – perguntou ela, incrédula. – As coisas seriam muito mais simples!

– Dane-se a simplicidade. Você é o que é, e não seria eu a mudar uma única coisa em você. Além do mais, você nem é totalmente vampira. – Ajoelhando-se, ele a aconchegou junto do seu peito. Correu a ponta dos dedos sobre a pequena extremidade pontuda da orelha dela e então mordiscou-a, o que lhe provocou um arrepio. – Você acha que eu não reparei no céu que você me ofereceu?

Ela corou, exibindo um sorriso tímido antes de enterrar o rosto no ombro dele.

Lachlain nunca teria acreditado se não tivesse visto. Um céu límpido e cristalino, um luar intenso, relâmpagos rasgando o firmamento, formando uma espécie de teia, com a luz a se desvanecer lentamente após cada raio. Demorara algum tempo para perceber que tudo aquilo eram os ecos dos gritos de Emma.

– Sempre ouvi dizer que isso era uma característica típica de Valquírias, mas nenhum de nós tinha certeza.

– Os homens que veem esse fenômeno e gostam de contar para todos geralmente *não vivem* muito tempo – explicou ela.

Ao escutar isso, ele ergueu ligeiramente as sobrancelhas, antes de dizer:

– Você não é uma vampira. Tem seus próprios relâmpagos e seus olhos ficam prateados. Você é um ser único no mundo.

Ela fez uma careta.

– Em outras palavras: uma aberração.

– Não, eu não disse isso. Só acho que você tem a própria identidade. – Acomodou-a em seus braços, e os cantos dos seus lábios se abriram de leve. – É a minha pequena criatura híbrida.

Ela lhe deu um soco no ombro.

– Gostei da história dos relâmpagos. Assim, vou sempre saber que você não está fingindo. – Beijou-a novamente, mas continuava a rir e ela lhe deu mais um soco. Ela parecia achar tudo aquilo divertido.

– Oh! Bem que eu gostaria que você nunca tivesse visto!

Ele exibiu um sorriso afetado e lascivo.

– E se eu estiver aqui fora e sentir a atmosfera pesada, já sei que devo voltar para você correndo. Você me treinou de forma exemplar num único dia. – Obviamente ele analisava todos os cenários possíveis. – Fico satisfeito por morarmos tão longe das cidades.

Nós dois moramos.

Ele franziu o cenho e explicou:

– Você morava num coven. Todo mundo saberia se uma noite qualquer você resolvesse se divertir sozinha. Não devia ter muita privacidade.

Ele sempre falava de forma direta. Aquilo era muito irritante! Com o rosto apoiado no peito dele, ela retorquiu:

– Nunca precisei me preocupar com isso.

– Como assim? Você nunca viu relâmpagos nos momentos em que se acariciava?

Ela quase se engasgou e ficou feliz por ele não poder ver seu rosto. É claro que ele a ergueu um pouco e não deixou que ela virasse a cabeça para o lado.

– Quero saber de tudo, Emma. Preciso compreender tudo a seu respeito.

Ela era misteriosa e tímida. Mas aquelas malditas vozes insistiam para que ela *compartilhasse* tudo com ele.

– Os relâmpagos ocorrem o tempo todo na nossa propriedade. Qualquer emoção forte os cria, e como existe muita gente morando lá... De qualquer modo, até há pouco eu nunca tinha experimentado... ahn... – Ela lutou com a palavra. – Nunca tinha gozado.

Os olhos dele se arregalaram, e ela percebeu que ele... tinha adorado saber disso.

– Isso era algo muito angustiante para mim – completou ela.

– Não estou entendendo.

– Ouvi dizer que a maioria dos vampiros já conseguiu dominar essa necessidade. O sangue é tudo que desejam, e esses são exatamente os que dizimam povoações e matam para beber com uma avidez impressionante... – Ela olhou para algum ponto além. – Não ser capaz de fazer isso era terrível para mim. Todos os dias eu morria de medo de ficar como eles.

– Não ser capaz de... – Ele afastou-lhe o cabelo da testa. – Não fazia ideia de nada disso. Achei que você tinha uma espécie de controle típico de Valquírias sobre si mesma... Não imaginava que fosse involuntário.

Emma já devia ter usado vários litros de sangue naquela noite, só para enrubescer.

– Não é de estranhar que você não conseguisse atingir o orgasmo.

Ela o fitou, magoada.

– Não, não, se você fosse muito jovem e não soubesse como fazer, isso não aconteceria... e você se sentiria mais pressionada a cada dia.

Ela concordou com a cabeça, surpresa com a percepção aguçada dele. Fora exatamente isso que sucedera.

– Você nunca será como esses vampiros, Emma. Não tem nada a ver com eles.

– Como você pode ter tanta certeza?

– Você é simpática e gentil. Sente compaixão. Eu não a desejaria tão fortemente se não soubesse que você é assim.

– Mas é o seu Instinto que *força* você a me desejar. Você disse agora há pouco que *tinha* de me manter ao seu lado.

– É isso que você acha? – Emoldurou-lhe o rosto com as mãos. – O Instinto me *guia* para aquilo que quero e necessito. Ele me orienta na direção da mulher com quem poderei construir uma vida. Não importam as coisas, você estaria sempre destinada a ser minha, mas sem o Instinto eu nunca teria reconhecido você como minha parceira, pois você é de outra espécie. Eu não teria dado a nós mesmos uma chance e nunca forçaria você a nada.

– Você fala como se eu já tivesse decidido o que fazer – disse ela.

A expressão dele se tornou séria e os olhos perderam vivacidade.

– Ainda não decidiu?

– Pois é... E se eu ainda não tiver decidido?

Ele a segurou pela nuca, com os olhos azuis cintilando muito.

– Você não pode falar desse assunto com tanta leveza.

– Nunca aconteceu? – sussurrou ela.

– Já. Com Bowe.

Ela se libertou dele e se encostou na cabeceira da cama.

– Entendi que a parceira dele tinha morrido.

– E morreu... Quando tentava fugir dele.

– Ó meu Deus. O que ele fez?

– Ficou completamente desprovido de sentimentos. Tornou-se uma espécie de cadáver ambulante, mais até do que o próprio Demestriu. Se você partir, vai me condenar ao mesmo fim.

– Mas, assim como o seu objetivo é construir uma vida comigo, o meu envolve a minha família. Você prometeu que me levaria lá. Por que não faz isso agora? Resolva logo esse assunto.

– Primeiro eu tenho de fazer uma coisa.

– Você quer vingança, certo?

– Sim.

– Isso é tão importante para você?

– Não ficarei bem se não conseguir isso.

– Demestriu deve ter feito coisas terríveis com você.

Um músculo se retesou no rosto dele.

– Não vou lhe revelar nada, nem pense em tentar descobrir.

– Você quer que eu revele meus segredos, mas não partilha coisas suas que afetam a nós dois.

– Isso é algo que nunca vou partilhar.

Colocando-se de lado, ela abraçou as pernas contra o peito.

– Mais do que a mim você deseja a sua vingança.

– Não poderei ser o que você precisa enquanto não resolver esse assunto.

– Quem vai atrás de Demestriu nunca regressa.

– Eu regressei – afirmou ele, com ar presunçoso, exibindo muita arrogância.

Será que ele conseguiria ter sorte duas vezes? Talvez *nunca mais* voltasse.

– Quer dizer que seu plano é me deixar aqui enquanto planeja e executa a sua vingança?

– Isso mesmo. Só confiaria a sua segurança ao meu irmão Garreth.

– E deixaria a doce donzela na torre, protegida? – Ela riu, mas era um riso amargo. – Às vezes, você realmente parece que entrou no Túnel do Tempo. – Ele franziu o cenho, obviamente sem entender a referência dela. – Aliás, mesmo que você me convencesse a ficar aqui plantada, seu plano tem uma falha. O coven está ocupado, resolvendo um monte de dificuldades, mas minhas tias não deverão demorar muito tempo até que venham me resgatar. Ou fazer pior.

– O que quer dizer com isso?

– Elas vão descobrir um jeito de machucar você. Vão encontrar uma fraqueza e agir como se fossem uma praga. Nada poderá detê-las. Não há um grupo de Lykae que mora bem perto delas? Minha tia, aquela a quem mais amo no mundo, poderá atacá-los com maldades tão grandes que deixariam você surpreso.

Ele rangeu os dentes.

– Sabe o que mais me incomoda nisso tudo que você disse? – contrapôs ele. – Eu deveria ser aquele a quem você mais ama no mundo. *Eu.*

Emma quase engasgou ao ser pega completamente de surpresa por essas palavras e sentiu um tremor dos pés à cabeça.

– Quanto ao resto... Se alguém do meu clã for suficientemente fraco para ser apanhado por um bando de pequenas fadas... Então já não merecia mesmo fazer parte da alcateia.

Essa afirmação levou Emma a retomar o assunto.

– Elas podem ser pequenas e ter o *aspecto* de fadas, mas também matam vampiros com regularidade. Só minha tia Kaderin já destruiu mais de 400 deles.

– Tias sempre contam histórias de fadas para as sobrinhas.

– Existem provas.

– Eles assinaram uma declaração antes de ela lhes cortar a cabeça?

Ela suspirou. Vendo que ela não respondia, Lachlain se inclinou e lhe apertou o pé com força.

– Quando Kaderin mata, arranca uma presa da vítima e a pendura com as outras – contou Emma. – O fio já está maior que o quarto dela.

– Tudo o que você está conseguindo fazer é que eu admire essa tia. Lembre-se de que vou me certificar de que estejam todos mortos, cada um deles.

– Como você pode dizer isso, tendo em conta que eu, ao menos em parte, sou como um deles? Não importa como você os chame! Um deles é meu pai. – Lachlain abriu a boca para dizer alguma coisa, mas ela continuou: – Você não vai precisar poupá-lo porque eu não sei quem ele foi... ou é. Foi por isso que eu fui a Paris. Estava em busca de informações.

– E a sua mãe?

– Sei mais sobre o que ela fazia há mil anos do que no período em que estava grávida. Sabemos que morou algum tempo em Paris com meu pai. Só o fato de eu ter insistido tanto para viajar sozinha já lhe dá uma ideia de quanto acho importante encontrá-lo.

– Então eu ajudo você. Depois que eu voltar e você visitar sua família, nós vamos resolver isso.

Ele estava convencido de que seria assim. *Palavra de rei.*

– Qual era o nome da sua mãe? Sei os nomes de mais de 20 Valquírias. Também conheço algumas lendas ouvidas em acampamentos, em volta da fogueira. Ela era uma bruxa sedenta de sangue como Furie? Tinha um apelido interessante como Myst, a Desejada, ou Daniela, a Donzela de Gelo? A Carrasca, talvez? A Castradora?

Emma suspirou, cansada daquele assunto.

– O nome dela era Helen. Apenas Helen.

– Nunca ouvi falar. – Ele ficou calado por alguns instantes e depois continuou: – E quanto ao seu sobrenome? Troy é a versão inglesa de Troia. Pelo menos, as suas tias têm senso de humor.

O olhar dela pousou nele por breves instantes, mas ela se manteve calada.

– Ah, essa não, nisso eu não acredito. *Helen of Troy*? Bem, a famosa Helena de Troia era humana, e não Valquíria. Embora possa ser apenas um mito ou a personagem de uma peça.

Emma balançou a cabeça para os lados.

– Nada disso. Ela foi Helena de Troia, da região da Lídia. É tão mitológica quanto minha tia Atalanta da Nova Zelândia, ou minha tia Mina, da lenda de Drácula, que mora em Seattle. Elas apareceram muito antes. As histórias criadas sobre elas surgiram depois.

– Mas... Helen? Helena de Troia? Pelo menos isso explica a sua beleza – murmurou, visivelmente admirado, antes de fazer uma expressão de estranheza. – Por que diabos ela se rebaixou diante de um vampiro?

Emma se retraiu.

– Veja só o ar de nojo com que você diz isso. Ela se rebaixou diante do *meu pai*! – Coçou a testa com dois dedos. – E se ele for Demestriu? Alguma vez você já pensou nisso?

– Demestriu? Sei que não é o caso. Eu a ajudarei a encontrar seu pai e você terá respostas para todas essas perguntas. Mas eu lhe asseguro que você não é filha dele.

– Como pode ter tanta certeza?

– Você é uma mulher gentil, linda e *mentalmente sã*. Uma filha que ele tivesse seria igual ao pai. – Os olhos de Lachlain tornaram-se mais azuis. – Uma parasita maligna e nojenta cujo lugar é no inferno.

Um arrepio percorreu a espinha de Emma. Odiar de forma tão *intensa* assim... Um ódio tão grande se estenderia a *qualquer* vampiro, depois de algum tempo.

– Estamos nos enganando, Lachlain. As coisas entre nós nunca darão certo – afirmou ela num tom que, até para si mesma, teve um ar de derrota.

As sobrancelhas de Lachlain se uniram ao ouvir isso, demonstrando surpresa por ela pensar daquele jeito. Afinal, de que outra forma ela imaginara que ele pudesse se sentir?

– Vão dar certo, sim. Teremos de ultrapassar uma série de obstáculos, mas *eles serão superados*.

Ao ouvi-lo falar assim, sem um único sinal de hesitação, Emma quase acreditou que fosse possível que seres tão diferentes entre si, como eles dois, poderiam fazer com que a relação desse certo. *Quase acreditou*. Teve esperança de ver uma expressão tranquilizadora da parte dele, mas não encontrou nada.

Com uma voz áspera, tudo que ele disse foi:

– Santo Cristo, garota, não pretendo brigar com você depois de ter levado tanto tempo para encontrá-la. – Inclinou-se e segurou-lhe o rosto com as duas mãos. – Não vamos falar mais disso. Tem uma coisa que eu quero lhe mostrar.

Ele a levantou da cama, pondo-a em pé, e começou a levá-la na direção da porta do quarto, apesar de ela estar nua.

– Preciso vestir uma camisola!

– Mas não há ninguém aqui.

– Lachlain! Não vou andar por aí completamente nua, tá bem?

Ele sorriu de leve, como se achasse enternecedora a modéstia dela.

– Então vista a lingerie de seda, mas saiba que daqui a pouco eu vou destruí-la. Você não tem respeito pela sua roupa?

Emma fez um ar carrancudo, foi até o armário e escolheu um vestido curto. Quando se voltou, viu que ele vestira um jeans por cima da pele. Uma coisa ela descobriu: Lachlain estava tentando fazer com que ela se sentisse mais confortável. É claro que ainda insistia para ela "se esforçar um pouco mais" na adaptação.

Ele a conduziu ao andar de baixo, e ambos percorreram a galeria até se aproximarem do que seria o limite do castelo. Ali, ele tapou-lhe os olhos com as mãos, encaminhando-a para um lugar que cheirava a plantas luxuriantes e, talvez, um pouco de umidade e decadência. Quando a deixou ver, ela se engasgou. Ele a levara para um antigo solário que, naquele momento, captava a luz da lua e iluminava tudo que crescia ali dentro.

– Flores. Uma infinidade de flores *se abrindo ao mesmo tempo*! – exclamou ela num sussurro, olhando sem querer acreditar. – Um jardim noturno.

Emma se voltou para ele com o lábio inferior tremendo de emoção.

– Para mim?

Sempre para você. Tudo para você. Ele tossiu com o punho à frente da boca.

– Tudo isso é seu.

– Como você soube? – Correu na direção dele e se atirou nos seus braços. Enquanto o abraçava com força (puxa, ela estava se revelando uma garota muito forte, afinal!), sussurrou-lhe um agradecimento ao ouvido, acompanhado de pequenos beijos que serviram para suavizar o desespero intenso e ferino que ainda o assolava. Ele teria ficado surpreso se soubesse o quanto Emma tinha certeza de que não havia nenhum futuro para eles.

Depois da noite anterior e daquele dia, ele criara a esperança de que os laços que os uniam tivessem se tornado mais fortes. No que lhe dizia respeito, Lachlain estava perdidamente apaixonado por ela. Mesmo assim, ela se atrevia a imaginar um futuro sem a companhia dele? Quando ela o largou para voltar ao chão, ele se mostrou relutante em libertá-la.

Ele simplesmente teria de recorrer a todos os meios à sua disposição para convencê-la de que tudo daria certo. Enquanto ela circulava em torno das plantas, fazendo deslizar suavemente os dedos pelas folhas lustrosas, ele queria ter poderes para convencê-la ali mesmo. Quando ela pegou uma flor e a passou pelos lábios, fechando os olhos de contentamento, ele se sentiu vibrar de desejo. Obrigou-se a se recostar numa poltrona comprida, mas, na verdade, sentia-se apenas um voyeur observando-a com intensidade.

Ela se dirigiu até uma bancada de mármore que estava encostada numa das paredes de vidro e se colocou na ponta dos pés para alcançar as plantas penduradas mais acima. Seu vestido curto subia um pouco mais cada vez que ela se esticava, oferecendo vislumbres das suas coxas muito brancas, até que ele não resistiu mais.

Colocou-se atrás dela e agarrou-a pelos quadris. Emma ficou paralisada.

Ofegante, ela perguntou:

– Você vai voltar a fazer amor comigo, não vai?

Como resposta, Lachlain pousou-a sobre a bancada, arrancou-lhe o vestido e pressionou o corpo nu dela contra as flores coloridas.

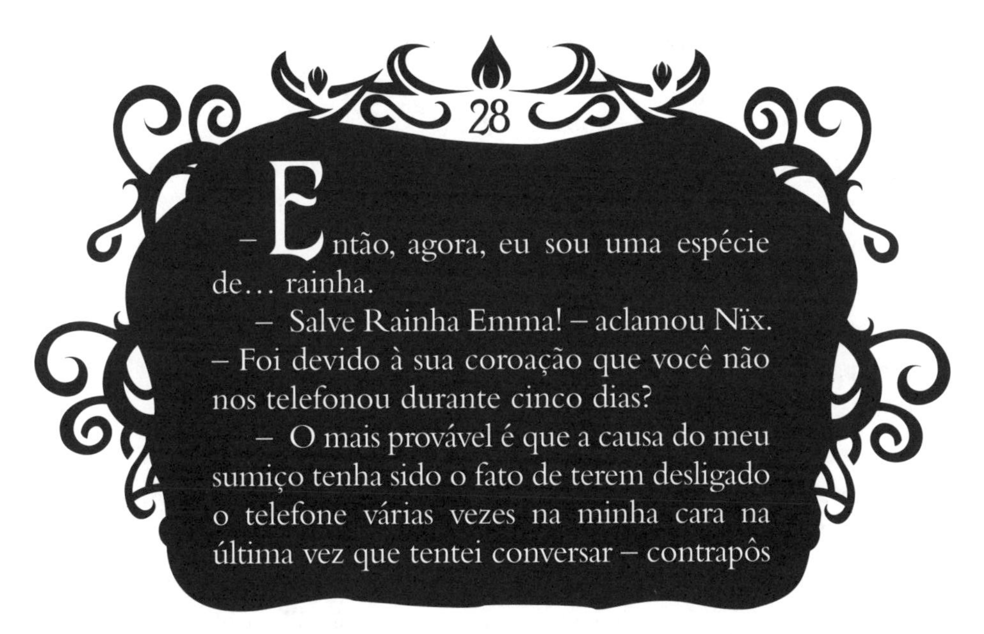

28

– Então, agora, eu sou uma espécie de... rainha.

– Salve Rainha Emma! – aclamou Nïx. – Foi devido à sua coroação que você não nos telefonou durante cinco dias?

– O mais provável é que a causa do meu sumiço tenha sido o fato de terem desligado o telefone várias vezes na minha cara na última vez que tentei conversar – contrapôs Emma, sem citar que dois dias antes tinha ligado e percebera que Nïx não estava muito lúcida. – Estou falando sério, Nïx! – acrescentou, agitando seu vidrinho de esmalte para unhas cuja cor vermelha se chamava Não Sou Garçonete.

– Eu também. Quem são os seus súditos? Espero que não sejam todas as outras Valquírias vampiras que existem no mundo, senão você não terá ninguém de quem cobrar impostos. Ou serão os Lykae?

– Isso mesmo, sou a rainha dos Lykae. – Saltou para cima da cama e colocou chumaços de algodão entre os dedos dos pés. – Você não vai me dar os parabéns por eu ter cumprido o meu destino?

– Hummm. Como você se sente em relação a isso?

Desapontada e surpresa. Emma pintou sem querer a ponta do dedo e lhe surgiu um olhar carregado quando sentiu que *deveria ter feito* alguma coisa. Do jeito que estava, seu destino era mais ou menos o mesmo. Apenas um capricho que a transformara na rainha de alguém poderoso.

– Fui promovida de uma simples estudante universitária a rainha. Só posso estar feliz, certo?

– Hummm... Sei... – concordou Nïx, num tom evasivo.

– Annika está por aí?

– Não. Saiu. Ela anda trabalhando num... ahn... grande projeto envolvendo *mascotes*.

– Como está encarando a minha situação?

– Felizmente está enterrada em trabalho até o pescoço. Se não fosse assim, estaria arrasada por ver sua querida Emma nas patas de um cão.

Emma recuou ao ouvir isso.

– Você não vai contar a ela que estou aqui voluntariamente?

– Pode ser. Mas ela vai preferir as outras duas opções. A: Você está delirando. B: Está apavorada e se deixou subjugar.

Emma soltou um longo suspiro e perguntou:

– Como vão as coisas aí no coven?

Emma tinha esperança de que Nïx estivesse a fim de conversar um pouco. Já que Lachlain tinha saído para resolver assuntos de rei – disputas de terras, castigos por mau comportamento, grandiosos projetos de desenvolvimento para a região –, ela dispunha de tempo até mesmo *durante o dia*. Eles tinham descoberto que, tal como Lachlain, ela agora precisava apenas de quatro ou cinco horas de sono diárias.

Sempre que se aproximava a hora do pôr do sol, eles mandavam todo mundo embora para poderem dar literalmente uma volta completa por Kinevane. Embora passassem as noites juntos, os dias podiam se revelar entediantes. Lachlain se mostrara preocupado com isso e perguntou a Emma se ela não gostaria de "fazer algumas compras pela internet". Ela piscou os olhos várias vezes e garantiu que tentaria qualquer coisa, desde que isso o deixasse feliz.

– Você anda atrasadíssima em relação aos acontecimentos daqui – avisou Nïx. – Vai levar um bom tempo até eu conseguir atualizar todas as fofocas.

– Vamos lá, conte-me tudo!

Nïx suspirou, e Emma ouviu-a agitando seu vidrinho de esmalte de unhas. As Valquírias adoravam pintar as unhas, pois esse era o único jeito de elas mudarem um pouco a própria aparência de forma duradoura.

Quando Nïx agitava o vidrinho de esmalte, isso era sinal de que se preparava para uma longa conversa. Naquela tarde, Lachlain fizera um intervalo nas reuniões com a multidão de Lykae e as criaturas do Lore que pareciam cercar Kinevane e o povoado em grandes levas, mas fizera isso apenas porque precisava ler documentos imensos no computador. Ele detestava computadores, e suas mãos enormes, embora muito talentosas para acariciar Emma, se revelavam desastrosas no teclado. Ele já estava usando o terceiro teclado, desde que voltara.

– Muito bem, vamos às fofocas... – anunciou Nïx, fazendo-se de difícil, embora Emma soubesse que ela adorava mexericos. – Myst e Daniela nunca voltaram da sua caçada aos vampiros. Até onde sabemos, Myst pode muito bem estar à procura de algum homem. Já o caso de Daniela é mais misterioso. É estranho ela sair para dar voltas por aí. Muito estranho... Ah, por falar em dar voltas, Kaderin anda se preparando para disputar mais uma vez a Corrida do Talismã.

A Corrida do Talismã era o equivalente ao *Amazing Race*, o famoso reality show da TV americana, mas só imortais podiam participar dela, e o vencedor conquistava poder para a sua facção no Lore. Kaderin, *Coração Gelado*, ganhava sempre.

– É besteira perguntar se ela está animada, certo? – disse Emma.

Alguns séculos atrás, Kaderin poupara a vida a um jovem vampiro e perdera suas duas irmãs por causa disso. Foi então que ela desejou nunca mais ter sentimentos, para que suas decisões não fossem afetadas pelas emoções. Então, de forma inesperada, seu desejo foi satisfeito e isso a abençoou – ou amaldiçoou – por toda a eternidade.

– Não vejo sinais de animação nela. Mas encontrei-a na janela com a testa e a mão encostadas no vidro, observando a noite. Foi como se tivesse sentimentos. Como se *desejasse alguma coisa.*

– Eu costumava fazer isso – murmurou Emma. Desde cedo, ela ansiara por algo mais, por algo desconhecido. Será que esse sentimento era por Lachlain?

– Mas agora você não faz mais isso. Suponho que as coisas estão correndo bem com o seu Lykae, certo?

– Nïx, acho que eu gosto dele. – Quando não estava desempenhando seu papel de rei, os dois viam televisão, ele apoiado na cabeceira da cama e ela deitada entre as pernas dele, com as costas recostadas em seu peito. Assistiam a futebol, que ele adorava. Ela prestava atenção ao jogo, todo mundo fazia isso, mas ele ficava hipnotizado *mesmo* era com a bola, com um olhar muito parecido com o que lançava para as pernas de Emma quando ela as cruzava.

Ele adorava filmes de aventuras, embora tivesse preferência especial por ficção científica, pois, segundo dizia: "Tudo nesses filmes é muito explicado, como se todos os espectadores soubessem tão pouco quanto eu."

Ela o obrigou a assistir a todos os filmes da série *Alien*. A maior parte das cenas mais sanguinolentas era acompanhada por comentários dele, do tipo: "Por Deus, isso não é correto... Que inferno, isso não pode estar certo."

– Ele é um bocado teimoso e agressivo, mas consigo dobrá-lo com facilidade. De qualquer modo, não planejo levá-lo tão cedo para jantar aí em nossa casa.

– Uma decisão esperta, pois ele sofreria vários atentados contra a vida. Além do mais, nós não comemos.

Emma saiu da cama para pegar acetona no armário e mancou sobre os sapatos de salto alto.

– Por que Annika não enviou uma equipe de resgate? – quis saber.

– Ora, querida, não se sinta menosprezada. Tenho certeza de que ela vai providenciar isso em breve. Agora, porém, está mais focada em encontrar Myst. Acha que se Ivo anda em busca de uma Valquíria, só pode ser Myst. Você se lembra de que ela esteve no calabouço dele há cinco anos? Sem contar aquele *incidente* com o general rebelde.

Como se Emma pudesse esquecer. A própria Myst confessara a Emma que tinha sido pega fumando uma droga com o fantasma de Bundy.

– Viu só? – disse Nïx. – Temos outra Valquíria com quedinha pelo fruto proibido, tal como você.

– Sim, mas a Myst soube parar – declarou Emma. *Ao contrário da minha mãe.* – Ela superou essa fase.

Nïx deu uma risadinha e continuou:

– Só porque você *dormiu* com um Lykae não quer dizer que não possa largá-lo.

Emma corou e disse, tentando parecer leve e descontraída:

– Sim, sim, vou desistir dele – brincou.

– E então... Você o *ama*?

– Ah, cale-se!

– Vai correr para os braços dele? – insistiu Nïx.

Suas tias acreditavam que uma Valquíria sempre saberia reconhecer o verdadeiro amor quando ele abrisse os braços e ela se sentisse disposta a correr eternamente em sua direção. Emma achava que isso não passava de uma lenda esquisita, mas as tias juravam que era verdade.

– Só estamos juntos há duas semanas.

A única coisa da qual Emma tinha certeza era que ele a fazia muito feliz. Graças a Lachlain, ela agora podia dizer que adorava outras coisas além de ganhar brindes em máquinas automáticas e fazer bolas imensas com chicletes. Tomar banhos de chuveiro a dois, por exemplo, despir-se diante do olhar hipnotizado dele, beber sangue diretamente da fonte e também admirar flores noturnas. Ah, e receber joias todos os dias, é claro.

– Você gosta de estar aí?

– É um lugar encantador, sim, sou obrigada a admitir. Apesar de as empregadas *ainda* aparecerem aqui todos os dias usando uns crucifixos gigantescos e darem pulos de susto o tempo todo, sem falar nos olhos vermelhos de chorar cada vez que uma delas é sorteada para servir a rainha vampira o dia inteiro.

Na véspera, Emma quase não resistira à tentação de erguer as garras sobre a cabeça e caçá-las em torno do quarto, rugindo: "Quero sugar seu sangue."

– Bem, se essa é a sua única queixa... Ou seus sonhos com lembranças alheias ainda são um problema? Suponho que os sonhos sobre os quais você me contou eram as lembranças de Lachlain, certo?

– Sim, eu consigo ver coisas através dos olhos dele e sentir os cheiros que ele já sentiu. – Ficou muito séria, só de pensar nessas lembranças. – Num dos sonhos, ele estava comprando um belíssimo colar de ouro e, quando ele o pegou, senti o calor do metal em minhas mãos. Sim, eu sei, sei muito bem que é uma loucura.

– Todas são lembranças antigas? Ou já sentiu coisas que ele sente em relação a você?

– Todas parecem ter alguma ligação comigo e, sim, já o ouvi pensando consigo mesmo sobre mim.

– Coisas boas, espero.

– Coisas muito boas, sim. Ele... ele acha que eu sou *linda*. – No seu último sonho, naquele mesmo dia, tinha surgido a lembrança de quando ele a observara indo para o chuveiro, uma noite, e mantivera os olhos grudados na fita pendurada que descia da sua tanga Strumpet & Pink e balançava para frente e para trás.

Também descobrira que ele curtia todas as suas roupas de baixo elaboradas e gostava de saber que *só ele conhecia o que havia por baixo daquelas roupas*. Para frente e para trás balançava a fita. Ele rugira tão baixo que ela nem o escutara.

Ela tem uma bunda sobre a qual os homens deveriam escrever sonetos...

Pensar nisso a fazia encolher os dedos dos pés.

– Isso deve ser muito bom para uma mulher tão irracionalmente insegura quanto você.

E era mesmo.

– Só há um inconveniente nisso.

– Vê-lo no passado ao lado de outra mulher?

– Bingo! Acho que se tivesse visto algo assim eu teria pirado. Tenho medo de ver uma cena desse tipo. – Seria terrível conhecer os pensamentos e os prazeres dele ao tocar em outra mulher. – Se bem que eu nunca vi o que realmente não queria ver.

– Como a morte de uma Valquíria. – Nïx nunca tinha sido capaz de fazer isso. Conseguia prever os ataques e até os ferimentos que as Valquírias iriam sofrer, mas nunca chegara ao ponto de ver a morte delas. Para grande desespero de Cara, Nïx não fora capaz de ver o destino de Furie. – Pode ser que você nunca tenha visto essas coisas por saber que talvez nunca se recuperasse do trauma.

– E espero não ver. Por que você acha que isso acontece?

– Diga-me você... O que acha?

– Eu, ahn... Bem, o fato é que eu bebo diretamente dele – acabou por confessar. – Receio que uma coisa tenha relação com a outra.

– Emma, sempre ouvi dizer que todos os vampiros podem se apoderar das lembranças das pessoas através do seu sangue, mas só alguns conseguem interpretá-las ou vê-las. Parece que você descobriu um novo talento.

– Que maravilha! Por que eu não posso ser boa para fazer origamis subaquáticos ou algo desse tipo?

– Já contou isso para Lachlain?

– Ainda não. Mas vou contar – completou. – *Não posso* deixar de contar, não é?

– Certo. Agora, vamos falar de um assunto muito, muito mais importante. Você ganhou o colar de ouro que o viu comprar?

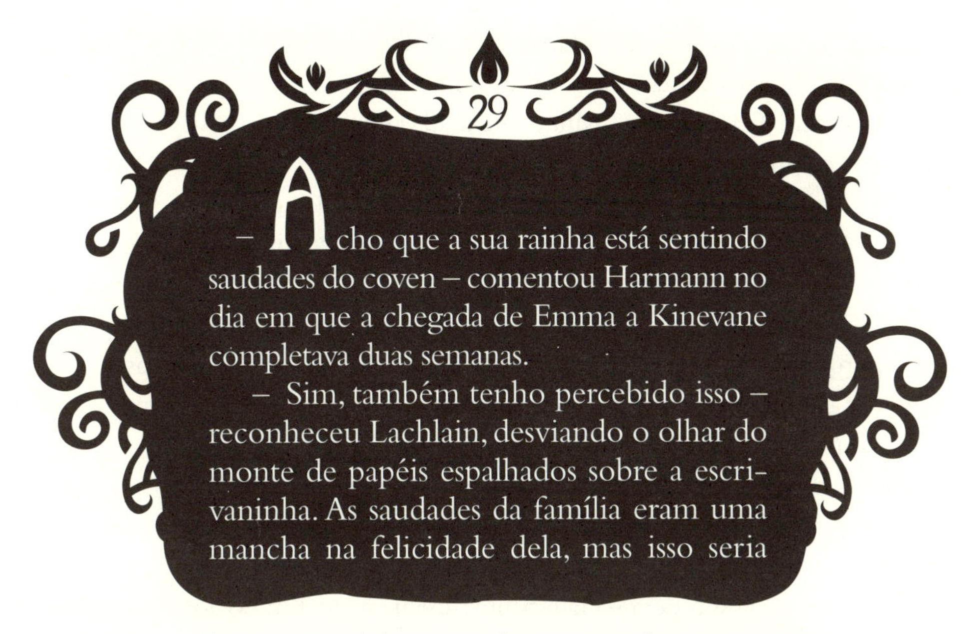

29

– Acho que a sua rainha está sentindo saudades do coven – comentou Harmann no dia em que a chegada de Emma a Kinevane completava duas semanas.

– Sim, também tenho percebido isso – reconheceu Lachlain, desviando o olhar do monte de papéis espalhados sobre a escrivaninha. As saudades da família eram uma mancha na felicidade dela, mas isso seria corrigido em breve. E também o seu forte temor de se encontrar com outros Lykae. Emma lhe contara que já estava "acertando um terço das dúvidas que tinha sobre os Lykae" e que "não iria levar as coisas tão a sério". Eles voltariam ao castelo em três dias, e Lachlain quis saber de Harmann:

– O que o leva a dizer isso?

– Ela chamou uma criada para sua saleta pessoal para jogar videogames. Depois, passaram a tarde pintando as unhas dos pés uma da outra. De azul.

Lachlain se recostou na poltrona.

– Como a jovem reagiu?

– No início, ficou assustada, mas depois se sentiu mais confortável. Todas estão bem. Ela realmente conseguiu encantá-las. – Com um sorriso de orgulho, confessou: – Ela me chama de Manny.

Lachlain sorriu.

– Ela nunca me pediu para fazer imitações. – Harmann franziu o cenho e murmurou, quase para si mesmo: – Todos *sempre* me pedem para fazer imitações.

– Ela tem tudo de que precisa? – quis saber Lachlain, embora soubesse que ela andava cada vez mais satisfeita. Quando se sentia feliz, cantarolava baixinho, distraída. Muitas vezes, ele ouvia a voz dela enquanto cuidava das flores do "lunário", como ela chamava o jardim fechado. Ele quase poderia apostar que ela gostava mais dos jasmins do que de joias.

– Oh, sim. Ela é, ahn... Muito prendada, eficiente e, atrevo-me a dizer, *viciada* em compras.

O próprio Lachlain já reparara nas compras e suspeitava que se sentia melhor agora que estava enchendo a casa com coisas que curtia ou precisava, transformando em lar aquele seu espaço. Ele se sentia profundamente grato por ver tudo aquilo tomar forma à sua volta. Será que conseguiria, um dia, compreender o porquê de ela precisar de centenas de vidros de esmalte para as unhas? Não, mas certamente gostava de ser surpreendido por novas cores sempre que lhe beijava os dedinhos dos pés.

Lachlain estava se curando e se sentia mais forte a cada dia. Sua perna parecia estar praticamente de volta ao normal, e ele recuperava o seu poder aos poucos. Seu próprio sentimento de contentamento – especialmente considerando tudo que lhe sucedera – era espantosamente forte. E tudo aquilo acontecia por causa dela.

A única mancha na felicidade *dele* era o fato de saber que, muito em breve, teria de deixá-la por uns tempos. Isso, por si só, já era insuportável, mas Emma agora começara a insistir em acompanhá-lo. Disse-lhe que iria com ele, lutaria a seu lado e não permitiria que todo aquele sufoco tivesse sido em vão. Caso contrário, regressaria ao coven.

Recusava-se a ser deixada para trás, em Kinevane. Ele sabia que poderia convencê-la a deixar de lado esse ultimato. Sem dúvida, conseguiria fazer com que ela analisasse a situação usando a lógica. Contudo, a cada dia ela ficava mais forte e ele, menos confiante. Se ela insistisse nisso, só lhe restaria desistir da vingança ou perdê-la para o coven. Na sua mente, as duas possibilidades eram inaceitáveis.

Ele e Harmann discutiram mais algumas questões de negócios e, pouco depois de Harmann se retirar, Bowe bateu na porta.

– Você sabe onde o uísque está, pode se servir – ofereceu Lachlain.

Bowe, pelo visto, acabava de voltar da cozinha. Vinha lambendo o dedo enquanto se dirigia ao bar, e o cheiro de algo doce encheu o ar. Quando ofereceu uma dose de uísque ao dono da casa, Lachlain balançou a cabeça, recusando. Bowe encolheu os ombros e ergueu o copo.

– Às criaturas que são *diferentes*.

– Ela realmente torna a vida mais interessante. – Lachlain percebeu que Bowe já não parecia tão atormentado quanto antes. – Você está melhor?

– Sim. Eu a vi lá embaixo cuidando das plantas e fiquei feliz quando percebi que você conseguiu conquistá-la. – Após um longo gole, Bowe completou: – Você a marcou com muita... força, não acha?

Lachlain fez uma careta de desagrado.

– A propósito, você sabe o que significa "*heroin chic*"? Parece que é quando a pessoa tem charme apesar das olheiras, mas ela me disse que essa expressão está *completamente* fora de moda. – Quando Lachlain encolheu os ombros, Bowe ficou mais sério. – Os anciãos querem saber o que aconteceu com você. Andam me perguntando o tempo todo.

– Sim, eu já sei. Quando vierem me procurar, eu lhes contarei tudo. De qualquer modo, preciso fazer isso para que possamos dar início à próxima fase.

– Você acha sensato deixá-la tão cedo?

– Até você vem me falar isso? – reclamou.

– Só comentei porque deixá-la para trás é um risco que eu não gostaria de correr. Além do mais, ainda não encontraram Garreth.

Lachlain passou a mão pelo rosto e determinou:

– Quero que você vá até Nova Orleans. Descubra que diabos está acontecendo por lá.

– Tenho de verificar minha agenda. – Ao ver o olhar furioso de Lachlain, concordou: – Está bem. Estou de partida amanhã de manhã. Agora você quer saber quais são as últimas novidades dos serviços secretos vampirescos? – Atirou uma pasta sobre a escrivaninha. – Cortesia do Uilleam e do Munro, que gostariam muito de rever você.

Uilleam e Munro eram gêmeos e dois dos melhores e mais velhos amigos de Lachlain. Ele ficou satisfeito por saber que estavam bem, apesar de nenhum dos dois ter encontrado a respectiva parceira, mesmo depois de tanto tempo. Provavelmente, isso era bom para Munro, pois, em tempos muito distantes, um vidente do clã tinha previsto que lhe estava destinada uma bruxa feia e rabugenta.

Lachlain analisou o documento e ficou espantado com os desenvolvimentos ocorridos na Horda, nos últimos 150 anos.

Kristoff, líder dos vampiros rebeldes, tinha tomado o castelo de Mount Oblak, uma das cinco fortalezas da Horda. Lachlain ouvira rumores sobre

Kristoff, e soube, com surpresa, que ele era sobrinho de Demestriu. Os membros do clã tinham descoberto toda essa história.

Kristoff era o *rei legítimo* da Horda. Apenas alguns dias após ter nascido, Demestriu tinha tentado matá-lo. Kristoff foi levado às escondidas de Helvita para ser criado por guardiões humanos. Viveu entre eles ao longo de centenas de anos até descobrir quem realmente era. Sua primeira rebelião ocorreu há 70 anos e resultou em fracasso.

– Então, a lenda dos Abstêmios é verdadeira? – quis saber Lachlain. Eles não eram apenas seres que nunca bebiam. Os Abstêmios eram o exército de Kristoff, que ele *vinha montando secretamente* desde a antiguidade.

– É verdadeira, sim. Ele os criou a partir de humanos, percorrendo os campos de batalha à procura dos mais destemidos guerreiros que tombavam e chegando, por vezes, a transformar famílias inteiras de valorosos irmãos. Imagine só isso: você é um humano deitado na escuridão, prestes a passar para o outro lado. Pode-se chamar esse de um dia ruim, certo? Eis que lhe aparece um *vampiro* com promessas de imortalidade. Quantas pessoas você acha que prestariam atenção às condições dessa promessa obscura: a vida eterna em troca de *fidelidade*?

– E qual é o plano deles?

– Ninguém, no Lore, sabe.

– Então, nem mesmo podemos prever se Kristoff será ainda pior que Demestriu, certo?

– E poderá haver alguém pior que Demestriu?

Lachlain se recostou na poltrona, analisando todas as possibilidades. Se esse tal Kristoff tinha tomado Oblak, certamente também cobiçaria o trono real de Helvita. Portanto, era possível que Kristoff lhe poupasse o trabalho de matar Demestriu.

Contudo, havia outra reviravolta a considerar. Oblak fora o feudo de Ivo, o Cruel, o segundo na ordem de comando da Horda. Durante séculos estivera de olho em Helvita e na coroa. Pelo visto, tinha sobrevivido à tomada do seu castelo. Cobiçara Helvita quando ainda tinha suas próprias terras; agora, privado delas, deveria estar ansioso por se lançar em busca do seu objetivo maior: Helvita. Estaria disposto a se arriscar a tomá-la, mesmo sabendo que a Horda nunca reconheceria um líder que não tivesse sangue real?

Três poderes imprevisíveis, três possibilidades. Lachlain sabia que os vampiros de Ivo andavam perseguindo Valquírias por todo o planeta, obviamente à procura de uma delas em particular, mas será que Ivo agia por ordens de Demestriu ou teria um plano próprio? Será que Kristoff tomaria a ofensiva e se lançaria em busca de um alvo que era obviamente tão importante para toda a Horda?

Apesar de todas as especulações, ninguém poderia dizer quem era essa pessoa tão cobiçada.

Lachlain temia ser capaz de dizer quem era ela. Uma ou mais dessas facções certamente procuravam pela última fêmea vampira.

Nessa noite, Emma ficou sob o braço dele enquanto Lachlain dormia. Ele a segurou com a força de um torno, como se sonhasse que ela o abandonaria quando, na verdade, era ele quem iria deixá-la. Inquieta, Emma passou uma presa ao longo do peito dele, à procura de conforto. Ele gemeu suavemente.

Depois de beijar a marca que acabara de fazer na pele de Lachlain, ela mergulhou num sono agitado e carregado de sonhos.

Num deles, viu o escritório de Lachlain através dos olhos dele. Harmann estava junto da porta, pensativo, com um bloco de anotações na mão.

A voz de Lachlain ecoou na sua mente, como se ela estivesse lá.

– Não há nenhuma chance, Harmann. Não poderemos ter filhos – anunciou ele.

O desembaraçado Harmann queria preparar a casa para a chegada de crianças, pois, como dissera, "Se vierem pequenos vampiros, vamos precisar tomar cuidados especiais. Nunca será demasiado cedo para darmos início a esses preparativos." Parecia ansioso, como se já fosse tarde.

Lachlain acreditava que, se tal coisa fosse possível, ele e Emma teriam filhos incríveis – *meninas brilhantes com a beleza dela e meninos bravos e astutos com o temperamento dele*. Pode ter sentido alguma tristeza ou arrependimento, mas logo em seguida imaginou-a lá em cima, dormindo em sua cama. Pensou em como ela iria suspirar de felicidade quando ele aparecesse e em como ele a convenceria a beber sangue do seu pescoço enquanto dormia.

Ela nunca saberia disso – por que é que ele agia assim?

Escutou seus pensamentos: *Preciso torná-la mais forte.*

Quando a via dormindo, muitas vezes pensava: *Meu coração está muito vulnerável, como se estivesse fora do meu peito.*

Emma se retraiu de vergonha. A fraqueza dela deixava-o muito preocupado o tempo todo, de tal forma que, às vezes, ela se sentia muito doente. Ele era tão forte, e ela não passava de um fardo pesado.

Ele nunca lhe dissera que a amava, mas tinha o coração ferido pelo amor que lhe dedicava, pela sua *Emmaline*. Ela sentia isso.

Filhos? Ele desistiria de *qualquer coisa* por ela.

Seria capaz de abrir mão de sua vingança? Se o fizesse, iria se tornar apenas a sombra de si mesmo...

De repente, o sonho mudou. Lachlain estava num local escuro e imundo que fedia a fumo e enxofre. Emma sentiu o mesmo que ele: um nó de agonia na boca do estômago. Ele tentou olhar para baixo, para dois vampiros de olhos vermelhos e brilhantes, mas praticamente não conseguiu ver nada, por ter os olhos muito inchados devido às agressões que sofrera. O vampiro de cabeça raspada era Ivo, o Cruel. O alto e louro, que ela reconheceu através do ódio de Lachlain, era... *Demestriu*.

Ao vê-lo, Emma ficou tensa. Por que ele lhe parecera tão familiar? Por que ele fitara os olhos de Lachlain com muita atenção, como se estivesse vendo... *ela mesma*?

Então, surgiu o fogo.

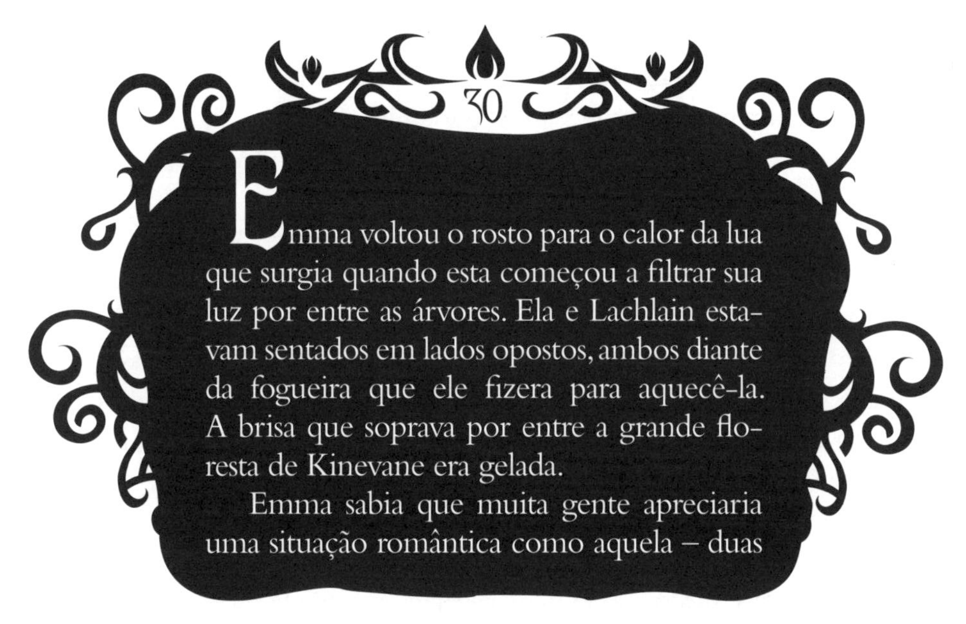

30

Emma voltou o rosto para o calor da lua que surgia quando esta começou a filtrar sua luz por entre as árvores. Ela e Lachlain estavam sentados em lados opostos, ambos diante da fogueira que ele fizera para aquecê-la. A brisa que soprava por entre a grande floresta de Kinevane era gelada.

Emma sabia que muita gente apreciaria uma situação romântica como aquela – duas pessoas sozinhas junto a uma fogueira crepitante nas Highlands –, mas ela estava nos seus limites, tal como acontecia claramente com o próprio Lachlain. Ele observava atentamente todos os movimentos dela, sem dúvida, avaliando-a com atenção, à espera de uma pista que lhe revelasse o que tinha sonhado.

Ela também adoraria ter uma pista.

Já perto do pôr do sol, atirara-se sobre a cama com o rosto tomado por lágrimas quentes, enquanto todo o castelo *estremecia*, acossado por relâmpagos assustadores. Em pânico, Lachlain a agarrara pelos braços, sacudindo-a e gritando seu nome.

Contudo, Emma não se lembrava do sonho. Nïx dissera-lhe que as pessoas não costumavam se lembrar das coisas com as quais não conseguiriam lidar. Portanto, o que teria sido tão ruim a ponto de Emma quase derrubar um castelo com tantos raios e relâmpagos, para depois apagar tudo da lembrança? Durante toda a noite ela não conseguira afastar aquele oculto sentimento de pavor. Qual seria o peso dessa outra desgraça que sentira que estava para acontecer?

– O que você acha que a leva a ficar com uma expressão assim tão séria? – perguntou Lachlain.

– O futuro.

– Por que você não relaxa e simplesmente curte o momento presente?

– Assim que você também deixar o passado para trás – contrapôs.

Ele expirou profundamente e se encostou numa árvore.

– Você sabe muito bem que não posso fazer isso. Podemos falar de outra coisa?

– Sei que você se recusa a falar sobre a sua... tortura. Mas, antes de mais nada, eu gostaria de saber como foi que Demestriu conseguiu capturar você.

– Demestriu enfrentou meu pai durante o último Acesso e o assassinou. Meu irmão mais novo, Heath, não soube lidar com a raiva que carregava. Ficou obcecado com o fato de Demestriu ter tirado a vida do nosso pai e, depois, ter se empenhado em roubar-lhe o anel, que havia passado de geração em geração desde que o primeiro metal foi forjado. Heath nos revelou que preferia morrer a se sentir daquele jeito. Saiu em busca da cabeça do Demestriu e daquele maldito anel, sem querer saber se o acompanharíamos ou ajudaríamos.

– Ele não teve medo? De enfrentar Demestriu sozinho?

– Emma, acho que, em épocas de adversidade, é traçada uma linha que separa a sua vida anterior de uma nova. Quando alguém cruza essa linha, nunca mais volta a ser o mesmo. O ódio que Heath sentia levou-o a cruzar essa linha, e ele não conseguiu regressar. Selou seu destino ao impor sobre si mesmo apenas duas saídas: matar Demestriu ou morrer tentando. – Sua voz ficou mais baixa. – Eu o procurei por toda parte, mas Helvita está misticamente oculta, tal como acontece com Kinevane. Recorri a todos os meus conhecimentos sobre rastreamento de pistas, e acredito que estive perto. Foi nesse momento que alguém me armou uma emboscada. – Seu olhar estava fixo num ponto distante. – Como, saindo de um ninho de víboras, eles apareceram me atacando e me perseguindo, e eu não consegui retaliar. Eram muitos. – Passou uma das mãos pelo rosto. – Mais tarde vim a descobrir que não tinham conseguido pegar Heath com vida.

– Oh, Lachlain, lamento muitíssimo. – Emma se arrastou para junto dele e se ajoelhou ao lado de suas pernas esticadas.

– A guerra é assim, não há nada a fazer – disse Lachlain, prendendo-lhe os cabelos atrás da orelha. – Eu já tinha perdido dois irmãos antes de Heath.

Quanta dor ele suportara, e quase sempre por obra e arte de Demestriu.

– Nunca perdi ninguém que conhecesse. Exceto Furie. Mas ainda não consigo acreditar que ela esteja morta.

Ele olhou para além de Emma, analisando a fogueira.

– Talvez ela realmente desejasse que fosse assim – disse, por fim. Antes de Emma conseguir falar, ele perguntou: – Furie foi aquela que queimou a sua mão?

Ela se engasgou, olhando para a mão quando ele a pegou e aconchegou entre as dele.

– Como você pode saber que alguém a queimou?

Ele passou as pontas dos dedos pelas costas da mão dela.

– O padrão das cicatrizes indica isso.

– Quando eu tinha três anos, quase saí da casa correndo, em direção ao sol. – Emma achou que talvez não tivesse aprendido a lição tão bem quanto pensara. Todos os dias, desde que chegara ao castelo, ia secretamente até onde havia um raio de luz e expunha a pele ao calor do sol. Estaria planejando um cruzeiro para St. Tropez em breve? Não, mas a cada dia conseguia aguentar um pouco mais de tempo. Talvez dali a uns 100 anos pudesse passear com ele durante o crepúsculo. – Foi Furie que me mandou fazer isso – confessou, por fim.

A expressão de Lachlain endureceu.

– Elas não poderiam ter encontrado outro jeito de ensinar a você? Se algum dia uma criança for magoada desse modo aqui neste clã, haverá um ajuste de contas.

Emma ficou corada de vergonha.

– Lachlain, as Valquírias são diferentes. A violência não as afeta da mesma forma e as crenças delas não são iguais às suas. Elas veneram o poder e as lutas. – Emma não citou as compras, suspeitando que isso a distanciaria do ponto ao qual pretendia chegar.

– Então, por que você é tão gentil, Emmaline?

Ela mordeu o lábio, tentando entender o que a fazia continuar deixando que ele pensasse que ela era daquele jeito. Mas isso não continuaria por muito tempo. Naquela mesma noite, iria contar a ele sobre seus sonhos e sua recente decisão.

– Lachlain, se você vai seguir em busca da sua missão, saiba que eu também vou retomar a minha busca.

Ele passou a mão pelo rosto dela.

– Pensei que você queria apenas voltar para o seu coven.

– Compreendi que não preciso condicionar a minha vida em função das Valquírias... ou de você. Dei início a algo que pretendo levar até o fim.

– Nunca, Emma. – Os olhos dele ficaram raiados de azul. – Você não pode voltar a Paris enquanto eu estiver fora, de jeito nenhum, muito menos para procurar um *vampiro*.

Ela ergueu as sobrancelhas.

– Parece que você não estará aqui para me impedir.

Lachlain agarrou-a pelo braço e puxou-a.

– Não, não estarei. Portanto, vou fazer o que os homens faziam às suas mulheres em eras passadas. Antes de partir, vou trancar você até a minha volta.

Ela abriu a boca de espanto. Será que ele estava falando *sério*? O Túnel do Tempo era um problema grave. Duas semanas antes, ela teria inventado desculpas para justificar o comportamento dele e tentaria compreendê-lo. Teria até mesmo convencido a si própria de que ele havia enfrentado muitas coisas terríveis e demonstraria um pouco de compreensão.

Agora, no entanto, dirigiu-lhe o olhar que as palavras dele mereciam, desvencilhou-se dos seus braços para se levantar e foi embora dali.

Lachlain ficou muito tempo olhando para o vazio depois de Emma ter partido, refletindo em silêncio sobre se deveria ou não ir atrás dela. Às vezes, ele achava que a sobrecarregava e até mesmo oprimia, e resolveu deixá-la sozinha dessa vez.

Assim, ficou apenas ele e a fogueira. Apesar de estar melhorando aos poucos, ainda se sentia desconfortável junto do fogo. Emma jamais poderia desconfiar disso. Ela também nunca conseguiria compreender o motivo de ele não poder permitir que Demestriu vivesse...

Ouviu-se um longo e assustador grunhido. Ele se levantou de imediato, com todos os músculos tensos. O som pouco familiar ecoou mais uma vez a alguns quilômetros de distância.

Ficou parado com a cabeça erguida, tentando perceber o que poderia ser aquilo. De repente... compreendeu.

Mais rápido que uma bala, correu pela trilha e viu que Emma seguia logo adiante.

– Lachlain! – Ela gritou alto quando ele a pegou no colo e saiu correndo desabaladamente na direção do castelo. Minutos mais tarde, já estava na porta do quarto deles.

– Fique aqui! – Atravessou o quarto para ir buscar a espada. – Não saia do quarto sob hipótese alguma! Prometa isso para mim!

Algum ser invadira o espaço de Kinevane depois de ter achado um jeito de derrubar o imenso portão numa confusão de metal retorcido e gritos assustadores.

Se alguém tinha entrado ali...

– Mas Lachlain...

– Droga, Emma. Fique aqui! – Enquanto ela ainda protestava, ele rebateu: – Alguma vez lhe ocorreu que há determinados momentos em que o *correto* é ter medo?

Bateu a porta diante da expressão de choque no rosto dela e se dirigiu na mesma hora para a entrada principal. Ficou ali muito tenso, à espera de algo ou de alguém com a espada bem firme na mão...

Pela primeira vez na história, a porta da frente do castelo de Kinevane fora derrubada com um pontapé.

Observou a autora do pontapé: uma loura de pele brilhante e orelhas pontudas. Ele lançou um olhar atônito à porta arrombada e depois tornou a encará-la.

– Pilates – explicou a invasora, encolhendo os ombros.

– Deixe-me adivinhar. Você é Regin?

No instante em que ela exibiu um sorriso afetado, foi ultrapassada por outra Valquíria que, a passos largos, dirigiu-se até onde ele estava e fitou-o longamente.

– *Hubba, hubba* – rosnou, piscando o olho. – Emma conseguiu agarrar um lobo. – Os olhos dela se fixaram no ponto, no pescoço dele, onde Emma cravara as presas para beber. Inclinou a cabeça de leve. – Você exibe a marca da mordida dela como se fosse uma medalha.

– E você deve ser algum tipo de adivinha, certo? – retorquiu Lachlain.

– Obrigada, mas prefiro ser chamada de "dotada de capacidades de prede-terminação". – A mão dela girou e arrancou um botão da camisa dele com tal rapidez que Lachlain só distinguiu uma sombra. Ela escolheu o botão que estava mais próximo do coração e, por um instante, a expressão que ela exibiu foi muito fria. Aquilo era uma mensagem: ele poderia ter sido atingido no coração.

De repente, ela abriu a mão e fez cara de surpresa.

– Ora, um botão! – Sorriu, deleitada. – Isso é muito útil em várias ocasiões!

– Como foi que vocês descobriram este lugar? – perguntou Lachlain, dirigindo-se a Regin.

– Uma escuta telefônica, imagens de satélite e uma médium, é claro – respondeu, antes de franzir o cenho. – Como é que você encontra os lugares que busca?

– E quanto à barreira?

– Puxa, isso foi mesmo um complicado trabalhinho de feitiçaria celta. – Apontou com o polegar sobre o ombro para o carro delas. – Ainda bem que trouxemos a mais poderosa de todas as bruxas, por precaução. – Uma mulher com ar absolutamente comum que estava no banco da frente acenou alegremente.

– Chega disso! – decidiu Lachlain, dirigindo-se a Regin. – Vocês vão sair da nossa casa imediatamente. – Ergueu a espada, mas uma mancha indistinta passou ao seu lado. Ele se virou e encontrou uma flecha espetada no imenso relógio de pêndulo. A flecha acertara no alvo com tamanha precisão que as correntes que serviam para dar corda no relógio nem mesmo se mexeram. A pessoa que lançara a flecha tinha a corda do arco bem retesada, e outra flecha estava apontada para ele. Lucia.

Aquilo não tinha importância. Lachlain queria que todas aquelas criaturas fossem embora. Tinham ido até lá com um objetivo. Quando caminhou em direção à porta, uma flecha, veloz como uma bala, atravessou-lhe o braço que empunhava a espada e provocou-lhe um rasgão na carne, antes de se cravar profundamente na parede de pedra.

Com tendões e músculos rasgados no braço, a mão de Lachlain perdeu a força e a espada tombou no chão com um estrondo. Escorreu-lhe sangue pelo braço até o pulso. Ele girou o corpo e se viu diante de três novas flechas preparadas e o arco na horizontal mirando seu pescoço, para lhe arrancar a cabeça fora.

– Você sabe o que viemos fazer aqui. Não piore as coisas – disse Regin.

Com ar de abatimento, ele seguiu o olhar dela até perceber que uma espada muito afiada subia devagar pelo espaço entre as suas pernas. Outra Valquíria, que ele nem sequer vira entrar, estava oculta atrás dele, em meio às sombras, e brandia a espada.

– Vamos torcer para que a nossa Kaderin, Coração Gelado, não espirre com a espada nessa posição – disse Nïx, soltando uma risada. – Kaderinzinha, você está com alguma alergia? Não sei, mas você me parece um pouco nervosa ou agitada.

Lachlain engoliu em seco e arriscou-se a olhar lentamente por sobre o ombro. Os olhos da tal Kaderin estavam vazios, sem qualquer expressão. Só exibiam determinação.

Lachlain já sabia que elas eram cruéis, mas confirmar isso e senti-lo através de uma flecha que lhe atravessara o braço e de uma espada encostada no seu...

Nunca mais permitiria que Emma se aproximasse delas.

Nesse exato momento, Cassandra atravessou a porta derrubada e se pôs a observar as Valquírias com desconfiança.

Lachlain perguntou-lhe na mesma hora:

– O que está fazendo aqui?

– Ouvi dizer que essas... criaturas passaram pela povoação em grande estilo, assobiando para os homens nas ruas, antes de seguirem caminho para o castelo. Vi o portão destruído e achei que talvez você estivesse precisando de ajuda para... – Parou de falar na mesma hora ao ver, espantada, a posição da espada.

Foi Regin quem perguntou:

– Onde está ela, Lachlain?

Nïx acrescentou:

– Não pretendemos ir embora sem a nossa menina. Portanto, a não ser que você queira ter hóspedes permanentes do tipo destrutivo, é melhor entregá-la.

– Nunca. Vocês nunca mais vão vê-la!

– Você tem muita coragem de dizer isso quando está prestes a sujar de sangue a espada da Kaderin – disse Regin com um sorriso afetado. De repente, suas orelhas se contraíram e sua voz tornou-se adocicada. – Mas como assim? O que pretende dizer com "não querer que voltemos a vê-la nunca mais"?

– Nunca mais. Não sei como ela se tornou o que é hoje depois de ter sido criada no seu perverso coven, mas vocês não terão uma segunda chance para modificá-la.

Regin ficou visivelmente mais relaxada ao ouvir essas palavras. Lucia desarmou o arco e dirigiu-se a passos largos para a porta, de forma descontraída, como se não tivesse acabado de atingi-lo e como se não estivesse a apenas alguns metros de um Lykae desejoso de matar e a dois segundos de se transformar.

– Lachlain? – murmurou Emma do alto da escada. Ele virou a cabeça e percebeu que os olhos dela exibiam um ar de estranheza. As Valquírias tinham feito aquilo para que Emma ouvisse o que ele tinha dito. – Você planejava o tempo todo me manter afastada da minha família?

– Não, a ideia só surgiu quando eu as conheci – explicou Lachlain, como se isso pudesse melhorar a situação.

Ela observou atentamente o salão e depois as tias. O que teriam feito depois de derrubarem a porta? Nem queria imaginar…

E que diabos Cass estava fazendo ali?

Emma avistou Kaderin atrás de Lachlain, com a espada apontada.

– Kaderin – murmurou. – Annika mandou você para cá?

Kaderin era uma assassina mortífera, talentosa e absolutamente *insensível*. Uma perfeita máquina assassina que não era enviada em missões de resgate.

– Abaixe essa espada, Kaderin – ordenou Emma.

Regin acudiu, dizendo:

– Pode descer, Em. Ninguém precisa sair daqui ferido.

– Kad, abaixe essa espada!

Com relutância, Regin assentiu e Kaderin tornou a desaparecer nas sombras. Lachlain subiu a escada na mesma hora, estendendo as mãos para Emma, mas ela lançou um olhar fulminante à mão dele e a dispensou. Ele se mostrou estupefato.

Regin olhou para Emma com um sorriso culpado.

– Annika só quer que você fique longe dele, Em.

Emma desceu a escada para espetar um dedo na cara de Regin.

– Quer dizer que Lachlain planeja me proibir de ver vocês e Annika pretende matar o homem com quem tenho dormido, sem nem ao menos me perguntar se eu acho isso uma boa ideia? – Aquelas pessoas estavam tratando-a como a velha Emma, com todo mundo disputando o direito de comandar sua vida. Só que isso agora já não iria funcionar mais. – O que será que *eu* planejo?

– Diga-nos! – gritou Nïx, quase sem fôlego.

Emma fitou Nïx. Era uma pergunta *retórica*. Ela não fazia ideia do que planejara para a sua vida…

– *Ele procura por você* – ouviu-se um vampiro dizer da soleira da porta, com os olhos fixos em Emma.

Ela ficou boquiaberta. As Valquírias não acreditavam em coincidências, apenas no destino. Só que, às vezes, o destino nem se dava ao trabalho de ser sutil.

Lachlain saltou na direção do vampiro, no instante exato em que apareceram outros. Cass avançou com valentia para lutar ao seu lado. Emma observou a cena como se ela estivesse acontecendo em câmera lenta, e percebeu que os olhos vermelhos do vampiro continuavam a fitá-la com determinação.

De repente, as pernas lhe faltaram e ela caiu de costas no chão.

Lachlain tinha lhe dado uma rasteira?

– *Para trás, Emma!* – rugiu ele, empurrando-a sobre o chão polido para mantê-la afastada.

Ao observar o confronto, ela reparou que os vampiros não tiravam os olhos dela. Estavam ali por sua causa. Será que o pai sabia da sua existência? Será que os enviara para buscá-la?

Mas quem?...

Subitamente, os sonhos e os pesadelos se misturaram com a realidade. E com as lembranças de Lachlain.

Surgiu na mente dela a imagem de um homem de cabelos dourados. Demestriu. Ele observava com cara de pouco interesse o sofrimento de Lachlain.

Todo mundo diz que eu tenho os traços da minha mãe, mas Helen tinha cabelos pretos como as asas do corvo e olhos escuros. O homem no sonho é louro, com a espada embainhada à direita, indicando ser canhoto.

Emma também era canhota.

Não. Não podia ser.

No exterior, começou a relampejar. Um sinal fatalista. Era isso, ela estava apenas sendo fatalista, uma vez que esse era o pior cenário que poderia existir. Seu pai não poderia ter torturado Lachlain.

Como um banho ácido, foi varrida pelas lembranças que Lachlain tinha do fogo – uma tortura que agora também pertencia a ela para sempre. Sentiu a raiva dele fervilhar no seu íntimo, e Emma também se entregou a ela – tal como ele fizera – para suportar a dor...

Estremeceu, horrorizada, sem conseguir reprimir um grito. Seus pensamentos se tornaram vagos, distantes... Sentia-se incapaz de separar a realidade dos pesadelos. Assim como aconteceu com ela, também surgiu na mente de Lachlain a suspeita, absolutamente inconfessável, de que Demestriu poderia ser...

Ela reconheceu qual era a sua verdadeira relação com o monstro. Ele era seu pai. Ainda no chão, tremendo, viu suas tias lutando de forma destemida e perfeita, com toda a sua graciosidade e ferocidade naturais. Demestriu tinha roubado a rainha delas.

Parasita nojento.

O ribombar dos raios e trovões regressou com força máxima.

Havia lutas por todo lado, e ela estava paralisada. Não por medo da morte, mas por pesar e dor. Sofria porque tudo que ela queria – uma vida com Lachlain e o amor do seu coven – era ameaçado pelo sangue que lhe corria nas veias e que agora a atormentava como um veneno.

Não suportava ver aquelas guerreiras heroicas e Lachlain lutando para defendê-la sem saber o que ela era, na verdade. Isso a estava matando. Não era merecedora de nenhum deles ali.

Um vampiro aterrissou no chão. Rindo de puro deleite, Nïx voou para cima dele, espetando seus joelhos nas costas do monstro. Agarrou-o pelos cabelos para lhe levantar a cabeça e cortar-lhe a garganta. Colocou-se a postos para o golpe fatal. O vampiro olhou para Emma e esticou o braço.

Ela se sentiu impura; o sangue lhe ardia nas veias. Era indigna.

Mas posso consertar as coisas. Ou, pelo menos, melhorá-las.

Nïx fitou-a do outro lado da sala e piscou um olho.

As coisas pareceram clarear.

– Vou morrer? – murmurou Emma.

– Você se importa com isso? – contrapôs Nïx numa voz tão nítida que parecia que estavam ao lado uma da outra.

– Ele procura por *você*! – disse, com dificuldade, aquela "coisa", ainda com os braços lançados na direção de Emma.

– *Eu também o procuro.* – Emma queria pegar a mão dele, mas estava muito distante. De repente, deu por si a poucos metros dele.

Sentia tonturas... Tinha se teletransportado? Como os vampiros faziam. Pela primeira vez...?

Nïx ergueu lentamente sua espada, e Emma avançou, rastejando.

Ouviu Lachlain inspirar com força e percebeu que ele a vira.

– Emma – disse ele com uma voz áspera enquanto se atirava na direção dela, para depois rugir: – *Maldição, Emma, não!*

Tarde demais. Uma linha tinha sido traçada, tal como acontecera com Heath. Não uma linha, exatamente – algo fora gravado a fogo na mente dela. Os relâmpagos diminuíram, como se para reforçar sua decisão. Era para aquilo que Emma tinha nascido.

Esticou a mão e cruzou o olhar com o vampiro.

Você nem imagina o que está levando para casa.

Lachlain rugiu enfurecido ao ver que aquela coisa – o único sobrevivente que resistira à luta – tinha levado Emma. Não conseguia compreender o que havia acontecido. Ela aceitara ir com ele?

Agarrou Nïx com firmeza pelos ombros.

– Por que você hesitou? Eu vi você hesitar!

Sacudiu-a até que a cabeça dela balançou com força. Ela sorriu e disse:

– Wheeee!

– Que diabos foi isso, para onde a levaram? – perguntou ele, com voz de trovão.

Uma das Valquírias apontou para a sua perna ferida, agitando a espada ali perto e obrigando-o a libertar Nïx.

Cass tornou a erguer a espada.

– Vocês deixaram que eles entrassem! – gritou na direção de Regin. – Deixaram Kinevane desprotegido.

Regin apontou para Lachlain com a cabeça.

– E ele roubou uma filha da sua mãe adotiva e a manteve longe da proteção da nossa família.

– Transformou-a numa vadia – acrescentou Kaderin, baixando-se para recolher seus troféus, as presas das cabeças que decepara.

– *Mas eles a levaram!* – gritou ele, esmurrando a parede. – *Como podem estar tão calmas?*

– Não consigo sentir emoções, e elas não se dão ao luxo de sentir tristeza – explicou Kaderin. – A tristeza enfraquece a coletividade e enfraqueceria a própria Emma. Nós dispensamos problemas.

Lachlain estremeceu de raiva e se viu prestes a perder a cabeça, matá-las e...

De repente, ouviu-se um barulho horrível. Kaderin recolheu as garras ensanguentadas e enfiou a mão no bolso para pegar um celular.

– Crazy Frog – sibilou, enquanto atendia. – Regin, você é um demônio.

Regin encolheu os ombros enquanto Lachlain se mostrava cada vez mais confuso. Nïx bocejou ruidosamente, antes de murmurar:

– Isso tudo é uma reprise.

– Não – disse Kaderin à pessoa no celular. – Ela acompanhou os vampiros voluntariamente. – Relatou o que acontecera como se recitasse a previsão do tempo, ignorando os guinchos furiosos que Lachlain escutava vindo do outro lado da ligação.

Lachlain esticou a mão e lhe arrancou o celular. Pelo menos, alguém reagia como era de se esperar. Ele se apresentou. Era Annika.

– *O que aconteceu com Emma?* – gritou, furiosa. – Seu cão, você vai implorar para que eu o mate!

– O que a fez aceitar ir com eles? – retorquiu ele. – Maldição! Diga-me como posso chegar onde ela está!

Enquanto Annika guinchava ao telefone, Kaderin fez para Lachlain um sinal com o polegar erguido e disse, fazendo mímica com os lábios:

– Aguente um pouco.

Então, deixando Lachlain e Cass espantados, as quatro Valquírias regressaram ao carro e foram embora, como se só tivessem passado ali para deixar um cesto de pãezinhos. Ele as perseguiu com determinação.

O arco voltou a ser armado.

– Acerte-o se ele nos seguir! – ordenou Nïx.

– Podem me encher de flechas – respondeu Lachlain, com raiva.

Nïx virou-se para ele.

– Não sabemos nada que possa ajudá-lo e acho que você vai precisar de todas as suas forças, certo? – Virando-se para as outras três, acrescentou: – Eu bem que avisei que não conseguiríamos trazê-la de volta nesta viagem.

Com isso, partiram.

– Para onde, diabos, aquele vampiro a levou? – perguntou Lachlain no celular.

– Eu... não... sei! – disse Annika, devagar.

– As suas Valquírias deixaram que eles entrassem na nossa casa e...

– Essa não é a casa da Emma. *Aqui* é a casa dela!

– Não, agora deixou de ser. Juro solenemente, bruxa, que, quando eu encontrar Emma, nunca mais deixarei que ela se aproxime de vocês.

– Você vai encontrá-la, não vai? Você é um caçador que vai partir em busca do seu mais ambicionado troféu. Eu não poderia pedir uma situação melhor. – Ela parecia calma, até serena. Lachlain conseguiu perceber seu tom satisfeito. – Sim, você vai encontrá-la e depois eu lhe direi o que vai acontecer. Quando você a trouxer de volta para cá sã e salva, vou coçar o meu novo cãozinho de estimação atrás das orelhas, em vez de arrancar a pele dele.

– Do que você está falando, mulher?

A voz de Annika era pura maldade.

– Neste exato momento, o pescoço do seu irmão está debaixo da minha bota. Vai ser Garreth em troca de Emma.

E desligou na cara dele.

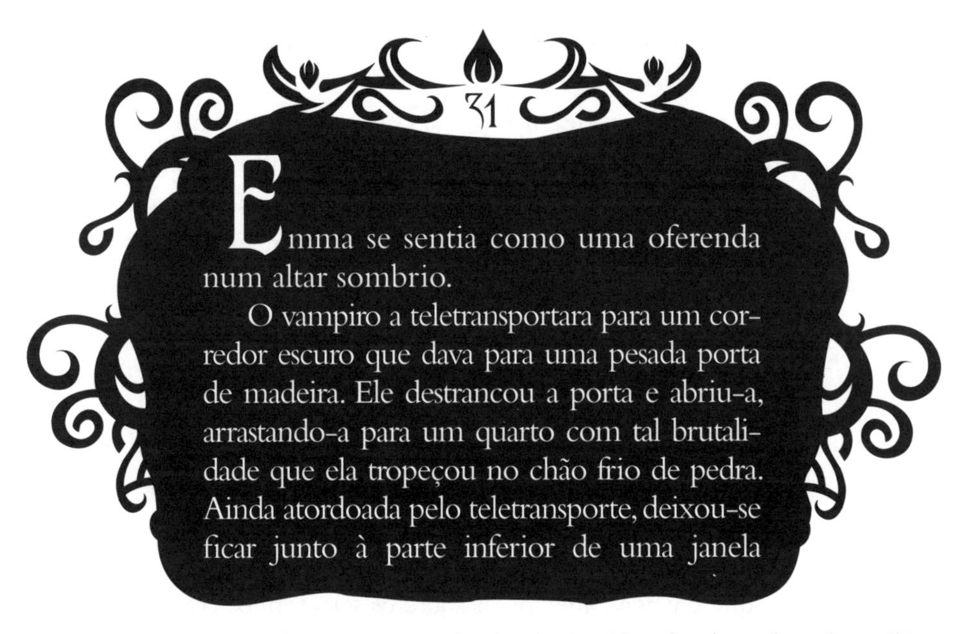

31

Emma se sentia como uma oferenda num altar sombrio.

O vampiro a teletransportara para um corredor escuro que dava para uma pesada porta de madeira. Ele destrancou a porta e abriu-a, arrastando-a para um quarto com tal brutalidade que ela tropeçou no chão frio de pedra. Ainda atordoada pelo teletransporte, deixou-se ficar junto à parte inferior de uma janela em arco, com cerca de seis metros de altura. O vidro fumê, embaçado, exibia inscrições feitas com ouro que formavam símbolos das artes negras.

O vampiro largou-a ali com um aviso:

– Não tente fugir. Ninguém consegue se teletransportar para dentro ou para fora desses aposentos, com exceção dele.

E voltou a trancar a porta.

Ela sentiu um calafrio, desviou o olhar da janela e se colocou de joelhos, ainda tonta, para examinar o quarto. Era um estúdio de trabalho com papéis sobre uma escrivaninha, embora estivesse muito úmido e fedendo a sangue velho.

Vindos de algum lugar, ouviram-se gritos, o que a levou a ficar de pé na mesma hora, andando em círculos. Que diabos ela fizera?

Antes de o arrependimento inundá-la, voltaram as lembranças do fogo. A cena era nítida, como se ela tivesse estado lá.

Os pulmões de Lachlain tinham sido tomados pelo fogo, e ele reagira com mais violência do que quando a pele de sua perna, em bolhas, fora arrancada. Mas nunca lhes dera o prazer de ouvirem-no urrar de dor. Nem da primeira vez que morrera, nem da segunda, nem das outras vezes que se seguiram ao longo de 15 décadas, cada vez que ele era queimado e ressuscitava num inferno sempre renovado. O ódio tinha servido para mantê-lo relativamente são, e ele se agarrara a isso.

E também se agarrava a isso sempre que as chamas diminuíam. Agarrou-se a isso quando percebeu que somente a sua perna o mantinha afastado da parceira, quando se forçou a quebrar o osso e também quando soltou a fera para poder...

Emma deixou tombar a cabeça e sentiu o estômago revirar. Ele se agarrara a tudo aquilo até descobri-la – aquela que sentira na superfície, a mesma que, supostamente, deveria *salvá-lo*...

E tinha sido por eles que Lachlain resolvera lutar.

Ela refletiu sobre como ele não a matara, como não cedera ao caos e ao ódio que se misturaram com a sua necessidade de reclamá-la para si e, por fim, poder esquecer o sofrimento. Como ele conseguira *não possuí-la* de forma selvagem enquanto sua pele ainda queimava?

Ele não quis que ela soubesse da sua tortura, e agora Emma percebia o porquê disso. Sabia que precisava lhe contar sobre os seus sonhos com as lembranças dele, mas o que poderia lhe dizer sobre essas coisas? Que tivera um caso apocalíptico de excesso de informação? Que, finalmente, conhecia a real extensão da sua tortura e tinha certeza de que nenhum ser vivo jamais passara por uma situação pior?

Como poderia contar a ele que tinha sido o pai dela quem lhe causara tanto sofrimento?

Parasitas maléficos e nojentos que deveriam estar no inferno.

Emma quase vomitou, mas conseguiu segurar a náusea no último segundo. Não acreditava que Lachlain pudesse odiá-la por causa disso, mas certamente aquilo seria corrosivo como uma gota de ácido que cai na pele e continua corroendo tudo. O pai dela destruíra praticamente toda a família de Lachlain, uma família que ele obviamente amava.

Agora que sabia tudo pelo que Lachlain havia passado, conhecia seus pensamentos e suas promessas de vingança, sentia-se extremamente envergonhada por ter combatido sua intenção.

Especialmente agora que estava prestes a lhe tirar de vez esse peso das costas.

A decisão de Emma estava tomada. Caída no chão frio de Kinevane, no meio de toda aquela carnificina, sua mente viajou loucamente. Sua vergonha e timidez intrínsecas foram derrotadas pelo célebre orgulho e pelo fabuloso sentido de honra das Valquírias, que *finalmente* haviam surgido dentro dela.

Indigna. Assustada. Fraca. Emma, a Tímida. Tudo aquilo acabara.

Porque – e essa era a parte mais desconcertante de tudo – agora que suas emoções tinham se estabilizado e ela conseguia raciocinar com mais clareza, *iria fazer a mesma coisa.*

Sua forte determinação em relação a isso a assustava. Sim, a velha Emma continuava escondida no fundo da sua mente, gritando que ela estava sendo muito burra: *Ei, você gosta das minhas calças de carne novinhas em folha? Onde fica a jaula desse tigre?*

Na verdade, aquele era um plano muito temerário.

Mas a nova Emma sabia que não era muito burra para viver; era, sim, envergonhada demais para se importar. Precisava fazer isso para acertar tudo com o coven e com Lachlain.

Lachlain. O rei de bom coração por quem se apaixonara perdidamente. Por ele, Emma lutaria até a exaustão.

Seu pai. Seu fardo. Decidiu que iria destruir Demestriu.

Durante a maldita hora que Harmann demorou a levá-lo ao seu aeroporto particular, Lachlain lutou muito consigo mesmo para não se transformar; nunca conseguira tirar as mãos das extremidades do ferimento provocado pela lâmina, nem raciocinar com a clareza de que tanto precisava. Os vampiros tinham Emma, e as Valquírias tinham Garreth.

Aquela era a maldição dos Lykae. A força e a ferocidade que empregavam em combate também os prejudicavam nas outras situações. E quanto mais eles gostavam de algo, mais a fera queria se libertar para proteger o alvo.

Lachlain seria capaz de apostar que eles tinham levado Emma para Helvita, direto para Demestriu, mas ela também poderia estar com Ivo ou até com Kristoff. Enviou Cass à procura de Uilleam, de Munro e de tantos Lykae quantos conseguisse reunir para se dirigirem ao castelo de Kristoff. Lachlain sabia que Cass faria isso. Depois de terem levado Emma, Cassandra olhara-o fixamente, e ele, por fim, compreendera isso.

Mas e se ele estivesse errado quanto ao local para onde a tinham levado? E se, mais uma vez, não conseguisse localizar Helvita? Agora que raciocinava a respeito de toda a situação, Lachlain já não conseguia pensar direito.

A situação no seu todo. Garreth também fora raptado. Alguém o capturara. Como? Depois de ter sentido na pele a demonstração do talento de Lucia, a força de Regin, a velocidade de Nïx e a malícia tenaz de Kaderin, Lachlain percebeu que subestimara o inimigo.

– Elas estão com Garreth – comunicou a Bowe, ligando do carro enquanto Harmann percorria, a toda velocidade, as enevoadas estradas escocesas. – Traga-o de volta.

– Que diabos, isso não é tão simples assim, Lachlain.

Na verdade, era. Lachlain queria Garreth em liberdade. Bowe era um poderoso Lykae conhecido pela sua crueldade implacável.

– *Liberte-o!* – rugiu.

– Não podemos fazer isso. Eu não quis contar antes, mas as Valquírias estão protegidas pelos *espectros*.

Garreth, o último membro da sua família de sangue, guardado por uma praga ancestral e nas mãos de um ser insano e perverso.

E... Emma o abandonara.

Decidira, por livre e espontânea vontade, deixá-lo para trás. Rastejara até a mão estendida de um vampiro para conseguir isso.

Sua mente estava enevoada.

Não, era preciso lutar.

Focou a atenção com intensidade sobre o caso, a fim de examinar tudo o que sabia sobre Emma, à procura de uma pista que lhe explicasse o que a teria levado a fazer isso.

Setenta anos. Universitária. Fora perseguida por vampiros. Sempre tinha sido o alvo deles, desde o início. Para quê? Que facção se interessaria tanto por ela? Annika era a mãe adotiva. A verdadeira mãe de Emma, segundo ela mesma contara, era proveniente da Lydia. Seu nome era Helen. Era com ela que Emma se parecia.

O sol começava a surgir quando eles se aproximaram do aeroporto. Lachlain rosnou de frustração, odiando o sol e desejando que ele nunca mais nascesse. Emma estava lá fora sem que ele pudesse protegê-la e, naquele exato momento, poderia estar presa num campo aberto. As palmas das mãos de Lachlain ficaram ensanguentadas porque ele cravara as próprias garras nelas e o ferimento do braço ainda não tinha sido tratado.

Pense!

Era importante voltar e rever tudo que aprendera sobre ela.

Setenta anos. Universitária...

Franziu o cenho. Conhecera muitas mulheres da Lydia, antes. Tinham a pele clara como a de Emma, mas olhos e cabelos muito escuros, realmente pretos. Emma tinha olhos azuis.

Portanto, o pai também teria olhos claros...

Lachlain ficou paralisado.

Não. Não era possível.

"*E se ele for o meu pai?*", perguntara Emma.

Lachlain respondera... respondera que os descendentes de Demestriu só poderiam ser *parasitas nojentos e maléficos*.

Não.

Mesmo que conseguisse assimilar o fato de Emma ser filha de Demestriu, Lachlain se sentia incapaz de aceitar que, naquele momento, ela estivesse nas mãos dele e poderia até mesmo ter sido induzida a isso por suas palavras irrefletidas.

Vira-se forçada a partir para Helvita e ser levada até Demestriu, que seria capaz de despedaçar a própria filha, membro por membro, enquanto ela implorasse por clemência, sem piscar seus olhos vermelhos uma única vez.

Se Lachlain não a encontrasse rapidamente... Agora precisava não só descobrir Helvita como também teria de ser rápido. Já percorrera sem sucesso aquela região da Rússia. Da última vez, possivelmente teria chegado bem perto, pouco antes de ter sido descoberto, atacado de forma sangrenta e capturado por uma dúzia de vampiros.

Iria de avião até a Rússia e tornaria a se aproximar do mesmo lugar...

De repente, foi invadido pela lembrança dela no dia anterior, junto dele, quando sua cabeça pousara na almofada e o deixara inebriado com o encantador cheiro de seus cabelos. Nunca iria esquecer o seu aroma; absorvera o na primeira noite em que tinham estado juntos. Essa recordação serviu para alertá-lo de que ele poderia usar essa mesma lembrança agora.

Ele conseguiria encontrá-la. Já o fizera antes. Se conseguisse se aproximar da vizinhança onde ela estivesse, poderia segui-la diretamente até Helvita.

Emma tinha sido concebida para ser descoberta por ele.

Das sombras, soou uma voz profunda que disse:

– Ora... Vamos ver o que meu general tanto queria caçar.

Os olhos de Emma se viraram para a fonte do som. Cerca de um segundo antes, ela sabia que estava sozinha. Naquele momento, porém, um vulto a observava sentado atrás da enorme escrivaninha. Ela percebeu isso antes mesmo de ele acender uma lâmpada. A luz refletiu em seus olhos vermelhos.

Ele parecia irradiar tensão e, ao vê-la, comportou-se como se estivesse diante de um fantasma.

Emma tinha sido forçada a esperar sozinha naquele castelo sinistro, constantemente assolado por gritos oriundos das profundezas, até várias horas depois de o sol nascer. Nesse meio-tempo, passara por uma espécie de catarse, acalmando a mente e apurando sua resolução até ela se mostrar cristalina. Sentia-se como achava que as tias costumavam ficar na véspera de uma grande batalha. Naquele momento, aguardava pacientemente para, de um jeito ou de outro, colocar um fim naquela história. Sabia que só um deles sairia com vida daquele lugar.

Demestriu chamou um guarda.

– Não deixe Ivo entrar aqui quando regressar – ordenou ao vampiro. – Sob nenhuma hipótese. Não conte a ele que nós a encontramos. Se contar, farei com que você passe muitos anos sem vísceras.

Muito boa. Emma crescera ouvindo as ameaças mais populares e interessantes do Lore – as que começavam com *se tal coisa acontecer ou não acontecer* e terminavam com *você vai sofrer determinado castigo* –, mas aquele sujeito realmente era bom nisso.

Demestriu se teletransportou para a porta e a trancou por dentro quando o guarda saiu.

Portanto... ninguém conseguiria se teletransportar para dentro ou para fora. E, agora, também ninguém poderia sair dali a pé.

Quando Demestriu regressou à sua cadeira, qualquer vestígio de surpresa já tinha desaparecido. Observou-a com um ar que não denotava nenhuma emoção.

– Seu rosto é igualzinho ao da sua mãe.

– Obrigada. Minhas tias sempre me dizem isso.

– Eu desconfiava que Ivo estava me preparando uma surpresa. Sabia que procurava algo com muita determinação e já tinha perdido dezenas de soldados; inclusive três de uma vez só, na Escócia. Sendo assim, pensei em roubar-lhe aquilo que ele tanto desejava. Mas não poderia imaginar que ele estivesse à caça da minha filha.

– O que esse sujeito quer de mim? – perguntou Emma, embora já fizesse uma ideia, agora que descobrira seu bizarro *pedigree*.

– Ivo passou séculos conspirando contra mim, de olho na minha coroa. Mas sabia que a única coisa que a Horda considerava sagrada era a linhagem. Sabia que não poderia reinar sem uma ligação de sangue real. E acabou descobrindo um. A minha filha.

– Então ele achou que bastaria matar você e me obrigar a casar com ele?

– Justamente. – Após uma longa pausa, Demestriu perguntou: – Por que você nunca me procurou até hoje?

– Só descobri que você era meu pai oito horas atrás.

Os olhos dele revelaram uma ponta de emoção, mas foi algo tão fugaz que Emma pensou que se tratava de obra da sua imaginação.

– Sua mãe nunca lhe contou?

– Eu nem mesmo a conheci. Morreu logo depois de eu ter nascido.

– Tão cedo? – perguntou Demestriu em voz baixa, como se falasse consigo próprio.

– Eu andava em busca de alguma informação sobre o meu pai... sobre você... em Paris – revelou Emma, tentando, de uma forma irracional, fazer com que ele se sentisse melhor.

– Eu morei lá com a sua mãe. Sobre as catacumbas.

Qualquer intenção que Emma tivesse de ser amável desapareceu assim que ele mencionou as catacumbas de onde Lachlain escapara unicamente pela força de suas garras.

– Veja só, seus olhos estão disparando rojões de prata, tal como os dela – elogiou ele. Pela primeira vez, o olhar rubro de Demestriu fitou Emma com ar de admiração.

Caiu um silêncio desconfortável. Emma olhou à sua volta, esforçando-se para se lembrar dos treinos que Annika e Regin tinham-na obrigado a praticar. Dar uma surra em Cassandra era uma coisa, mas, naquele momento, havia um monstro à sua frente.

Franziu o cenho ao pensar nisso.

Se ele é um monstro, então eu também sou.

Ei, eu não preciso sair daqui viva.

Ela sabia que só um dos dois sairia daquele lugar. Tinha chegado o momento da decisão.

Havia armas nas paredes. Espadas cruzadas penduradas de cima para baixo. As que estavam nas bainhas originais, provavelmente, encontravam-se mais enferrujadas. Ferrugem significava fraqueza.

Tenho de pegar a que está fora da bainha.

– Sente-se.

Emma obedeceu, relutante, e ele lhe ofereceu uma jarra com sangue.

– Aceita um drinque?

Ela balançou a cabeça.

– Preciso cuidar da silhueta.

Demestriu olhou-a com ar de repulsa.

– Você fala como uma humana.

– Se eu tivesse ganho um dólar cada vez que ouvi isso... – Ela suspirou.

– Talvez você só beba do Lykae com quem tem estado, certo?

Mesmo que pudesse, ela não viu qualquer motivo para negar aquilo e, altiva, confirmou:

– Isso mesmo.

Demestriu ergueu as sobrancelhas e observou-a com interesse redobrado.

– Até eu me recusei a beber de um imortal como ele.

– Por quê? – quis saber Emma, inclinando-se para a frente, levada pela curiosidade. – Essa foi a única instrução que minha mãe deu às minhas tias quando me entregou: nunca beber diretamente da fonte.

Ele fitou seu cálice de sangue.

– Quando você bebe de alguém até a morte retira tudo da vítima, até o fundo da sua alma. Se o fizer até determinado ponto, rapidamente cairá no buraco da alma e poderá até provar dele. Seu coração se tornará preto e seus olhos ficarão vermelhos de raiva. Isso é um veneno e suplicamos por ele.

– Mas beber diretamente da fonte e matar são duas coisas diferentes. Por que eu nunca fui alertada, em vez disso, para não matar?

Aquilo era surreal. Os dois estavam conversando, perguntando e respondendo a dúvidas sobre vários assuntos, apesar da crescente tensão entre eles, exatamente como acontecera com dr. Lecter e Clarice na cena da cadeia no filme *O silêncio dos inocentes.*

Ele parecia cortês e respondia à cortesia dela...

– E por que eu capto lembranças?

– Você tem esse talento sombrio? – Demestriu soltou uma gargalhada breve, vazia e de humor. – Suspeito que isso passe para os filhos por herança de sangue. Acho que foi isso que fez de nós reis, no primeiro caos do Lore. Eu tenho esse talento. Kristoff também tem. E foi transmitido a todos os humanos que ele transformou – acrescentou com desprezo. – Mas você herdou isso de mim? – Ergueu as sobrancelhas de espanto, como se não acreditasse naquilo. – Sua mãe devia recear que você tivesse herdado esse talento. Sorver seres vivos até a morte leva uma pessoa à loucura. Beber e capturar as lembranças de alguém poderá levar você à loucura... mas também poderá torná-la poderosa.

Emma encolheu os ombros. Não se sentia *louca*. Sim, praticamente destruíra um castelo durante o sono, mas...

– Não me sinto assim. Há algo mais que me possa acontecer?

Demestriu pareceu horrorizado.

– *As lembranças não são o bastante?* – perguntou, recompondo-se em seguida. – Sorver o sangue, sugar a vida das vítimas e tudo o que elas experimentaram. É isso que faz de alguém um verdadeiro vampiro. Eu costumava procurar imortais para lhes sugar o conhecimento e o poder, mas também sofri com as sombras ocultas em suas mentes. Beber de alguém com tantas recordações é o mesmo que... brincar com fogo.

– Você *não faz ideia* de como está certo em relação a isso.

Demestriu fez uma expressão carregada, refletiu por alguns momentos e disse:

– Fui eu que coloquei o seu Lykae nas catacumbas?

– Sim, mas ele escapou – respondeu Emma, com orgulho.

– Ah, mas agora você se lembra dos tormentos dele?

Emma assentiu lentamente com a cabeça. Um deles estava prestes a morrer. Será que ela estava prolongando aquela conversa a fim de obter respostas para perguntas que havia tanto tempo a atormentavam? Ou para viver um pouco mais? E ele, por que concordaria com isso?

– Imagine dez mil lembranças como essa entulhando sua mente. Imagine sentir a morte da sua vítima. Os momentos que levaram até lá, quando *você* a perseguiu, ou quando ela emite um som, ou comenta sobre a intensidade da brisa. Quando se acha tola por sentir os pelos do pescoço se eriçando de emoção ou medo. – Olhou para além de onde ela estava. – Algumas se debatem de forma incansável até o fim para não acreditar. Outras me olham e *entendem* o que as apanhou.

Emma sentiu um arrepio.

– Isso faz você sofrer?

– Sim.

Demestriu tamborilou com os dedos na escrivaninha, e a atenção dela foi atraída por um anel. O brasão com dois lobos.

– Esse é o anel de Lachlain.

Roubado da mão do pai dele. O meu pai matou o dele.

Demestriu fitou o anel com um olhar vago.

– Acho que sim.

Ele era louco. Emma compreendeu que ele poderia ficar ali conversando sem parar todo o tempo que quisesse, e percebeu que ele se sentia... solitário. Porque acreditava que essas eram as últimas horas de vida dela.

– Considerando o histórico das relações entre as Valquírias e a Horda, como é que você e Helen se juntaram?

Com o rosto lúgubre assumindo uma expressão distante, Demestriu fez um ar distraído e disse:

– Eu tinha o pescoço dela nas mãos e estava prestes a separar sua cabeça do resto do corpo.

– Que cena... romântica!

Essa era para contar aos netos.

Ele a ignorou.

– Só que algo me deteve. Libertei-a, mas, nos meses seguintes, estudei-a para tentar descobrir o que me levara a hesitar. Depois de algum tempo, percebi que ela era a minha Prometida, a minha Noiva. Quando a apanhei e a levei para sua nova casa, ela me disse que tinha visto algo de bom em mim e aceitava ficar. Por algum tempo, teve razão. No fim, porém, acabou por pagar com a própria vida.

– De que forma? Como foi que ela morreu?

– Pelo que soube, de tristeza. Por minha causa. Foi por isso que eu fiquei tão surpreso por ela ter sucumbido tão depressa.

– Não estou entendendo.

– Sua mãe tentou fazer com que eu deixasse de beber sangue, não só da fonte, mas de forma definitiva. Chegou até mesmo a me convencer a me alimentar como um humano e me acompanhava às refeições para tornar tudo mais fácil, embora não tivesse necessidade de alimentos. Então, surgiu a grande novidade da sua chegada, mais ou menos na época em que eu estava prestes a perder a coroa na primeira rebelião de Kristoff. Na batalha, porém, eu voltei aos meus antigos hábitos. Mantive a coroa, mas perdi tudo que conquistara com ela. Sucumbi de novo à tentação. Depois de ver como estavam meus olhos, Helen resolveu me abandonar.

– Alguma vez você se perguntou o que acontecera comigo? – quis saber Emma, soando interessada em excesso.

– Ouvi dizer que você era fraca, pouco talentosa, e que tinha herdado as piores características de cada uma das espécies. Nunca iria procurá-la, mesmo que tivesse achado que você sobreviveria tempo bastante para ver cristalizada a sua imortalidade. Não, isso se deve unicamente a Ivo.

Emma se retraiu de um jeito quase teatral.

– Eeeca! – Na verdade, saber aquilo doeu um pouco. Como uma picada cuja dor foi se intensificando aos poucos até deixá-la profundamente irritada. – Isso é que é um pai preguiçoso... Puxa, isso foi *lamentável.*

Ela se manteve calada enquanto Demestriu se ergueu, com a silhueta se destacando contra o vidro fumê e os cabelos da cor do ouro mais puro. A imagem deixou-a atônita. Ali estava seu pai, e ele era aterrorizante.

Demestriu suspirou, olhando-a de alto a baixo, não como quem vê um fantasma ou uma novidade, mas como se planejasse, com a maior naturalidade do mundo, uma morte fácil.

– Pequena Emmaline, vir até aqui foi o último dos seus erros. Você deveria saber que os vampiros conseguem sempre afastar qualquer coisa que se coloque entre eles e seu objetivo. Todo o resto passa a ser secundário. O meu objetivo é manter a coroa. Você é uma fraqueza que Ivo, ou qualquer um dos outros, poderá explorar. Portanto, tornou-se *descartável.*

Atinja-a onde dói mais.

– Já que nem um sanguessuga como você me quis... realmente não tenho mais nada a perder. – Emma se levantou e limpou as mãos nos jeans. – Seja como for, por mim está tudo bem. Eu vim aqui para matar você.

– Sério?

Não era para ele exibir aquele ar *divertido.*

Seu sorriso de gelar a alma foi a última coisa que Emma viu antes de ele desaparecer, teletransportando-se. Ela pulou até a espada que estava na parede, fora da bainha, mas ouviu-o às suas costas no instante seguinte. Emma avançou com a espada, mas Demestriu tornou a se desmaterializar em torno dela.

Emma tentou fazer o mesmo... Não conseguiu... Foram segundos preciosos desperdiçados. Apostou, então, naquilo que fazia melhor: fugir. Recorreu à sua agilidade para se esquivar dele.

– Você é muito ágil, sem dúvida – reconheceu ele, aparecendo na frente dela por alguns segundos.

Emma investiu rapidamente com a espada, mas Demestriu se esquivou sem a mínima dificuldade. Quando Emma tornou a atacar, ele arrancou-lhe a espada e a atirou no chão, com um estrondo.

Emma sentiu as entranhas se revirarem ao perceber, espantada, o que estava acontecendo.

Demestriu estava *brincando* com ela.

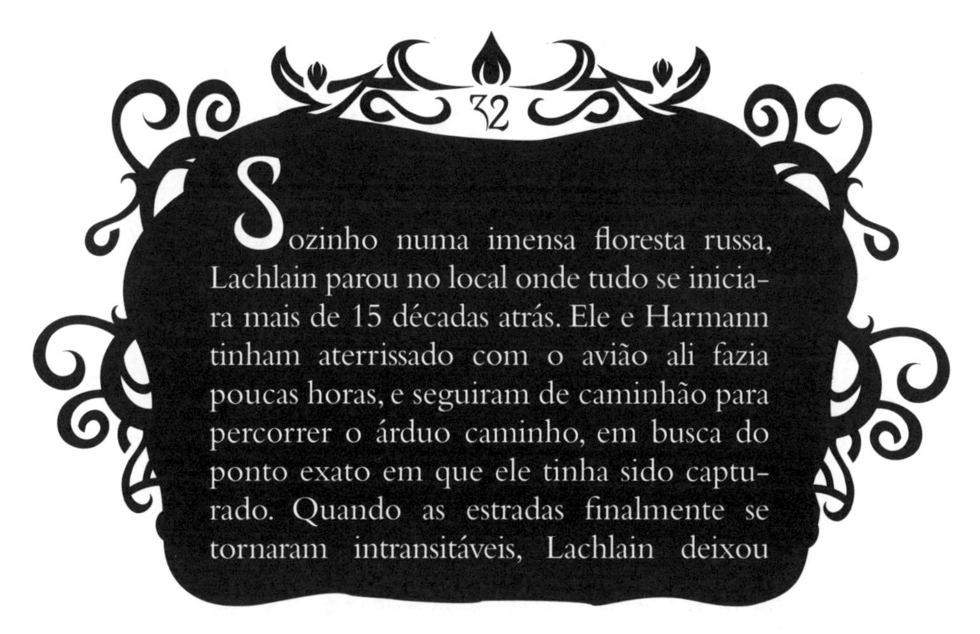

32

Sozinho numa imensa floresta russa, Lachlain parou no local onde tudo se iniciara mais de 15 décadas atrás. Ele e Harmann tinham aterrissado com o avião ali fazia poucas horas, e seguiram de caminhão para percorrer o árduo caminho, em busca do ponto exato em que ele tinha sido capturado. Quando as estradas finalmente se tornaram intransitáveis, Lachlain deixou Harmann para trás. Ambos sabiam que, assim que Lachlain detectasse o cheiro de Emma, Harmann não seria mais capaz de acompanhar seu ritmo.

Mesmo após tanto tempo, ele fora levado até o local certo sem grandes dificuldades. Agora, porém, enquanto circulava a antiga clareira, desesperado, procurando um sinal de Emma, temeu que a sua avaliação da situação estivesse equivocada. Nunca ninguém fora capaz de localizar Helvita. E Lachlain não conseguira salvar a vida do próprio irmão ali, naqueles mesmos bosques.

A decisão de seguir aquele caminho poderia até acabar com a vida dela…

Mas, espere… *Ela esteve aqui.*

Na primeira noite em que a encontrara, ele chegara a ficar de joelhos para poder sentir seu cheiro mais uma vez. Agora percorrera quilômetros de terreno com a espada às costas e o coração batendo de forma descontrolada. Subiu uma colina íngreme e, do alto, observou as redondezas.

Helvita estava ao longe, abaixo dele. Desoladora e sinistra.

Sob a vigilância do sol, Lachlain tomou o caminho mais direto. Subiu agilmente uma muralha íngreme, percorreu ameias despedaçadas, avançando livremente pelo caminho vazio. Não se sentiu minimamente satisfeito por ter localizado Helvita. Aquilo era apenas o primeiro passo.

Deteve-se quando ouviu uma voz que lhe soou como um eco fraco, mas não conseguiu detectar a origem e nem mesmo compreender o que diziam. A imensidão do castelo era impressionante, e ela estava nas entranhas daquele lugar sórdido.

Lachlain não conseguia entender o que a levara ali, o que a impulsionara a cometer uma loucura daquele tamanho.

Será que tinha sonhado com Demestriu? Teria tido um sonho premonitório sobre aquela noite violenta? Tentou manter-se calmo, mas sua parceira estava naquele inferno, naquele exato momento, enfrentando o mais diabólico e poderoso ser que alguma vez caminhara sobre a Terra. E ela era tão gentil e dócil. Será que estava *com medo...*?

Não, ele não podia pensar desse jeito. Conseguira encontrá-la e sabia que ainda estava viva. Poderia salvá-la – desde que se mantivesse lúcido, ponderado e equacionasse todas as *possibilidades*.

Havia um motivo fundamental para os vampiros sempre vencerem. E Bowe tinha se enganado a esse respeito. Não era o fato de eles poderem se teletransportar. Os vampiros venciam sempre porque os Lykae não conseguiam dominar as suas feras... Ou por se entregarem tão facilmente ao desígnio traçado por elas.

Emma saltou para trás da escrivaninha, escapando por pouco das garras estendidas de Demestriu e olhando com ar incrédulo quando ele cortou em dois o móvel enorme, como se rasgasse uma folha de papel.

A madeira rugiu ao ser partida ao meio e depois tombou ruidosamente no chão.

Demestriu apareceu na frente de Emma antes mesmo de ela perceber que ele se teletransportara mais uma vez. Tentou escapar, mas ele a agarrou pela lateral do corpo com força e lhe perfurou a pele. Ergueu-a diante dele com facilidade, como se ela fosse uma boneca de pano. Da pele cortada da perna e da lateral do corpo de Emma jorrava sangue, e ele pousou seus antebraços no pescoço da filha.

Vai me arrancar a cabeça.

– Adeus, Emmaline.

Ele está me protegendo!

Emma inspirou fundo e gritou. O espesso vidro fumê acima deles se estilhaçou e a luz do sol entrou. Ele ficou imóvel e surpreso ao se ver exposto à luz.

Emma se encolheu, usando o corpo dele como proteção. Quando Demestriu tentou escapar, Emma lutou para mantê-lo ali. Mesmo entrando em combustão, ele era muito forte e pesado. Foi quando ele teletransportou a ambos para as sombras.

Para onde estava a espada.

Emma deixou-se cair no chão, agarrou a espada e saltou para frente. Cravou-a no tronco dele, quase se engasgando de náusea no instante em que lhe atravessou o osso, e se obrigou a girar a lâmina lá dentro como tinha aprendido.

Demestriu tombou. Emma puxou a espada, pulou sobre ele para mais um golpe e o viu olhando para ela fixamente, com expressão de choque.

Com dificuldade, ele se apoiou em um dos joelhos, o que a deixou tremendamente assustada e a levou a cravar-lhe de novo a espada, agora através do coração, com toda a força que tinha. O golpe o fez cair de costas e deixou-o estirado sobre o chão de pedra.

Atingido no coração, ele ficou deitado, contorcendo-se. Aquilo não era suficiente para matá-lo. Ela sabia que precisava cortar fora a cabeça. Levantou-se e seguiu, mancando, até a outra espada, tremendo sem parar enquanto a desembainhava. Não acreditava no que acabara de se passar e no que estava *prestes* a acontecer. Quando regressou, o rosto dela se retesou. Uma poça de sangue negro se formara em redor do corpo dele. Emma teria de passar *por cima* daquilo.

O rosto de Demestriu começava a se modificar, tornar-se mais brando e menos macabro. As rugas duras e as sombras se dissiparam.

Ele abriu os olhos... e estavam azuis como o céu.

– *Liberte-me.*

– Sim, sim, agora mesmo.

– Não... O que quero dizer é... mate-me.

– Por quê? – gritou ela. – Por que você está dizendo isso?

– Há fome ao longe. Há lembranças ao longe. Não quero recordações do horror que todos sentem... *por mim.*

Alguém bateu na porta.

Ele rugiu:

– Deixem-nos em paz! – Dirigiu-se a Emma, num tom mais baixo: – Corte a minha cabeça. Depois a cintura. E as pernas. Se você não fizer isso, eu ainda conseguirei me levantar... Foi esse o erro de Furie.

– *Furie?* Você a matou? – guinchou Emma.

– Não, eu só a torturei. Não imaginei que ela fosse aguentar por tanto tempo...

– *Onde ela está?*

– Nunca soube. Lothaire é que sabe. Vamos lá... Cabeça, cintura, pernas.

– Não consigo raciocinar direito!

Emma começou a andar de um lado para o outro. Por Freya, Furie ainda estava viva.

– Emmaline, faça logo o que tem de fazer!

– Escute, estou fazendo o melhor que posso! – Ele não deveria estar bancando o Darth Vader, *não deveria* dar as dicas de como matá-lo *de verdade*. A cabeça era uma coisa, mas a cintura e as pernas também? Será que ele realmente se tornara tão poderoso? – Sua impaciência não está me ajudando em nada!

– Sua mãe morreu de tristeza porque não conseguimos impedir tantas desgraças. Você poderá colocar um ponto final em tudo isso.

Inspirando fundo, Emma se colocou diante dele, quase sufocando ao empunhar a espada pelo cabo pesado. Sim, era como no beisebol. *Você nunca jogou beisebol, sua anormal. Tudo bem, vamos lá... Kaderin sempre agarra a espada sem apertar muito, com os punhos descontraídos. Mas eu sou tão diferente da Kaderin. Pense como os vampiros. O que está no seu caminho, entre você, aqueles a quem você ama e a sua família? São apenas três golpes certeiros. Apenas três movimentos.*

Quanto mais suplicante Demestriu parecia, mais difícil aquilo se tornava. Os olhos dele estavam limpos, o rosto, liberto da expressão ameaçadora. Já não parecia diabólico. Não passava de uma criatura em sofrimento. Emma se ajoelhou ao seu lado, sem dar atenção ao sangue.

– Que tal se eu lhe propuser uma espécie de... reabilitação? – sugeriu Emma.

– *Faça isso logo, filha.*

Arreganhou-lhe os dentes, levando-a a recuar de medo, aos tropeções. Ouviram-se mais batidas na porta.

– Eles não são capazes de se teletransportar para o meu refúgio, mas conseguirão derrubar a porta... E, quando o fizerem, vão pegar você e a transformarão numa refeição... até você morrer de tristeza. Ou então Ivo fará com que matem você e a transformem.

Ah, inferno, isso não.

– Eu vou me alimentar e me curar – continuou Demestriu. – Voltarei a atacar e não descansarei enquanto não matar o... Lykae. Vou chacinar todo o clã... dele.

Que agora também é o meu clã. A porta começava a ceder e a madeira estalava. O Instinto sussurrou para Emma: *Proteja o clã.*

– Lamento muito ter de fazer isso.

Demestriu esboçou um sorriso e depois exibiu um esgar de dor.

– Emma, a Improvável... a assassina de reis.

Ela ergueu a espada e fez pontaria. Começaram a lhe correr lágrimas pelo rosto com a mesma velocidade que lhe escorria sangue do ferimento da perna.

– Espere! Emmaline... Primeiro a cabeça... se você não se importa.

– Oh, sim, claro.

Emma lançou-lhe um sorriso envergonhado e umedecido por lágrimas.

– Adeus... Pai.

– Estou orgulhoso.

Demestriu fechou os olhos e Emma balançou a espada. Aplicou-lhe um golpe com força suficiente para fazê-lo desmaiar. Infelizmente, a espada não foi até o fim. Estava com a ponta tão rombuda que ela teve de lhe aplicar mais três golpes no pescoço até conseguir cortá-lo. Depois cuidou da cintura, algo que levou ainda mais tempo. Estava banhada em sangue antes mesmo de se dedicar às pernas.

A Máfia acertava em cheio ao chamar aquilo de trabalho sujo.

A porta se abriu assim que ela cortou o último pedaço dele. Emma soltou um silvo agudo.

Ivo. Ela o conhecia graças às lembranças de Lachlain. Tornou a erguer a espada. Por que não matá-lo também, já que ela estava no clima?

Mas que diabos... Por que ele estava paralisado com os olhos vermelhos grudados nela? Como se a *adorasse* por ela ter realizado a matança? Ivo lhe perguntou, num tom inseguro:

– *Você é realmente Emmaline?*

Quando na porta atrás dele apareceram mais vampiros, Emma percebeu que um assassinato já seria suficiente para aquele dia. Arrancou o anel de Lachlain do dedo de Demestriu e endireitou os ombros, colocando-se bem ereta. Myst sempre dizia: "O importante *não é* castrar toda uma legião romana, e sim fazê-los *acreditar* que você o fez. Percepção é tudo."

Com voz que denotava uma força que não tinha, disse:

– Eu sou Emma. – *Assuma o ato, assuma de uma vez.* – Sou a assassina do rei.

– Eu sabia que você seria alguém assim. – Avançou na direção dela. – Eu sabia!

Ela ergueu a espada poderosa como se fosse a Excalibur.

– Não se aproxime mais, Ivo.

– Tenho andado à sua procura por toda parte, Emmaline. Procurei você durante muitos anos, desde que ouvi rumores sobre a sua existência. Quero que você seja a minha rainha.

– Sim, ando recebendo muitas propostas desse tipo ultimamente – respondeu ela, limpando o rosto na manga do vestido. Havia duas opções. Deixar-se cair nas mãos dele ou pular pela janela em pleno sol. – O problema é que eu já aceitei o cargo em outro reino.

Talvez conseguisse se teletransportar. Não conseguira fazer isso durante a luta, mas, droga, já o fizera uma vez. Poderia desaparecer antes de atingir o solo do lado de fora da janela. Teoricamente. No entanto, estava enfraquecida devido ao ataque de Demestriu. Não tinha como chegar até Lachlain. O sangue lhe corria em profusão. *Você só conseguiu se teletransportar para poucos metros da última vez – e não para o outro lado do mundo...*

Havia duas possibilidades quando se tratava de teletransporte. Ela não sabia se seria capaz. Só lhe restava apostar tudo... Quando eles investiram em sua direção, Emma sibilou baixinho e pulou.

Estou voando! Estou me teletransportando! Não...

Caiu de traseiro em cima de um arbusto e começou a cuspir folhas da boca em pleno sol. Levantou-se e se lançou numa correria alucinada em busca de abrigo. Fechou os olhos devido à dor e pensou no pântano... só tinha isso na cabeça. *Pântano! Frescor. Umidade.*

Mas sua pele pegou fogo.

Um dos seus tímpanos rebentou devido ao grito dela, embora ele tenha se esforçado por continuar a seguir o som. Então, após um último eco que percorreu o castelo, desapareceu. Seu coração pareceu ter parado, mas ele correu na mesma direção, galgando as escadas em espiral. Lachlain lembrava-se de que os aposentos de Demestriu ficavam situados bem alto no castelo e não deteve sua investida, sempre subindo.

Agora não ouvia mais nada, com exceção da sua respiração ofegante. Tentou sentir o cheiro de Emma, mas o odor de uma imensa quantidade de sangue suprimia todos os demais cheiros.

Ao atingir o patamar do último piso, Lachlain abrandou o passo e ocultou-se nas sombras. A matança estava iminente. Estava quase à porta. Ele iria salvá-la e levá-la para longe daquele lugar...

Não percebeu o que estava diante de si. Demestriu jazia no chão, esquartejado.

Viu Ivo investindo na direção de um raio de sol, como se tivesse deixado cair da janela um verdadeiro tesouro.

– Nããão! – uivou Ivo. – Para o sol, não! – Saltou para trás, escapando da luz. – Ela se teletransportou!

Ele se mostrou visivelmente aliviado enquanto esfregava a pele e, logo em seguida, os olhos cegos de ardência.

Ivo voltou-se para os dois escudeiros.

– Ela está viva. Tratem de buscar o vídeo! Quero descobrir tudo sobre ela.

Lachlain estava assombrado. Emma não poderia ter saltado na direção do sol...

Invadiu o aposento e mergulhou em direção à janela, mas só viu um campo vazio. Ela realmente desaparecera. Sua mente se transformou num turbilhão. Emma tinha matado Demestriu? Depois se teletransportara para um lugar seguro? Para Kinevane, talvez?

Lachlain ouviu uma espada ser desembainhada às suas costas.

– Voltou dos mortos? – perguntou Ivo, num tom satisfeito.

Lachlain virou-se a tempo de ver Ivo lançar um olhar na direção da porta que dava para o quarto contíguo, por onde os outros vampiros aparentemente tinham saído. Para ir buscar um... *vídeo*? Lachlain já aprendera sobre a existência de câmeras de vigilância capazes de fazer filmagens secretas.

– Você espiona o seu rei?

– Claro! Por que ignorar os benefícios da era moderna?

– Mas agora você está sozinho. – Lachlain exibiu com prazer as suas presas. – Vai ter de me enfrentar cara a cara, sem a ajuda de uma dúzia de amigos. A menos que queira recorrer ao teletransporte para fugir de mim.

Lachlain estava louco de vontade de voltar para casa, mas percebeu que Ivo era uma ameaça considerável para Emma. Ela podia não ter precisado de

Lachlain para matar Demestriu – aparentemente fora *ela* quem o fizera – e já não era necessário resgatá-la. Mas ao ver o fanatismo estampado no olhar de Ivo, Lachlain percebeu que ele nunca iria parar de enviar seus lacaios para caçá-la.

Ivo pousou os olhos no braço ferido de Lachlain, avaliou o estado do seu oponente e afirmou:

– Não, eu fico para essa luta. Ouvi dizer que você anda contando por aí que ela é sua.

– Não existe dúvida alguma a esse respeito.

– Ela assassinou meu maior adversário quando mais ninguém conseguiu fazê-lo, e esse é o caminho para a minha coroa. – O tom de Ivo era grave e lento, como se estivesse hipnotizado. – Isso significa que ela *me pertence*. E vou descobrir onde está. Custe o que custar, tornarei a encontrá-la...

– Não enquanto eu estiver vivo.

Lachlain segurou o cabo da espada com firmeza no punho esquerdo e investiu, mirando na cabeça de Ivo. Ele bloqueou-lhe o golpe e as espadas se tocaram, tinindo.

Seguiu-se uma série de golpes, mutuamente rechaçados. Lachlain não estava em forma, especialmente com a mão esquerda prejudicada. Apercebeu-se da chegada dos outros dois que voltavam e rugiu furioso. Deu um golpe para trás e estendeu as garras, com as quais conseguiu atingir um dos lacaios.

Ivo e o outro encurralaram Lachlain. Antes mesmo de ele entender o que sucedera, Ivo se teletransportou para poucos centímetros de Lachlain, fustigou-o com a lâmina e tornou a desaparecer. O golpe atingiu Lachlain no ombro e no peito, fazendo-o tombar no chão.

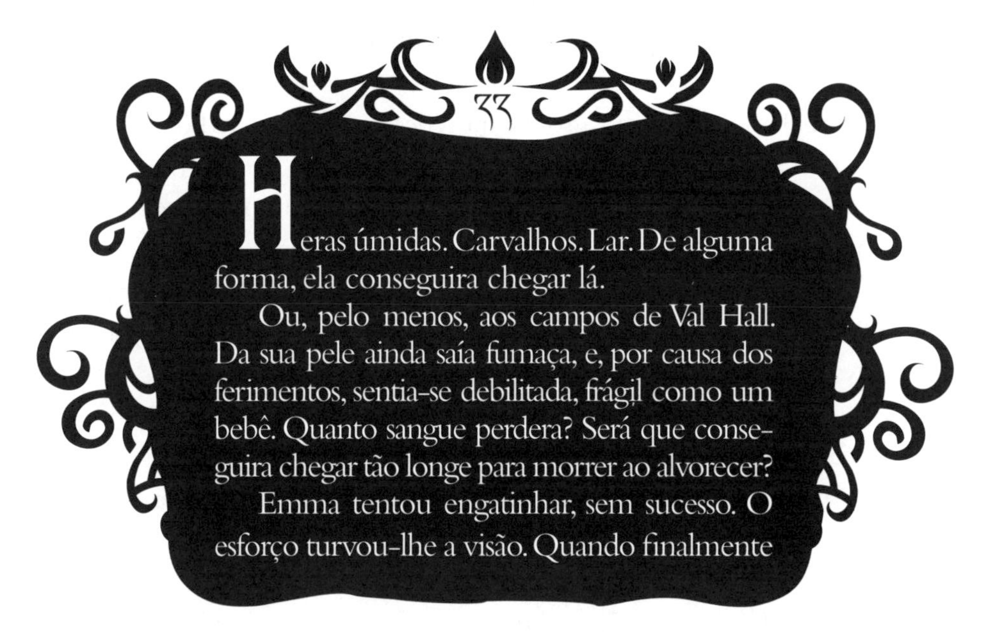

33

Heras úmidas. Carvalhos. Lar. De alguma forma, ela conseguira chegar lá.

Ou, pelo menos, aos campos de Val Hall. Da sua pele ainda saía fumaça, e, por causa dos ferimentos, sentia-se debilitada, frágil como um bebê. Quanto sangue perdera? Será que conseguira chegar tão longe para morrer ao alvorecer?

Emma tentou engatinhar, sem sucesso. O esforço turvou-lhe a visão. Quando finalmente a recuperou, percebeu que um homem enorme de cabelos pretos olhava-a fixamente. Com ar intrigado, pegou-a no colo e percorreu o longo caminho até a propriedade. Pelo menos, Emma achou que aquele era o caminho certo. Mas também podia estar enganada em relação a ele ser ou não um homem.

– Tenha calma, garota. Sei que você é Emmaline. Suas tias andam muito preocupadas com você. – O sujeito tinha uma voz grave e um sotaque esquisito. Era certamente europeu e parecia ter muito dinheiro. – Meu nome é Nikolai Wroth.

Por que aquele nome lhe parecia tão familiar? Olhou-o com os olhos apertados, meio de lado.

– Você é amigo das minhas tias? – perguntou, com voz fraca.

– De *uma* delas. E ela me parece única. – Soltou uma gargalhada curta, vazia de humor. – Myst é minha esposa.

– Myst se casou? – Então era por isso que ela andava escondida? Não, nem pensar. – Que engraçado.

– Fazer graça é o meu departamento, eu receio. – Quando chegaram à propriedade, ele berrou: – Annika, recolha seus malditos espectros e me deixe entrar.

Emma tornou a olhar para o céu, observando redemoinhos de faixas vermelhas como se estivessem esfarrapadas, circundando a casa. Por vezes, divisava no meio do turbilhão um rosto magro e esquelético que se tornava bonito quando o fitava por alguns segundos.

O preço que cobravam pela proteção eram fios dos cabelos de cada uma das Valquírias que ficavam protegidas lá dentro. Os espectros enrolavam cada madeixa numa trança gigantesca. Quando ela ficasse suficientemente grande, obrigariam todas as Valquírias a lhes satisfazerem os caprichos durante determinado período.

– Myst ainda não voltou – anunciou alguém no interior da casa. – Mas você já sabe disso; caso contrário, já estariam os dois pelados fornicando no gramado aí em frente.

– A noite ainda é uma criança. Basta conseguirmos um pouco de tempo – murmurou para si mesmo: – Existe um *campo aberto* a mais de um quilômetro daqui.

– Você não tem uma sessão de bronzeamento marcada no solário, vampiro?

Emma ficou muito tensa. *Vampiro? Mas os olhos dele não eram vermelhos.*

– Você me seguiu?

– Não. Eu estava à espera de Myst voltar das compras e senti que você tinha se teletransportado para a floresta.

Um vampiro à espera de Myst? Ele dissera que Myst era mulher dele. Emma engoliu em seco.

– Você é o general, não é? – sussurrou. – Aquele de quem Myst precisou ser afastada à força?

Pareceu a Emma que os cantos dos lábios dele formaram um leve sorriso.

– Foi essa a versão que você ouviu? – Ao ver que ela assentia gravemente com a cabeça, completou: – Foi mútuo, posso lhe garantir.

Olhou para a estrada como se *desejasse* o retorno de Myst e disse, quase para si mesmo:

– *De quantas peças de lingerie uma mulher pode precisar...?*

De repente, Annika surgiu aos gritos, correndo na direção dela e ameaçando o vampiro com uma morte lenta.

Espantosamente, o corpo dele permaneceu relaxado.

– Annika, se você não parar de tentar me arrancar a cabeça, vamos ter uma conversinha.

– O que você fez com ela? – gritou.

– Obviamente eu a arranhei, sangrei e queimei. Agora, veja que estranho, senti vontade de trazê-la de volta para você.

– Não, Annika! – pediu Emma. – Ele me encontrou. Não o mate.

Com os olhos pesados, Emma viu Myst voltando devagar. Ela deixou cair as sacolas de compras cheias de rendas e couros, para sair correndo na direção deles, com toda a sua estonteante beleza. Mantendo os olhos fixos em Myst, o vampiro ficou mais tenso e seu coração disparou, parecendo soar tão alto quanto um tambor.

Emma sentiu um empurrão firme quando passou dos braços dele para os de Annika.

– Eu estava em chamas – revelou Emma. – Matei Demestriu.

– Ah, sim, claro que matou. Shhh, fique quietinha, você não está nada bem.

Quando Myst chegou junto delas, deu um beijo trêmulo na testa de Emma.

– Myst, ele me encontrou – disse Emma. – Você não deve matá-lo.

– Vou tentar me controlar, querida – respondeu Myst, num tom sarcástico. Curiosamente, ninguém ergueu espada alguma contra aquele vampiro. As outras se juntaram até ela ficar cercada pelo coven. Quando Annika lhe acariciou o rosto, Emma sucumbiu à escuridão.

Lachlain ergueu-se com dificuldade e se encostou na parede do castelo, ainda brandindo a espada.

– Talvez eu não devesse ter insistido tanto para que você fosse torturado – disse Ivo. – Mas não sei dizer quantas noites passei deleitado, pensando na sua pele sendo cozida até o osso.

Ele estava implicando com Lachlain para fazer despertar a sua fera, pois isso o deixaria descuidado.

– Não posso deixar você sair daqui vivo. Um Lykae atrás da sua parceira? – disse Ivo, e estalou a língua, pensativo. – Tão obstinado que até causa tédio. Você continuaria a aparecer aqui, mesmo depois de ela se esquecer de que você existe. E ela *vai* esquecer. Vou obrigá-la a enterrar as presas em muitos pescoços até você se tornar apenas uma vaga lembrança.

Ivo tentava enfurecê-lo. Os vampiros sempre procuravam libertar a fera.

– Agora que descobri a chave para transformar demônios, também vou conseguir transformá-la por completo. Uma verdadeira vampira, uma verdadeira assassina. Ela foi feita para isso.

Provocar a fera. Por que não dar a ele o que tanto queria?

Ivo esboçou um sorriso afetado, nitidamente confiante.

– O primeiro pescoço que ela morderá será o meu, é claro.

Lachlain lançou a espada contra o lacaio como se fosse um punhal e cravou no pescoço dele. Em seguida, com um rugido temível, avançou sobre Ivo. Tal como previra, Ivo tentou um golpe mortal com a sua espada. Lachlain rechaçou-a com o punho, levando-a a mergulhar na própria coxa. Deixou-a lá cravada, satisfeito, e libertou a fera. Ouviram-se sons de fraturas, assim como de carne sendo rasgada... Por entre a neblina que lhe turvava a mente, Lachlain testemunhou o fim da longa e sádica existência de Ivo, que tinha uma expressão de horror estampada no olhar.

Lachlain rugiu de satisfação e deixou cair o corpo do oponente. Retirou a espada de Ivo da sua perna, e a sua do que restava do pescoço do lacaio.

– Vídeo! – rosnou.

O vampiro levou a mão ao pescoço e dirigiu-se aos tropeções para o pequeno computador que havia no quarto contíguo. Quando lhe entregou o vídeo, Lachlain recompensou-o com uma morte rápida. Diversos vampiros tinham se aglomerado junto da porta, mas Lothaire, o Inimigo de Outrora, estava à frente, aparentemente bloqueando-os e mantendo-os afastados. Há quanto tempo estaria ali?

Não era difícil para Lachlain adivinhar. Há tempo suficiente para lhe permitir que abatesse Ivo.

– Você sabe onde ela está? – perguntou a Lothaire.

Ele assentiu, a contragosto.

Lachlain franziu os olhos. Lothaire não poderia subir ao trono, pois não era um herdeiro de sangue. Lachlain sabia que ninguém, além de Kristoff, poderia fazê-lo. A não ser que fossem atrás de Emma.

Exibiu os dentes para Lothaire.

– Você terá o mesmo destino deles se tentar alguma coisa. Vou protegê-la de forma implacável.

Em resposta, Lothaire sorriu abertamente, exibindo suas presas.

Não, Lothaire não conseguiria Emma. Portanto, a Horda deveria se render ao rei rebelde ou mergulhar no caos.

A não ser que Kristoff tivesse uma irmã.

Lachlain precisava matar todos eles. Mas precisava voltar para junto de Emma, mais que tudo.

Ele fugiu para o sol. Nunca ficara tão satisfeito por ver um céu tão limpo.

Emma sabia o preço a pagar.

Acordou depois de ter sonhado com algumas pessoas que lhe despejavam sangue pela garganta, mas ela não conseguia engolir. Primeiro, o sangue vinha em copos. Depois, todos começaram a colocar pulsos cortados junto aos lábios dela. Mas ela não bebeu diretamente de ninguém, pois não queria absorver lembranças de mais ninguém.

A voz de Annika mostrava que ela estava muito preocupada. Myst tentou acalmá-la.

– Annika, vamos pensar em alguma coisa. Vá lá embaixo falar com o Lykae. Talvez ele saiba algo que não sabemos.

Dez minutos mais tarde, Annika entrou no quarto com muita determinação. Emma abriu ligeiramente os olhos e viu um homem que caminhava com hesitação e tinha as mãos acorrentadas atrás das costas. Atrás dele estavam Lucia e Regin, com ar pensativo e as espadas desembainhadas.

O homem era alto e tinha no rosto a sombra de uma barba por fazer. Os olhos eram de um dourado brilhante, e ele fora congelado para a eternidade com simpáticas rugas de riso em torno dos olhos. Ele se parecia tanto com Lachlain que isso lhe provocou uma pontada de dor. Garreth.

Será que ele a desprezaria pelo envolvimento com o irmão?

Annika apontou na direção de Emma.

– Você acha que é em alguém assim que Lachlain deveria lançar sua vingança? Todas nós sofremos nas mãos dos vampiros, e esse cão só pensou em castigar nossa Emma, que é inocente e dócil. – Descobriu a perna de Emma. – Olhe bem para esses golpes! São incuráveis! O que ele fez com ela? Ou você me conta ou eu juro que...

– Cristo! – murmurou ele. – Essa é a marca... Não, isso não pode ser verdade.

Avançou um pouco para analisar melhor, mas Regin puxou-o pelas correntes.

– Deixe que eu a veja mais de perto! – resmungou ele, olhando por sobre o ombro. – Quero vê-la com calma, senão eu não ajudo vocês. – Sua voz tornou-se mortífera. – *E tratem de cuidar bem dela.*

– Já tentamos de tudo!

– Por que ela não bebe? Caramba, Valquírias, eu ouço todas vocês sussurrando no quarto dela e sei o que ela é. O que não sei é como pode ser possível ela ser a parceira do meu irmão.

– Emma nunca será "parceira" de nenhum de vocês!

– Isso já aconteceu – explicou ele com uma voz áspera. – Eu posso lhes garantir.

Emma abriu os olhos, sentindo necessidade de explicar.

Annika deu um empurrão em Garreth e ele cambaleou para trás.

– Meu irmão já a marcou – garantiu Garreth. – Certamente virá buscá-la. É uma surpresa que ainda não o tenha feito.

Annika tornou a erguer a mão, mas Emma não queria que o ferissem.

– Annika, não...

– Obriguem-na a beber sangue, nem que seja pela goela abaixo – disse Garreth.

– E você acha que ainda não tentamos isso? Ela não consegue engolir nada.

– Então, tentem outro sangue. *O meu.*

– Por que você se importaria com ela?

Sua voz ficou tão forte quanto a de Lachlain no instante em que explicou:

– Porque ela é a minha rainha e eu morreria por ela.

Annika tremia de emoção.

– Ela nunca será sua rainha! – sibilou ela, com ódio.

– Maldição, deixem que ela beba de mim!

– *Nem pensar!* – opôs-se Annika, como se estivesse prestes a chorar, algo que até então só acontecera uma vez. Emma queria beber. Não queria morrer, mas suas presas pareciam ter-se tornado pequenas e inúteis. Temia ter sido envenenada pelas garras de Demestriu e sentia-se tão fraca que mal conseguia manter os olhos abertos.

– Deixem-me falar com o vampiro cujo cheiro eu senti e sei que está nesta propriedade – declarou Garreth.

– Ele não sabe de nada sobre...

– Deixem-me falar com ele! – rugiu, de forma assustadora.

Annika ordenou a Lucia que fosse buscar Myst e Wroth. Alguns segundos mais tarde, Emma ouviu o sotaque carregado de Wroth e abriu os olhos com dificuldade. Então, como se fosse um filme em câmera lenta, Garreth se libertou de Regin e se atirou contra Wroth. Ambos se agarraram pela garganta.

– Cure-a, vampiro! – cuspiu Garreth.

Num tom grave, letal, e com uma serenidade arrepiante, Wroth limitou-se a murmurar:

– Não volte a fazer isso, Lykae.

Não recorreu à fórmula do "senão". Como se soubesse que só a ideia de incomodá-lo iria aterrorizar todos, Garreth o libertou. Segundos depois, Wroth fez o mesmo.

– Cure-a.

– Ao contrário de alguns, não conheço as fórmulas antigas. Se me derem algo em troca, ofereço-me para entrar em contato com Kristoff e pedirei a sua ajuda.

– Eu pago...

– Mas se você contar tudo, Kristoff saberá da existência dela – interrompeu Annika.

Garreth debochou da observação.

– Certamente, esse vampiro já contou tudo a ele.

Myst o defendeu:

– Wroth protege os nossos interesses.

Annika e Garreth não pareciam muito convencidos disso. Garreth voltou-se para Annika e disse:

– Se tivéssemos unido forças no último Acesso, os vampiros não teriam encurralado todos nós. Poderíamos nos aliar agora para mantê-la afastada deles.

Wroth avisou num tom mortífero:

– Antes de começarem a conspirar, esperem que eu saia do quarto.

Mais uma vez ele não usou o "senão".

– *Kristoff tem o meu sangue e eu matei Demestriu* – sussurrou Emma.

Myst dirigiu-se até a cama e afagou-lhe os cabelos.

– Eu sei, querida, já nos contou isso.

Garreth se virou para Wroth e perguntou:

– Qual é o seu preço?

– Quero que a minha união com Myst seja reconhecida por todos.

Fez-se silêncio.

Relâmpagos cruzaram o céu, e Annika assentiu com a cabeça.

Enquanto Myst ficou boquiaberta, olhando para a irmã, o vampiro desapareceu detrás dela e se materializou na sua frente. Colocou a mão na nuca de Myst e fitou-a longamente. Sem fôlego e obviamente maravilhada, ela lhe devolveu o olhar, e os dois partiram.

No jato, Lachlain não conseguia mexer direito no aparelho de DVD.

Harmann copiara o vídeo para lá e explicara-lhe várias vezes como usar o equipamento, mas as mãos de Lachlain tremiam.

Ele não podia imaginar o que Emma enfrentara.

Nem o mais forte dos Lykae tinha regressado do covil de Demestriu, vitorioso. Ela, contudo, *derrotara-o* por completo, um feito que nenhum ser conseguira alcançar.

Lachlain precisava vê-la, embora isso o apavorasse. Precisava descobrir o motivo de Emma não ter regressado para junto dele. Para Kinevane. Depois de se afastar de Helvita e cambalear até reencontrar Harmann, ele lhe ordenara que ligasse para Kinevane.

Ela não estava lá. Tinha se teletransportado para... o seu antigo lar.

O vídeo finalmente teve início, começando com ela sozinha no quarto, segundos antes de Demestriu se materializar ali dentro.

Enquanto assistia à conversa, Lachlain sentiu o coração apertado ao ver Emma se comportar como se os comentários de Demestriu não a magoassem muito. Ela pode não ter percebido o quanto tudo aquilo a impressionava, mas Lachlain via seus olhos perdendo progressivamente o brilho a cada nova revelação. Sob aquela pose arrogante, ela continuava a ser a mesma vulnerável Emmaline.

Demestriu tinha o mesmo ar terrível e assustador de sempre. Contudo, quando ela confessou que a mãe nada lhe contara sobre Demestriu, Lachlain pôde jurar que ele pareceu, por um breve instante, magoado.

"Esse é o anel do Lachlain", disse Emma em determinado momento.

Como ela poderia saber disso?

Demestriu franziu o cenho e olhou para a mão. Deixou que se passassem alguns instantes antes de confirmar: "Acho que sim."

Lachlain sempre tinha imaginado Demestriu olhando o tempo todo para o seu anel, regozijando-se pelo que fizera e agradecido por ter algo que o fizesse recordar a tortura de Lachlain.

Só que Demestriu mal olhou para o anel.

Foi então que Lachlain ouviu a mais aterradora das revelações.

Emma tinha sonhado com as suas lembranças. As recordações do fogo. Foi isso que tinha acontecido na noite em que ela acordara em meio a tanta dor. Olhando para trás agora, em retrospectiva, pôde ver que ela *sentira* a mesma agonia que ele.

Fechou os olhos, chocado. Preferia ter morrido a lhe transmitir aqueles horrores.

Lachlain não pôde fazer nada e sentiu-se como que hipnotizado, assistindo aos acontecimentos que se seguiram.

A luta fez com que seus músculos se retesassem de tensão, embora já conhecesse o desfecho. Mas não sabia que ela se ferira tanto. Sua preocupação se intensificou ainda mais, consumindo-o por dentro.

Quando Emma pisou na poça de sangue, como se molhasse os pés no mar frio, recuou e hesitou. Ergueu a espada sobre a própria cabeça, mas tremia vigorosamente e as lágrimas lhe escorreriam pelo rosto. Como ele desejou sentir todo aquele medo e toda aquela dor no lugar dela!

Lachlain franziu o cenho quando os olhos de Demestriu se reviraram e o sangue começou a correr como se ele tivesse sido espetado com veneno.

Ele parecia... *aliviado* por morrer.

O belo rosto de Emma exibiu uma expressão de angústia quando ela se ajoelhou, desejosa de não precisar matá-lo. Lachlain reconheceu o momento exato em que ela entendeu que teria de fazê-lo. Embora fosse contra todos os seus princípios, acabou por levar a cabo sua missão. Sozinha, a sua brava Emmaline esquartejou o próprio pai e depois se preparou para *lidar* com Ivo. Felizmente, porém, ela o guardara para Lachlain.

Então, o ato final... Seu mergulho na direção do sol.

Lachlain ficou assombrado com a coragem dela, mas sabia o que isso iria lhe custar. Assim como também sabia o preço que Emma pagaria por causa dele. Seria ele egoísta a ponto de ir atrás dela?

E se ele for o meu pai?

Parasitas nojentos e maléficos.

Por Cristo, não.

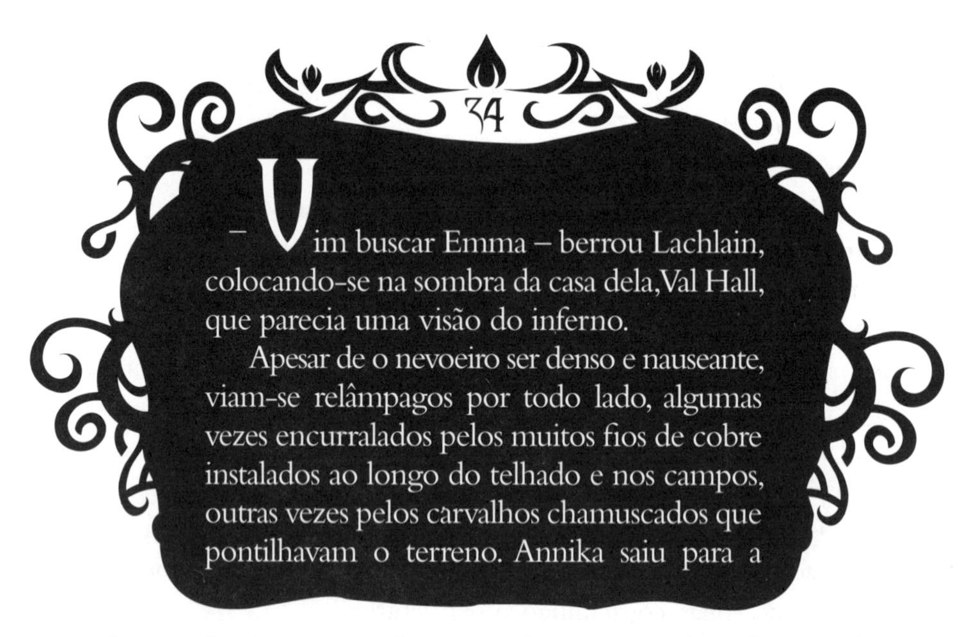

34

– Vim buscar Emma – berrou Lachlain, colocando-se na sombra da casa dela, Val Hall, que parecia uma visão do inferno.

Apesar de o nevoeiro ser denso e nauseante, viam-se relâmpagos por todo lado, algumas vezes encurralados pelos muitos fios de cobre instalados ao longo do telhado e nos campos, outras vezes pelos carvalhos chamuscados que pontilhavam o terreno. Annika saiu para a varanda nesse instante, parecendo um ser de outro mundo e de outra dimensão devido à fúria que a emoldurava como um halo, com os olhos irradiando um verde intenso, depois prata e novamente verde. Sobre seus cabelos voavam espectros que soltavam gargalhadas.

Naquele momento, Lachlain não conseguiu decidir onde havia maiores doses de insanidade, se naquele pântano ou em Helvita. Nïx acenava alegremente de uma das janelas.

Lachlain debateu-se para não revelar o quanto estava fragilizado. Bowe enfaixara-lhe os ferimentos com firmeza, mas seus membros estavam cada vez mais fracos. Lachlain proibira Bowe ou qualquer outra pessoa do clã de acompanhá-lo a Val Hall, temendo que isso pudesse servir de estopim para uma guerra. Mesmo assim, sentia a presença deles na floresta ao redor.

– Esta noite, eu vou levar Emma daqui.

Annika inclinou a cabeça de lado, como se procurasse vê-lo melhor. Emma fazia o mesmo, às vezes. Tinha aprendido esse gesto charmoso com aquela mulher.

– Eu nunca entregaria minha filha a um cão.

Nenhum homem tinha "sogras" daquele tipo.

– Então, troque-me pelo meu irmão.

Garreth rugiu em gaélico de algum lugar no interior da propriedade:

– Maldição, Lachlain, *acabei de chegar* a esta casa.

– Vocês podem ficar com os dois, se quiserem – propôs Lachlain. – Deixem-me, pelo menos, falar com ela. – Ele precisava ter certeza de que ela estava se curando.

– O Acesso vai acontecer dentro em breve, e você nos propõe que aprisionemos o rei dos Lykae e *também* o seu sucessor?

Regin correu e se colocou ao lado dela. Falou em inglês para advertir Annika, mas usou expressões que Lachlain não compreenderia, tais como "virar a proa do barco para evitar o choque". Em seguida, olhou para Annika e completou:

– Leve essa manobra até o fim.

Ouviu-se, então, a voz de Annika:

– Emma tomou sua decisão quando regressou ao coven. Escolheu a nós, sem pensar duas vezes quando se viu ferida e assustada. Não escolheu você, Lykae.

A escolha de Emma provocou-lhe uma dor terrível. Ela não só decidira deixá-lo, como também manter-se *afastada* dele. Mas que direito tinha Lachlain de exigir alguma coisa depois do sofrimento que lhe infligira? Ele era o causador da sua própria dor.

– Vou entrar ou vamos direto para a guerra?

Quero só ver se ela está se recuperando.

Annika olhou para além dele, perscrutando os campos, sem dúvida para avaliar quantos Lykae estariam espalhados por lá. Voltou a inclinar a cabeça, ergueu a mão para os espectros, e o caminho ficou livre.

Lachlain avançou mancando pela propriedade sombria, notando a presença de dezenas de Valquírias encolhidas em poltronas, com as mãos nas armas, empoleiradas nos corrimões das escadas. Tentou não exibir espanto com a pura maldade que aqueles seres transpiravam. Pela centésima vez, ficou surpreso com o fato de Emma ter sido criada ali.

Elas não o prenderam. Será que desconfiaram que ele não iria machucá-las? Ou queriam que ele as atacasse para poderem reduzi-lo a pedaços? Apostava nessa última hipótese.

Dois minutos depois de ter entrado, ele foi levado até a uma jaula na masmorra úmida onde estava seu irmão Garreth. Ele não resistiu nem mesmo quando a porta se fechou às suas costas.

Garreth fitou-o como se visse um fantasma e, depois, passou a mão de leve pelo rosto do irmão.

– Meus olhos estão me traindo?

A felicidade de Lachlain em ver o irmão foi turvada pela preocupação.

– Não, sou eu mesmo.

Garreth apressou-se a abraçá-lo com um sorriso no rosto, dando-lhe vigorosas palmadas nas costas.

– Bem, irmão, em que apuros você nos colocou agora?

– Sim, também estou muito satisfeito em ver você.

– Pensei que você estivesse... Quando elas contaram que você tinha se apoderado de Emma, pensei que elas estivessem malucas. Até que a vi e notei que você a tinha marcado. – Franziu o cenho. – Você a marcou com força, não foi? – Balançou a cabeça. – De qualquer modo, é muito bom ter você de volta, não importam as circunstâncias. Tenho muitas perguntas a fazer, mas isso pode esperar. Você quer notícias dela, certo?

Ao ver seu aceno de cabeça, Garreth contou:

– Está ferida, Lachlain. Tem golpes profundos na parte lateral do corpo e não consegue beber nada, apesar de... apesar de quase ter morrido nas primeiras duas horas depois que chegou.

Lachlain estremeceu. Cravou as garras nas palmas das mãos, e perguntou com voz áspera:

– O que a salvou?

– Uma intravenosa. – Ao ver o espanto de Lachlain, explicou: – Transferiram sangue para ela através de um tubo que a alimentou diretamente nas veias. Acham que está estabilizada, mas os ferimentos não estão cicatrizando. Suspeito que quem a atingiu tinha as garras envenenadas. Pode ter sido um espírito, não sei.

– Pois eu sei – afirmou Lachlain, passando a mão pelos cabelos. – Foi Demestriu quem fez isso com ela. Eu vi tudo.

– Não estou entendendo... – Garreth parou de falar, levantou-se, e sua silhueta pareceu firme e tensa. – Lucia?

Lachlain olhou para cima e a viu descendo a escada. Tinha a cabeça inclinada, e seus cabelos cobriam-lhe o rosto. Quando ambos perceberam que havia chorado recentemente, o rosto de Garreth endureceu e seus olhos fitaram a arqueira por vários segundos.

– Ela não está melhor? – quis saber ele.

Ela balançou a cabeça lentamente.

Lachlain agarrou as grades.

– Ela vai ficar curada se beber de mim.

Ao escutar isso, Garreth ergueu as sobrancelhas.

– Você a deixou...? – Virou-se para Lucia e disse: – Vocês precisam levar Lachlain até ela.

– Annika proibiu isso. Ele não poderá se aproximar dela. Emma vê coisas que não existem e murmura frases incompreensíveis, como se estivesse louca. Annika diz que a culpa toda é dele.

Tinha razão em fazê-lo. Enquanto Lachlain se debatia com a sua culpa, Garreth perguntou:

– O que ela está vendo?

– Emma diz que Demestriu era o pai dela. Garante que ele a colocou sobre o fogo e foi por isso que ela o matou.

– É a pura verdade.

Ambos giraram a cabeça na direção de Lachlain.

E se ele for o meu pai?

– Isso é verdade. Ela o matou.

Lucia balançou a cabeça.

– A doce Emma? Matou o mais poderoso e mortífero vampiro de todos os tempos?

– Sim. Ele a feriu. Nenhuma de vocês acreditou nela?

Garreth exibiu uma expressão de incredulidade.

– Demestriu está finalmente morto? Graças a essa pequena criatura? Ela é tão frágil quanto uma casca de ovo.

Lucia acrescentou:

– Lachlain, quando Emma encontra uma borboleta aqui na casa, tenta libertá-la e, sem querer, esfarela as asas do inseto, ela fica perturbada durante a noite toda. Não consigo imaginá-la matando esse demônio em seu próprio território. Ainda mais depois de Cara e Kaderin não terem conseguido fazer isso num campo de batalha. Sem falar em Furie também, a mais forte de todas nós. Se Demestriu pudesse ser morto por uma Valquíria, certamente teria sido eliminado por ela.

– Vocês não a conhecem como eu. Pelo menos, não a conhecem mais.

– Então, o que ela quer dizer quando alega que Furie está viva, embora não devesse estar?

– Ela foi presa pela Horda. Demestriu nunca esperou que ela sobrevivesse durante tanto tempo.

Lucia balançou para frente e para trás de forma quase imperceptível. Num tom mais baixo, perguntou:

– E quando ela diz que Kristoff tem o sangue dela, o que quer dizer?

– Eles são primos.

Lucia abriu a boca de surpresa.

– *E Furie está viva...* – murmurou.

– Se não acredita em mim, há um vídeo que mostra toda a luta. Deixei-o com Bowe, um membro do nosso clã.

Garreth desviou o olhar de Lachlain para Lucia.

– Vá buscá-lo. Para Annika ver.

Ela ficou espantada.

– Vocês querem que eu vá até o clã de vocês?

Garreth prosseguiu:

– Diga-lhes que fui eu que a mandei, e eles não lhe farão mal algum. Eu garanto isso.

Ela ergueu o queixo.

– Eu sei que eles não *conseguem* me machucar. Mas você está enviando *a mim*, acompanhada de um *arco*, para o meio da sua gente? Eles não ficarão nem um pouco gratos a você por isso.

Lachlain reparou que os olhos do irmão revelavam algum sentimento pela arqueira, mas ainda assim Garreth argumentou:

– Eu mesmo seria capaz de fazer isso, mas não posso porque fui colocado numa jaula depois de ter vindo em *seu socorro*.

Ela enrubesceu, como se fosse realmente culpada, e anunciou:

– Eu vou buscar o vídeo e vê-lo. Depois eu o entrego a Annika, se tudo tiver acontecido como você está contando.

Lachlain deixou-se cair, abatido, contra as grades.

– Maldição, isso tudo vai levar tempo demais. Você não pode, pura e simplesmente, dar a ela o meu sangue para beber?

– Annika não permite isso. Lamento.

Quando Lucia saiu, Garreth ficou olhando fixamente para a porta.

– Ela vai ser rápida para cuidar disso.

– Há quanto tempo você sabe que ela pertence a você?

– Já faz mais de um mês.

– Bem que eu me perguntava o porquê de você estar tão empenhado em ficar aqui. – Lachlain examinou toda a jaula em busca de um ponto fraco. Tinha escapado de um lugar muito pior para encontrar Emma e não seria impedido agora. – Você não contou isso a ela?

– Lucia é astuta. E suspeito que seja daquelas que fogem apavoradas. Se você lhe disser algo que ela não quer ouvir, ela simplesmente desaparecerá. E não sente qualquer amor por mim. Ela é o principal motivo de eu estar aqui, para começo de conversa. Sofre dores atrozes sempre que erra um alvo, e por isso é tão boa no que faz. Annika montou uma armadilha e, como isca, colocou Lucia lá, falhando e chorando de dor. E eu caí nesse engodo. Deveria saber que não havia chance de ela tornar a falhar. Você nunca viu uma criatura que atire tão bem quanto ela...

– Tenho uma boa ideia da habilidade de Lucia – disse Lachlain num tom seco, afastando a camisa para o lado a fim de exibir a ferida em regeneração que tinha no ombro.

Garreth nitidamente não soube como reagir àquilo. Seu irmão tinha sido ferido por sua parceira!

– Não guardo qualquer rancor disso. – Lachlain se esforçou para afastar as grades e ficou desanimado ao ver que não cediam. Quando foi que ele ficara tão fraco? Sim, estava coberto de feridas, mas nunca tinha encontrado uma jaula que o impedisse de escapar. A não ser que... – Elas reforçaram essas barras?

– Sim. – Garreth se levantou e agarrou a mesma barra que Lachlain tentava dobrar. – Essas criaturas se aliaram às bruxas. Annika me disse que não existe nada *físico* que consiga entortar essas barras.

Ao ver que nem a força dos dois somada conseguia vergar o aço, Lachlain desistiu e começou a andar de um lado para outro, à procura de alguma solução para chegar a Emma. Atravessou o espaço até a parede de cimento e a socou com determinação. Percebeu, pelo som, que ela era larga demais para ser escavada.

– Não consigo acreditar que Lucia atirou em você – disse Garreth, indignado. – Quando sairmos daqui, eu vou...

– Não, eu não me importo. Ainda mais agora que vejo que você parece aceitar que minha parceira seja uma vampira.

Garreth exibiu um ar de impaciência.

– Não me importaria se ela fosse uma Fúria, desde que você estivesse feliz. E me parece claro que você está.

– Certo, mas eu tenho de chegar até onde a colocaram – disse Lachlain, testando o chão de cimento.

– Pelo menos, não estamos acorrentados – comentou Garreth. – Assim que elas abrirem a porta, poderemos atacar.

Lachlain passou os dedos pelos cabelos, desesperado.

– Preferia estar apenas acorrentado. Cortaria as mãos fora antes que Emma sofresse mais. – Garreth fitou-o e Lachlain percebeu que dissera aquilo como se fosse a coisa mais normal do mundo. – Pode acreditar, Garreth, isso não é tão ruim como o que sinto agora...

Emma chorou baixinho, de dor, e ele a ouviu tão nitidamente como se ela tivesse guinchado. Rugiu de dor em resposta e se atirou contra as barras de aço, mas elas eram reforçadas. As paredes e o chão eram de concreto.

Lachlain ergueu a cabeça lentamente, focando a atenção no teto.

– Posso escavar através do teto.

– Lachlain, isso não me parece muito sensato. Esta construção tem séculos e é açoitada de uma forma que você nem imagina.

– Não me importo.

– Mas saiba que os três andares foram construídos por tábuas encaixadas umas nas outras. Se uma delas for deslocada, tudo ruirá num efeito dominó. As guerras, os furacões e os raios constantes não a deixaram em bom estado. Não me parece que Val Hall aguente a mordida poderosa de um Lykae no chão do primeiro andar.

– Aguente o peso você, então, enquanto eu estiver fora.

– Aguentar o peso do andar inteiro? Se eu não conseguir, poderemos ferir nossas parceiras. Tudo poderá desmoronar.

Lachlain deu-lhe uma palmada no ombro.

– Então, faça de tudo para que não desabe.

O tempo se esgotava. Lachlain deixou sua fera tratar do teto. Despedaçou a madeira, escavou com as garras e, em seguida, se ergueu pelo buraco que se abriu dentro da casa gelada.

De joelhos, no chão, Lachlain se sacudiu com violência, tentando recuperar o autocontrole.

– Dá para você aguentar? – perguntou, olhando para baixo

– Não demore muito – respondeu Garreth com os dentes cerrados. – Mais uma coisa, Lachlain – continuou, já fazendo caretas devido ao esforço. – Não mate Wroth, o vampiro enorme de cabelos pretos que anda por aí. Foi ele que ajudou Emma com a ideia de lhe injetar sangue direto nas veias. É um dos abstêmios de Kristoff, e devemos a vida de Emma a ele.

Lachlain perguntou, irritado:

– Qual é o interesse do maldito Kristoff nela?

Garreth balançou a cabeça.

– Não sei. Acho que Wroth só fez isso para que reconhecessem a união dele com Myst.

Uma Valquíria *unida* a um vampiro?

– Ele parece muito mais são, mentalmente, do que é habitual entre eles – explicou Garreth. – Agora, vá!

Lachlain deu um último impulso e se colocou em pé. Sem qualquer dificuldade, seguiu o aroma de Emma; atravessou a imensa mansão e chegou direto ao andar onde ela estava. Uma Valquíria ruiva saía do quarto de Emma naquele exato momento, acompanhada por um macho enorme. Um vampiro. O primeiro impulso de Lachlain foi atacá-lo, mas se dominou. Deveria ser Wroth, aquele que ajudara Emma. E sua tia Myst.

Wroth confortava Myst, limpando as lágrimas que lhe escorriam do rosto. Um vampiro confortando outro ser? Subitamente, Wroth ergueu a cabeça; Lachlain se colou junto à parede. Com os olhos apertados, Wroth analisou a área cuidadosamente. Em seguida, abraçou Myst e se teletransportou com ela.

Lá dentro, a cama estava vazia. Provavelmente Emma se encontrava embaixo dela. Ajoelhou-se e levantou a cama. Ninguém. Quando olhou ao redor, viu Nïx em pé no quarto anexo, com Emma no colo.

– Nïx, traga-a para mim. Eu consigo curá-la.

Ela afagou os cabelos de Emma.

– Beber o seu sangue tem um custo alto demais. Uma menina tão jovem não pode ter sonhos de guerras que nunca viu, nem sentir as dores de ferimentos que poderiam matá-la mais de dez vezes.

Lachlain balançou a cabeça, sem querer acreditar naquilo.

– Ela sonha com fogo – suspirou Nïx. – Sempre fogo, muito fogo.

Emma tinha uma aparência frágil demais, a pele e os lábios brancos como a neve. As maçãs do seu rosto estavam muito salientes. Bastou vê-la para Lachlain suar frio temendo por ela.

Nïx inclinou a cabeça para esfregar o nariz de Emma.

– Esta é a Emma dos três e você ainda não sabe disso. A Emma dos três cortou-o em três pedaços. O que você tem na sua mãozinha, menina querida? *Ele* é que deveria lhe dar um anel.

Com esforço, Nïx arrancou o anel da mão dela e jogou-o para Lachlain. Ele o colocou no dedo sem prestar muita atenção. Por que, diabos, ela não lhe entregava Emma com a mesma facilidade?

– Você deu a ela o Instinto, que brilha radiante como uma estrela dentro dela. Emma consegue ver onde você a marcou como sendo sua.

Impossível...

– Ela nunca irá perder isso. – Nïx fez-lhe carícias na testa. – Ela representa todos nós. Emma dos três.

– Nïx, o que poderá convencer você a entregá-la para mim?

– O que você faria por ela?

Lachlain uniu as sobrancelhas ao ouvir aquela pergunta absurda.

– *Qualquer coisa* – assegurou, com a voz rouca.

Ela o observou longamente e depois assentiu com firmeza.

– Você tem muito trabalho pela frente, Lachlain. Ofereça a Emma lembranças novas que apaguem as antigas.

Ele estendeu as mãos e até se esqueceu de respirar... Finalmente, Nïx a entregou. Ele aconchegou Emma no seu peito, mas ela não despertou. Quando ele tornou a erguer a cabeça, Nïx havia desaparecido.

Lachlain foi rapidamente até a cama e a deitou lá. Fez um corte profundo no próprio braço, com as garras, e o encostou nos lábios dela.

Nada.

– Maldição, Emma, acorde!

Ela não despertou. Os lábios se entreabriram, e ele reparou que as presas dela estavam sem pontas e muito pequenas.

Fez um corte no polegar e o passou pelos lábios dela enquanto lhe segurava a cabeça com a outra mão. Passaram-se longos momentos. De repente, Emma ficou assustadoramente quieta, como se até o seu coração tivesse parado de bater.

Por fim, bebeu um pouco. Após alguns momentos, ergueu as mãos e as levou ao peito dele, acariciando-o. Ele retirou o dedo de sua boca e, quando Emma se acomodou no seu braço, lançou a cabeça para trás e fechou os olhos, aliviado.

Enquanto ela bebia, puxou-lhe a camisola e ergueu os curativos para ver a perna e a lateral do seu corpo. *Já começavam a cicatrizar.*

Quando acabou de beber, ela piscou os olhos, fechou-os, tornou a abri-los, jogou os braços em torno do pescoço dele e o apertou com a pouca força que lhe restava.

– Por que você foi embora, Emma? Foi por causa do que eu disse sobre Demestriu?

– Tive de partir, Lachlain – respondeu ela, com a voz fraca. – Ele é... *ele era meu pai.*

– Eu sei. Mas isso não explica o motivo que a levou a dar esse passo.

Ela se afastou um pouco.

– Nïx me disse, pouco antes de eu partir para Paris, que eu estava prestes a fazer aquilo para o que tinha nascido. Percebi isso no instante em que o vampiro me estendeu a mão. – Estremeceu, arrepiada. – Sei que é difícil de acreditar, mas eu... eu matei Demestriu.

– Eu sei. Eu vi. Tenho a luta gravada em vídeo. Lucia está pegando as imagens com Bowe neste exato momento.

– Como você *conseguiu* essa filmagem?

– Ivo filmava Demestriu o tempo todo, e eu roubei o vídeo dele. – Ao ver o espanto dela, acrescentou: – Quando você estava no covil de Demestriu, eu já tinha chegado ao castelo.

– Você matou Ivo? – perguntou Emma, com um tom esperançoso.

– Oh, sim. Com muito prazer.

– Está zangado por não ter se vingado de Demestriu?

– Estou zangado por você ter ido sozinha. Compreendo agora que esse era o seu destino, mas nunca mais me abandone desse jeito. – Colocou a mão atrás da sua nuca e a pressionou contra ele. O corpo de Emma adquirira um pouco de calor e se tornara mais macio.

– Como foi que você descobriu onde ficava Helvita?

– Segui você. Emma, eu irei sempre atrás de você.

– Mas... como é que você pode estar certo em relação a mim? Sabendo quem eu sou?

Lachlain virou-a de frente, obrigando-a a encará-lo.

– Eu *sei* quem você é. Vi tudo o que aconteceu e, agora, já não existe mais segredos entre nós. Desejo você com tanta intensidade que minha mente nem consegue raciocinar.

– Mas eu não compreendo... Eu sou filha dele.

– Vê-lo com você ajudou a aplacar a minha fúria. Eu achava que ele se vangloriava todos os dias pelo que tinha feito comigo, por ter assassinado meu pai e se apoderado do anel dele. Mas ele mal se lembrava dessas coisas, estava confuso e desorientado. E a bondade que mostrou com você no fim... significou muito para mim.

– Mas ele tirou tanta coisa sua!

– Sim, querida, mas também me deu muito.

Emma exibiu um ar tímido.

– A mim?

Ele fez que sim com a cabeça.

– Não enlouqueci após todos aqueles anos no inferno, mas estive perto de ver isso acontecer quando achei que poderia perder você.

– Eu vi, Lachlain... – sussurrou ela. – Vi tudo daquele inferno. Sei o que aconteceu com você lá.

Ele encostou a testa na dela.

– Quem me dera... Gostaria que não soubesse. Morro um pouco por dentro ao saber que amaldiçoei você com essas lembranças.

– Não. Estou satisfeita por tê-las.

– Como pode dizer isso?

O lábio inferior dela estremeceu de leve.

– Não gostaria que você tivesse de suportar isso sozinho... *Nunca!*

Lachlain apertou os ombros dela com força. Exibindo um ar sério, disse-lhe com a voz entrecortada:

– *Meu Deus, eu amo você.*

Emma suspirou de alegria e alívio.

– Eu também amo você. E queria dizer que...

– Se você sente a mesma coisa, por que não regressou a Kinevane? Por que não voltou para mim?

– Porque na Rússia era de dia.

Foi com alegria que ele finalmente entendeu tudo e completou:

– Portanto, também deveria ser dia na Escócia.

– Exatamente. Foi apenas a segunda vez que eu me teletransportei... A primeira tinha sido antes de eu partir com o vampiro. Eu não acreditava que fosse conseguir aterrissar em algum local onde não houvesse sol. Aqui nos Estados Unidos, eu sabia que era pouco depois da meia-noite.

– E eu me perguntava onde você havia aprendido a se teletransportar. – Num tom mais baixo, admitiu: – Pensei que você tivesse escolhido as suas tias.

– Não. Simplesmente tentei ser inteligente, fria e racional. Além disso, decidi que não iriam me forçar a escolher uma pessoa ou coisa em vez de outra. – Apontou o dedo para ele. – Isso vale para você também, Lachlain. Nunca mais isso vai acontecer.

Ele sorriu de leve.

– Você vai me manter sob rédea curta, certo? Especialmente agora que sei o que acontece quando alguém desagrada você.

Emma socou o braço dele de brincadeira, mas, quando a mão tocou no tecido molhado do casaco, arregalou os olhos de espanto.

– Você está ferido, e mais do que eu imaginava. – Ela se levantou na mesma hora, mas ele a trouxe de volta para a cama.

– É preciso dar tempo ao tempo. Vou me curar, exatamente como está acontecendo com você. Sua perna já está melhor.

– Mas deixe que eu coloque um curativo em você. – Observou-o de alto a baixo. – As suas mãos? O seu peito? Oh, Lachlain.

Ele não estava pronto para que ela saísse do quarto naquele momento, ainda mais sem ele.

– Não se preocupe. – Ele manteve a mão dela dentro da sua. – Agora que sei que você me ama, vou ter você sempre ao meu lado e obrigá-la a cuidar de mim.

Ela tentou esconder um sorriso, sem sucesso.

– O que mais você vê nas minhas lembranças? – perguntou ele, tossindo disfarçadamente no punho fechado. Aquilo poderia se tornar estranho.

– Quase tudo tem relação comigo – revelou ela, obviamente tentando mudar de assunto.

A coisa continuava estranha. Será que ela o vira quando ele tinha se acariciado, imaginando que tinha a boca entre as pernas dela?

– Que mais...?

– Vejo coisas do passado. E vejo você apreciando minha roupa de baixo. – Ela enrubesceu.

– Entende o quanto isso me deixa sem graça?

– Eu também fico do mesmo jeito! Acho que morreria se visse você com outra mulher.

– Está com *ciúmes*, garota?

– Claro! – respondeu Emma com um grito, como se não acreditasse na pergunta. – Enquanto você andava por aí rugindo "é minha", eu dizia a mesma coisa para mim mesma.

A situação melhorava a cada segundo.

– Acho que gosto dessa sua faceta ciumenta e possessiva, mas não gosto que você tenha acesso a tudo o que está nas minhas lembranças. O que mais você viu?

Ela revelou que o vira preparando-se para a guerra, e também com ela no quarto do hotel, admirando-lhe o traseiro e o colar. Nada que o envergonhasse.

– Você já me viu matar alguém?

– Não.

– Já me viu aliviando a tensão sozinho, na mão?

Emma arregalou os olhos.

– Não, mas...

– Mas o quê? – Vendo que ela não dizia mais nada, mordeu-lhe a ponta da orelha. – Diga logo!

Com o rosto enterrado no seu peito, Lachlain mal ouviu-a murmurar.

– Mas quero ver.

Essa confissão dela fez uma onda de calor percorrer o corpo dele.

– Você quer? – A voz dele tornou-se rouca. Enquanto ela assentia encostada nele, Lachlain percebeu que, apesar de estar ferido e de ter se sentido quase morto, Emma conseguia trazer um pouco de vida para ele. – Basta me dizer tudo o que você quer, sempre.

– Tudo bem, mas *não quero* ver certas coisas. Como você em companhia de outra mulher, por exemplo.

– Bem, com isso eu não estou nem um pouco preocupado. Você vasculhou minhas lembranças e deve saber que nenhuma até hoje foi tão memorável quanto você.

– Não sei...

– Pois eu sei. Todos os acontecimentos que você descreveu foram essenciais para formar a minha imagem de você. Eu me lembro claramente, mesmo depois de tanto tempo. – Ao vê-la com ar confuso, explicou: – Acho que você despertou cedo demais. Naquele dia, junto ao riacho, eu sofri por não ter você, mas logo a seguir jurei que nada me deteria nessa busca. Jurei que não esperaria por você e iria procurá-la até os confins do mundo. E no hotel, quando estávamos juntos, prometi a mim mesmo que faria o que fosse necessário para tomar posse do que era meu, custasse o que custasse, mesmo que os meios usados não fossem muito nobres. Naquela noite, eu descobri que temia terrivelmente perder você.

– E nas outras noites?

– Sabe o colar? Dormi com ele na mão durante toda a viagem de regresso para casa, com a crença renovada de que um dia eu ainda veria você usá-lo. E na noite em que olhei fixamente para o seu traseiro... Aliás, seu traseiro ocupa muito do meu pensamento... eu me juntei a você no chuveiro. Quando eu a coloquei debaixo d'água, você me sussurrou no ouvido que talvez não conseguisse viver sem mim.

– Sério? – perguntou Emma, surpresa.

– Pode acreditar. Naquele momento, eu pensei que daria tudo para voltar a ouvir isso dos seus lábios. Portanto, meu amor, você pode ficar tranquila. Acho que é como ler a mente, e conheço muitos casais que o fazem. – Franziu o cenho. – Apesar de, normalmente, ser uma coisa recíproca. Você conseguirá compartilhar as coisas comigo como se eu tivesse o mesmo talento? Para não haver mais segredos entre nós?

– Não haverá mais segredos, Lachlain.

– E vamos esquecer as minhas... as *nossas* lembranças?

Ela assentiu vigorosamente com a cabeça.

– Nós vamos...

– Emmaline! – gritou Annika. Regin, logo atrás, revirou os olhos ao vê-los juntos. – Afaste-se dele!

Emma se engasgou, embaraçada por ter sido apanhada na cama com Lachlain. Mas logo a sua expressão se tornou desafiadora.

– Não.

– Você não pode estar falando sério. Discutiremos isso quando você estiver melhor. – Virou-se para Regin e ordenou: – Leve-o daqui.

Sua voz demonstrava nojo.

Emma ficou tensa.

– Não toque nele, Regin.

– Lamento, Em. – Desembainhou a espada e, num abrir e fechar de olhos, já estava junto da cama com a lâmina sob o queixo de Lachlain. Ele se retesou, mas com os ferimentos que tinha e com Emma jogada em cima dele, não teve como reagir com a rapidez necessária.

– Baixe... essa... espada! – exigiu Emma, pontuando cada palavra.

– Você está fora de si, garota. Por que deseja tanto esse sujeito se vive tendo pesadelos com ele?

Annika acrescentou:

– Você precisa se afastar desse... desse *Lykae*.

– Vou ficar – os olhos de Emma tremeluziram – com *esse* Lykae.

– Mas os pesadelos...

– Eles são um problema nosso.

Quando Regin avançou, Emma berrou:

– Já disse que *não*! – Com uma velocidade espantosa, ela lhe deu um golpe com as costas da mão.

Regin voou pelo quarto. Lachlain reagiu por instinto e colocou Emma atrás de si. Mas, em vez de atacar, como Lachlain esperaria, Regin rangeu os maxilares e exibiu um sorriso luminoso.

– Há mais de 65 anos, eu tento lhe ensinar um movimento desses.

Todas eram loucas ali, com exceção de Emma.

Regin dirigiu-se a outra Valquíria que estava sobre o guarda-roupa, que surgira do nada e fazia bolas com goma de mascar.

– Veja só isso. Ela não deu a entender que iria atacar. Finalmente, posso relaxar um pouco.

Annika apertou as mãos.

– Emma, por favor, seja razoável.

Emma girou a cabeça na direção de Annika.

– O que está acontecendo aqui? A casa deveria estar sendo assolada pelos seus relâmpagos.

Lachlain percebeu que Annika não poderia ser muito imparcial sobre o que acontecia, já que agora estava ligada por laços de família a um vampiro de raça pura. Pensando nisso, disse:

– Vamos lá, Annika. Explique a Emma por que agora um Lykae já não parece tão ruim. – Quando Emma se voltou para ele muito espantada, completou: – Ela concordou em reconhecer o casamento da própria irmã com Wroth. Deve estar achando que qualquer coisa é melhor que ele.

Annika lançou-lhe um olhar carregado de veneno.

– Sabe o que mais? – disse Emma a Annika. – Já vi que você vai aceitar. É inacreditável, mas sinto isso. Manterei a cabeça baixa, sem fazer muitas perguntas...

– Cristo! O Garreth!

Lachlain deu um pulo e saiu correndo, fraco e mancando muito. Arrastando Emma consigo, quase carregando-a, saiu do quarto e desceu a escada. Regin e Annika seguiram os dois, querendo saber o que estava acontecendo.

Na masmorra, viram Wroth ao lado de Garreth, ambos sustentando o teto. O vampiro perguntou numa voz invulgarmente calma:

– Que tipo de idiota poderia achar que esse plano era bom?

Perplexo, Lachlain disse a Emma:

– Sua família anda aceitando parentes dessa categoria?

O olhar do vampiro caiu sobre a mão de Lachlain, que agarrava a de Emma, e ele franziu o cenho, exclamando:

– Boa pergunta.

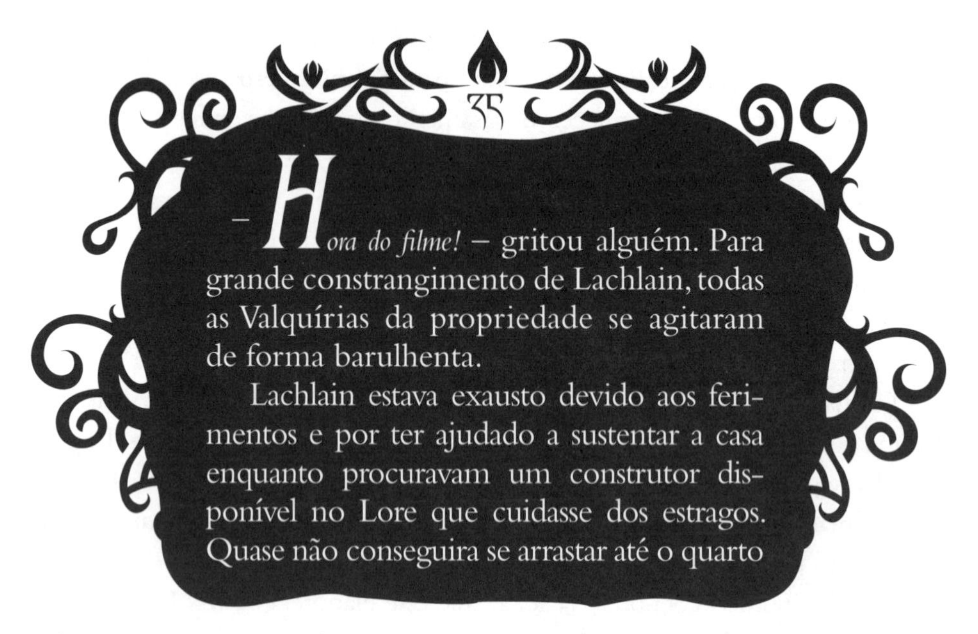

de Emma para que pudessem curar um ao outro. Mergulhou na cama dela, ecaixando-a sob o braço por alguns minutos e quase adormeceu com ela deitada sobre seu peito.

Agora observava tudo, vigilante, com o braço apertado em torno dela, desejando ter uma arma, enquanto todo mundo surgia no quarto de Emma vindos de todos os cantos da casa.

Algumas trouxeram pipocas, embora ninguém estivesse disposto a comê-las. Elas se empoleiraram nos peitoris das janelas, no topo do guarda-roupa e uma até pulou para junto dos pés da cama depois de um sibilo forte ao ver as pernas de Lachlain, o que o levou a erguê-las.

Lachlain achou perturbador que todas se mostrassem indiferentes em relação a tudo aquilo. Ali estava um Lykae deitado com a mais jovem delas nos braços, em seu próprio lar. Na cama dela.

Esperou que elas percebessem isso a qualquer momento e o atacassem.

Estava mais fraco do que nunca, e elas o cercavam como um enxame. Garreth e Lucia tinham se ausentado de propósito. Lucia voltara com o vídeo, mas, pelo visto, ficara tão abalada com algo que acontecera no clã que tornou a sair de imediato. Garreth a acompanhou. Era inacreditável, mas Lachlain quase se sentiu aliviado quando Wroth chegou ao quarto com Myst, mas não hesitou em retribuir o olhar de poucos amigos do maldito.

Pouco antes de passarem o vídeo na televisão de Emma, ela ligou o seu "ultrapassado" iPod para não escutar nada, enterrando o rosto no peito dele nas "partes mais assustadoras".

Ao contrário dos outros, ele não tinha problemas em se desligar do que se passava na tela para pensar em tudo que aprendera, pois já vira o vídeo inúmeras vezes. Ao assistir pela primeira vez, Lachlain começou no ponto onde Demestriu aparecia, pois fora nesse momento da ação que Harmann o ligara. Mas Lachlain conseguiu retroceder as imagens e viu Demestriu nas horas e até mesmo nos dias anteriores à chegada de Emma. Acompanhou Demestriu olhando pela janela, levando as mãos trêmulas à cabeça e delirando de loucura, tal como acontecera com ele mesmo.

Balançou a cabeça. Não sabia o que pensar em relação a tudo aquilo. Como conciliar seu passado e suas perdas com o que poderia ser descrito como um breve lampejo de compaixão? Lachlain compreendeu, ali com Emma, que não precisava descobrir a resposta para isso. Pelo menos, não por ora. Juntos, eles chegariam lá.

Esqueceu as reflexões e analisou as reações das Valquírias enquanto viam o filme. Riram ruidosamente com o fato de Emma, uma vampira, ter ficado assustada com o sangue no chão. Durante a luta, ficaram tensas e se inclinaram para a tevê, arregalando os olhos de forma exagerada quando Emma estilhaçou a janela.

– Que coragem! – murmurou Regin, obtendo a concordância das outras, embora nenhuma tivesse tirado os olhos da tevê.

Em certo momento, Nïx bocejou e disse:

– Já vi essa parte.

Ninguém se deu ao trabalho de perguntar como fizera aquilo. E, quando Demestriu disse a Emma que estava orgulhoso, algumas choraram, fazendo com que os relâmpagos cruzassem o céu.

A prova de que Furie estava viva foi recebida com aplausos. Lachlain não estragou a festa delas e preferiu não contar que, naquele exato momento, Furie deveria estar rezando à grande Freya, implorando que a deixasse morrer.

Quando o vídeo terminou, Emma tirou os fones e olhou por sobre o peito dele. As Valquírias se limitaram a acenar e saíram do quarto, com Nïx prevendo que *A morte de Demestriu* iria vender mais no Lore do que *As aventuras de um Goblin em Paris*.

Enquanto saía, Regin resumiu aquela que parecia ser a atitude do restante do coven:

– Se Emma quer o gigantesco Lykae a ponto de derrotar Demestriu, então merece ficar com ele.

Só Annika permaneceu no quarto.

– Você não tem de decidir isso agora, Emmaline. Só não me faça nada de que venha a se arrepender pelo resto da vida.

Emma balançou a cabeça, triste por ver o sofrimento de Annika, mas muito determinada.

– Sempre achei que tudo tinha a ver com as minhas escolhas, mas não é assim – disse Emma. – As escolhas são suas. Você pode escolher entre me aceitar com ele ou eu posso ir embora.

Lachlain colocou a mão dela entre a sua, expressando seu apoio.

Annika se empenhou em exibir um semblante sereno, e seu rosto parecia feito de pedra, mas atrás dela estourou uma descarga de relâmpagos, traindo seus esforços. Ela estava arrasada com a situação.

– Annika, eu sempre vou correr para os braços dele.

Contra essas palavras não havia mais nada a fazer, nem argumentos a usar, e ambas sabiam disso.

Finalmente, Annika empinou o queixo, colocou os ombros para trás e encarou Lachlain.

– Nós não reconhecemos essa *parceria* – ela quase cuspiu a palavra –, ou sei lá como os Lykae chamam uma união. Vocês têm de trocar votos. Estou particularmente preocupada com o voto em que o Lykae jura que não vai se aproveitar dessa união para prejudicar de algum modo os covens.

Lachlain respondeu, com ar de ofendido:

– O Lykae tem *nome*. E se você quiser que Emma partilhe essa cerimônia, nada me deixará mais feliz. Farei esses votos.

Annika encarou Emmaline com um último olhar suplicante. Quando Emma balançou a cabeça lentamente, ela ordenou:

– Não o teletransporte para cá mais do que o estritamente necessário. – Ao sair do quarto, murmurou: – Este coven está indo para o inferno logo no meu mandato.

– Teletransportar... É isso! – disse Emma. – Agora nós vamos poder visitá-las sempre que quisermos. Que máximo! Podemos passar alguns fins de semana aqui? E o Carnaval? E vir para o festival de jazz? Uau, estou louca para ver você comendo lagostim!

Com uma expressão de dor, Lachlain retrucou:

– Tomara que haja alguma chance de corrermos através do pântano com a mesma alegria que sentimos na floresta.

De repente, o rosto dela ficou muito sério:

– Não sei se quero ver você circulando por aqui, no meio das minhas tias lindíssimas.

Ele riu ao ouvir esse absurdo, mas logo fez cara de dor quando seus ferimentos não quiseram cooperar.

– Emma, você é muito melhor que elas. Não, não discuta isso. Eu tenho olhos e sei ver muito bem. – Passou-lhe o polegar pela bochecha. – Sei que nenhuma delas uiva tão bem para a lua como a minha pequena fada.

– Lobisomem atrevido! – ralhou Emma, inclinando-se para beijá-lo nos lábios, mas eles foram interrompidos por um grito que vinha do andar de baixo.

Enquanto olhavam um para o outro, Annika gritou para alguém que não se via:

– *Como assim? O que você quer dizer com "acaba de chegar uma conta de cartão de crédito com mais de seis dígitos"?*

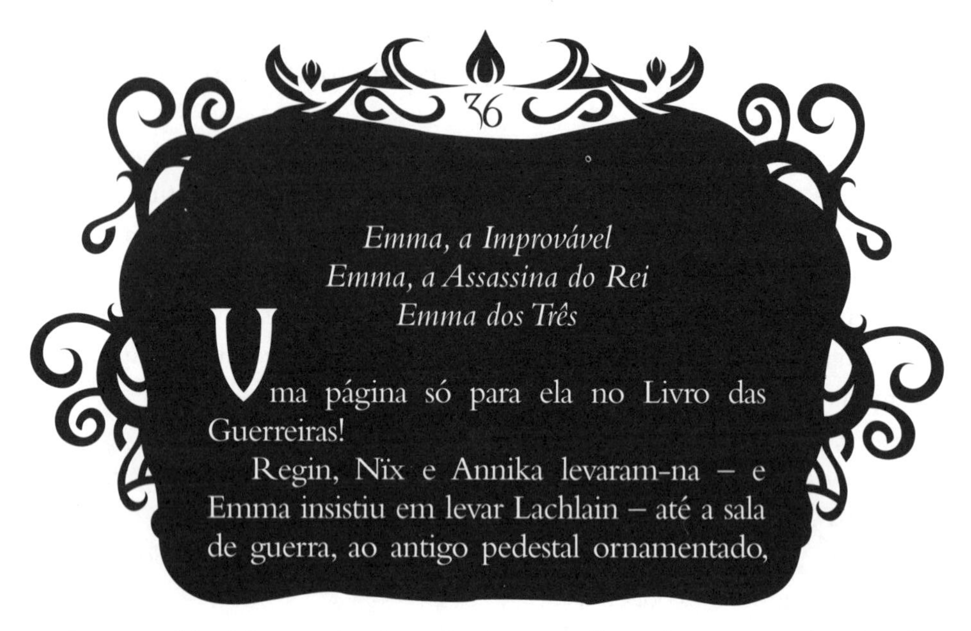

sobre o qual incidia uma luz forte. Retiraram o livro de uma grande caixa de acrílico e abriram-no na página dela.

O retrato de Emma estava desenhado ali e, por baixo, escrito em linguagem antiga, surgiam os seus cognomes e Uma das Mais Admiradas Guerreiras de Wóden. Guerreira. Uma guerreira! Aquilo tinha tanto de espetacular quanto de inacreditável. Com os dedos trêmulos, Emma sentiu a escrita em relevo no suave manuscrito.

Exterminadora de Demestriu, rei da Horda dos v*ampiros, o mais velho e mais forte dos vampiros. E ela preferiu combatê-lo sozinha*.

Emma ficou espantada com a reprimenda implícita na descrição, e Annika ergueu o queixo.

Rainha de Lachlain, rei dos Lykae. Filha adorada de Helen e de todas as Valquírias.

– Olhe para o meu currículo! – E correram lágrimas pelo seu rosto. – Fiquei ótima na descrição!

– A parte do choro não ficou boa – resmungou Regin. – Isso é de mau gosto.

– E você deixou espaço para mais façanhas! – Fungou. Nïx entregou-lhe alguns lenços de papel que já imaginou que seriam necessários, e Emma limpou o rosto com eles.

– É claro – disse Nïx. – Mesmo que você passe sua longa eternidade sem fazer mais nada na vida a não ser rolar na cama e na lama com seu lobo, deixamos espaço para seus filhos heroicos e diabólicos de criar.

Emma corou e sentiu o braço protetor de Lachlain apertando-a para junto dele. Com o queixo erguido, ele disse:

– Decidimos não ter filhos.

Nïx fez cara de estranheza.

– Bem, geralmente eu não me engano com essas coisas ao vê-las, mas, se vocês têm certeza dessa decisão, Lykae, você nunca deverá deixá-la comer comida humana, senão ela vai engravidar mais depressa que uma lebre depois de uma cerimônia de fertilidade realizada por druidas!

Emma disse brandamente:

– Mas eu não posso... Sou uma vampira e não poderei gerar filhos.

Tanto Nïx como Annika estranharam ouvir isso.

– É claro que pode – garantiu Nïx. – É preciso apenas seguir uma alimentação diferente.

Vendo que Lachlain ainda não parecia convencido, Annika acrescentou:

– Pense numa coisa: o que todos os humanos fazem e nem todos no Lore imitam? Comem coisas que vêm da terra e se reproduzem. As duas coisas estão interligadas.

Com o coração aos pulos, Emma recordou que Demestriu lhe contara que Helen partilhava refeições com ele pouco antes de engravidar.

– E um Lykae com uma... *Valquíria*?

– Você quer saber se poderá ter pequenos mordedores de tornozelos? – brincou Nïx. – Claro que sim, e no sentido literal da descrição. Sabe, não será a primeira vez que espécies diferentes têm filhos mestiços no Lore.

Olhou em redor como se procurasse alguém na propriedade: depois acenou a ideia como absurda, antes de continuar:

– Temos vampiros que conseguem andar sob a luz do sol, seres da espécie Lykae que se alimentam de relâmpagos. Valquírias que percorrem alegremente as florestas durante a noite. – Nïx mostrava reverência e espanto. – E são todos fortes. Olhe só para você.

Emma desviou o olhar de Nïx para Annika.

– Por que você nunca me contou isso?

Annika ergueu as mãos em sinal de defesa e sacudiu a cabeça.

– Nunca imaginei que você sequer pensasse nessa possibilidade, muito menos que tivesse uma ideia errada de como são as coisas.

– Quando Emma sentir vontade de ter filhos no fundo do coração, esse será o sinal – disse Nïx a Lachlain. – Ela terá de se alimentar de comida normal durante, pelo menos, nove meses.

Emma mordeu os lábios e fez uma careta, não conseguindo apreciar muito a ideia de mastigar alguma coisa.

– Podem parar com essas ideias – protestou Lachlain. – Não estou ansioso por partilhá-la com mais ninguém.

– Muito bem. Até lá, então – Nïx fez uma pausa e lançou para Lachlain um sorriso lascivo –, a lua de mel poderá ser constante!

Emma e Lachlain ficaram admirados.

Nïx acenou impacientemente.

– Tudo isso será explicado nas três horas do aconselhamento anterior à união, que vocês serão obrigados a cumprir.

Naquele fim de semana, após a pequena, simples e direta cerimônia de Emma e Lachlain, e a festa barulhenta e bizarra que se seguiu, os membros do coven se reuniram na sala de tevê, espalhados sobre os móveis e com os olhos colados na televisão.

Lachlain e Emma sentaram-se no meio de todos, mas ele estava inquieto e não conseguiu ver o filme, enquanto Emma fazia círculos distraídos com um dedo na palma da mão.

Lachlain só convidara Bowe e Garreth para as festividades, embora todas as pessoas do clã ansiassem por conhecer a pequena rainha que tinha derrotado Demestriu. Só que os Lykae gostavam de beber, pregar peças e fazer barulho, e ele já imaginava que as loucas Valquírias, que não bebiam absolutamente *nada*, não iriam reagir bem a isso. Era o sobrenatural contra o natural e misturado com bebida.

Contudo, Lucia só tinha ido "dar uma volta", como diziam as Valquírias, ou "fugira", como Garreth comentava com mais objetividade, e Lachlain compreendeu muito bem quando o irmão partiu atrás dela. Bowe aceitou, mas, depois de lhe dar os parabéns de forma distraída, passou uma hora encolhido num canto juntinho de Nïx. Mais tarde, mostrou-se enigmático, preocupado, e foi embora mais cedo.

Depois de lançar olhares que intimidariam qualquer pessoa normal, Wroth teve a coragem de aparecer acompanhado por sua sorridente Myst. Mas o coven parecia tratar Wroth com a mesma indiferença que dispensava a Lachlain, que quase sempre era tratado como se não passasse de uma das peças da mobília. Com exceção de Annika. Depois de ter visto Wroth, seu queixo já não parecia erguido de forma tão orgulhosa, e Lachlain a ouvira murmurar:

– Furie vai me matar...

Lachlain mexia-se muito. Estava inquieto. Julgava-se já suficientemente forte para que pudessem partir no dia seguinte. Fisicamente, sentia-se apto para retomar as relações com sua *esposa*, e não parecia muito interessado em fazer isso debaixo daquele teto.

Levantou-se e estendeu-lhe a mão; Emma, com um sorriso tímido, deixou escorregar a mão para dentro da dele. Ao passarem diante da tela de tevê, mal conseguiram desviar de uma chuva de pipocas.

Ele ainda não decidira para onde a levaria ao sair da sala. Talvez para a noite enevoada. Sabia apenas que a queria, que precisava dela *naquele* momento. Ela era preciosa demais para ele, boa demais para ser verdade. Quando estava dentro dela, com os braços apertando-a com força, tinha menos medo de perdê-la.

Mal chegaram a um corredor vazio, Lachlain pressionou-a contra a parede, agarrou-lhe o pescoço e perguntou, mais uma vez:

– Você ficará comigo?

– Para sempre. – Seus quadris se ergueram e se esfregaram nele. – Você me ama?

– Para sempre, Emmaline – grunhiu ele, em seu ouvido. – Sempre. De um jeito tão intenso que me deixa quase louco.

Quando ela gemeu baixinho, ele a ergueu para quc pudesse envolvê-lo com as pernas. Sabia que não poderia tê-la ali, mas a respiração dela em seus ouvidos fazia-o perder a noção da realidade.

– Gostaria que estivéssemos em nosso lar – sussurrou ela. – Juntos na nossa cama.

Lar. Finalmente ela dissera a palavra mais importante: *lar*. *Na nossa cama*. Alguma vez algo soara tão maravilhoso? Ele a pressionou mais contra a parede, beijando-a intensamente com todo o seu amor. De repente, porém, algo os desequilibrou e eles acabaram caindo. Lachlain apertou-a contra si e girou o corpo para amortecer o impacto da queda com as costas.

Quando abriu os olhos, estavam tombando sobre a cama deles.

Com as sobrancelhas erguidas e boquiaberto, ele a soltou e ergueu o corpo, apoiado nos cotovelos.

– Isso foi... – Expirou profundamente, completamente atordoado. – Isso foi uma loucura... uma viagem alucinante, garota. Da próxima vez, faça o favor de me avisar antes.

Emma concordou solenemente com a cabeça e sentou-se de pernas abertas em cima dele. Tirou a blusa pela cabeça e exibiu-lhe os seios encantadores.

– Lachlain – sussurrou-lhe ao ouvido, inclinada sobre ele e roçando-lhe os mamilos no peito, o que o levou a vibrar e a agarrá-la com força pelos quadris. – Estou prestes a levar você numa viagem... uma viagem muito selvagem.

Mesmo depois de tudo que tinha acontecido, o desejo dele por ela era forte demais; ele não resistiu e se deixou levar. Deitou-a de barriga para cima e lhe arrancou o resto da roupa. Foi rápido para se livrar de toda a sua roupa também e se colocou por cima dela. Quando lhe prendeu os braços por cima da cabeça e a penetrou com força, ela gritou o nome dele e se contorceu suavemente.

– Amanhã eu vou exigir essa viagem selvagem, meu amor. Antes, porém, você vai conhecer a *selvageria indomável* de um homem que a conhece muito bem.

Trechos da obra

O LIVRO DO LORE

O Lore

"... *e essas criaturas sensíveis que não são humanas deverão ser unidas numa única classe e coexistirão, embora em segredo, com os seres humanos.*"

- A maioria dessas criaturas é imortal e consegue se regenerar de qualquer ferimento. As espécies mais fortes podem ser mortas unicamente pelo fogo místico ou por meio de decapitação.
- Seus olhos mudam de cor e assumem um tom específico – conforme a espécie a que pertençam –, sempre que eles se veem diante de emoções fortes.

As Valquírias

"*Quando uma dama-guerreira clama por coragem ao se ver diante da morte numa batalha, Wóden e Freya atendem ao seu chamado. Os dois deuses oferecem relâmpagos para atingi-la, preservando eternamente a sua coragem sob a forma de uma filha Valquíria imortal.*"

- As Valquírias se alimentam da energia elétrica da terra, partilhando-a num poder coletivo e devolvendo-a através das suas emoções sob a forma de relâmpagos.
- Possuem força e rapidez sobrenaturais.
- São também conhecidas pelos nomes de *Damas Cisne* e *Damas Escudo*.
- São inimigas da Horda.

A Horda dos Vampiros

"No caos primordial que existia no Lore, uma irmandade de vampiros dominava tudo, com base na sua natureza fria, na adoração da lógica e na ausência de misericórdia. Vieram das duras estepes da Dácia e emigraram para a Rússia, embora ainda exista um enclave secreto na Dácia. Cada vampiro procura a sua Prometida, a sua esposa eterna, a que o alimenta de sangue ou lhe entrega totalmente o corpo, para que respire e para que o seu coração bata por meio dela."

- Os vampiros têm a capacidade de se teletransportar, conhecida como *teletransporte*.
- São inimigos de quase todas as outras facções do Lore.

O Clã dos Lykae

"Um guerreiro orgulhoso e forte do Povo Keltoi (ou Povo Escondido, mais tarde conhecido como Povo Celta), foi apanhado no auge da juventude por um lobo enlouquecido. Esse guerreiro conseguiu ressuscitar dos mortos e agora é um imortal, mas continuou transportando dentro de si o espírito do animal ancestral e assumiu as características típicas da fera: necessidade de contato, grande lealdade para com os da sua espécie e ânsia pelos prazeres da carne. Por vezes, a fera latente se sobrepõe e ressurge..."

- Também são conhecidos como *Lobisomens* ou *Combatentes das Terras Altas*.
- São inimigos da Horda.

Os Abstêmios

"... depois que sua coroa foi roubada, Kristoff, o legítimo rei da Horda, percorreu todos os campos de batalha da antiguidade à procura dos mais fortes e mais valentes guerreiros humanos que já existiram, o que lhe valeu o nome de Caminhante dos Túmulos. Ofereceu vida imortal em troca de fidelidade eterna para ele mesmo e para o seu crescente exército."

- Trata-se de um exército de vampiros que consiste em humanos transformados, que não bebem sangue diretamente do corpo.
- São inimigos da Horda.

As Fúrias

"*Se praticas o mal, implora por um castigo antes que elas cheguem...*"

- São guerreiras implacáveis, devotadas a aplicar justiça aos homens maus quando estes escapam à merecida punição, onde quer que estejam.
- São lideradas por Alecta, a Obstinada.
- Também são conhecidas por *Furiae* ou Erínias.

Os Espectros

"*... sua origem é desconhecida e sua presença é arrepiante.*"

- São seres espectrais que uivam constantemente. Imbatíveis e, na sua maioria, incontroláveis.
- Também são conhecidos por *A Praga Ancestral.*

A Demonarquia

"*Os demônios são tão variados como as tribos dos homens...*"

- Trata-se de uma compilação de dinastias de demônios.
- Alguns dos seus reinos são aliados da Horda.

A Casa das Bruxas

"*... detentoras imortais de talentos mágicos, praticantes do bem e do mal.*"

- São mercenárias místicas que, por vezes, vendem seus feitiços.

Ghouls

"*Até os imortais temem a sua mordida...*"

- São seres humanos que foram transformados em monstros cruéis. Têm a pele verde e brilhante, os olhos amarelos; suas mordidas e arranhões são contagiosos.

- Sua principal missão é aumentar o número dos seus membros através de contágio.
- Diz-se que viajam em *bandos*.

O Acesso

"A época sobre a qual se diz: '... E haverá, no futuro, uma era em que todos os seres imortais do Lore, desde as mais fortes Valquírias, os Vampiros, as facções de Lykae, os Fantasmas, os Mutantes, as Fadas e as Sereias deverão combater e destruir uns aos outros.'"

- Trata-se de uma espécie de sistema de acerto de contas para uma população de imortais que não para de aumentar.
- Ocorre a cada 500 anos. Ou pode estar acontecendo neste exato momento...